리얼리즘의 시 정신과 시 교육

The Realistic Poem's Spirit and the Poetry Education

리얼리즘의 시 정신과 시 교육

The Realistic Poem's Spirit and the Poetry Education

윤여탁(尹汝卓)

1955년 충남 논산 출생.
서울대학교 사범대학 국어교육과 졸업. 동 대학원 국어국문학과 졸업.
문학박사, 문학평론가.
군산대학교 국어국문학과 교수를 거쳐 현재 서울대학교 사범대학 국어교육과 교수.
주요 저서로,『리얼리즘시의 이론과 실제』(1994),『시의 논리와 서정시의 역사』(1995),『시 교육론－시의 소통 구조와 감상』(1996),『시 교육론 2－방법론 성찰과 전통의 문제』(1998),『신석정－자연과 생활을 노래한 목가 시인』(2000),『시와 함께 배우는 시론』(2001) 등이 있음.

리얼리즘의 시 정신과 시 교육

1판 1쇄 발행 2003년 2월 10일
1판 2쇄 발행 2003년 10월 10일

지은이 / 윤여탁
펴낸이 / 박성모
펴낸곳 / 소명출판
출판고문 / 김호영
등록 / 제13-522호
주소 / 137-878 서울시 서초구 서초동 1621-18 (란빌딩 1층)
대표전화 / (02) 585-7840
팩시밀리 / (02) 585-7848
somyong@korea.com

ⓒ 2003, 윤여탁

값 16,000원

ISBN 89-5626-019-2 93810

리얼리즘의 시 정신과 시 교육

The Realistic Poem's Spirit and the Poetry Education

윤여탁

소명출판

나는 지금 글쓰기 중에서 내가 가장 어렵게 생각하는 국면에 닥쳐 있다. 다른 사람들이 보기에 어줍잖은 책 한 권을 내면서, 이 책에 대한 구차한 변명을 늘어놓아야 하기 때문이다. 내가 해야 할 변명들에 대해서 이런저런 생각을 하면서, 이 책에 실린 글들이 내가 살아온 세월 속에서 어떤 의미를 지니는가를 뒤돌아본다.

우선 지난 1998년에 간행한 『시 교육론 2─방법론 성찰과 전통의 문제』와 이후에 쓴 글들이 대부분인 이 책은 어떤 점에서 차이가 있고 의미가 있나를 생각해 보았다. 별로 문학을 보는 관점에서나 학문적 성과의 측면에서 나아진 것이 없고, 오히려 퇴보하지는 않은 것인가 하는 점이다. 이런 점에서 이 책을 계기로 나의 학문적 자세를 재정립하고, 학문적 역량을 재충전해야겠다는 필요성을 절실하게 느꼈다.

아울러 각기 다른 상황과 요구에 따라 쓴 글들을 추슬러서 공통적인 방향을 찾는 것도 문제였다. 학문적인 관점에서 도약이 없는 글들을 어떻게 묶느냐는 부끄러움이 뒤통수를 붉적이게 했다. 다만 내 학문의 시작이었던 리얼리즘에 다시 매달려서 현대시와 시 교육을 바라보고 있다는 의미 외에는 말이다. 우리 시를 보는 방법론과 이 시를 교수─학습하는 관점을 리얼리즘이라는 잣대로 묶어본 것이다.

그래서 이 책의 제목을 여러 개 구상하여 보았다. 이 중에서 이 책을 '시 교육론'이라는 내 책들의 연장선상에 포함시키고 싶었다. 이런 맥락에서 '시 교육론 3'이라는 제목을 생각하고, 다른 한편으로는 '리얼리즘', '시 정신', '시 교육'을 묶을 방법을 찾았다. 그 고민의 결과 '리얼리즘의 시 정신과 시 교육'이라는 제목을 생각하고, 이 제목으로 부제로 삼고자 했다.

그러나 나는 최종적으로 이 책의 부제를 제목으로 올리면서, 이 글을 쓰고 있다. 앞에서도 고백한 바와 같이 이 책에 실린 공통점을 '시 교육'으로 한정하기 어렵다는 점. 부제에도 불구하고 '리얼리즘', '시 정신'이라는 문제 의식이 약화되는 점. 여전히 나는 시 연구자의 범주에서 벗어나지 못한 풋내기 시 교육 연구자라는 점. 그리고 '리얼리즘'이나 '시 정신'이 '시 교육'과 같이 맞물려간다는 내 학문의 출발점 등을 확인했기 때문이다.

이 책을 통해서 이제 시 공부를 충실하게 다시 해야겠다는 반성의 계기를 마련하고자 한다. 또한 이 책을 넬 즈음에 책을 출간하기로 약속했던 제자들과 시를 공부하는 제자들에게 따뜻한 격려와 따가운 채찍이 되었으면 한다. 끝으로 이 책은 서울대학교 사범대학 발전기금의 저작 지원으로 이루어졌음을 밝혀 두고, 이 책의 출간을 거들었던 소명출판의 박성모 사장님에게 고마운 마음을 전한다.

2002년 겨울의 문턱에서
윤여탁

리얼리즘의 시 정신과 시 교육

책머리에 / 3

시와 리얼리즘에 대해서

2부

1부

우리 시 정신의 흐름

제 **1** 장

한국 근·현대시의 정신사

1. 전통과 근대의 경쟁

한국 역사에서 근대는 반봉건과 반외세 투쟁 과정이라고 요약할 수 있다. 이와 같은 맥락에서 근대 문학사 역시 이와 유사한 갈등 과정을 거치게 된다. 즉 전통적인 동아시아 문화권에 속했던 한국 문학은 서양 근대 문명의 충격을 받게 되면서, 이미 한자 문화권에서 보편적으로 인정되던 각종의 질서가 서양의 질서로 바뀌게 되는 도정(道程)을 밟게 된다. 이 과정에서 전통의 정신과 근대의 정신은 정면으로 충돌하게 되지만, 점차로 옛 것이 새로운 것으로 대치되게 된다.

특히 과거 제도를 기반으로 하여 자리를 잡았던 지식인 사회는 서양 또는 아(亞)서구화된 일본에서 근대 학문을 배운 계층으로 대체되기에 이른다. 그렇다고 해서 옛 것의 저항이 전혀 없었던 것은 아니었으며, 적어도 개화기라고 불려지는 시기에는 전통적인 것과 새로운 것이 서로 경쟁 관계에 놓여 있었다. 과거 지식인의 문자였던 한자와 민중이나 아녀자들의 문자였던 한글이 경쟁했던 것처럼 말이다.

시문학계에도 예외가 아니어서 봉건적 질서 속에서 각 계층의 요구를 반영하면서 성장한 한시·시조·가사·민요 등과 개화 가사·창가·신시 등이 각축을 벌이게 되었다. 이 과정에서 시문학은 사회 현실의 변화 요구, 즉 서구 열강과 중국·일본과 같은 제국주의의 침략 앞에 풍전등화(風前燈火)와 같은 나라의 운명을 지켜야 하는 '나라 지키기'의 요구와 봉건적 사회·경제·정치·문화 체제를 근대적인 체제로 바꾸어야 하는 필요성을 형상화하여야 했다.

이런 사회 현실의 요구를 정신사의 측면에서는 애국 계몽이라고 요약할 수 있으며, 시문학 역시 이를 적극적으로 반영하고 있을 때 그 의미가 긍정적으로 평가될 수 있다. 이런 측면에서 개화기 시가는 형식상에서는 전통적인 양식을 계승한 개화 가사나 민요, 개화기 시조 등과 일본을 통해 수입된 근대 서양의 박래품(舶來品)인 창가나 신시(新詩)와 같은 문학 양식이 서로 경쟁하다가, 점차로 근대 서양의 양식으로 바뀌게 된다. 물론 이런 시가는 그 내용의 측면에서는 애국이나 계몽의 정신을 적극 반영하여, 사회 현실의 변화 모습을 보여주기도 한다.

> 잘잇거라三角山, 다시보자漢江水야.
> 우리疆土써나가니, 참아엇지안졋스리.
> 到處에, 無數호뎌魔鬼들, 다잡고야.
>
> ―捉魔生,「捉魔經」

> 나는 꽂을 질겨 맛노라,
> 그러나 그의 아리따운 태도를 보고 눈이 얼며
> 그의 향긔로운 냄새를 맛고 코가 반하야
> 精神업시 그를 질겨마짐아니라,

다만 칼날갓흔 北風을 더운긔운으로써
人情업난 殺氣를 깁흔사랑으로써
代身하야 밧구어
쎠가 저린 어름밋헤 눌니고 피도어릴 눈구멍에 파무쳐잇던
億萬목숨을 건지고 집어내여 다시살니난
봄바람을 表章함으로
나는 그를 질겨맛노라.

— 최남선, 「꼿두고」 1연

위 개화기 시가들은 개화기 시조와 신시로, 전자는 평시조의 종장 마지막 구가 낙구(落句)된 형태로 국가 상실 위기의 아픔을 노래하고 있으며, 후자는 자유시의 형태를 지향하면서 계절의 변화에 대한 개인적인 정감을 읊고 있다. 이처럼 근대화의 초기에 발표된 시작품들은 형식은 물론 내용에서 옛 것과 새로운 것들이 서로 갈등 관계였음을 잘 보여준다.

2. 빼앗긴 나라 찾기로서의 시

그러나 개화기에 보여준 우리 민족 국가의 보존 노력은 일제에 의하여 무참하게 짓밟히게 된다. 이에 따라 일제에 강점된 시기의 시문학은 이런 민족의 운명과 현실을 반영하면서, 우선적으로 일제에 빼앗긴 나라를 찾아야 하는 과제를 수행하게 된다. 구체적으로 이런 '나라 찾기'는 민족혼과 민족 형식을 찾아 나서거나 새로운 보편 문화와 문명의 병폐를 비판적으로 그리거나, 현실의 모순과 불합리를 비판하는 목소리로 나타난다.

이 시기에도 일부 계층에서는 옛 것에 대한 향수와 복고(復古)를 기획하기도 하지만, 대부분은 새로운 것에서 그 가능성을 찾는 노력을 보여준다.

이 점은 1910년대 이후부터는 지식인, 지도자 집단이 일본 유학생 출신으로 대치되면서 발생한 어쩔 수 없는 대세였으며, 이들에 의해 도입된 서양의 문학, 학문이 이 시기에 주도권을 장악하기에 이른 점과도 무관하지 않다. 따라서 이 시기부터는 서양의 문학 양식과 사고 방식이 도입되고, 정신이나 내용의 한 부분만이 우리 것으로 남게 된다.

그렇다고 해서 형식이나 양식의 측면에서 민족적인 것을 탐구하려는 모색이 전혀 없었던 것은 아니다. 일찍부터 민요조 서정시 운동, 시조 부흥 운동과 같은 민족 형식에 민족혼을 담으려는 노력이 진행되었으며, 이런 지향이 개화기 시가의 한계를 넘어 우리 근대시의 서정성을 확보하는 계기를 마련하여 시어로서 우리말의 활용 가능성을 높여 주었다. 그리고 이런 대표적인 예가 1920년대 김소월이나 1930년대 『시문학』파의 김영랑 · 정지용, 1930년대 후반 『문장』으로 등단한 〈청록파〉의 서정적인 시다.

이처럼 우리말 사용이 민족 운동으로 받아들여지는 상황에서는 이런 서정시 창작의 의미도 새롭게 해석될 수 있다. 아울러 이 시기에는 일제와 협력 관계에 있던 지주나 자본가들에 대항하는 노동자 · 농민과 같은 피압박 민중들의 이야기가 시적 형상으로 창조되기도 한다. 특히 1920년대 후반부터 민중 · 민족 운동이 계급 운동의 맥락으로 전환되면서, 현실의 모순과 부조리를 고발하거나 민족과 민중들이 주인이 되는 세계를 서술적인 이야기로 노래하는 리얼리즘 시가 임화 · 이용악 · 백석 등에 의하여 창작되기에 이른다.

또한 김기림 · 이상 등은 기계 문명이 지배하는 현실 사회를 비판적 관점에서 바라보면서, 시의 기법이나 전통적인 언어 문법을 파괴하는 형식을 활용, 문명의 모순을 보여주고 있다. 즉 시어의 새로운 운용(運用)을 통하여 언어를 중시하는 전통적인 서정 시학이나 현실 반영과 비판 정신을 중시하는 리얼리즘 시와 같은 미학이 아니라, 이런 전통 시학과는 다른 측면에서 현대 사회가 지향하는 보편성의 시세계를 그려내고 있다.

「오―매 단풍 들것네」
장광에 골붙은 감잎 날아오아
누이는 놀란 듯이 치어다보며
「오―매 단풍 들것네」

추석이 내일모레 기둘리리
바람이 잦이어서 걱정이리
누이의 마음아 나를 보아라
「오―매 단풍 들것네」

— 김영랑, 「오―매 단풍 들것네」

차디찬 아침인데
묘향산행 승합자동차는 텅하니 비어서
나이 어린 계집아이 하나가 오른다
옛말속같이 진진초록 새 저고리를 입고
손잔등이 밭고랑처럼 몹시도 터졌다
계집아이는 慈城으로 간다고 하는데
慈城은 예서 三百五十里 妙香山 百五十里
묘향산 어디메서 삼촌이 산다고 한다
쌔하얗게 얼은 자동차 유리창 밖에
內地人 駐在所長 같은 어른과 어린아이 둘이 내임을 낸다
계집아이는 운다 느끼며 운다
텅 비인 차 안 한구석에서 어느 한 사람도 눈을 씻는다
계집아이는 몇 해고 內地人 駐在所長 집에서
밥을 짓고 걸레를 치고 아이보개를 하면서
이렇게 추운 아침에도 손이 꽁꽁 얼어서
찬물에 걸레를 쳤을 것이다

— 백석, 「八院」

나의아버지가나의곁에서조을적에나는나의아버지가되고또나는나의아버지의아버
지가가되고그런데도나의아버지는나의아버지대로나의아버지인데어쩌자고나는자꾸

나의아버지의아버지의아버지의……아버지가되니나는왜나의아버지를껑충뛰어넘어
야하는지나는왜드디어나와나의아버지와나의아버지의아버지와나의아버지의아버지
의아버지노릇을한꺼번에하면서살아야하는것이냐

— 이상, 「詩第二號」

아름다운 서정의 세계를 그려내는 시어, 일제의 압제 속에서 살아야 했
던 고달프고 가난한 삶, 이런 속에서 올바른 정신을 지닌 자아를 바라보
려는 의식 등을 이들 시는 보여주고 있다. 그러나 이런 일제 강점기 시의
지향은 궁극적으로 나라를 잃은 민족의 운명을 형상화하는 한편, 일제에
게 빼앗긴 나라를 되찾아야 하는 과제에 답해야 하는 문학적 표현 방식
일 뿐이었다. 특히 일제가 우리말 사용을 금지하고 민족 문화를 말살했던
암흑기에 보여준 이육사·윤동주 등의 저항시는, 별다른 문학적 실천이나
정치적 투쟁을 보여주지 못했던 이 시기에, 우리 문학이 지향했던 정신의
높이를 보여주는 좋은 예이다.

> 매운 계절의 채찍에 갈겨
> 마침내 북방으로 휩쓰려오다
>
> 하늘도 그만 지쳐 끝난 高原
> 서릿발 칼날진 그 우에 서다
>
> 어데다 무릎을 꿇어야 하나?
> 한발 재겨 디딜 곳조차 없다
>
> 이러매 눈감아 생각해볼밖에
> 겨울은 강철로 된 무지갠가보다.

— 이육사, 「絶頂」

이런 점에서 이 시는 민족의 운명에 대한 현실 인식과 그 극복의 의지

를 잘 보여주고 있다. 그리고 일제 강점기 문학의 의미는 이처럼 빼앗긴 나라를 찾는 방향에서 읽어야 하며, 이렇게 읽을 수 있을 때 그 문학 또는 시의 정신도 의미 있는 것이 된다. 그럼에도 불구하고 이 시기 문학은 개화기라는 과도기를 거치면서 도입되기 시작한 서양의 문학 개념과 양식이 본격적으로 자리를 잡으면서, 중세 사회와는 확연히 구분되는 근대 사회와 근대적 사유(思惟) 방식에 따른 문학으로 변모되기에 이른다.

3. 좌익과 우익의 민족 문학

1945년 8월 15일 즉 '해방'은 글자의 축자적(逐字的) 의미와는 달리 우리 민족에게 두 개의 무거운 짐을 안겨주었다. 그 하나는 새로운 민족 국가를 세우는 '나라 세우기'이며, 다른 하나는 과거의 유산 특히 지난 36년 동안 우리 민족의 생활과 정신을 지배했던 일제의 잔재를 극복하고 새로운 민족 문화(문학)를 창달하는 것이었다. 이 중에서 후자는 궁극적으로 전자와 밀접한 관련이 있는 것이었지만, 후자 나름의 미학적 특성이 작용하여 나름의 특수성을 발현하게 된다.

그런데 새벽 안개처럼 찾아온 해방에 우리 민족은 어떤 모습으로 대응하였던가? 일제 강점기의 파시즘 앞에 소극적일 수밖에 없었던 문인들이 취할 수 있는 행동은 그리 많지 않았다. 단지 과거의 삶에 대한 성실한 반성과 이에 바탕을 둔 새로운 생활에 적응하는 것이었다. 그리고 외세에 의하여 남북 분단이라는 또 다른 민족사의 비극으로 가닥을 잡아가는 현실 속에서 민족간의 반목과 대립은 점점 첨예화되게 된다.

해방 정국은 이처럼 문학 외적 상황이 문학에 강하게 작용하던 시기였다. 문학 외적인 상황에 위축되어 적극적인 현실 대응의 모습을 직접적으로

로 서술하기보다는 비유적 표현이 필요한 때나 문학 내적인 역량의 미성
숙으로 인해 현실에 대한 창작 주체의 문학적 대응력이 미약할 때, 문학
의 여러 갈래 중에서 시라는 갈래를 선택한다고 한다. 해방 정국이 바로
이와 같은 시기로, 외적인 요인이 문학 내부에 강하게 작용하여 시 갈래
가 적극적으로 선택되어, 민족의 현실을 노래하게 된다.

집도 많은 집도 많은 남대문턱 움 속에서 두 손 오그려 혹혹 입김 불며 이따금
씩 쳐다보는 하늘이사 아마 하늘이기 혼자만 곱구나

거북이네는 만주서 왔단다 두터운 얼음장과 거센 바람 속을 세월은 흘러 거북이
는 만주서 나고 할배는 만주에 묻히고 세월이 무심찮아 봄을 본다고 쫓겨서 울면
서 가던 길 돌아왔단다

띠팡을 떠날 때 강을 건널 때 조선으로 돌아가면 빼앗겼던 땅에서 농사지으며
가 갸 거 겨 배운다더니 조선으로 돌아와도 집도 고향도 없고

거북이는 배추꼬리를 씹으며 달디달구나 배추꼬리를 씹으며 꺼무테테한 아배의
얼굴을 바라보면서 배추꼬리를 씹으며 거북이는 무엇을 생각하누

첫눈 이미 내리고 이윽고 새해가 온다는데 집도 많은 집도 많은 남대문턱 움 속
에서 이따금씩 쳐다보는 하늘이사 아마 하늘이기 혼자만 곱구나
— 이용악, 「하늘만 곱구나」

이 시는 유이민으로 조선을 떠날 수밖에 없었던 '거북이네'의 귀향 일
기를 통하여, 해방 공간에 우리 민족이 처한 상황을 사실적으로 보여주고
있다. 비록 가난하지만 같이 어울려 살던 이 땅을 어쩔 수 없이 떠나야
했던 '거북이네'는 해방이 되자, '두터운 얼음장과 거센 바람'으로 상징되
는 만주로부터 귀국길에 오른다. 그러나 땅을 다시 찾아 농사를 지을 수
있으리라는, 그리고 우리말을 배울 수 있으리라는 작은 희망은 무참하게

짓밟히고, 남대문 밖 움막에서 '배추꼬리'를 씹으면서 살아야 하는 가난에서 벗어나지 못한다.

이런 측면에서, 이 땅의 민중들에게 해방은 진정한 의미의 해방이 아니었다. 해방 정국의 상황은 이념적인 분열을 낳아서, 우리 시단도 〈조선문학가동맹〉(임화·오장환·이용악 등)과 〈조선청년문학인협회〉(서정주·조지훈 등)로 대표되는 좌익과 우익으로 나뉘게 된다. 이들은 비록 민족 문학 건설이라는 같은 방향을 지향했지만, 정치적 관점의 차이로 전혀 다른 시적 형상을 창작하게 된다. 해방이 가져다 주리라고 믿었던 작은 희망들이 무참히 짓밟히면서, 현대사의 비극이라고 할 수 있는 민족 분단으로 이어지게 된다. 우리 민족은 미완의 해방을 체험하고 그 결과를 책임져야 하는 불행을 아울러 겪어야 했던 것이다.

더구나 1948년 단독 정부가 수립되면서 새로운 양상이 전개된다. 즉 이 당시 비교적 많은 민족 시인들이 참여하여 최대 문단을 형성했던 〈조선문학가동맹〉 계열의 시인들이 월북 또는 침묵의 길을 택하면서, 주로 일제 강점기에 순수 문학을 지향했던 시인들이 남한 문단의 주도권을 장악하게 된다. 문학 외적인 현실의 갈등이 서로간의 반목으로 이어지고, 나아가서는 문학이 어느 하나의 이념만을 대변하는 역할을 하기에 이른다.

해방 정국을 거치면서, 우리의 시와 문학은 이념으로부터 자유스러울 수 없었다. 더구나 이후 한국전쟁이라는 비극적인 사건을 겪으면서, 우리 문학은 반공 이데올로기라는 틀에 얽매여서 문학의 창작과 수용, 교육이 이루어지는 파행성을 낳게 된다. 그리고 이런 단초를 해방 정국의 이념적 대립은 잉태하고 있었으며, 극히 최근까지도 이 문제로부터 우리 문학은 자유롭지 못한 처지가 되었다.

4. 전쟁의 상처를 노래하는 시 형식

더구나 1950년에는 한국전쟁이라는 씻을 수 없는 민족 상잔(相殘)의 비극을 경험하기에 이른다. 즉 한국전쟁 시기에는 전쟁의 아픔과 분노를 노래하는 시가 남과 북에서 각기 다른 목소리로 불려지게 된다. 전쟁 이후 북한에서는 전후 복구 사업을 소재로 한 문학적 형상화가 주조를 이룬 반면, 남한에서는 전쟁을 겪으면서 경험했던 인간성 상실의 아픔과 이런 인간 존재에 대한 근원적인 탐색이 주조를 이룬다. 즉, 특히 한국전쟁 이후의 남한 문학은 전쟁이 가져다 준 정신과 육체의 파괴를 경험하면서, 인간이란 무엇인가라는 근원적인 문제를 철저하게 뒤돌아보는 계기를 마련하게 된다.

예를 들면, 서정주·조지훈·박목월 등에 의한 서정시 운동과 김경린·박인환·김수영 등에 의한 1930년대 모더니즘 시 운동의 부활이 그것이다. 그리고 이들의 시는 이전 시기의 비슷한 시들과는 전혀 다른 사회와 개인적 경험 위에서 새롭게 꽃피운 것이었다. 즉 이전의 시에서 볼 수 있었던 잃어버린 고향, 빼앗긴 고향에 대한 향수(鄕愁)의 노래나 기계 문명과 도시화에 드리웠던 어두운 그림자와는 다른 경험 세계를 1950년대 전후의 시는 노래하고 있다.

한 달 농성 끝에 나와보는 다부원은
엷은 가을 구름이 산마루에 뿌려져 있다.
피아 공방의 포화가
한 달을 내리 울부짖던 곳

아아 다부원은 이렇게도
대구에서 가까운 자리에 있었고나.
조그만 마을 하나를

자유의 국토안에 살리기 위해

한해살이 푸나무도 온전히
제 목숨을 다 마치지 못했거니

사람들아 묻지를 말아라
이 황폐한 풍경이
무엇 때문의 희생인가를……

고개 들어 하늘에 외치던 그 자세대로
머리만 남아 있는 군마의 시체

스스로의 뉘우침에 흐느껴 우는 듯
길 옆에 쓰러진 괴뢰군 전사

일찍이 한 하늘 아래 목숨 받아
움직이던 생령들이 이제

싸늘한 가을 바람에 오히려
간 고등어 냄새로 썩고 있는 다부원

진실로 운명의 말미암음이 없고
그것을 또한 믿을 수 없다면
이 가련한 주검에 무슨 안식이 있느냐.

살아서 다시 보는 다부원은
죽은 자도 산 자도 다 함께
안주의 집도 없고 바람만 분다.

— 조지훈, 「다부원에서」

눈은 살아있다

　　　　떨어진 눈은 살아있다
　　　　마당 위에 떨어진 눈은 살아있다

　　　　기침을 하자
　　　　젊은 詩人이여 기침을 하자
　　　　눈 위에 대고 기침을 하자
　　　　눈더러 보라고 마음놓고 마음놓고
　　　　기침을 하자

　　　　눈은 살아있다
　　　　죽음을 잊어버린 靈魂과 肉體를 위하여
　　　　눈은 새벽을 지나도록 살아있다

　　　　기침을 하자
　　　　젊은 詩人이여 기침을 하자
　　　　눈을 바라보며
　　　　밤새도록 고인 가슴의 가래라도
　　　　마음껏 뱉자

　　　　　　　　　　　　　　　　　　　　　—김수영, 「눈」

　전자의 시는 한국 '순수 서정시'를 대표하는 청록파의 조지훈의 작품으로, 전투의 현장을 사실적으로 전달하고 있는 시이다. 어떤 측면에서는 피를 같이 나눈 동족끼리의 싸움이 왜 이리 격렬해야 했는지도 모르면서도, 시인은 현실의 갈라섬이 너무도 뼈저리게 느껴지는 현장에 위치하고 있다. 그래서 시인은 참혹한 비인간적인 현장에서 잃어버린 인간성의 소중함을 보여주고 있다.

　그러나 전쟁이라는 무서운 폭력 앞에 무력할 수밖에 없음을 인식한 시적 화자의 이런 휴머니즘의 정신도 결국은 형이상학적 관념의 세계에서 벗어나지 못하고 있음을 보이고 있다. 그의 눈에 비친 전쟁의 참혹함은 결국 죽은 자도 산 자도 안주할 집이 없는 운명적인 상태로 버려지고 있다. 운명일 수 없다고 외치면서도, 자유의 국토를 살리기에 매달렸던 운명적인 전쟁으로 이야기된다. 특히 그의 시의 마지막 연은 이런 시적 자아의 현실관을 가장 극명하게 드러내고 있다.

이에 비하여 후자의 시는 이 시기 모더니즘 시인의 하나였던 김수영의 시다. 이 시에서 그는 현실을 비판적으로 보려는 '눈'의 의미를 새롭게 드러내고 있다. '눈은 살아있다'나 '기침을 하자' 등의 반복적인 어구를 사용하여 리듬 의식을 살리면서 시인의 강렬한 의지를 전달하려는 것이다. 아울러 순결함, 깨끗함을 표징하는 눈[雪]의 의미와 현실을 비판적으로 보려는, 또는 미래의 모습을 바르게 보려는 눈[眼]의 의미를 중의적(重義的) 표현에 담아 나름대로의 시적 형상도 창조하고 있다.

특히 김수영의 시는 1950년대 모더니즘 시에 뿌리를 두고 있으면서, 이후 참여시로 나아가는 시적 변모의 단초를 보여주고 있다. 즉 불의와 유령과 같은 부조리가 팽배되어 있는 현실 속에서 이를 감지한 시인이 보여주는 것은 예언자적 목소리이다. 「폭포」·「서시」 등으로 이어지는 김수영의 이런 사색의 목소리는 이런 과제를 같이 고민할 젊은 시인들에게 계승된다.

어떻든지 1950년대 한국 현대시는 순수 문학을 추구하던 시인들과 모더니즘을 추구하던 시인들로 양분되어, 각자의 위치에서 전쟁 후의 참담한 현실을 노래하고 있다. 아울러 1950년대 후반부터는 박봉우(「휴전선」)·신동엽(「진달래 산천」) 등을 중심으로 분단된 민족 현실에 대한 관심이 시적으로 형상화되기 시작하면서, 이후 반독재 투쟁으로 대표되는 1960년대 참여시를 잉태하는 증후를 보인다.

5. 참여시와 민족 현실

1960년대를 새롭게 열었던 그리고 반독재 투쟁의 상징이었던 4·19 혁명은 실패로 끝났다. 이승만 독재 정권의 사슬을 끊고 통일된 민주 사회를 열망하던 청년 학생들의 목소리는 미완(未完) 상태로 끝나고 만다. 그리고 이런 민주적인 혁명의 외침을 좌절시킨 5·16은 경제 발전을 방패 삼아 군사 독재 정권을 유지하기 위한 방편으로 개발(開發) 독재 정책을 시행한다. 또 다른 형태의 독재 정권이 들어선 것이다.

실제로 1960년대는 한 발 재겨 디딜 곳이 없는 절벽이나 다름없었으며, 전쟁으로 인해 파괴된 사회의 재건이라는 지상의 과제 앞에 우리 민족은 많은 것들을 희생하여야 했다. 이때 희생의 명분으로 내세워졌던 것이 때로는 정치적 안정이었고, 어떤 때에는 조국의 근대화 사업이었다. 이것은 권력을 쥔 사람들에 의해 자행된 독재의 명분이기도 했다. 이에 따라 1960년대 시문학은 반독재와 분단 극복이라는 현실적 문제에 관심을 기울이게 된다. 신동엽·김수영의 참여시(參與詩) 운동이 그 단적인 예이며, 이런 참여시는 정치적·경제적 독재에 대항하는 항거의 노래였다.

껍데기는 가라.
四月도 알맹이만 남고
껍데기는 가라.

껍데기는 가라.
東學年 곰나루의, 그 아우성만 살고
껍데기는 가라.

그리하여, 다시
껍데기는 가라.

이곳에선, 두 가슴과 그곳까지 내논
아사달과 아사녀가
中立의 초례청 앞에 서서
부끄럼 빛내며
맞절할지니

껍데기는 가라.
漢挐에서 白頭까지
향그러운 흙가슴만 남고
그, 모오든 쇠붙이는 가라.

—신동엽, 「껍데기는 가라」

이 시에서 시인이 없어지기를 바라는 것은 '껍데기'이다. 그런데 이 껍데기가 무엇인지는 마지막 연의 '쇠붙이' 외에는 구체적으로 설명되어 있지 않고 있다. 단지 그와 상대적인 의미를 지니는 어휘를 통하여 추출할 수밖에 없다. 그것은 4월 혁명의 '알맹이'이며, 동학 혁명의 '아우성'이고, 혼례청에서 맞절하는 아사달과 아사녀의 '부끄러움'이거나 향그러운 '흙가슴'이라는 상징적인 어휘로 나타나 있다.

이를 통하여 시인이 궁극적으로 표현하려 한 것은, 세월이 지남에 따라 4월 혁명을 통하여 보여주었던 민주화의 열망이 점점 퇴색하여 가고, 동학 혁명의 민중적 열망도 이제는 소멸되어 가고 있는 현실적인 여건에 대한 안타까움이다. 아울러 부끄러움마저도 아름다웠던 원시인의 순수한 마음의 회복에 대한 염원과 원시적이고 자연적인 삶을 추구하는 순박한 마음을 억압하고 탄압하는 현실의 힘에 대한 거부가 표현되어 있다.

그런데 문제가 되는 것은 이런 상징적 의미를 지니는 것들은 '남고', '살'아야 하는데, 그렇지 못한 현실이다. 그가 '가라'는 직설적인 표현을 통하여 사라지기를 바라는 껍데기가 오히려 버젓이 자리를 차지하고 있다. 이런 상황이 현실의 모습으로 그려지고 있으며, 시인은 이처럼 4월 혁명이나 동학 혁명의 본래 이념과는 다르게 변모되어 가는 현실에 대하여 강력한 거부의 몸부림을 보여주고 있다.

아울러 김수영이나 신동엽이 보여준 왜곡된 현실에 대한 거부의 외침은 1960년대 이전부터 있었던 순수시나 모더니즘 시와 더불어 1960년대의 중요한 시적 경향으로 자리를 잡는다. 또한 이들의 참여시는 일찍이 일제 강점기나 해방 직후의 시에서 보여주었던 시의 경향이 새로운 이름으로 부활한 것으로, 우리 현대시에서 민족 현실에 대한 리얼리즘적인 시적 형상화가 본격화된 것이다.

6. 창작적 실천으로서의 민중시

5·16 군사 쿠데타를 통해 정권을 장악한 군사 정권의 개발 독재는 한편으로는 전쟁으로 파괴된 경제를 부흥시키는 데에는 어느 정도 성공을 거두었지만, 빈부의 격차를 심화시키면서 민족의 정신을 피폐(疲弊)하게 만들기도 했다. 따라서 1970년대 이후의 시문학은 시대와 민족의 모습을 반영하는 민중시를 추구하기에 이른다. 예를 들면, 경제 발전에 따른 농촌 사회의 붕괴와 도시화·산업화의 산물이기도 한 도시 빈민 문제와 노동자 문제, 그리고 정치의 민주화 문제 등 인간의 구체적인 삶의 문제들이 시적 형상화의 대상이 된다.

특히 이 시기의 시는 독자들에게 쉽게 읽힐 수 있는 일상의 이야기를 다루고 있다는 점에서 높이 평가되고 있으며, 이런 평가는 1960년대 일부 현대시의 난해성(難解性)이나 비민중적 속성에 대한 비판과 밀접한 관련이 있다. 아울러 이런 맥락 위에서 창작된 시는 가난한 사람들의 생활 현장과 정감을 형상화하는 방법을 통하여, 우리와 나의 이야기를 시적으로 그려낼

수 있는 가능성을 보여주고 있다. 즉 이 시기의 시는 남의 이야기가 아닌
우리의 이야기를 문학의 형상화 대상으로 삼고 있다는 특징을 보인다.

> 못난 놈들은 서로 얼굴만 봐도 흥이 난다
> 이발소 앞에 서서 참외를 깎고
> 목로에 앉아 막걸리를 들이키면
> 모두들 한결같이 친구 같은 얼굴들
> 호남의 가뭄 얘기 조합 빚 얘기
> 약장사 키타 소리에 발장단을 치다 보면
> 왜 이렇게 자꾸만 서울이 그리워지나
> 어디를 들어가 섰다라도 벌일까
> 주머니를 털어 섰다라도 벌일까
> 학교 마당에들 모여 소주에 오징어를 찢다
> 어느새 긴 여름해도 저물어
> 고무신 한 켤레 또는 조기 한 마리를 들고
> 달이 환한 마찻길을 절뚝이는 파장
>
> — 신경림, 「파장(罷場)」

이 시는 옛날 시골 장터의 파장 무렵의 장터 풍경을 잔잔하게 묘사하고
있다. 이 모습 속에서 우리는 가난하지만 서로 부대끼면서 살았던 우리 농
촌 사람들의 모습을 발견할 수 있다. 서로가 서로를 사랑하고 같이 살아가
는 모습 또한 발견할 수 있다. 그러나 시골 장터에서 만날 수 있는 이런저
런 풍경들이 파노라마처럼 펼쳐지고 있지만, 이미 흥겨웠던 장터 풍경은
예전의 모습이 아니다. 또한 '호남의 가뭄'이나 '조합 빚' 이야기가 이웃의
이야기가 아니라 우리의 이야기이기 때문에 '자꾸만 서울이 그리워지'고
있다.

그럼에도 불구하고 이 시의 끝 부분(12~3행)에서 환한 달빛을 받으면서
주머니를 털어 산 고무신짝과 조기 한 마리를 들고 집으로 가는 풍경은
감동적이다. 장마당을 떠나 십리 시골길을 걸어 집으로 돌아오는 가장(家

長)의 모습이 눈에 선하게 들어온다. 이같은 시적 형상화를 통하여, 시인은 비록 가난하지만 정겨운 농촌 사람들 아니 아버지의 모습을 아름답게 그려내고 있다. 그렇기에 우리 독자 역시 따뜻한 애정의 눈동자와 공감(共感)의 정서를 느낄 수 있게 된다.

그러나 붕괴되어 가는 농촌 공동체를 떠나 도시로 간 사람들이 늘어나면서, 이제까지 농촌을 기반으로 했던 삶의 방식이 바뀔 수밖에 없었다. 그래서 1970년대 이후의 민중시는 노동자·농민들의 투쟁하는 삶이나 남북 분단 모순과 관련된 이데올로기 문제를 전면적으로 다루게 된다. 김지하·고은·신경림·정희성 등의 민중시 운동이 그 예로, 이후 이시영·김용택·도종환·최두석·박노해 등에 의하여 계승되어 현재의 민족·민중시에까지 그 창작적 실천의 맥을 이어오고 있다.

이처럼 1970~80년대 민중시의 시적 모색은 다분히 정치 우선주의의 세계관이 문학을 지배하는 형상이었다. 이같은 시적 형상화는 일제 강점기 프로시나 해방 정국의 정치시에서 일찍이 실험된 바 있기도 하다. 또한 현실에 대한 즉자적(卽自的)인 반응을 보여주는 현대시는, 시가 생산된 시대 현실을 바르게 이해할 때에만 올바른 이해와 감상이 가능하다는 한계도 있다. 따라서 이 당시의 현실 상황을 제대로 이해하지 못하면, 이런 시의 이야기도 남의 이야기 정도로만 들릴 뿐이다.

7. 민중이 주인인 세상에 대한 염원

1980년 이후의 현대시는 이런 현실의 변화를 적극적으로 수용하고 있다. 아울러 이런 변화는 독자를 변모시키고 있으며, 변화된 독자를 찾아 나서야 하는 작가도 바뀌어야 한다고 요구하고 있다. 그리고 이들의 관계는 서로 물고 물리는 '뫼비우스의 띠'와 같은 형상으로, 어느 것이 먼저라고 할 수는 없다. 현실 이전에 작가나 독자가 바뀔 수도 있으며, 작품이 먼저 나오고 독자나 현실이 변화될 수도 있다. 현실이라는 개념 범주를 확대하여 작가나 독자를 포괄하는 시각에서 본다고 하더라도, 현실과 문학 또는 현실과 작품의 관계는 밀접한 대응 관계를 맺고 있다는 설명은 여전히 유효하다.

1980년대 초반은 정치, 경제적으로 이전 시기의 연장선상에 있었다. 여전히 반민주적 독재 정치와 개발 우선주의 경제 정책이 지배하던 사회였다. 아울러 다른 어떤 시기보다 현실의 무게가 문학을 무겁게 짓누르는 상황이기도 했다. 특히 1980년 5월 광주 민주화 항쟁의 아픔을 겪으면서, 우리 현대시는 민중(民衆) 문학의 창작적 실천이라는 새로운 과제를 떠안게 된다. 그리고 그 모습은 정치적 민주화 실현, 노동자·농민(민중) 계급의 당파성 구현, 분단 모순을 극복하는 문제 등으로 구체화된다.

그리고 이 당시의 이런 문제들은 별개가 아니었다. 서로 서로가 맞물리어 있었기 때문에, 민주적인 사회가 실현되면 쉽게 해결될 수도 있었다. 이럴 때 분단 극복도 가능한 것이었으며, 민중이 주인 되는 사회도 될 수 있는 것이었다. 그러나 너무나 많은 장애가 있었다. 군사 독재 정권, 보수주의자, 자본가들은 이미 자신들이 가지고 있는 기득권(旣得權)을 그리 쉽게 포기하지 않았다. 그래서 이 시기의 시인들은 광주에서, 구로 공단에서, 휴전선에서 이런 현실을 노래했으며, 시라는 이름으로 형상화된 현실의 모습은 어둡고 아프기만 했다.

> 전쟁 같은 밤일을 마치고 난
> 새벽 쓰린 가슴 위에
> 차거운 소주를 붓는다
> 아
> 이러다간 오래 못가지
> 이러다간 끝내 못가지

설은 세 그릇 짬밥으로
기름투성이 체력전을
전력을 다 짜내어 바둥치는
이 전쟁 같은 노동일
오래 못가도
끝내 못가도
어쩔 수 없지

탈출할 수만 있다면,
진이 빠져, 허깨비 같은
스물아홉의 내 운명을 날아 빠질 수만 있다면
아 그러나
어쩔 수 없지 어쩔 수 없지
이 질긴 목숨을,
가난의 멍에를,
이 운명을 어쩔 수 없지

늘어쳐진 육신에
또다시 다가올 내일의 노동을 위하여
새벽 쓰린 가슴 위로
차거운 소주를 붓는다
소주보다 독한 깡다구를 오기를
분노와 슬픔을 붓는다

어쩔 수 없는 이 절망의 벽을
기어코 깨뜨려 솟구칠
거치른 땀방울, 피눈물 속에
새근새근 숨쉬며 자라는
우리들의 사랑
우리들의 분노
우리들의 희망과 단결을 위해

새벽 쓰린 가슴 위로
차거운 소줏잔을
돌리며 돌리며 붓는다
노동자의 햇새벽이
솟아오를 때까지

— 박노해, 「노동의 새벽」

　이 시에는 열악한 조건 속에서 살고 있는 우리 민중의 현실과 노동자가 주인이 되는 세상에 대한 염원이 직설적인 어조를 반복적으로 구사하면서 길게 서술되어 있다. 전통적으로 시적 형상화의 요건이라고 할 수 있는 비유나 상징·이미지 등에 의존하기보다는 서술된 이야기의 정황이 보여주고 있는 모습과 그 분위기가 시의 전부이다. 시가 전달하고자 하는 내용이 이해하기 어렵지도 않고, 남의 이야기처럼 느껴지지도 않는다. 다만 우리의 가슴속에 오랫동안 남게 될 진한 감동보다는 동정과 분노가 독자의 감정을 지배하게 된다.

　이 시기 시인들은 분단된 민족과 압박을 받고 있는 민중들의 삶에 대하여 누구보다도 고민했던 사람들이었으며, 자신들이 몸소 체험했던 사람들이었다. 이를 극복할 수 있는 방안을 찾아 실천했던 사람들이다. 자신들의 이야기였고, 자신들의 목소리였다. 이전에 카페나 다방, 서재(書齋)를 전전하면서 노래하는 인텔리 시인들의 목소리나 그들이 읊었던 실연(失戀)의 사랑 노래와는 달랐다. 자신들의 분노가 있었고, 자신들의 아픔이 있었으며, 이 끝에 희망도 있었다.

8. 현대 정신을 반영하는 시 형식들

역사는 강물처럼 흐른다고 했다. 봄이 오면 겨울의 두꺼운 얼음장도 녹아서 물로 변하고, 그 물은 시내를 이루다가 강을 통해 바다로 가듯이, 어두운 역사의 장(場)은 과거 속으로 가고 새로운 시대가 온다. 여전히 별로 변한 것이 없는 것 같지만, 사회 현실은 조금씩 조금씩 바뀐다. 1990년대 들어 '철의 장막(帳幕)'이라고 불려지던 현실 사회주의 국가들이 붕괴되면서, 부분적으로 사회주의의 이념과 맥(脈)을 대고 있던 1980년대 진보적인 정치 운동과 문학 운동은 흔들릴 수밖에 없었다.

어떤 시인은 이런 현실의 변화에 대하여 '서른, 잔치는 끝났다'(최영미)라고 노래하고 있다. 시인의 표현대로 잔치는 있었던 것일까? 그리고 정말 잔치가 있었다면, 성대한 잔치의 한 곁에는 공장 굴뚝과 간통하여 '무뇌아(無腦兒)'를 낳아야 하는 고통(최승호, 「공장지대」)도 있었다. 경제화, 산업화라는 명분(名分) 앞에서 우리는 자연이 주는 이익과 순리(順理)대로 사는 삶의 혜택을 잃어버렸다. 더 소중한 것을 잃어버리고 있는 줄도 모르고, 눈앞에 닥친 이익에만 급급했던 것이다.

생명
한 줄기 희망이다
캄캄 벼랑에 걸린 이 목숨
한 줄기 희망이다

돌이킬 수도
밀어붙일 수도 없는 이 자리

노랗게 쓰러져 버릴 수도
뿌리쳐 솟구칠 수도 없는

이 마지막 자리

어미가
새끼를 껴안고 울고 있다
생명의 슬픔
한 줄기 생명이다.

　　　　　　　　　　　　　　　　　　— 김지하, 「생명」

　경제 발전의 논리가 가져다 준 경제적인 부, 그리고 이 논리에 대항했던 이념 투쟁 속에서 그동안 우리는 많은 것을 잃었다. 그러나 결코 끝날 수 없는 이런 잔치(?)가 벌어지는 와중에도, 거대한 기계 앞에서 힘없이 죽어가던 생명 그 자체에서 한 줄기 희망을 되찾고자 하는 '생명시', '환경시' 운동이 전개되기 시작한다. 특히 생명시·환경시 운동은 1980년대까지 현대시 운동의 중요한 명분이었던 민주화 운동을 대체할 수 있는 중요한 대안(代案) 운동으로 자리매김하게 된다.

　이처럼 현실의 변화에 따라 시인들의 현실 인식과 이들의 실천이 바뀌는 모습은 어느 시대, 어느 사회에나 있는 일이다. 항상 있을 수 있는 일이었다. 그러나 시의 정신 아니 서정시의 정신－시인들의 모든 창작적 실천 행위는 결국 인간 존재의 본질과 삶의 모습을 그려내는 다양한 실천 중의 하나라는 점은 변함이 없다. 즉 문학, 좁혀 말하면 시는 우리들 삶의 본래적인 모습을 언어로 전환시킨 것일 뿐이다. 이런 측면에서 최근의 서정 정신의 복원(復元) 노력도 긍정적으로 해석할 수 있다.

　여자에게 버림받고
　살얼음 낀 선운사 도랑물을
　맨발로 건너며
　발이 아리는 시린 물에
　이 악물고
　그까짓 사랑 때문에

> 그까짓 여자 때문에
> 다시는 울지 말자
> 다시는 울지 말자
> 눈물을 감추다가
> 동백꽃 붉게 터지는
> 선운사 뒤안에 가서
> 엉엉 울었다
>
> ─ 김용택, 「선운사 동백꽃」

아마 시라는 것이 쓰이기 시작하면서부터 현재까지, 어떤 시인이나 연시(戀詩) 한 편 정도는 썼을 것이다. '사랑의 노래' 한 곡은 누구나 불렀을 것이다. 우리 모두 정도의 차이는 있지만 사랑의 기억들을 소중하게 간직하고 있을 것이다. 위의 김용택처럼 실연의 기억일 수도 있으며, 서정주처럼 막걸리집 여인의 쉰 목소리(「선운사 동구」)일 수도 있다. 최영미처럼 꽃이 지는 모습을 보면서 쉽게 잊을 수 없는 '님'(「선운사에서」)을 생각할 수도 있다. 이런 현상들은 특히 1980년대까지 민중시를 썼던 시인들이 1990년을 전후하여 다양한 사랑의 서정시를 쓰고 있는 점에서도 확인할 수 있다. 신경림·고은이 그랬고, 이시영·김용택·안도현 등이 그렇다.

이처럼 환경을 생각하고, 사랑을 노래하는 현대시의 경향은 여러 측면에서 그 이유를 찾을 수 있겠지만, 우선 후기 산업 사회의 물신화(物神化)에 맞서고자 하는 인간의 본연적 욕구에서 찾을 수 있다. 그동안 절대적인 권력을 행사하던 이념이나 집단(集團)이 더 이상 권위를 가질 수 없는 현대 사회에서, 시인들은 자신의 선배들이 오랫동안 매달렸던 문제 의식으로 회귀(回歸)하고 있는 것이다.

또한 현대 사회의 여러 특징 중에 가장 두드러지는 것은 대중 문화 또는 이런 문화를 전파하는 대중 매체의 발달이다. 일찍이 토플러(A. Toffler)는 이런 현대 사회의 변화를 두고 '제3의 물결' 또는 '미래의 충격'이라고 예언한 바 있다. 그는 이런 사회에서는 그동안 우리 사회를 지배하던 우상이나 이 사회를 주도하는 이미지가 하루가 다르게 바뀌고 있기 때문에, 이런 사회에서 살아남기 위해서는 실천 가능한 지식으로 무장해야 한다고 말했다.

이런 측면에서 현대인은 컴퓨터를 조작할 수 있어야 하며, 대중 매체가 전달하는 수많은 정보들을 운용할 수 있어야 한다. 만일 그렇지 못하면 우리는 이 사회의 낙오자(落伍者)가 될 수밖에 없다. 지금 이 순간 우리 자신의 생활을 돌아볼 때, 컴퓨터가 만들어내는 사이버(cyber) 공간이나 대중 매체가 전달하는 대중 문화를 생각하지 않고, 아무 것도 할 수 없다는 사실을 기억할 필요가 있다. 눈만 뜨면 들어오는 것이 텔레비전 화면이고, 컴퓨터 화면이라는 새로운 공간이다.

그래서 현대시는 이제 이런 새로운 사회의 흐름과 물결을 거스를 수 없음을 잘 보여주고 있다. 말초적(末梢的)인 감각과 정서를 자극하는 연애시 또는 키치(kitsch) 시(류시화·서천우·용혜원·원태연·이정하·이풀잎 등의 시)가 맹위를 떨치고 있으며, 컴퓨터가 제공하는 기능을 자유롭게 또는 무의식적으로 구사하여 제작한 패러디(parody) 시나 패스티쉬(pastiche) 시가 문학의 전통적인 터전이었던 인쇄 매체 공간에서 뿐만 아니라 사이버 공간에서 활발하게 실험되고 있다. 그리고 이런 경향은 기성 시인들의 시세계에도 영향을 주고 있으며, 이런 현상에 대하여 때로는 '문학의 위기'라고 진단하기도 한다. '잔치는 끝났다'고 노래했던 시인의 다음 시는 이를 잘 보여준다.

새로운 시간을 입력하세요
그는 점잖게 말한다

노련한 공화국처럼
품안의 계집처럼
그는 부드럽게 명령한다
준비가 됐으며 아무 키나 누르세요

그는 관대하기까지 하다

연습을 계속할까요? 아니면
메뉴로 돌아갈까요?
그는 물어볼 줄도 안다
잘못되었거나 없습니다

그는 항상 빠져나갈 키를 갖고 있다
능란한 외교관처럼 모든 걸 알고 있고
아무것도 모른다
이 파일엔 접근할 수 없습니다
때때로 그는 정중히 거절한다

그렇게 그는 길들인다
자기 앞에 무릎 꿇은, 오른손 왼손
빨간 매니큐어 14K 다이아 살찐 손
기름때 꾀죄죄 핏발선 소온,
솔솔 꺾어
길들인다

민감한 그는 가끔 바이러스에 걸리기도 하는데
그럴 때마다 쿠데타를 꿈꾼다

돌아가십시오! 화면의 초기상태로
그대가 비롯된 곳, 그대의 뿌리, 그대의 고향으로
낚시터로 강단으로 공장으로
모우두 돌아가십시오

이 기록을 삭제해도 될까요?
친절하게도 그는 유감스런 과거를 지워준다
깨끗이, 없었던 듯, 없애준다

우리의 시간과 정열을, 그대에게

어쨌든 그는 매우 인간적이다
필요할 때 늘 곁에서 깜박거리는
친구보다도 낫다
애인보다도 낫다
말은 없어도 알아서 챙겨주는
그 앞에서 한없이 착해지고픈
이게 사랑이라면

아아 컴―퓨―터와 씹할 수만 있다면!

—최영미, 「Personal Computer」

컴퓨터와의 아름다운 아니 실천 불가능한 반란('컴퓨터와 씹')을 꿈꾸는 시인의 시에는, 이제 고상한 언어('그대의 고향으로')만이 아니라 어떤 정치인이 또 다른 정치인에게 준 고언(苦言)('낚시터로')도 들어오고, 어떤 상품을 선전하는 상업 광고의 문구('우리의 시간과 정열을, 그대에게')도 구사된다. 아울러 이런 현실이 보여주는 다양한 현대 사회의 모습을 우리들의 삶과 관련하여 이야기하고 있다. 이제 시인은 아름다운 고향 농촌을 떠올리는 서정의 세계와는 결별을 선언할 수밖에 없게 된다.

더구나 현대 사회의 독자는 예전의 독자처럼 스스로 책을 사기 위하여 서점으로 가지 않는다. 영화·비디오·텔레비전·CD 등이 그동안 책이 차지하고 있던 자리에 빠르게 자리를 잡아가고 있다. 설사 어떤 사람이 향수(鄕愁)에 젖어 서점에 간다고 하더라도 그들의 발걸음은 무겁기만 하고, 그들의 손길은 가볍기만 하다. 그래서 손쉽게, 부담 없이 읽고는 버려도 좋을 만한 책들만이 그들의 손에 들려서 나온다.

오늘날과 같은 후기 산업 사회에서 이들은 좋은 시를 찾아 읽는 독자가 더 이상 아니다. 전통적으로 좋은 시라고 했던 시들은 상급 학교에 진학하기 위하여 학교나 교과서에서나 배우는 시 정도로 간주되고 있으며,

현대 사회의 독자들은 자신들의 필요에 의해서 읽거나 그들의 손에 들려
주어야 마지못해서 읽는 체하는 사람들이다. 이런 사회 현실에 대응하여,
현대시는 다른 어떤 분야보다 발빠르게 바뀌어가고 있으며, 그 변화의 속
도는 예측하기 힘들 정도다. 매일 간행되는 시집보다 컴퓨터 화면에 떠오
르는 시, 어떤 시보다 감동적으로 다가오는 광고의 문구가 우리 사회의
새로운 현대시로 간주될 날도 멀지 않았다고 생각할 수도 있다.

9. 현대시와 서정의 정신

  현대 사회는 마치 달리는 차창 너머의 풍경처럼, 최근에는 현실도 문학
도 순식간에 바뀌고 있다. 이런 점은 1980년 이후 우리 사회 현실이 급격
하게 변화하고 있으며, 이를 반영하는 문학 역시 잠시라도 다른 곳에 한
눈을 팔면 놓쳐버릴 정도로 빠르게 변하고 있다는 점에서도 알 수 있다.
특히 1980년 이후 우리는 급격하게 변화하는 현실 속에서 다양한 체험을
하였다. 1970년대의 반독재 투쟁기, 1980년 민주화의 봄 시절, 이후 군사
독재 시절, 문민(文民) 정부 시절, 국민의 정부 시절 등으로 정치적 현실이
급속하게 바뀌는 것을 경험했으며, 개발(開發) 독재라고 명명되기도 하는
경제 발전의 영광과 고통, 선진국형 세계 경제의 일원으로 편입되는 후기
산업 사회, 우리 경제의 내부 모순으로 겪게 되는 IMF 위기와 그 극복 등
과 같은 깊고 높은 경제적 파장을 체험하기도 한다.
  그리고 우리 시대의 현대시는 이런 현대 사회의 모습을 발 빠르게 반
영하여 보여주고 있다. 아름다운 서정의 회복을 꿈꾸기도 하고, 현대 물
질 문명이 파괴한 환경과 생명의 회복을 노래하기도 하며, 때로는 키(key)
만 누르면 만들어지기도 하고 사라지기도 하는 시들이 대중 문화라는 이

름으로 활개를 치기도 한다. 따라서 현대시는 이제 문자만을 고집할 수 없다. 시인들 역시 서점만은 지키려 하는 기사도(騎士道) 정신에서 벗어나야 한다. 대중 문화와 적극 대응할 방법을 찾아야 한다. 대중 문화를 향유(享有)하고자 하는 독자에게 다가갈 수 있는 자세와 길을 적극적으로 찾아야 한다. 후기 산업 사회의 특징으로 내세워지는 다원주의(多元主義)를 탓하기보다는, 이 속에서 적응하면서 살아갈 수 있는 그리고 올바른 인간의 길로 이끌 수 있는 서정의 정신을 추구하여야 한다.

아울러 우리 현대시의 이런 변화가 어느 한 순간에 일어나는 현상이 아니라는 점, 정도의 차이는 있지만 일찍이부터 우리 근·현대시에는 이런 전통이 있었다는 점도 상기할 필요가 있다. 1930년대 모더니즘이 그랬고, 1950년대 이후 난해한 현대시가 그랬던 것처럼, 이런 현대시는 그것이 반영하고자 하는 사회 현실의 또 다른 형상일 뿐이다. 이런 현대시의 모색들 역시 어느 순간에는 현실을 드러내는 정신과 기법이라는 긍정적인 면보다는, 현대인의 정신과 정서를 피폐(疲弊)하게 만들었다는 부정적인 면이 부각되어 평가될 수 있을 것이다. 우리 근대시의 다양한 모습들이 오늘의 시각에서 각기 다르게 평가되듯이 말이다.

제2장 한국 근대시와 서구시 수용

1. 1910년대의 문학적 상황

개화기 시가는 구한말 민족사의 운명이 풍전등화와 같은 상황에서 우리의 현실을 비교적 적실하게 반영하고 있다. 특히 계몽주의적인 민족 의식과 문학관을 보였던 『대한매일신보』를 중심으로 한 문학 운동은 개화가사, 개화기 시조, 한시, 민요 등의 전통 시가와 창가·신시 등의 새로운 시가가 서로 경쟁 관계였음을 보여주고 있다.[1] 이런 현상의 이유로는 명목상으로나마 대한 제국이 국가로서의 명맥을 유지하고 있었고, 일본 유학생 그룹으로 대표되는 친일적인 개화파의 영향력이 아직은 그렇게 강력하지 않았던 점 등을 들 수 있다.

---

1) 윤여탁, 「개화기 시가를 통해 본 전통의 문제─『대한매일신보』를 중심으로」, 『시 교육론』 2, 서울대 출판부, 1998.

그러나 1910년 일제에 강제로 합병된 이후, 즉 일제 강점기에는 사정이 많이 달라지게 된다. 『매일신보』라는 조선 총독부 기관지를 제외한 모든 언론 매체의 발행이 금지되고, 새로운 교육령에 따라 학교 교육도 총독부의 직접적인 통제를 받게 된다.[2] 따라서 제한된 지면에 일부의 작가들만이 작품 활동을 하는 독점 현상이 생기게 되고, 일본 유학생들이 문학 분야를 비롯하여 우리 사회의 모든 분야에 전면적으로 등장하기에 이른다.

이에 따라 1900년대 비교적 활발하게 전개된 민족 운동으로서의 문학 운동은 위축되게 된다. 최남선에 의해서 발행된 『소년』·『청춘』과 일본 유학생들의 잡지인 『학지광』 등에 실린 일부 작품들이 이 시대의 문학적 모색의 단편적인 양상을 보여주고 있었으며,[3] 『매일신보』에는 퇴행적인 신소설이나 양건식[菊如]·민태원[牛步]·이광수 등의 연애 소설이 일제에 의해 통제된 지면을 차지하게 된다.[4] 그리고 이런 1910년대의 편향적(?)인 문학 현상을 바르게 이해할 때, 1900년대 『대한매일신보』의 논설진의 한 사람이었던 신채호의 우리 문학에 대한 비판도 가능하다. 즉 신채호의 '동국 시계 혁명'이나 '소설 개량 운동'은 일제 강점기라는 역사적 상황 속에서도 민족 운동의 기능을 상실한 1910년대 문학에 대한 비판이라고 할 수 있다.

그러나 이처럼 제한적이고 통제적인 상황 속에서의 문학 운동은 새로운 활로를 찾기에 이른다. 유학생 잡지인 『학지광』이나 학회지 등을 통하여 확대되기 시작한 문학 운동의 저변이, 1918년 9월 26일 『태서문예신보』라는 문예 신문의 발행, 1919년 2월 『창조』라는 문예지의 발행, 1919

---

2) 최민지 외, 『일제하 민족언론사론』, 일월서각, 1978; 오천석, 『한국신교육사』, 현대교육총서 출판사, 1964; 정재철, 「일본 식민지주의 교육정책과 한국민족의 교육적 저항」, 『한국근대사론』 1, 지식산업사, 1977.
3) 윤여탁, 「「불노리」의 문학사적 평가와 그 의미」, 『시 교육론』 2, 서울대 출판부, 1998.
4) 필자는 종래의 문학사적 평가처럼 1910년대를 이광수와 최남선이 주축이 되는 2인 문단 시대로 규정하지 않는다. 이 당시 역시 이광수·최남선의 활동 외에도 다양한 문학 현상이 존재하였으며, 그 의미도 긍정적인 측면에서 평가하고 있다.

년 7월 7일 『매일신보』에 '매신문단' 창설 등을 통하여 대중성을 확보하기 시작한 것이다. 즉 이런 새로운 지면을 통하여 우리 문학은 작가층은 물론 독자층의 저변도 확대하기에 이르고, 근대 문학의 방향성을 정립하고 그 본격적인 성과를 기약하기 시작한다.

이 글은 이런 경과를 보이는 1910년대 우리 시가 문학의 변화 양상을 서구시 수용과 전통 시가와의 갈등이라는 측면에 초점을 맞추어 살피고자 한다. 이를 위하여 우선 우리 근대 시문학사와 서구시의 관계와 우리 근대시 형성에 끼친 서구시의 영향력을 비교 문학적인 관점에서 고찰하고자 한다. 아울러 이 당시의 자료들을 통하여 우리 근대시가 고전 시가의 전통을 어떻게 계승하고 있나를 밝히고자 한다.

2. 서구시 수용사로서의 근대 시사

일찍이부터 우리 신문학사는 일본으로 대표되는 서구 문학, 근대 문학의 이식사라는 견해가 지배적이었다. 즉 우리 근대 문학은 고전 문학과는 단절되어, 일본을 중개자로 하는 서구의 문학관을 수용하는 과정이라고 보았던 것이다. 따라서 전통적으로 동아시아의 한자 문화권에서 통용되던 문학의 개념이나 갈래, 문학관은 고전 문학을 설명할 때에만 적용되고, 기타의 문학 양상들에서는 서양의 것으로 대체되기에 이른다. 그래서 근대 사회 이전에 있었던 시나 소설·희곡과는 다른 문학 개념, 갈래, 문학관이 우리 근·현대 문학을 규정하고 있다.

일례로 비교 문학의 관점에 따르면, 개화기 시가는 기독교의 찬송가와 같은 서양의 악곡의 영향을 받았으며, 창가나 신체시는 일본 창가나 신체시와 뗄래야 뗄 수 없는 관계를 맺고 있다. 1910년대 말과 1920년대 초기의 근대시는 프랑스 상징주의의 영향권 내에서 창작되었고, 1920~30년대의 프로시나 모더니즘 시는 러시아나 서구, 일본의 프로시 운동과 모더니즘 운동을 직접적으로 수용한 결과라고 설명하고 있다. 그리고 1950년대 모더니즘이나 실존주의, 현대의 포스트 모더니즘 역시 서구의 문예 사조를 떠나서는 바르게 설명할 수도 없는 상황이다.

그 대표적인 경우가 이 글에서 살피고자 하는, 1910년대 후반부터 본격적으로 시작된 우리 근대시의 서구시 수용 양상이다. 즉 우리 근대시는 주로 프랑스 상징주의의 영향[5]을 받았으며, 개인적인 정서를 표현하는 자유시로의 이행 과정[6]이라는 주장이 그것이다. 구체적으로는 이 당시에 주로 활동한 김억·백대진·황석우 등은 일본을 중개자로 하여 프랑스 상징주의의 시와 시론을 번역 소개하는 한편, 이를 수용하여 자신들의 시를 창작하고 시론을 전개하게 된다는 것이다. 연구자들은 이 시기에 간행된 신문, 잡지는 물론 이 당시에 대한 회고담 등을 실증적으로 고찰하여, 이런 주장을 구체적으로 증명하고 있다.

이처럼 우리 근대 시문학사에서 서구시의 본격적인 소개와 적극적인 수용은 『태서문예신보』로부터 시작된다고 할 수 있다. 이 『태서문예신보』는 태서(泰西)의 문예를 직접 번역하여 소개하고자 한다는 목적으로, 해몽 장두철을 편집인으로 하여 1918년 창간되어 16호(1919.2.17)까지 간행된 것을 확인할 수 있다. 특히 우리 근대시사에는 중요한 의미가 있는 것으로 평가되고 있다. 그 수록 내용의 대강을 살피면, 다음과 같다.

창작시 : 「신춘향가(기우의 권)」(H M 생), 「신춘향가(상사의 권)」(H M 생), 「뉘웃

---

5) 정한모, 『한국 현대시문학사』, 일지사, 1974.
　　김용직, 『한국 현대시 연구』, 일지사, 1974.
　　김학동, 『한국 근대시의 비교문학적 연구』, 일조각, 1981.
　　김은전, 『한국 상징주의시 연구』, 한샘, 1991.
6) 정한모, 위의 책.
　　한계전, 『한국 현대시론 연구』, 일지사, 1983.

츰」(백대진), 「밋으라」(안서생), 「오히려」(안서생), 「외―외―이다지도?」(해몽생), 「무제」(경성종로 5 김진퇴), 「우리 아버지의 션물」(해몽생), 「해안의 고독」(이일), 「봄」(안서생), 「봄은 간다」(안서생), 「무덤」(안서생), 「어진 안희」(백대진), 「나의 노래」(이일), 「누이의 이원」(최영택), 「나의 몸을 비하면」(안서생), 「감사한 문예신보」(구성서), 「고독의 가」(이일), 「아들에게」(최영택), 「작별」(이성태), 「무상한 고락에셔 해탈ᄒ라」(이병두), 「겨울에 황혼」(안서생), 「나리는 눈」(안서생), 「6월의 낫잠」(안서생), 「축태서문예신보발전」(호남금성 반광생), 「축」(수경생), 「은자의 가―송(K형에게)」(상아탑), 「은자의 가―신아의 서곡」(상아탑), 「북방의 짜님」(안서생), 「쩌나면서」(최영택), 「이러나는 불」(최영택), 「잠잣고」(최영택), 「져리로」(최영택), 「나의 신님」(계원), 「악군」(안서생), 「제석의 유자」(안서생), 「어린 자매에게―봄」(상아탑), 「어린 자매에게―밤」(상아탑), 「어린 자매에게―열매」(상아탑), 「어린 자매에게―앵」(상아탑), 「쓰어라!」(개성 음고생), 「태학생!」(개성 음고생) 총 42편.

　번역시:「연이의 부르지즘」(Kamini Roy 여사), 「화살과 노래」(Longfellow), 「명일? 명일?」(Turgenev, 안서생), 「무엇을 내가 싱각겟ᄒ나?」(Turgenev, 안서생), 「기」(Turgenev, 안서생), 「비렁방이」(Turgenev, 안서생), 「미인의 가슴」(Longfellow, H M 역), 「거리에 나리는 비」(Verlaine, 안서생 역), 「검은 싯업난 잠은」(Verlaine, 안서생역), 「아름다운 밤」(안서생 역), 「망우(돌아간 벗)」(S 병원 소아 역), 「가을의 노리」(Verlaine, A S 역), 「늙은이」(Turgenev, 안서생 역), 「N N」(Turgenev, 안서생 역), 「무덤」(Longfellow, 해몽생), 「황혼」(Longfellow, 해몽생), 「어듸로?」(Longfellow, 해몽생), 「주의ᄒ여리」(Longfellow, 해몽생), 「쑴」(이엣츠, 안서생 역), 「죽음의 공포」(안낙크레온, 안서생 역), 「오후의 달」(쓰레후―, 안서생 역), 「명일의 목숨」(보칸쓰, 안서생 역), 「포공영」(탬프, 안서생 역), 「작시론」(Verlaine, 안서생 역), 「여름의 비」(Longfellow, 해몽생), 「물결」(Longfellow, 해몽생), 「고별」(에머손, 三田 역), 「초부야 그 나무 두어라」(모리쓰, 三田 역), 「촌 대장징아」(Longfellow, 해몽생), 「항상 5월이 아닐다」(Longfellow, 해몽생), 「비온난 날」(Longfellow, 해몽생), 「세레나드」(먼스키―, 안서생 역), 「낙엽」(쿠르몬, 안서생 역), 「마즈막 키쓰」(프리바트, 안서생 역), 「북방물어」(Gary, 김인식 역), 「노상에셔 온 내 모친의 화상을 밧는데 대하야」(William, 김인식 역) 총 36편.

　해외 시단 및 시론:「최근의 태서 문단」(백대진), 「Sologub의 인생관」(안서생), 「프란스 시단」(안서생), 「시형의 음률과 호흡」(안서생)

　이상에서 본 바와 같이 『태서문예신보』는 김억·황석우·백대진·장두철 등이 중심이 되어, 서구시의 번역 및 시론이나 문학 경향을 광범위하게 소개하는 한편, 이들의 창작시와 시론을 게재하고 있다. 아울러 우리 근대 시문학사의 전개에서 큰 역할을 하지 못하지만, 이 당시의 지면에 자주 등장하는 이일·최영택과 같은 시인들의 작품은 물론 독자로 추정되는 무명의 작가들에게도 지면을 할애하고 있다. 즉 비교적 여러 나라의 현대 시인들과 시작품을 많이 소개하는 외에도, 다양한 경향의 창작시를 수록하고 있는 것이다.

이런 이유 때문에 우리 근대 시문학사에서 최초의 문예 전문지라고 규정할 수 있는『태서문예신보』는, "1910년대의 계몽적인 시를 새로운 시로 전환시키는 큰 계기를 마련하였다. 그리하여 1920년대 한국시의 모태적 역할을 맡아 함으로써 1920년대 시의 거점이 되고 동시에 출발점이 되고 있다"[7]는 문학사적 평가를 받고 있다. 아울러 이런 관점은 우리 근대시사를 설명하는 일반적인 견해이기도 하며, 우리 근대시 형성에 끼친 서구시의 영향력에 대한 최고의 의미 부여라고 할 수 있다.

그리고 이런 연구들은『태서문예신보』는 물론 이후 간행된『창조』·『백조』·『폐허』등의 근대 문학 초창기의 잡지를 중심으로, 고전적인 프랑스 중심의 비교 문학이라는 방법론에 의해서 상징주의의 영향과 중개, 수용 양상을 실증주의적으로 밝히고 있다. 즉 우리 근대시는 이전의 전통 시가와는 전혀 다른 양상을 보이며, 이를 계기로 시문학사는 새롭게 시작된다고 보아야 한다는 것이다. 현재적인 시각에서도 이런 근·현대시의 주류성—근·현대시가 개인적 서정시나 자유시를 지향하고 있다는 점에서 객관적인 타당성을 확보하고 있다. 아무나 쉽게 부정할 수 없는 견해이기도 하다.

이런 견해에 따르면, 우리의 근대시가 언어·정서·운율·시작법 등에서 이전의 전통 시가와는 전혀 다르며, 이것은 서구시의 직접적인 영향을

---

7) 정한모,『한국 현대시문학사』, 일지사, 1974, 292면.

받아서 새롭게 개척된 문학 양식이라고 할 수 있다. 이처럼 우리의 근대 시를 고전 시가의 전통과는 단절된 새로운 양식으로 보았던 중요한 이유는, 1910년대 이후 우리 시인들 대부분이 일본 유학생 출신이었다는 점에서 찾을 수 있다. 그래서 이들은 자신들이 유학중에 접한 상징주의 시를 근대시로 간주하였으며, 일본어나 에스페란토어로 번역되면서 정형성이 파괴된 번역시를 자유시로 받아들였다.

그러나 이런 연구들은 프랑스 중심의 비교 문학이라는 방법론이 가지고 있는 제국주의적인 속성이나 서구의 우월주의 문학(화)관의 부정적인 측면에 대해서는 주목하지 못하고 있다는 한계를 아울러 내재하고 있다. 더구나 이런 연구들이 의존한 비교 문학적 연구 방법론은 영향과 수용의 측면만을 고찰하던 한계에서 나아가지 못하고 있다. 최근의 비교 문학의 연구 동향 즉, 서로 다른 국가들의 문학 상호간에 영향을 주고받는 측면이나 자국내의 다른 예술, 문학과의 영향 관계 연구, 영향 관계를 전혀 확인할 수 없는 문학간의 대비 연구 등으로 연구 영역을 확대하고 있는 데[8] 까지는 관심이 미치지 못하고 있다.

3. 전통 시가와 근대시의 경쟁 양상

근대시의 형성 과정에서 고전 시가의 전통은 전혀 역할을 하지 못하는 것일까? 필자는 이미 그렇지 않다는 점을 개화기 시가를 고찰하면서 밝힌 바 있다. 즉 서구의 근대시가 우리 문학사에 수용되는 시기에는 전통적인

---

8) 이혜순, 『비교문학』 1 · 2, 중앙출판인쇄주식회사, 1981.
　　윤호병, 『비교문학』, 민음사, 1994.
　　V. Weisstein, 이유영 역, 『비교문학론』, 홍성사, 1981.

시가도 여전히 영향력을 행사하다가, 서서히 그 자리를 근대시에 내놓게 된다는 관점이다. 이런 점은 우리 근대 문학사를 '이식 문학사'로 규정한 바 있는 임화나 개인의 재능을 강조한 엘리어트의 경우에도 확인할 수 있다. 임화는『신문학사』를 이식만이 아니라 이식과 창조의 변증법9)이라는 관점에서 서술하였으며, 일찍이 엘리어트도 예술 창작에서 전통의 중요성10)을 강조한 바 있다.

　이런 점은 우리 근대시의 형성 과정에서도 쉽게 확인된다. 개화기 시가는 전통적인 시가와 근대적인 시가가 갈등을 보여주었으며, 이 과정에서 전통적인 시가는 전환기의 민족 현실을 반영하는 적극적인 역할을 하였다. 일제에 의해 강제로 합병이 되면서, 그리고 일본 유학생들이 우리 사회와 문단의 엘리트 집단으로 자리를 잡으면서, 전통적인 시가를 향유하였던 수구적인 엘리트 집단은 점점 문단의 뒷자리로 밀려나게 된다. 문학 외적인 요인의 변화가 문학 내적인 변화를 이끄는 한편, 문학 내적으로도 새로운 시대의 요구를 표현하기에 적합한 형태를 추구하는 새로운 모색을 하기에 이른다.

　이에 따라 점차로 개화기 시조의 창작은 크게 위축되게 되며, 개화 가사를 쓰던 계몽주의자들은 발표 매체를 상실하면서 소멸되고 만다. 한시(漢詩) 역시 민족사의 운명을 한탄하던 위정척사의 시의식 대신에 일제의 문화 정책에 의해 포용된 일부 보수 세력의 시의식을 나타내게 된다. 또한 민족의 애환을 노래하던 동학 민요나 구전 민요는 퇴영적인 유행 잡가(후에는 유행가)에게 자리를 양보하게 된다. 이와는 상대적으로 창가나 신시는 최남선이 간행한 잡지들이나 일본 유학생 잡지를 통하여 활발한 창작을 보이며, 1918년 이후부터 간행되는 문예지에 발표되는 근대시가 우리 근대 시문학사의 대표적인 시 양식으로 자리를 잡게 된다.

　이런 양상은 1910년대 총독부의 기관지로 간행된『매일신보』에 수록된

---

9) 신두원,「이식과 창조의 변증법」,『창작과비평』, 1991년 가을호.
10) T. S. Eliot, 최창호 역,「전통과 개인의 재능」,『엘리어트 문학론』, 서문당, 1972.

시가들을 보면 쉽게 확인된다. 구체적으로는 '사조(詞藻)'나 '가요(歌謠)', '속요(俗謠)' 등의 이름으로 게재된 시가 양식을 보면, 아직도 전통 시가가 중요한 자리를 차지하고 있음을 확인할 수 있다. 즉 한시·개화기 시조·신민요 등이 주로 발표되고 있으며, 특히 '사조'란에는 한시가 집중적으로 발표되고 있다. 이에 비하여 1910년대의 새로운 시가라고 할 수 있는 신시나 근대시 등은 1919년 7월 '매신문단'란이 상설[11]된 이후에야 본격적으로 게재되고 있다. 이 대표적인 각각의 예를 보이면 다음과 같다.

落照依微(稀?―인용자)月上遲誰共終古思刹那悟了前生事恰似前醒時
　　秋水子曰讀此一絶灑然所得茫然若有所失頗有步虛底意
떨어지는 노을에 달은 아직 떠오르지 않았는데,
그 누구와 함께 옛생각을 끝낼 것인가?
문득 전생의 일을 깨우치노라니
흡사 예전에 술을 깼을 때와 같네.
(추수자 왈, 이 한편을 읽고 보니 씻을 듯이 얻는 바가 있고 아득하게 잃어버린 것이 있는 것 같아 자못 허공을 걷는 뜻이 있다.)
―南海先生, 「待月」(『매일신보』, 1910.9.6)

오경깁흔밤에, 들며나며짓는개야.
네이웃이고요흔디, 무엇보고네짓는다.
아마도, 뜰압헤락엽셩이, 인젹방불.

락엽을집어들고, 다정히도라보니.
강개비량이내회포, 진정키어려웨라.
네비록, 츄풍락엽이나, 근본록음.
―작자 미상, 「落葉」 1·2연(『매일신보』, 1912.11.7)

---

11) 『매일신보』(1919.6.27)는 사고를 통하여 '소품문예현상모집'이라는 광고를 게재하고 있다. 그 내용은 '문예 페―지'가 다음 달부터 매주 상설됨을 광고하고, 지면을 독자에게 널리 개방할 것임을 밝히면서, 독자 투고의 입상자에게 상금(甲은 2원, 乙은 1원, 丙은 50전, 우수작은 약간의 費)을 내걸고 있다.

노자노자, 일ᄒ고노잔다, 함부로놀기만ᄒ야도, 못쓰는법이라.

봄철에심으지안으면, 가을되거든, 츄슈를못ᄒᄂ니, 제째, 일치를말고셔, 심으고 노잔다.

ᄉ월삼일식슈긔념일에, 로쇼남녀가제각기나셔셔, 네산네짱을, 물론ᄒ고, 나무를 심으며, 노잔다.

　　　—작자 미상, 「노자노리(평양의 신슈심가)」 1~3절(『매일신보』, 1913.5.28)

사나히냐?

거든, 웃어라, 氣껏, 正直ᄒ게

싱긋싱긋함은계집인의작는!

틕도업시웃어라(慶)

北極의氷山이녹도록.

사나히냐?

거든, 울어라, 맘껏, 씨운ᄒ게

비죽비죽홈은어린인의行色!

셈도업시울어라(度? -인용자)

赤道의白熱차도록.

　　　—石松生, 「사나히냐?」 1·2연(『매일신보』, 1919.8.4)

　　위에서 인용한 한시는 '동국 시계 혁명'의 영향을 받아 창작한 것으로, 형태상 7·5조로 읽어야 하는 작품이다. 최초로 외세에게 나라를 빼앗긴 일제 강점이라는 비극적인 시대 상황에 대한 불철저한 세계 인식이 드러 나고 있는 작품이기도 하다. 그리고 시조는 종장의 마지막 구가 낙구(落句) 되는 개화기 시조의 일반적인 형식으로, 자연 현상에 대한 개인적인 회한 을 노래하고 있다. 이런 현상은 신민요를 수용하는 예에서도 나타나는데, 이 경우에는 총독부의 민요 수집 정책12)에 발맞추어 『매일신보』의 지면 을 통하여 광범위하게 보고되고 있다.

____

12) 임동권, 『한국민요사』, 집문당, 1964, 218면.

이에 비하여 신시 또는 근대시라고 할 수 있는 시가들은 1910년대 후반에야 『매일신보』에 나타나고 있으며,[13] 시의식도 위에서 인용한 김석송의 시에서 볼 수 있는 바와 같이 변모하는 양상을 보이기도 한다. 또한 독자 일반에게 지면을 확대 개방한 '매신문단'은, 이런 신시와 근대시 외에도 시조, 7·5조의 창가, 4·4조의 가사 등의 시가와 소설·수필과 같은 다양한 문학 갈래들을 수록하고 있다. 물론 이런 전통 시가와 근대시의 경쟁 현상[14]은 1910년대 『매일신보』에만 나타나는 것은 아니다. 이 당시 대표적인 잡지라고 할 수 있는 『청춘』이나 『학지광』·『태서문예신보』에도 시조·민요·가사·창가 등이 신시와 같이 실리고 있음에서도 쉽게 확인할 수 있다. 그 예를 보이면 다음과 같다.

> 바람아부지마라, 丈夫肝臟건다릴라,
> 이時運저러하니, 心思도愴然하다,
> 아마도이마음寬懷키난, 所願成就
>
> ― 兩球生, 「詩調─平調」(『학지광』 4, 1915.2)

밤이 왔다, 언제든지 갓튼 어듭는 밤이, 원방(遠方)으로 왔다. 멀니 싯업는 은가루인 듯 흰눈은 넓은 빈 들에 널리엿다. 아츰 볏의 밝은 빗을 맞즈랴고 기다리는 듯한 나무여, 수풀은 공포와 암흑에 싸이엿다. 사람들은 희미하고 약한 물과 함끠, 밤의 적막과 싸호기 마지 아니한다. 그러나 차차, 오는 애수, 고독은 갓싸워 온다. 죽은 듯한 몽롱한 달은 박암(薄暗)의 빗을 희(稀)하게도 남기엿스며 무겁고도 가븨얍은 바람은 한업는 키쓰를 따우며 모든 것에게, 한다. 공중으로 나아가는 날근 오랜 님의 소리 "현실이야? 현몽이냐? 의미잇는 생이냐? 업는 생이냐?"

---

13) 이에 비하여 1910년대 잡지에는 일찍이부터 신시가 많이 등장하고 있다. 이런 점 역시 유학생들이 이런 잡지의 필진이자 독자였다는 사실과 관련이 있다. 1910년대 신시에 대해서는 다음의 글을 참고할 수 있다. 윤여탁, 「「불노리」의 문학사적 평가와 그 의미」, 『시 교육론』 2, 서울대 출판부, 1998, 245~248면.

14) 1910년대 다양한 갈래 실험은 '장르 의식의 결여'라는 문제와도 관련이 있다. 그러나 이런 현상이 이 당시 시인들의 무지, 실수, 혼동 등으로 과소 평가될 수는 없다. 근대 문학으로의 전환기에 일어난 혼란상, 경쟁상의 한 단면으로 보아야 할 것이다.

사방은 다만 침묵하다, 그밧게 아모 것도 업다. 이것이, 영구의 침묵! 밤의 비애
와 밋 밤의 운명! 죽음의 공포와 생의 공포,! 아아 이들은 어둡은 밤이란 곳으로
여행온다. '살기워지는대로 살가? 쏘는 더 살가?'하는 오랜 님의 소리, 쌔르게 지내
간다.
　　고요의 소래, 무덤에서, 내 가슴에. 침묵.
—김억, 「밤과 나」(『학지광』, 1915.5)

만—화난 방창ㅎ고 입무성훈데
계곡간에 흘너가난 맑은시내물
공—산의 적막홈을 찌이치고서
수풀속의 잠든시를 놀너난고ᄂ
—H M 生, 「유힝 가곡부」(『태서문예신보』 1, 1918.9.26)

물빗갓흔 가을하는
놉히맑아 구름업고
水晶으로 빗는별은
弓蒼안에 가득ㅎ다
—李一, 「孤獨의 歌」 부분(『태서문예신보』 10, 1918.12.7)

　끝으로 이런 1910년대 우리 시문학사의 전개 과정에서 신시가 차지하
는 비중이 점점 커져가고 있다는 사실이다. 즉 『청춘』이나 『학지광』에서
다양하게 실험되던 시가 갈래가 『태서문예신보』에 오면 신시, 서구의 번
역시로 집중되고 있으며, 그 질적 수준도 한 단계 올라서고 있다. 이는
1910년대 후반부터 전통 시가와 근대시의 경쟁 관계가 약화되면서, 신시
가 우리 근대시의 주류를 형성하게 됨을 시사하는 것이다. 특히 이 과정
에서 『태서문예일보』의 중요 필진이었던 백대진·김억·황석우·장두철
등이 상징주의로 대표되는 해외시 번역 소개와 시 창작을 활발히 전개하
게 된다.

4. 근대시와 전통 지향성의 관계

우리 시문학사를 개관할 때, 1910년대까지 전통 시가와 근대시가 경쟁하는 양상과는 달리, 1920년대는 서구의 근대시, 자유시가 우리 시의 주류를 형성하게 된다. 특히 1920년대는 초기의 감상적인 낭만주의 시문학이 우리 시문학사를 주도하게 되며, 이런 영향권 아래서 민요조 서정시 운동이 활발하게 전개되어, 김소월·주요한·김동환 등에 의하여 상당한 성과도 거두고 있음이 대체로 인정되고 있다. 그리고 이런 사실을 인정한다면, 1910년대 후반과 초반에 집중적으로 수용된 프랑스 상징주의의 시적 경향보다는 민중성·전통성의 측면이 강한 민요조 서정시의 시적 성취는 어디에서 연유하나를 설명할 필요가 제기된다.

그동안 이루어진 연구들에 의하면, 민요조 서정시가 1920년대라는 시대적 상황에서 민족 정서를 표현하기 위해 선택된 것이며, 이런 근거들을 민요조 서정시나 시론을 통하여 밝히고 있다.[15] 이를 통하여 우리 근대시가 서구시의 수용 단계를 넘어서 전통과의 조화를 이룩하여 독자적인 시 세계를 개척하게 된다는 것이다. 특히 김소월의 경우에는 자신이 어릴 때부터 듣고 성장하였던 서도(西道) 민요를 적극적으로 수용하여 민요조 서정시를 창작하고 있다는 견해도 제출되었다.[16]

이런 근대시의 전통 지향은 달리 보면, 1910년대 이전에 널리 유행하던 유행 잡가나 신민요 등이 민요조 서정시에 반영된 결과라고 할 수 있다. 일제가 원래 의도했던 민요 수집 정책의 목적과는 달리 1912년의 민요 수집은 우리 전통 시가의 맥을 일깨워주는 역할을 했으며, 이런 영향으로

---

15) 오세영, 『한국 낭만주의시 연구』, 일지사, 1980
　　오성호, 『한국 근대시문학연구』, 태학사, 1993.
　　윤여탁, 『시의 논리와 서정시의 역사』, 태학사, 1995.
16) 류철균, 「1920년대 민요조 서정시 연구」, 서울대 대학원, 1993.

우리의 근대 시인들은 어릴 적부터 들었던 민요를 성장기에는 잡지나 신문 등을 통하여 접할 수 있었고, 이같은 이유로 해서 보다 친숙하게 자신들의 근대시 창작에로 수렴할 수 있었던 것이다.

앞에서 본 바와 같이 실제로 1910년대는 신민요 또는 민요가 널리 창작되거나 수집되었으며, 여전히 다른 시가 갈래와 경쟁 관계를 유지하고 있었다. 아울러 '유행 잡가'라고 칭해지기도 하는 신민요는 주로 4·4조나 7·5조의 형태를 띠고 있으며, 1930년대 이후의 대중가요에 적극 수용되게 된다.[17] 그리고 이런 신민요와 대중가요(유행가)의 사이에 놓이면서, 문학적 모색 즉 시적 성취를 보이는 것이 민요를 지향하는 1920년대 민요조 서정시라고 할 수 있다.

이처럼 우리 근대시가 전통적인 것에 지향성을 보인다는 방증은, 우리 근대시사에서 최초의 창작 시론이라고 할 수 있는 김억의 시론 「시형의 음률과 호흡」에서도 확인된다. 일찍이부터 프랑스 상징주의와 자유시 창작을 보여주었던 김억은, 이런저런 편력을 거치면서 상징주의와 자유시에서 민요조 서정시로, 나아가서는 격조시(格調詩)라는 4·4조 또는 7·5조의 정형시를 창작하게 된다.[18] 즉 서구 근대시의 새로움과 우리 고전 시가의 전통 사이에서 방황하면서, 김억은 우리 근대시의 시 형식에 대한 관점을 수립하게 되는 것이다. 여기서는 김억의 초기 시론을 살펴보도록 하자.

> 朝鮮 사람에게도 朝朝(鮮—인용자) 사람다운 詩體가 생긴 것은 毋論이외다. 內部와 外部의 生活이 달은 것만큼 呼吸과 鼓動도 달나지지요. 甚하게 말하면 血液돌아가는 힘과 心臟의 鼓動에 말미야서도 詩의 音律을 左右하게 될 것임은 分明합니다. 여러 말할 것 업시 말하면 人格은 肉體의 힘의 調和고요.

---

17) 고미숙, 「대중 가요의 선구, 20세기 초반 잡가 연구」, 『역사비평』, 1994년 봄호; 윤여탁, 「일제 강점기 대중 가요의 문학적 연구—유성기 음반 채록본을 중심으로」, 『국어국문학』 122, 1998.

18) 김억, 「격조시형론소고」, 『동아일보』, 1930.1.16~30.

(…중략…) 詩에 音樂의 들어오게 된 것은 말하면 여러 가지 되겟지요. 音樂은 驚異의 藝術의 極致라 하는 말도 드럿습니다. 한데 朝鮮 사람으로는 엇더한 音律이 가장 잘 表現된 것이겟나요. 朝鮮 말로의 엇더한 詩形이 適當할 것을 몬저 살펴야 합니다. 일반으로 共通되는 呼吸과 鼓動은 어더한 詩形을 잡게 할가요. 아직까지 엇더한 詩形이 適合한 것을 發見치 못한 朝鮮詩文에서는 作者 個人의 主觀에 맛길 수밧게 업습니다.

— 김억, 「시형의 음률과 호흡」 부분(『태서문예신보』 14, 1919.1.13)[19]

여기서 김억은 조선 사람에게는 조선 사람다운 호흡과 고동이 있고, 이런 연유로 해서 나름의 시형이나 시체가 생기게 되는 것이라는 사실과 우리 시가는 우리말로 표현하기에 적합한 시형을 찾지 못하고 있음을 밝히고 있다. 즉 이때까지 자신이 시도한 서구의 상징주의 시가 결코 우리의 시가 될 수 없음을 밝히고 있는 것이며, 결국은 우리의 호흡과 고동에 맞는 시형을 찾아야 함을 주장하고 있다. 이런 김억의 주장은 이 당시 그의 시작(詩作)을 볼 때, 아주 의외의 발언이다. 이 점은 이후 김억이 우리 시가 나아갈 방향으로 민요조 서정시를 제시하고 있는 사실과 연결시킬 때, 그 진의(眞意)를 바르게 파악할 수 있게 된다.

이런 점 외에도 우리 근대시 형성에는 창가나 개화 가사, 개화기 시조의 계몽적이고 공공적(公共的)인 의지를 표현하던 경향을 극복하는 방편으로, 민족적인 공통 정서라는 맥락에서 민요나 19세기 후반과 20세기 초반에 널리 불려진 신민요(잡가)의 개인적인 정서 표현이 영향력을 행사하고 있다. 1920년대는 물론 우리 근대시를 대표하는 시인이자 민요조 서정시 창작의 모범이라고 간주되고 있는 김소월의 시가 보이는 내용적 성취는 이런 측면을 잘 보여주고 있다. 특히 민족적 정서라고 규정되기도 하는 '한(恨)'의 정조 계승이 그 좋은 예일 것이다.

이런 점들을 고려할 때, 우리 근대시의 서구 지향성은 자유시로의 이행

---

19) 띄어쓰기는 현대의 원칙에 따랐으나, 맞춤법은 원래대로 표기하였다.

이라는 대세가 있었음에도 불구하고, 전통적인 지향성 또는 외형적인 정형성을 지향하는 방향에서 진행되었다고 할 수 있다. 그리고 우리 근대시는 서구에서 수입한 감상적인 낭만성이나 퇴폐성, 허무주의 경향이 일정하게 영향을 끼쳤지만, 다른 한편에서는 민요나 신민요에 반영되었던 개인적인 서정이나 정서 표현도 중요한 요인으로 작용하였다. 즉 전통적인 것과 근대적인 것이 우리 근대시의 형식과 내용을 형성하는 과정에 같이 작용했다고 볼 수 있다.

5. 문학 내적인 모색과 전환 노력

새로운 것이 들어왔다고 해서, 옛날 것이 하루 아침에 사라지지는 않는다. 여전히 옛것을 쓰는 사람이 있고, 옛것은 옛것대로 쓸모가 있다. 이런 사실은 우리가 사는 사회에서 활동하는 사람에게서도, 우리가 일상에서 쓰는 물건에서도 확인할 수 있다. 이와 꼭 부합하는 것은 아니지만, 이런 점은 우리 문학사에서 부침을 거듭했던 문학에도 적용될 수 있다는 것이 필자의 생각이다. 낡았다고 치부되던 과거의 문학 유산들이 어느 날 아침에 새로운 것으로 전부 대치되는 것이 아니며, 과거의 것은 이런 순간에도 여전히 그 영향력을 끼치는 전통으로 작용한다고 믿고 있다.

아울러 우리 근·현대 문학사 역시 같은 전통이 드리운 짙은 그림자와 새로운 것의 거센 도전이 서로 맞부딪쳐서 경쟁하고, 갈등하면서 진행되었다. 개화기 시가에서는 전통적인 시가 양식과 새로운 시가 양식이 경쟁을 했으며, 이런 현상은 1910년대 시가 문학사에서도 확인할 수 있다. 개화기의 소설 역시 민족 의식을 담았던 애국 계몽 소설과 계몽과 개화의 필요성을 역설하였던 신소설이 공존하였으며, 1910년대에는 이광수 중심의 근대 계몽 소설과 양건식이나 현상윤 등의 '비판적 사실주의 소설'이 이 당시의 현실적 요구들을 반영하면서 창작되었다.

같은 현상들은 1920년대 이후의 문학사 전개에도 영향을 끼쳐서, 1920년대의 감상적 낭만주의 시와 현실 비판적인 신경향파의 시나 프로시의 태동(胎動)으로 이어지고, 소설에서도 민족주의 계열의 유미주의·자연주의·사실주의 소설과 신경향파 소설이나 프로 문학 계열의 리얼리즘 소설에로 그림자를 드리우고 있다. 즉 어떤 시대든지 문학은 전대의 문학사적 전통을 계승하거나 극복하는 방식을 통하여 새로운 문학사적 패러다임을 수립하게 되고, 이는 다시 과거의 전통이 되어 이어지는 후대의 문학사 형성에 영향을 끼치게 되는 것이다.

이 글은 같은 관점에 입각하여 1910년대를 중심으로 하여, 우리 근대시사의 형성에 끼친 서구시의 영향과 전통 시가의 관련 양상을 살피고자 하였다. 특히 이 시기는 전환기인 개화기와 본격적인 근대라고 할 수 있는 1920년대 사이에 놓이는 특수한 시기이다. 다른 어떤 시기보다 전환기의 양상을 가장 잘 드러내주는 시기라고 할 수 있다. 그래서 아직도 전통적인 시가가 주류를 이루던 개화기나 근대시의 다양한 모색과 성취를 보였던 1920년대와는 달리, 시문학의 내용과 형식 양 측면에서 서로 상충되거나 모순되는 현상들을 같이 보여주고 있다.

그럼에도 불구하고 이 시기를 기점으로 하여, 우리의 고전 시가의 전통은 점점 그 세력이 약화되고, 새로운 서구시의 전통이 우리의 근대시 형성에 영향을 증대시키기에 이른다. 이런 모습은 이 당시의 잡지나 신문에 실린 시가를 살피면 쉽게 확인된다. 개화 가사, 개화기 시조, 창가, 신민요, 신시 등이 동시에 나타나고 있어서, 전통적인 시가 양식과 새로운 서구시가 경쟁 관계를 보이다가, 1910년대 후반 이후에는 근대 서구시로 무게 중심을 옮기는 현상을 보인다.

아울러 같은 전환을 통하여 이전의 시기와는 사뭇 다른 시문학의 양상을 보이는 1920년대를 준비하게 된다. 그리고 이런 전환에는 문학 외적인 상황의 변화, 즉 3·1 운동이나 일제의 '문화 정치'의 영향도 작용하였지만, 이보다는 1910년대 후반의 우리 문학의 내적인 모색과 전환 노력이 더 중요한 요인이 되었다고 보아야 한다.

제 3 장

파시즘의 진군 앞에 선 시문학

1. 계급 해방 문학―전사(前史)로서의 프로시

　　민족 문학의 의의와 역할은 민족이 당면한 현실의 과제를 극복하기 위하여 문학은 어떤 역할을 했느냐는 점에서 찾아야 한다. 일제 강점기에 국한하여 말한다면 가장 우선적인 것은 일제의 극복이었고, 다음으로는 일제와 협력 관계를 유지하고 있던 반민족적인 지주·자본가들에 대한 민중들의 대응 모습을 문학적으로 형상화하는 것이었다. 이런 맥락에서 일본 제국주의 파시즘의 전면적인 대두로 특징지워지는 1930년대 후반의 민족 문학은 어떤 모습이었을까?

　　순수 문학 운동, 모더니즘 문학, 〈카프〉의 해산 등에 이어 등장한 1930년대 후반의 우리 문학은 일견 다양하면서도 혼란스럽기까지 하였다. 이 글에서는 이런 다양한 경향의 문학 중에서 민족 문학이라는 과제를 염두에 두고 글쓰기를 계속하였던 시인들을 주로 살피고자 한다. 즉 민족어를 고수하는 것마저도 어려워진 상황에서 그 출발이 각기 달랐던 몇 시인들의 시세계를 통하여, 이들이 파시즘의 대두라는 현실에 어떻게 대응하고 있나를 살피려는 것이다. 그래서 이 시기를 대표하는 시인들이면서도 나름대로의 편차를 보이는 정지용·임화·오장환·이용악 등을 대상으로 삼는다.

1930년대 후반 민족 문학의 모습을 알아보기 전에 전사에 해당하는 카프를 중심으로 전개된 문학적 경향을 우선 검토하려 한다. 이 문학 경향은 계급 해방 문학이라는 목표를 내세우면서, 1925년 카프의 결성 이전에 시작된 신경향파 시기의 문학에서 태동되어, 1935년 카프가 공식적으로 해산계를 제출할 때까지 문학 운동의 형태를 띠고 지속되었다. 그리고 이런 카프 문학 운동의 유산은 1930년대 후반의 문학 활동의 기반이 되었으며, 이후 해방 정국에서 활발히 전개된 진보적 민족 문학의 밑거름이 되었다. 아마도 이런 문학 유산의 계승이 제대로 이루어지지 못했다면 일제 말기의 암흑기라고 지칭되는 문학사적 공백은 쉽게 메꾸어질 수 없었을 것이다.

> 사랑하는 우리 오빠 어저께 그만 그렇게 위하시던 오빠의 거북무늬 질화로가 깨어졌어요
> 언제나 오빠가 우리들의 '피오닐' 조그만 기수라고 부르는 영남이가
> 지구의 해가 비친 모—든 시간을 담배의 독기 속에다
> 어린 몸을 잠그고 사온 그 거북무늬 화로가 깨어졌어요
>
> 그리하여 지금은 화젓가락만이 불쌍한 영남이하구 저하구 처럼
> 똑 우리 사랑하는 오빠를 잃은 남매와 같이 외롭게 벽에 가 나란히 걸렸어요
> ─임화, 「우리 오빠와 화로」 1·2연

이 시는 노동 운동을 하다가 감옥에 간 오빠의 이야기를 시로 형상화

한 임화의 시로, 우리 프로시가 성취한 대표적인 업적의 하나라고 평가되기도 한다. 그리고 프로시는 1920년대에서 1930년대 중반까지 카프와 운명을 같이 하면서 임화가 시도한 '단편 서사시'라는 모습으로, 당시의 노동자와 농민들의 계급 의식에 기초하여 그들의 삶을 진솔하게 표현하기에 이른다. 대표적인 시인으로 임화를 비롯하여 이찬(李燦, 1910~?), 권환(權煥, 1903~?), 백철(白鐵, 1908~1984), 박세영(朴世永, 1902~1989) 등이 있었다.

2. 자기 단련의 언어 — 정지용

1926년 『학조』에 「카페 프란스」 등의 시로 모더니즘적인 경향의 시세계를 보였던 정지용(鄭芝溶, 1902~?)은, 1930년대 초반에는 모더니즘과는 다른 경향인 『시문학』파의 일원으로 참여하여 순수시의 시세계를 펼쳐 보인다. 그래서 그의 초기시는 대부분 감각적인 이미지와 섬세한 언어를 구사하여 보여주고 있다. 그러나 그가 기본적으로 순수시에 경도되어 있었을 가능성은, 이미 1920년대 후반 『조선지광』에 작품을 발표하던 시기부터 드러나고 있다. 그는 이런 시작 경향을 통하여 1930년대에는 순수시를 지속적으로 추구하는 서정 시인이라는 평가를 받기에 이른다. 그리고 이런 양면성을 보여주는 시가 1927년 『조선지광』에 발표한 「향수」이다.

> 넓은 벌 동쪽 끝으로
> 옛이야기 지줄대는 실개천이 휘돌아나가고,
> 얼룩백이 황소가
> 해설피 금빛 게으른 울음을 우는 곳,
>
> ── 그곳이 차마 꿈엔들 잊힐 리야

질화로에 재가 식어지면
비인 밭에 밤바람 소리 말을 달리고
엷은 졸음에 겨운 늙으신 아버지가
짚베개를 고이시는 곳

　─그곳이 차마 꿈엔들 잊힐 리야

　　　　　　　　　　　　　　　　─정지용, 「향수」 1·2연

　위의 시에서 보이는 바와 같이 정지용은 곱게 다듬어진 우리 말의 언
어적 세련성을 유감없이 구사하고 있으며, 이를 통하여 감각적 이미지를
적절히 형상화하고 있다. 그리고 인간의 원초적 마음의 한 구석에 자리를
잡고 있는 고향에 대한 심상을 제시하여, 지금은 훼손되어 옛 모습을 찾
을 수 없는 고향에 대한 그리움의 감정을 구체적으로 그려내고 있다. 이
는 일제 강점기 시인들의 시에서 일반적으로 발견되는 현상의 하나로, 고
향 상실 또는 국가 상실의 정서를 형상화함을 통하여 이를 회복하고자
하는 민족의 간절한 염원을 표현한 것이라고 볼 수 있다.

　그러나 1930년대 중반 일제의 탄압 앞에서 그의 시세계는 절대적인 신
에 눈을 돌리고, 시대적 상황에 무력한 자신의 정신적인 허기와 갈증을
신앙을 통하여 메우려는 모습을 보인다. 이런 자아 성찰의 모습은 이찬·
권환·윤동주(尹東柱) 등의 시에서도 쉽게 볼 수 있다. 즉 고목이나 전봇대
와 같이 무력한 시적 자아는 거울이나 유리창을 통하여 자신의 자화상을
그리는 모습으로 형상화된다. 이는 암흑기라는 시대적 질곡 앞에서 나라
를 잃은 민족의 정신사를 대변한다는 점에서 주목할 필요가 있다. 그러나
현실에서 느끼는 고통을 카톨릭시즘이라는 절대적 종교 속에서 찾으려
한 정지용의 노력은 그렇게 성공적이지 않았던 것 같다. 그는 얼마 지
나지 않아 다시 동양적 고전과 산수의 풍경을 그리는 여행을 떠나게 된
다. 즉 「바다」의 시편을 거쳐 「옥류동」·「비로봉」·「장수산」·「백록담」
에로 시선이 옮겨지면서, 감각적인 언어를 구사하는 시세계로 나아가고

있다.

바다를 거쳐 산으로 오르는 이런 정지용 시세계의 변모는 그의 정신 세계의 변모와 밀접한 관계를 가지고 있다. 격동하는 시대의 격랑 속에서 느끼는 심리적 방황이 일시적으로 넓은 세계로의 연민으로 드러난다. 그러나 이런 정신적 방황이 부질없음을 느끼면서, 그는 난(蘭)과 같은 동양적 소재와 산수의 풍경에서 심리적 안정을 찾고 있다. 정신의 수평적 확대가 아닌 수직적 상승—어떤 관점에서는 현실의 질곡에 대하여 초월하는 자세에서 가능했던 자연에의 몰입을 통하여, 그는 친일도 항일도 적극적으로 할 수 없는 시인의 시세계를 보여준다. 또 그는 이런 자연 풍경과 자연이 주는 정서를 우리의 언어 문자로 고수하는 방법이 위축된 조선적 정신의 표현이자, 일제의 총검에 대항하는 소시민의 무력한 대응 방식이라고 보았다.

> 절정이 가까울수록 뻐꾹채꽃 키가 점점 소모된다. 한 마루 오르면 허리가 스러지고 다시 한 마루 우에서 모가지가 없고 나중에는 얼굴만 갸옷 내다본다. 화문처럼 판박힌다. 바람이 차기가 함경도 끝과 맞서는 데서 뻐꾹채 키는 아주 없어지고도 팔월 한철엔 흩어진 성진처럼 난만하다. 산그림자 어둑어둑하면 그러지 않아도 뻐꾹채 꽃밭에서 별들이 켜든다. 제자리에서 별이 옮긴다. 나는 여기서 기진했다.
> (…중략…)
>
> 가재도 기지 않는 백록담 푸른 물에 하늘이 돈다. 불구에 가깝도록 고단한 나의 다리를 돌아 소가 갔다. 쫓겨온 실구름 일말에도 백록담이 흐리운다. 나의 얼굴에 한나절 포긴 백록담은 쓸쓸하다. 나는 깨다 졸다 기도조차 잊었더니라.
>
> —정지용, 「백록담」 1·9연

위의 시는 백록담의 정상에 올라가는 시적 자아의 모습이 자연 대상과 더불어 파노라마로 제시되고 있다. 함경도의 바람만큼이나 차가운 정상의 바람 때문에 더 키가 크지 못하는 뻐꾹채와 같이 목을 내밀 수 없는 상황에서, 그는 정신적으로 난만함과 기진함을 느낄 수밖에 없다. 미래를 예시해줄 별마저도 자신의 심사와 똑같은 것이다. 그리고 정상에 가까울수록 시적 자아는 성취감을 느끼기는커녕, 피곤함과 쓸쓸함만을 느끼고 있다. 즉 몸과 마음이 피곤한 시적 자아는 백록담의 맑음을 보지 못하고, 쫓겨온 실구름에 흐리운 백록담을 보면서 기도조차 잊어버린 절망을 느끼게 된다. 이처럼 표현된 자연은 단순한 자연 현상의 나열에 그치지 않는다. 이때 자연물은 시인의 정신적 정황을 형상화하는 객관적 상관물의 역할을 하고 있다.

정지용이 1930년대 후반에 보여준 이런 시세계는 자연을 시적 대상으로 삼으면서도 시어의 조탁(彫琢)과 섬세하고 선명한 이미지로 독특한 시세계를 표현하였다. 파시즘이라는 시대적 상황 앞에서 작가로서 시인이 느꼈던 사상과 감정을 서정적인 자기 단련의 언어로 표현한 것이다. 그의 출발이 모더니즘이었건 이미지즘이었건 간에 그는 일관되게 조선어를 지켜서 갈고 다듬는 것에 충실하였으며, 이를 통하여 자신의 자세를 유지하고 민족의 희망과 진솔한 정서를 표현하려고 하였다. 그리고 이런 1930년대 후반 시의 전통은 우리 서정시의 전통을 계승한 것으로, 이후 제자격인 〈청록파〉의 시세계로 이어져서 우리 시문학사의 유산으로 평가되고 있다.

3. 내면화된 프로시의 현실 인식 – 임화

일반적으로 프로시는 1930년대 후반을 들어서면서 내면화 또는 내성화의 길을 걸었다고 평가되고 있다. 이때 내면화 또는 내성화라는 의미는 정치적인 구호의 차원으로까지 전개되었던 프로시의 경향성이 포기됨을 이른다. 이런 근본적인 원인은 파시즘의 전면적인 대두라는 현실에 대하여 시인이 주관적으로 시대적 암흑을 확대한 데에서 찾을 수 있다. 이로 인하여 현실에 대한 과학적인 인식보다는 주관적인 과장으로 나아가고 있다. 그리고 여기에는 새로운 창작 방법으로 제시된 사회주의 리얼리즘과 이에 계기로 작용하는 혁명적 낭만주의가 일정한 영향을 끼치는 것으로 생각된다. 즉 감상주의 속성을 지니고 있었던 낭만주의의 요소가 시의 형상성을 확보하는 중요한 계기로 인정된 것이다. 임화가 위대한 낭만 정신을 강조하면서, 과도한 객관주의를 지향하다가 주관성이 과도하게 드러나는 '낭만적 아이러니'로 떨어지고 마는 것이 그 한 예이다.

이미 시의 낭만성에 대한 논쟁의 과정에서 볼셰비키화 단계의 '빽다귀 시'에 대한 자기 비판을 전개하였던 임화는 「오늘밤 아버지는 퍼렁이불을 덮고」나 「만경벌」·「다시 네거리에서」 등의 시를 통하여 '단편 서사시'로 회귀하고 있다. 그러나 객관적인 상황의 열악화가 가속화되는 1930년대 후반기에 그의 시는 주관적인 측면에 몰입하여, 이전에 자신의 시에서 형상화되었던 시적 화자를 통한 객관적인 현실과 삶의 이야기를 적절히 보여주지 못하고 만다. 이는 카프 해산이라는 상황에서 방황하고 있는 임화 자신의 정신 세계의 반영이자, 이 시대를 살았던 지식인 작가들의 정신 구도를 보여주고 있는 것이다. 그래서 「옛책」·「암흑의 정신」에서 보여주는 것처럼 시인은 과거와는 다른 현실의 어두움에 대하여 전망을 제시하지 못하고 있다.

> 동 서 남 북 네 곳에 어디를 둘러보아도,
> 두 활개를 쩍 벌려 大空을 휘저어보아도,
> 목청을 돋워 소리 높이 외쳐보아도,
>
> 오오, 오오,
> 암흑의 끝없는 洞穴,
> 추위에 떠는 나뭇가지의 號泣,
> 雷鳴과 같은 폭풍, 巨巖을 뒤흔드는 怒呼,
>
> —임화, 「암흑의 정신」 2·3연

어디를 둘러보아도 암흑밖에 없다는 임화의 이런 고백은 이미 계급 문학을 소리 높여 외치던 패기도, 자신보다 선배급이었던 박영희나 김기진을 매섭게 몰아세우던 이론도 찾아보기 힘들다. 카프의 해산계를 제출할 수밖에 없는 상황에서 시인이자 평론가이며, 조직 이론가였던 임화의 현실에 대한 인식은 한마디로 절망에 가까웠던 것으로 보인다. 한동안 자신을 지탱해준 운동으로서의 문학이 현실적으로 불가능했을 때 느낀 이같은 심정의 솔직한 토로는 임화뿐만 아니라 카프에 몸담았던 시인들의 시 세계에 두루 나타난다. 그러나 임화는 현실의 암울한 분위기에 오래 머물러 있지는 않는다. 낭만성을 주장하던 그는 다시 사실주의의 목소리를 회복한다. 그래서 이식과 창조의 변증법에 의하여 발전해 온 신문학사에 관심을 갖게 되며, 근대사 이후에 우리 민족사의 운명에 결정적인 역할을 한 현해탄에서 민족과 자신을 돌아보게 된다.

> 오오! 현해탄은, 현해탄은,
> 우리들의 운명과 더불어
> 영구히 잊을 수 없는 바다이다. (…중략…)
>
> 모든 것이 과거로 돌아간
> 폐허의 거칠고 큰 비석 위
> 새벽별이 그대들의 이름을 비출 때,
> 현해탄의 물결은
> 고기떼를 쫓던 실내(川)처럼
> 그대들의 일생을 전설 가운데 속삭이리라.
>
> 그러나 우리는 아직도
> 이 바다 높은 물결 위에 있다.
>
> ― 임화, 「현해탄」 16 · 18 · 19연

임화의 시에 나타난 현해탄은 서구(일본) 지향성이나 현해탄 컴플렉스로만 해석될 수 없음을 위의 시는 보여주고 있다. 그가 본 현해탄은 '태평양의 거센 물결'과 '남진하는 대륙의 북풍'이 만나 '몽블랑보다 더 높은 파도'로 상징되는 조국이 운명을 형상화하고 있다. 운명이기 때문에 잊을 수 없고, 그래서 미래의 언젠가에는 지금의 우리가 잃어버린 고향을 전설 속에서 이야기하듯이 속삭여야 하는 대상이다. 그러나 민족의 운명은 현해탄의 높은 물결처럼 아직도 높은 물결 위에 있음을 시인은 인식하고 있다. 이런 시 속에서 이전의 시대에 임화가 읊었던 시세계와는 다른 주관성과 내면성에의 침잠을 우리는 느낄 수 있다. 그러나 일반적으로 그의 이 당시 시를 평가하면서 이야기되듯이 비관주의로만 해석될 수 없음을 감지하게 된다. 즉 민족의 현실에 대한 새로운 인식을 통하여 미래에도 지금과 똑같으리라는 비관주의를 넘어서는 시인의 시정신을 보게 된다.

이런 1930년대 후반기 임화 시의 경향은 현실에 대한 인식의 차원에서 부정적인 관점보다는 긍정적인 측면에서 해석되어야 한다. 그리고 이런 관점에 설 때, 우리는 오랜 수형 생활과 카프의 좌절을 맛본 후에 일상적인 삶 속에서 부끄러움을 인식한다는 것이 얼마나 어려운가를 고민하는 이찬의 시세계를 만나게 된다. 또 같은 맥락에서, 객관적인 정세의 변화에도 굴하지 않는 시인의 중추적 정신이 철저하고 양심이 살아 있으면 시의 미래는 비관할 바 아니라는 박세영의 시와 만나게 된다. 이들은 민족이 당면했던 위기의 시대에 주관화와 낭만화에 깊이 침잠하지 않고, 나름대로는 객관적인 현실을 직시하려는 노력을 보여주고 있다.

주관적인 정서에 함몰되는 내면화는 분명히 낭만주의의 본질적인 것에 접근하는 것이다. 그러나 임화나 이찬, 박세영의 시들에서 보이는 내면화는 조선적 현실 속에서 프로시의 후예들이 보여주었던 최소의 자존심이었다. 이런 관점을 무시하고는 비관적으로 전개되는 현실에 대한 인식이라는, 당시의 시에서 일반적으로 드러나는 특성을 놓치게 된다. 그리고 프로시가 카프의 해산 이후에 보여준 내성화는 이런 측면에서 긍정적으로 평가되어야 한다.

4. 모더니즘에서 본 민족 현실 — 오장환

1930년대 우리 시사에서 뺄 수 없는 경향의 하나가 모더니즘의 세례이다. 그래서 순수시를 지향했건 프로시를 지향했건 어느 쪽이든 감각적인 이미지와 새로운 것에 대한 지향성을 중시하는 모더니즘의 영향을 일정하게 수용한다. 1933년 유교적 전통과 관습을 부정하는 「목욕간」이라는 시로 등장하는 오장환(吳章煥, 1918~?)의 시적 경향도 이런 범주에서 크게 벗어나지 못한다. 그에게서 유교적 전통이나 관습은 민족의 역사이자 자기 존재의 역사임에도 불구하고, 거추장스러운 것으로밖에 느껴지지 않는다. 「정문」·「성씨보」 등의 초기시에서 드러나는 이런 특징은 과거를 부정하고서, 새로운 시대를 기약할 수 있는 곳으로 그는 발걸음을 옮긴다. 그래서 오장환의 시에 나타나는 시적 자아는 신문물이 들어오는 항구(바다)나 도시를 배회하게 된다. 이는 식민지 상태에서 국가 상실의 또 다른 표현인 고향 상실이라는 현실을 보여주는 방식이었다.

그러나 오장환이 과거의 역사에 대한 전면적인 부정을 통하여 접근한 신문물과 도시라는 모더니즘의 세계는 결코 낙관적인 세계의 전망을 마련하여 주지 못한다. 그가 찾은 새로운 문물이 있는 곳마저도, 결국 병든 역사의 비애를 만나는 고향 아닌 장소임을 알게 된다. 그리고 이런 속에서 시인은 자신이 '병든 사나이' 또는 '병든 학', '병든 시인 오장환'임을 자각하게 된다. 여기서 그는 다시 고향에 대한 그리움을 절실히 표현하는 시세계의 변모를 보여준다. "진종일 / 나룻가에 서성거리다 / 행인의 손을 쥐면 따뜻하리라. // 고향 가차운 주막에 들러 / 누구와 함께 지난날의 꿈을 이야기하랴. / 양구비 끓여다 놓고 / 주인집 늙은이는 공연히 눈물지운다"(「고향 앞에서」의 부분)에서처럼 항구와 도회의 삶에 지친 시적 자아는, 강이 가까운 산골의 고향 마을이나 이런 고향에 살고 있는 어머니를 찾게 된다. 그러나 그는 고향에 가지는 못한다. 고향 사람의 손길마저도 잡지 못하는 길손의 모습으로, 고향 가까운 주막에서 향수에 젖어 있다.

오장환이 미완의 '귀향의 노래'인 이런 고향에 대한 그리움의 노래와 더불어 1930년대 후반의 시적 경향을 대표적으로 보여주는 것은, 해방 후에 『나 사는 곳』이라는 시집에 실린 시세계다. 이 경향은 해방 후의 진보적인 민족 문학의 입장에서 활발한 시작을 보였던 시적 경향을 암시하는 것으로, 파시즘의 대두라는 암흑의 국면에서 양심을 지닌 사람들이 들려주는 최소한의 목소리였다. 전향과 변절이 강요된 속에서 시인 오장환은 몸부림을 치면서 그래도 봄은 올 것이라는 믿음과 가능성을 노래하고 있다.

> 울렸으면…… 종소리
> 그것이 기쁨을 전하는
> 아니, 항거하는 몸짓일지라도
> 힘차게 울렸으면…… 종소리 (…중략…)
>
> 울렸으면…… 종소리
> 젊으디젊은 꿈들이
> 이처럼 외치는 마음이
> 울면은 종소리 같으련만……
>
> 스스로 죄 있는 사람과 같이
> 무엇에 내닫지 않는가,
> 시인이여! 꿈꾸는 사람이여
> 너의 젊음은, 너의 바램은 어디로 갔느냐.
>
> ─ 오장환, 「종소리」 1·3·4연

젊음을 실은 종소리의 울림은 기쁨의 노래가 아니면 항거의 몸짓이 될 수 있다는 가능성을 위의 시는 제시하고 있다. 그래서 "언제나 서로 합하는 젊은 보람에 / 홀로 서는 나의 길은 미더웁고 든든하다"(「나 사는 곳」의 부분)에서처럼 젊음은 미덥고 든든한 것이 된다. 그리고 오장환이 이 시대에 보여주었던 시세계는 우리 시사의 암흑기에 대한 재평가의 가능성을 보여준다. 즉 윤동주(尹東柱, 1917~1945)와 이육사(李陸史, 1904~1944)를 중심으로 평가되었던 일제 말기의 문학적 성과를 긍정적인 측면에서 보충할 수 있을 것이다. 오장환은 「초봄의 노래」·「신생의 노래」 등을 통하여 상실감을 극복하려는 시인의 의지를 보여주고 있으며, 역사적 전망을 확보할 가능성도 내비치고 있다. 특히 이런 관점은 해방 정국에서 진보적 민족 문학의 길을 걸었던 신진시인들(김상훈·유진오·상민 등으로 이들은 일제 말에 이미 습작기 작품을 발표함)이나 오장환·이용악·조영출 등의 일제 말 암흑기에 발표 또는 미발표된 시작 전반에 대하여 살펴보면 쉽게 드러나는 사실이다.

근대화의 와중에 불어닥친 파시즘의 위기 앞에서 오장환은 이처럼 다양한 면모를 보인다. 그러나 현실에 대한 비판적 태도는 지속되었다. 서자라는 신분적 한계와 모더니즘의 세례를 통하여 유교적 관습의 표상인 고향을 버리지만, 현실의 고난은 그를 다시 고향으로 불러들이고 있다. 그리고 그가 동인으로 참여했던 『시인부락』 계열이 보였던 다양한 시적 경향의 귀착점도 건강한 생명력이 넘치는 고향 마을이었음도 같은 맥락에서 이해될 수 있다. 「바다」·「문둥이」·「자화상」 등의 시를 썼던 서정주(徐廷柱, 1905~2000)나 「깃발」·「일월」·「생명의 서」 등을 썼던 유치환(柳致環, 1908~1967)이 보여주었던 현실 인식도 상황의 암울함만을 표현하지는 않고 있다.

또 오장환과 달리 향토적 토속어와 민속적인 소재를 동원하여 모더니즘적인 시를 썼던 백석(白石, 1912~?)도 「가즈랑집」·「여우난곬족」 등의 시를 통하여 현실의 다양한 모습을 표현하여 민족의 삶을 시적 형상으로 구체화시키고 있다. 특히 한 여인의 일대기를 12행의 짧은 시로 형상화한 「여승」은 일제 강점기 민족사의 운명을 대변하고 있다. 농사를 지으면서 생계를 유지하던 한 가족이 일제와 그 동조자들의 수탈에 견디다 못해 결국은 자신들의 삶의 터전을 떠나 금점판과 행상으로 떠돌다가 여승이

될 수밖에 없었던 여인과 가족의 운명을 사실적으로 드러내고 있다.

이처럼 1930년대 후반의 시문학은 모더니즘의 영향에서 자유로울 수 없는 많은 시인들이 등장하여, 당시에 우리 민족이 처하고 있는 현실을 노래하고 있다. 비록 미래에 대한 낙관적인 전망은 아니라고 하더라도 그들이 처했던 현실을 직시하고 이를 시적 형상으로 표현하려고 하였다. 특히 다양한 현실 인식이 가능했던 시기에 보여준 이런 노력도 이 당시의 시문학이 민족 문학이라는 테두리 내에서 고려될 수 있는 가능성을 보여주는 것이다.

5. 삶의 사실적 진술과 리얼리즘 시의 가능성 - 이용악

파시즘의 전면적인 대두와 때를 같이 하여 등단한 시인 중에서 이용악(李庸岳, 1914~?)은 주목되는 시인의 하나이다. 특히 그의 시에 대한 연구들이 축적되면서, 그는 일제 강점의 1930년대 후반기를 가장 치열하게 살았던 시인으로 평가되고 있다. 이용악은 시작의 초기에 작가 자신의 체험이나 가족사, 나아가서는 고향의 이야기를 시의 제재로 삼으면서, 이와 비슷한 경향을 보이는 백석과도 구별되는 나름의 투박하면서도 굵은 목소리를 전달하고 있다. 그의 시는 자신의 주변에 있는 이야기를 향토적 정서를 보장하는 함경도의 사투리를 통하여 담담하게 보여주고 있다. 일반적으로 습작기의 시작은 주관적인 목소리가 범람하기 쉽다. 특히, 이용악시의 제재가 냉정한 시각을 유지하기 어려운 자신의 가족사였음을 감안한다면, 그가 표현하고 있는 객관화된 현실은 높히 평가될 만하다. 이런 초기시의 경향은 고향을 떠나 침상도 없는 이국 땅에서 객사한 아버지의 죽음을 노래한 「풀벌레소리 가득차 있었다」에 잘 나타나고 있다. 그리고 이용악은 이런 시적 형상을 통하여 일제 강점의 상황에서 유랑민이 될 수밖에 없었던 민족 현실을 정당하게 반영하는 민족 문학의 한 전형을 보여주었다.

이용악의 시세계는 일제 강점의 상황에서 억압받고, 유이민화되어 가는 민족의 이야기와 이런 객관화된 이야기가 제시하는 정서라고 할 수 있다. 시의 리얼리즘을 논의하는 데에서 종래에 강조되었던 시의 이야기적 성격이나 서술적인 구조의 강점 외에도, 객관화된 현실이 주는 비애의 정서도 시의 리얼리즘을 확보하는 데에 중요하게 작용하고 있다는 사실을 알 수 있다. 이런 측면을 그의 대표작의 하나인 「낡은 집」을 중심으로 살펴보자.

> 찻길이 놓이기 전
> 노루 멧돼지 쪽제비 이런 것들이
> 앞뒤 산을 마음놓고 뛰어다니던 시절
> 털보의 셋째 아들은
> 나의 싸리말 동무는
> 이 집 안방 짓두리광주리 옆에서
> 첫울음을 울었다고 한다.
>
> '털보네는 아들을 봤다우
>   송아지래두 붙었으면 팔아나 먹지'
> 마을 아낙네들은 무심코
> 차거운 이야기를 가을 냇물에 실어보냈다는
> 그날 밤
> 저릎등이 시름시름 타들어가고
> 소주에 취한 털보의 눈도 일층 붉더란다. (…중략…)
>
> 그가 아홉 살 되던 해
> 사냥개 꿩을 쫓아다니는 겨울
> 이 집에 살던 일곱 식솔이

> 어데론지 사라지고 이튿날 아침
> 북쪽으로 향한 발자욱만 눈 우에 떨고 있었다.
>
> —이용악, 「낡은 집」 3·4·6연

지금은 아무도 살지 않는 마을의 흉가—시적 화자가 친구의 옛집에 대한 내력을 다룬 이 시는 그 집에서 살던 사람들의 가족사를 다루고 있다. 전통적인 삶의 방식을 고수하면서 근근이 이어가던 살림살이가 '찻길'로 표상되는 신문물에 의하여 파괴되어, 이제는 아들이 태어나는 것도 걱정스러운 현실로 변모했음을 보여준다. 그리고 더 이상 살길이 없자 마을 사람들 몰래 야반도주하여 만주나 러시아로 떠나갈 수밖에 없는 민족의 삶을 형상화하고 있다. 특히 이 「낡은 집」은 어린 시적 화자를 등장시켜서 현실을 관찰하는 자세로 담담히 그림으로써, 객관화된 현실을 제시하려 하고 있다. 더구나 마을의 아낙네나 이웃의 늙은이들을 등장시켜 그들의 목소리를 통하여 털보네의 처지와 행방을 처리하는 수법을 사용하고 있다. 이처럼 이 시는 다양한 표현 기교를 동원하여 객관적 시점을 확보하는 데 성공하고 있다. 또 이런 시적 화자에 의하여 진술된 현실의 객관화를 통하여, 이 시의 기본 정서인 비애의 정조를 진솔하게 전달하고 있다.

이처럼 이용악이 전달하고자 한 것은 민족의 구체적인 삶과 이로부터 생기는 비애의 정조이다. 그렇다고 이 비애가 폭압적으로 전개되는 일제 파시즘의 칼날 앞에서 무력할 수밖에 없는 민족 주체들의 전망 부재나 절망적 비애라고 부정될 수는 없다. 오히려 이런 현실에 대한 적실한 제시를 통하여, 현실에 대한 인식과 이를 통하여 민족사의 고난을 극복하려는 민족 문학의 노력으로 보아야 한다. 같은 맥락에서 그는 「오랑캐꽃」이라는 객관적인 상관물을 통하여, 일제 강점기의 우리 민족처럼 수난의 민족이었던 여진족의 비극을 형상화하려 했다. 즉 그가 보여준 시적 형상은 적극적인 의미에서 우리 민족의 삶의 모습을 구체적으로 드러내는 리얼리즘을 구현하고 있다.

　나아가서 이용악은 민족의 현실을 보여주는 데 머물지 않고, 이런 현실을 극복하려는 적극적인 형상을 보여주기도 한다. 민족과 운명을 같이 하는 두만강을 향하여 "잠들지 말라 우리의 강아 / 오늘 밤도 / 너의 가슴을 밟는 뭇 슬픔이 목마르고 / 얼음길은 거칠고 길은 멀다"(「두만강 너 우리의 강아」의 부분)라고 외치고 있다. 한 줄기 강물이 바다로 흘러가야 하는 것처럼, 길은 멀고 거칠더라도 가지 않을 수 없는 길임을 깨우쳐주고 있는 이 시구(詩句)는, 암흑과 같은 시대를 밝혀주는 샛별과도 같은 역할을 한다. 이런 작품의 다른 예로는 노동자·농민을 중심으로 한 민중적 삶 속에서 민족 현실을 형상화하는 시인 「나를 만나거든」이나 전라도의 어느 어촌에서 팔려와 북간도의 술막에서 만난 여인을 통하여 민족사의 수난과 조국을 그려보고 있는 평범하지 않은 함경도 출신 사내의 이야기를 전하고 있는 「전라도 가시내」 등이 있다. 대체로 그의 시는 유랑과 노동을 하면서 쓴 초기의 경우에는 형상화의 수준이 고르지 못하며, 이후 유학에 이어 잡지사의 편집기자로 있었던 때에는 곳곳에서 소시민적 의식이 표출되기도 한다. 그러나 그의 시 대부분은 1930년대 후반 암울한 민족 현실을 사실적으로 드러내고, 이를 적극적으로 형상화하고 있다.

　현실을 반영하여 이를 전형적으로 드러내는 것이 리얼리즘의 속성이다. 그렇다면 이용악이 파시즘의 전면적인 대두기에 시로서 보여준 민족 현실은 리얼리즘 시의 가능성을 보인 대표적인 것이다. 그리고 민족의 현실적 과제의 해결에 문학이 얼마나 부응했느냐는 민족 문학의 관점을 도입할 때, 그의 시는 더욱 유의미한 문학이 된다. 즉 일제 강점이라는 현실 속에서 최우선적으로 제기된 민족 해방에 복무하는 것이 민족 문학의 과제였다. 그리고 시인이 할 수 있는 것은 민족이 처한 현실을 문학적으로 형상화하는 일이다. 이런 측면에서 이용악은 이육사와 더불어 일제가 단말마적인 몸부림을 보였던 어두운 시기를 치열하게 살았던 몇 안되는 시인으로, 우리의 시문학사에 자리잡고 있다.

　이런 측면에서 이용악과 같은 북방 출신(이용악은 함경북도, 안용만은 평안

북도)이면서도 각기 다른 유랑의 체험을 형상화한 안용만(安龍灣, 1916~?)도
주목할 만하다. 그는 이용악과 달리 일본의 노동 유이민으로, 공장 지대
와 이곳에서 벌어지는 노동자들의 삶의 모습과 이들의 사랑을 진솔하게
표현하고 있다. 안용만은 1935년 1월 『조선중앙일보』와 『조선일보』의 신
춘현상문예에 각각 「강동의 품」과 「저녁의 지구」가 당선되면서 문단에
등단한다. 그후 「봄의 캇타부」·「생활의 꽃포기」·「꽃수놓던 요람」을 발
표한다. 안용만의 이들 시편들은 뛰어난 서정성에 기초하여 조선인 노동
자들의 생활의 이야기를 전해주고 있다. 즉 일본의 조선인 지구에 거주하
는 노동자의 생활을 어둡고 음울하게만 보지 않고, 현실의 고난을 극복하
려는 노동자들의 꿋꿋한 투쟁 의욕과 삶의 진실을 낙관적인 전망의 관점
에서 형상화하고 있다.

6. 1930년대 후반 시의 문학사적 의의

일제의 파시즘의 대두라는 전면적인 위기의 상황에서 다양한 시적 경
향을 보였던, 우리의 시문학이 갖는 민족 문학적 성과는 무엇일까를 여기
서는 중점적으로 살폈다. 이를 통하여 전사적 의미의 프로시를 계승하고,
이를 극복하려는 다양한 시도들을 확인할 수 있었다. 그리고 이런 다양한
시적 제경향들은 낭만주의론과 기교주의론이라는 이론적 논쟁을 거치면
서 존재의 논리적 근거를 마련하고 있었다. 이를 통하여 민족 문학이라는
관점에서 의미가 있는 순수 서정시의 세계를 추구한 정지용, 프로시의 내
면화를 시도한 임화 등의 프로 시인, 모더니즘적인 면모를 견지하는 오장
환과 민족 현실의 리얼리즘을 구현하려 한 이용악의 시세계와 그들의 작
품들이 1930년대 후반의 시문학사에 자리를 잡게 된다.

　이런 1930년대 후반의 시들은 전통의 계승이라는 측면에서, 그 전대의 문학 유산을 지양·극복하고 있다. 1920년대의 감상주의적인 시나 프로시의 편내용주의와 기교적 미성숙을 극복하려 했던 1930년대 초반의 순수시 운동이나 모더니즘 운동을 넘어서려는 노력을 보인다. 이를 통하여 파시즘의 진군 앞에서 민족의 현실적 과제를 반영하고 형상화하고 있다. 특히 이 당시 이런 시문학의 전통은 다른 어떤 시기보다 활발한 시 창작으로 나타나고 있다. 그 한 예로 많은 개인 시집들─임화의『현해탄』, 정지용의『백록담』, 박세영의『산제비』, 오장환의『성벽』과『헌사』, 백석의『사슴』, 이용악의『분수령』과『낡은 집』, 이찬의『대망』·『분향』과『망양』, 권환의『자화상』과『윤리』, 김기림의『기상도』등─이 앞을 다투어 간행되고 있다. 아울러『시인부락』·『시원』·『시학』·『시림』·『시건설』·『낭만』·『시인춘추』·『자오선』·『맥』등의 시전문지가 속속 간행되어 활발히 전개되고 있던 창작적 실천 활동에 넓은 지면을 제공하고 있다. 이밖에도『조선문학』·『풍림』·『문장』·『인문평론』등의 문예지와『신동아』·『조광』·『신여성』등의 종합 잡지들도 시문학의 활성화에 적극적으로 공헌하고 있다.

　즉 이 당시의 시문학은 전에 비하여 질적으로나 양적으로 한결 성숙한 모습을 보여주고 있었다. 이런 창작적 실천력은 조선어로 창작이 가능했던 마지막 시기까지 비교적 지속적으로 전개된다. 그리고 조선어와 조선의 문화를 말살하여 대동아공영권을 건설하려는 일제에 저항하려 했던 이런 양심적인 문학인이 없었다면, 해방 후의 우리 민족 문학은 커다란 혼돈 속으로 빠져들었을 것이다. 이런 활발한 창작적 열정과 암흑기를 최소화하려는 민족 문학인들의 노력 덕분에, 해방이 되자 우리 민족 문학은 활발한 창작과 이론적 정립을 위한 논의를 전개하게 된다. 1930년대 후반의 시문학이 지니는 문학사적 의미는 이런 각도에서 폄하될 수 없는 위상을 지니고 있다.

제 4 장

시적 실천으로서 '참여시'의 의미

1. 문학의 현실 참여와 그 의미

1950년의 한국전쟁은 우리 역사에서 쉽게 치유될 수 없는 상처의 하나이다. 이 한국전쟁이 준 고통들을 우리 민족은 지금까지 온몸으로 견뎌오고 있다. 민족사의 대과제인 통일의 장애 요인도 넓게는 이데올로기 문제이겠지만, 좁게는 결국 이 한국전쟁이 준 반목(反目)의 그림자에 불과하다. 그리고 전쟁을 겪지 않은 전후 세대들에게도 이 문제는 전쟁을 겪은 세대와 똑같은 무게를 지니고 있다.

그럼에도 우리 모두 그동안 민족의 진정한 삶, 가치 있는 삶을 위해 노력했음을 부인할 수는 없다. 아울러 대부분이 사시(斜視)의 테두리를 벗어나지 못했음도 인정하여야 한다. 특히 1950년대와 1960년대의 문학이 민족과 민중들의 아픔과 삶에 보여준 애정은 그만큼이 고통을 되새기는 기능도 했다. 진솔한 삶과는 다른 또는 진정한 전망과는 다른 문학적 형상을 이 당시의 문학은 보여주었다. 이런 상황에서 우리 민족의 문제를 객관적으로 본다는 것은 거의 불가능에 가까웠다. 더구나 이를 문학적으로 형상화한다는 것은 더욱 어려운 일이었다. 이 어둠의 시대를 제 정신을 가지고 산다는 것은 쉽지도 않았다.

그럼에도 불구하고 이 시대를 관통하여 살면서, 제 정신을 가지고 제대로 시를 쓴 시인다운 시인으로 김수영·박봉우·신동엽을 들 수 있다. 이들은 이 당시를 지배한 이념[반공이라는 국시(國是)로 대표되는]의 무게에서 벗어나 자유로운 작품 세계를 펼쳐 보였다. 참여 혹은 순수로 편을 나누어 설명하기도 하지만, 이들의 문학적 성취는 이들의 삶 자체가 실천적으로 뒷받침됨에 따라 무게를 더하여 우리에게 다가서 있다. 우리 현대사의 참된 모습들을 이들의 시에서 확인할 수 있다.

그리고 이런 초기의 모습을 1950년대 중반의 우리 문학사에서 확인할 수 있다. 이들의 문학 세계는 이 당시 문단의 주도적인 흐름을 형성하고 있던 서정시와 모더니즘 시를 비판적으로 계승하면서 싹이 트고 있었다. 특히 해방 정국의 모더니즘 계열의 현실에 대한 비판 의식은 초기 김수영의 시 세계 형성에 많은 영향을 끼쳤다. 이에 비하여 박봉우와 신동엽의 시 세계는 서정시의 순수를 앞세운 또 다른 이념 지향성에 대한 비판적 시각을 보여주면서 등장하였다.

이들의 시적 경향은 1960년대를 대표하는 시운동인 참여시 운동의 전사(前史)가 된다. 이후 특히 4·19와 5·16을 겪으면서 반민중·반민주적인 현실에 대항하여, 문학의 현실 참여를 외치는 목소리가 본격화되게 된다. 이제 시인은 온실에만 있는 연약한 인텔리가 아니라, 모진 폭풍우에 맞서고 뜨거운 태양을 이겨내야 하는 존재가 되었다. 그리고 이런 시련을 겪은 꽃이 더 아름답고 튼튼하게 피어날 수 있었다.

2. 민중에 대한 따뜻한 애정 — 김수영

먼저 김수영은 해방이 된 이듬해부터 모더니즘의 깊은 세례 속에서 시작 활동을 시작한다. 그는 〈신시론〉과 〈후반기〉 동인을 거친 모더니스트였다. 그랬던 그가 「병풍」(1956) · 「눈」(1956) · 「폭포」(1957) · 「서시」(1957)를 발표하면서, 시대를 살아가는 지식인의 고뇌를 노래하였다. 그가 본 현실은 모순된 현실이었다. 그러나 아직은 그 현실에 몸을 부딪치면서 살 수 없었음을 그 자신은 산문인 1955년의 일기에서 고백하고 있다.

즉 "곧은 소리는 곧은 / 소리를 부른다"(「폭포」)고 노래하고 있지만, 그는 여전히 싸구려 번역일을 하고, 삼류 신문사의 기자일을 하고, 원고료를 독촉하면서 뒷골목의 쓸쓸한 다방을 찾는 그렇고 그런 인생에 불과하였다. 그는 여전히 모더니즘의 그늘에서 완전히 벗어나지 못했다. 이런 모순에서 자유스럽지 못한 모습을 당시의 시에서도 찾을 수 있다.

먼저 「병풍」에는 그의 모더니스트적 면모가 보인다. 병풍이 하나의 벽이 되어 죽음이라는 감상의 세계와 분리된다. 그리고 우리는 병풍 속에 있는 폭포나 달 등의 그림과 병풍을 그린 노인의 낙관을 바라보는 다른 존재이다. 어떤 대상에 무관심한, 병풍처럼 변화해 가는 인간의 모습을 비교적 잘 드러내고 있다. 이런 시 세계는 동포의 주검 앞에서 적개심을 불태우던 모습과는 한결 다른 정조 즉 사랑하는 아들의 주검 앞에서 "고운 폐혈관이 찢어진 채로 / 아아, 늬는 산새처럼 날아갔구나!"라고 읊은 정지용의 세계와도 닿아 있다.

분노가 아닌 현대인의 비정함이 배어 있는 그리고 이런 세계가 우리가 맞을 준비를 해야 하는 새로운 시대임을 「병풍」은 진솔하게 보여준다. 아울러 일상적인 삶의 굴레에서 겪는 관념을 시각적으로 형상화하려는 모더니스트의 체취도 물씬 풍기고 있다. 그러나 김수영의 시 세계는 현대성의 발견이라는 모더니즘의 세계에만 안주하지 않는다.

그의 또 다른 시인 「눈」은 이런 그의 정신적 면모를 가장 잘 드러내는 1950년대 시작품 중 하나이다. 그리고 여기서부터 그의 시 세계는 새롭게 전개되는 것으로 보아도 별 무리는 없을 것이다. 달리 표현하면 이후 1960년대 참여시의 큰 산맥을 형성하는 그의 시 세계의 뿌리가 「눈」에서 자리를 잡기 시작한다.

김수영은 현실을 비판적으로 보려는 '눈'의 의미를 새롭게 드러내고 있다. '눈은 살아있다'나 '기침을 하자' 등의 반복적인 어구를 사용하여 리듬 의식을 살리면서 시인의 강렬한 의지를 전달하기도 한다. 아울러 순결함, 깨끗함을 표징하는 눈[雪]의 의미와 현실을 비판적으로 보려는 또는 미래의 모습을 바르게 보려는 눈[眼]의 의미를 동시에 지니는 중의적(重意的) 표현을 통하여 나름대로의 시적 형상도 창조하고 있다. 살아있는 눈을 향하여 기침을 하는 행위와 그 행위를 통하여 밤새 고인 더러운 가래를 뱉는 행위는 이미 피상적인 차원의 생리적 현상을 표현한 것은 아니다.

불의와 유령과 같은 부조리가 팽배되어 있는 현실 속에서 이를 감지한 시인이 보여주는 예언자적 목소리이다. 「폭포」·「서시」 등으로 이어지는 김수영의 이런 사색의 목소리는 4·19를 겪으면서 분노로 표출된다. 그리고 그 자신 '풍자'라고 표현한 독설과 같은 시인의 외침은 1960년대를 대표하는 시정신의 중요한 자리를 차지한다.

1960년대 초두 자유에의 외침과 진정한 의미의 혁명이 실패로 귀결되면서 우리들은 절망적인 상황에 빠졌다. 여기서 시인은 부끄러움을 느끼게 된다. 심각한 내적인 갈등 속에 시인 자신을 위치시키고 시작 활동을 한다. 그리고 이를 극복하는 방법으로 풍자의 방법을 쓴다. 그의 시 「거대한 뿌리」(1964)·「현대식 교량」(1964)·「이 한국문학사」(1965) 등에 오면, 이 독설과 같은 풍자 정신은 민족사의 모습을 재구하는 방향으로 바뀐다. 즉 역사를 통해 자기반성의 태도를 갖게 되고, 이를 통하여 지식인·시인의 비판적인 현실 인식을 유지할 수 있게 된다.

이런 현실에 대한 태도는 지식인으로서의 사회 참여와 시인으로서 참여 시를 쓰는 행위로 나타난다. 특히 후자의 경우는 '반시론'으로 명명된 시에 대한 새로운 깨달음으로 요약된다. 그는 "시작은 '머리'로 하는 것이 아니고, '심장'으로 하는 것도 아니고, '몸'으로 하는 것이다. '온몸'으로 밀고 나가는 것이다. 정확하게 말하면 온몸으로 동시에 밀고 나가는 것이다"(「시여 침을 뱉어라」)라고 주장하고 있다. 즉 시인뿐만 아니라 사람이 사는 의미가 되는 이 말은, 사변적인 삶의 테두리를 벗어나 실천적인 삶을 살아야 한다는 사실을 간명하게 밝히고 있다.

이를 통하여 시인의 실천 행위가 정당한 것으로 인정된다. 또 이것은 절망도 부끄러움도 없이 자신의 모습을 적나라하게 드러내는, 자신의 시작 행위에 대한 이론적 근거도 마련된다. 이렇게 사는 것이 부끄럽지 않게 사는 길이 된다. 이때 시인은 깨달음의 세계에 도달하게 된다. 그리고 그의 후기 작품인 「꽃잎」 연작(1967)과 「풀」(1968)은 이런 김수영의 시론과 시 세계의 마지막 도달점인 것이다.

특히 「풀」은 그가 죽기 전에 남긴 마지막 시다. 그의 대표작이라고 지목되기도 한다. 대체로 이 시는 '풀'과 '바람'의 의미를 중심으로 해석되고 있다. 즉 '풀'은 여리고 상처받기 쉽지만, 어떤 힘에도 죽지 않는 강인한 생명력의 소유자를 나타낸다. 달리 말하면 강인한 민중의 생명력을 표상하고 있다. 이에 비하여 '바람'은 풀에게 시련을 주는 존재다. 풀이 곱게 자라지 못하도록 하는 대표적인 형상이 바람이다. 이때 바람은 민중을 억압하는 독재 정권으로 해석된다.

풀은 바람이 주는 여러 시련을 잘 견뎌내고 있다. 마치 우리 민중들이 자신들을 억압하는 세력들을 비웃기라도 하듯이 잘 살아가는 것처럼 말이다. 이 과정에서 시인은 우리들이 가지고 있는 일반적인 편견을 뛰어넘어 시를 쓰고 있다. 우리들은 바람에 따라 풀이 흔들리기만 한다고 생각한다. 그러나 시인은 이 시에서 행위 주체가 오히려 풀이라고 보고 그것이 능동적인 존재임을 밝히고 있다. 이 점은 이 시의 모든 서술어(눕는다, 운다, 일어난다, 웃는다)의 주체가 풀이라는 사실에서도 짐작할 수 있다.

또 생명력의 강인함과 더불어 예언자적 지성도 보여주고 있다. 풀은 바람보다 빨리 눕고 먼저 일어나는 존재이다. 그리고 쓰러졌을 때 먼저 일어나고, 울 때 먼저 웃는 인고자(忍苦者)의 모습을 동시에 지니고 있다. 이처럼 풀이 자연의 미약한 존재인 것 같지만 결코 그렇지 않음을 역설하고 있다. 이 시는 풀과 바람과의 대비, 반복적인 행위의 계속 등을 통하여, 자연세계의 운동 원리와 그 조화로움을 드러내기까지 한다.

이런 시 경향은 4·19 이후 사회 정의와 자유를 갈구하는 목소리들의 연속선상에 놓여 있다. 그의 이런 시적 경향을 하이데거의 영향을 받은 실존주의의 산물(박윤우)로 보건, 아니면 모더니스트로서 자아를 극복하려는 소시민(김윤식)으로 보건, 세계에 대한 사랑을 구현한 시민 문학의 전통(백낙청)으로 보건 그가 민중에 대한 따뜻한 애정을 놓치지 않고 있음은 그의 여러 시적 형상에서 드러나고 있다. 그리고 이 점이 김수영 시의 대표적인 자질의 하나라고 할 수 있다.

그는 더 이상 모더니즘이 그림자 속에 머물지 않고, 시대의 격랑에 적극적으로 저항하게 하였다. 그러나 그는 자동차라는 문명의 이기에 의해 운명을 달리하게 된다. 자신이 초기 시작품에서 추구하던 현대 문명의 또 다른 희생자가 된 것이다.

3. 민중적 시각에서 재해석 — 신동엽

1950년대 김수영의 외침에 화답하여 1950년대 후반에는 여러 명의 시인들이 등장한다. 그 대표적인 예가 박봉우(朴鳳宇, 1934~1990)·신동엽 등이다. 비록 이들은 동인의 형태로 결집되지 못하여 어떤 집단적인 목소리를 함께 실을 수 있는 기회도 없었지만, 나름대로의 목소리를 가지고 변화를 요구하는 시대의 아우성을 대변하고자 했다.

특히 이들은 서정적인 것과 현실적인 것의 조화를 추구하면서, 현실의 부조리와 모순적 삶을 드러내는 다양한 방법을 모색하고 있다. 이런 모색은 당시로서는 취급하기 어려운 분단 문제라는 주제로 향하게 된다. 이 어려운 주제가 박봉우의 「휴전선」(1956)·「나비와 철조망」 등에서 표현되기 시작한 것이다. 자유민주주의를 내세운 자유당의 무기력하고 부패한 정권 속에서도 시인은 별들이 차지한 하늘처럼 하나되지 못한 민족의 현실에 대한 심각한 반성의 목소리를 내기 시작하였다.

당시의 현실을 정확히 인식하고 이를 형상화하려는 박봉우의 시 세계는 이후 신동엽을 통하여 계승되어 발전한다. 이런 시 경향의 계승 양상은 비교적 쉽게 확인 가능하다. 1960년대를 가장 치열하게 살았던 참여시인 신동엽의 초기 대표작인 「진달래 산천」(1959)은 「휴전선」과 같은 박봉우의 시 세계와 가까운 거리에 놓여 있다. 이 사실 하나만으로도 이들의 관계를 확인할 수 있다. 즉 신동엽의 시를 통하여 참여시의 전통이 전후 복구기라고 할 수 있는 1950년대를 마감하면서 또 다른 격동의 시기인 1960년대를 준비하고 있었다.

「진달래 산천」은 동족 상잔의 비극을 고구려적 전설과 연결시켜 설명하고 있다. 1950년대의 다른 전쟁시와는 판이한 면모를 보여주고 있는 이 시는, 현실의 비극을 짧은 시행과 연에 형상화하고 있다. 또 시간의 넘나듦과 시적 형상의 다양한 제시가 이루어지고 있다. 아울러 행복하지만은 않았던 고향의 추억을 되새기면서, 우리 주변에서 쉽게 만날 수 있는 전쟁의 생채기를 진달래꽃의 이미지로 보여주고 있다. 당시로서는 무거운 시적 제재를 적절한 유추를 통하여 표현하고 있다.

1960년대 초반의 격동을 지낸 후, 신동엽은 그리운 사람에 대한 간절한 그리움을 노래하고 있다. 즉 「산에 언덕에」(1963)는 4·19 혁명의 실패를 돌아보는 시적 화자의 서정적인 정서를 잘 드러낸 작품이다. 첫 시집 『아사녀』(1963)의 시 세계를 관통하고 있는 이런 모습을 통하여, 그는 근대화를 위하여 희생되고 있었던 정치적 자유의 소중함을 일깨우고 있다. 또 이런 시 세계를 통하여 신동엽은 1960년대의 대표적인 참여 시인으로서의 자리를 굳히기에 이른다.

이런 격동기를 겪으면서 그는 역사의 허구성을 목격하게 되고, 권력의 폭력성을 배격하는 목소리를 가지게 된다. 그래서 그 허구성과 비민중성을 본격적으로 폭로하기를 주저하지 않는다. 그가 견지하고 있던 민중·민족·민주주의의 정치적 이념을 선명히 한 작품들을 연이어 발표하기에 이른다. 특히 그의 대표작의 하나인 「껍데기는 가라」(1967)는 이 당시 신동엽이 가지고 있던 지향성을 드러내는 작품이다.

이 시는 우리의 역사 속에서 일어났던 여러 의미 있는 사건들 중에서 허위적인 것과 겉치레는 사라지고, 순수한 마음과 순결함만이 남기를 바라는 시인의 간절한 마음을 직설적으로 표현하고 있다. 형태적인 측면에서는 시어가 반복적으로 구사되어 시인이 표현하고자 하는 바를 강조하고 있다. 그리고 행간 걸림의 수법이나 쉼표를 통하여 시상이 흐트러지는 것을 방지하고 있다.

시인이 궁극적으로 표현하려 한 것은, 세월이 지남에 따라 4월 혁명을 통하여 보여주었던 민주화의 열망이 점점 퇴색하여 가고, 동학 혁명의 민중적 열망도 이제는 소멸되어 가고 있는 현실적인 여건에 대한 안타까움이다. 이렇게 4월이나 동학의 본래 이념과는 다르게 변모되어 가는 현실의 상황에 대하여 시인은 강력한 거부의 몸부림을 보여주고 있다.

실제로 당시의 사회는, 역사의 선지자들—동학의 농민이나 4월의 학생들이 꿈꾸었던 사회의 구현과는 다르게, 군사 독재의 억압이라는 방향으로 전개되었다. 그래서 시인은 이런 일부 반민족적인 정치인들의 개인적인 욕망에 의하여 꾸려지는 사회에 대하여 거부의 몸짓을 시라는 창작적 실천으로 보여주고 있다.

특히 이 시의 마지막 연은 이런 상징적 의미를 가장 투명하게 보여주는 부분이다. 즉 우리의 땅을 '한라에서 백두까지'라고 표현하여, 한반도 전체를 우리의 땅으로 부각시키고 있다. 이는 동서 냉전의 부산물로 시작되어 동족 상잔의 비극을 거치면서 고착화된 민족의 분단이라는 상황을 문제삼는 것이다. 그리고 이것은 결국 우리가 극복하여야 한다는 민족적 과제를 일깨워주고 있다.

아울러 '모오든 쇠붙이'라는 표현을 통하여, 이런 민족 현실을 힘의 논리를 앞세운 무력으로 규정하고 있다. 시인은 4월 혁명의 의미를 퇴색시키면서, 새롭게 등장한 독재 정권에 대한 거부를 노래하고 있다. 아울러 시인은 무력이 사라지고, 그 상대적인 의미인 '향그러운 흙가슴'만이 남는 사회를 바라는 마음을 표현하였다.

이런 신동엽의 지향성은 「종로 5가」(1967)를 거쳐 그의 대표적인 작품의 하나인 서사시 「금강」(1967)에 집약되고 있다. 먼저 장편 서사시 「금강」의 후화로 삽입된 「종로 5가」는 산업화와 근대화를 표방하던 1960년대 사회적 상황 속에서 도시의 노동자나 창녀로 변해가고 있는 농민과 민족의 모습을 형상화하고 있다. 이를 통하여 그는 동학 혁명으로 표출된 민중적인 삶의 진실이 현대에도 연결되고 있음을 드러내고 있으며, 이 민중들에 대하여 시인의 사랑과 따뜻한 애정의 눈길을 보내고 있다.

「금강」은 2장씩의 전·후시를 포함하여 총30장 4,800여 행의 장편 서사시이다. 주로 실존 인물인 전봉준과 가공 인물인 신하늬로 대표되는 인물군들을 등장시켜서 동학 혁명을 형상화하고 있다. 동학 혁명이라는 역사적 사건의 시화를 통하여 민중적 세계관과 반외세에 대한 시인의 인식을 보여주고 있다. 여러 등장 인물들 사이에 얽힌 사건들이 교직되고, 시간의 넘나듦을 통하여 구성되어 있다. 특히 이미 발표한 「종로 5가」·「산사」 등의 여러 서정시를 삽입하여 형상화하고 있다.

이 시의 대체적인 스토리 진행은 기이한 출생을 하여 초혼에 실패했다가 진아를 만나는 신하늬와 동학에 입교하였다가 조병갑의 학정에 아버지를 잃은 전봉준의 만남과 헤어짐으로 구성되어 있다. 그들의 만남은 동학 혁명으로 이루어지며, 헤어짐은 혁명의 실패로 인하여 생기게 된다.

즉 동학 혁명이 실패하자 신하늬는 아들을 낳은 후 죽음에 이르고, 전봉
준은 체포·압송되어 형장의 이슬로 사라진다. 이 운명적인 만남을 통하
여 역사의 유구함을 시인 자신으로 추정되는 신하늬의 아들에게서 확인
하고 있다.

특히 이 시인의 역사 의식은 유고시로 발표된 「조국」(1969)에 집약되고
있다. 그는 이 시에서 "조국아, / 강산의 돌속 쪼개고 흐르는 깊은 강물, 조
국아. / 우리는 임진강변에서도 기다리고 있나니, 말없이 / 총기로 더럽혀진
땅을 빨래질하며 / 샘물같은 동방의 눈빛을 키우고 있나니"라고 노래하고
있다. 우리 역사의 중요한 사건들의 도달점이 민족 분단이라는 상황임을
인식하기에 이른 것이다.

결국 신동엽은 당시의 현실 인식의 뿌리를 유구한 역사적 사실들, 즉
동학 혁명, 한국전쟁, 4·19 등에서 찾아서, 이를 정당하게 해석하고자 하
였다. 시대의 아픔을 민중적인 시각에서 재해석하여 보여줌으로써, 새로
운 문학적 전망을 보여주었다. 나아가서는 1970년대 민중·민족 문학의
튼튼한 뿌리를 참여시라는 형태를 선도함으로써, 이후 전개되는 우리 민
족 문학의 새로운 가능성을 열고 있다.

4. 참여시의 두 얼굴

이 글에서 우리는 김수영과 신동엽을 통하여 1950년와 1960년대 우리
시문학의 현실 대응에 대하여 살폈다. 이 과정에서 1950년대 후반에 전개
된 시적 성과의 진정한 의미를 되새겨 보았다. 그리고 우리의 현대 시문
학사를 논의할 때, 이 시대의 참여시 운동에 대한 평가의 가능성을 점검
하여 보았다. 그 결과 결코 가볍게 넘길 수 없는 새로운 시대에의 준비

작업이 일부 시인들에 의하여 준비되고 있음을 확인하였다.

특히 1960년대 '저항시' 또는 '참여시'라는 이름을 걸고 전개된 시 작업이 1950년대의 시 작업에 튼튼한 뿌리를 두고 있다는 점을 확인할 수 있다. 아울러 문학사의 전통이라는 것은 갑자기 하늘에서 떨어진 것이 아니라 이전 문학을 계승하는 것(비판적인 관점에서든 긍정적인 관점에서든)이라는 문학 유산관의 확립도 필요한 작업이라는 교훈도 되새길 수 있다.

2부

시와 리얼리즘에 대해서

제 1 장

서술시와 리얼리즘

1. 문학 논쟁의 의미

우리가 문학 작품을 읽는 이유는 우선 작품이 간직하고 있는 심미의 세계를 경험하는 것이다. 아울러 작품이 전달하고자 하는 교훈이나 그 형상의 본질을 아는 것이다. 이 중에서 전자는 주로 문학의 형식적 장치와 밀접한 관련이 있으며, 후자는 문학의 내용적 측면과 관계를 맺고 있는 것이라고 생각된다.

이런 문학 감상의 특징들은 어느 것이 중요하다고 할 수 없을 만큼 서로 상보적인 관계를 맺고 있다. 단순화하여 설명하면, 형식이나 내용 모두가 중요한 문학 작품의 요건이다. 이런 특징은 수용 과정에만 적용되지 않는다. 문학 작품의 창작 과정에도 중요하게 작용하는 요건이다. 문학 작품이 의미 있게 존재하는 전 과정에 걸친 문제라는 말이다.

이처럼 어떤 문제가 널리 논의되었다는 점은 그것이 그만큼 문학의 핵심적이고 본질적인 문제라는 사실을 역설적으로 보여주는 것이다. 문학의 내용·형식 논쟁, 참여·순수 논쟁 등이 이런 예이다. 이에 대해서는 우리 문학사에서 일찍이부터 논의가 된 바 있다. 그리고 문학 작품의 품격(질)이나 효용성과 관련이 있는 이런 논쟁은 우리 문학뿐만 아니라 세계 문학에서도 마찬가지였다.

예를 들면, 프로 문학에서 목적 의식기로의 방향 전환을 앞두고 내용·형식 논쟁이 전개된 바 있다. 카프 초기의 핵심적인 이론가였던 김기진과 박영희에 의하여 시작되었던 내용·형식 논쟁은, 이후 대중화 문제와 맞물렸던 '단편 서사시' 논쟁으로 이어진다. 특히 임화의 「우리 오빠와 화로」를 둘러싸고 김기진과 임화 사이에 벌어진 이 논쟁은 창작과 수용이라는 양 측면에 두루 걸쳐 진행되었다.

이 논쟁 과정에서 이들은 창작 방법으로서의 갈래 개발이라는 측면과 더불어, 이런 작품이 어떻게 독자 대중에게 접근해야 하느냐는 수용의 문제를 언급하게 된다. 논쟁을 위한 논쟁이 아니라 창작적 실천을 전제로 한 이런 논쟁은, 이후 1960년대 참여·순수 논쟁에서도 비슷한 양상으로 전개되었다. 또한 1980년대 후반과 1990년대 초반에 활발하게 전개된 리얼리즘 시 논쟁도 이와 맥을 같이하고 있다.

이런 논쟁의 특징은 문학 작품의 창작과 수용에 두루 걸치는 쟁점을 다루고 있다는 점이다. 실제로 좋은 문학 작품의 창작과 수용은 결코 분리될 수 없는 성질을 지니고 있다. 내용·형식이나 참여·순수의 문제도 마찬가지다. 그러나 굳이 이를 편가르자면 내용·형식의 문제가 창작이나 형상화에 가깝고, 참여·순수나 리얼리즘은 작품의 경향이나 독자의 수용에 가깝다고 할 수 있다.

이 글은 이런 논의의 연장선상에서 '서술시'라는 창작적 측면이 강한 시 양식이 어떻게 '리얼리즘'을 확보할 수 있는가를 살펴고자 한다. 그리고 이런 관점에 의하면 서술시나 리얼리즘은 작가의 세계관이나 창작 원리로서의 리얼리즘이라는 측면이 우선 문제될 수 있다. 그렇다고 해서 문학 작품을 통하여 현실과 세계 인식을 가능하게 하는 독자의 수용적 측면도 이 문제에서 자유스러울 수 없다. 왜냐하면 독자에게 읽히지 않는 작품은 아무 의미도 없기 때문이다.

2. 서술시와 리얼리즘의 관계

좋은 것은 여기저기서 활용된다. 특히 사용하는 사람에 따라 다른 의미를 지니는 말에서는 이런 현상이 더욱 심하다. 심하게는 전혀 다른 의미로 변질되거나 원래 지니고 있는 보편적인 내포와는 무관하게 자의적으로 해석되기도 한다. 좋은 내포를 지니고 있는 용어가 다양한 범주와 의미를 가지고 있기 때문이기도 하다.

'서술시'나 '리얼리즘'이라는 용어도 마찬가지다. 이 용어들은 우리 시사와 문학사에서 자주 나오는 말이지만, 그 개념은 제대로 정리되어 있지 않다. 사용하는 사람이나 그 용어들이 지칭하는 작품 경향에 따라 각기 다른 내포 범주를 지니고 있다. 여기서는 이런 용어의 개념과 내포를 먼저 살펴보기로 하자.

먼저 서술시(narrative poetry)는 이야기나 사건의 내용이 서술적인 구조를 통하여 형상화된 시이다. 이런 서술시는 일제 강점기에는 '단편 서사시', 1970년대에는 '담시(ballad)', 최두석에 의해서는 '이야기 시' 등으로 지칭되었던 시 양식을 말한다. 용어를 사용하는 논자들에 따라 약간씩은 차이를 보일 수는 있으나, 기본적으로 이 서술시 양식은 사건이나 이야기를 전달하고자 한다.

이처럼 시에 이야기나 사건을 도입하는 서술시는 기본적으로 서정시 갈래에 속한다. 그리고 이런 시에서는 사건이나 이야기 자체보다는 이야기나 사건이 벌어지고 있는 객관적 상황이나 그 정서가 중요하다. 즉 서정시에 서사적 특성을 도입하여 서사 지향성을 보이고, 이를 통하여 정서 전달의 효과를 극대화하고자 한다. 이런 양식이 서술시인 것이다.

그러므로 사건이나 이야기를 통하여 기술되는 서사시(epics)와는 분명히 구별된다. 서사시가 한 인간(영웅이나 평범함 사람을 가리지 않고)의 일대기를 통하여 삶의 총체상을 그리고 있는 비교적 긴 시 형식임에 비하여, 서술시는 짧게는 수 행에서 길게는 수십 행 이내의 내용을 통하여 나름의 시적 이야기나 인물을 형상화하는 양식이다.

또한 시인의 사상이나 감정을 직접적으로 서술하는 장시(long poetry)와도 구별된다. 서술시는 사건이나 이야기를 통해서 객관적인 사실을 전달하고, 이를 통하여 독자의 정서나 감동을 유발하는 형식이다. 그러나 장시는 수십 행씩 어떤 상황이나 사건, 이야기에 대한 작가 자신의 생각이나 정서만이 반복적으로 나열된다.

즉 서술시는 비교적 단형의 시라는 압축·생략의 기법이 십분 활용된 서정시의 한 형태이다. 아울러 서술시는 서술된 이야기와 사건을 통하여 내용을 객관적으로 형상화하고, 이런 객관화된 내용만이 기술된다(그렇다고 감정 서술이나 정서 표현이 완전히 배제되는 것은 아니다). 그리고 독자는 이야기나 사건, 인물 형상에서 작가가 전하고자 하는 생각이나 정서를 스스로 느끼게 하는 방식을 취한다.

다음으로 리얼리즘(realism)은 작가가 현실이나 세계를 바라보는 세계관이자 창작 방법이며, 더 넓게는 문예 사조적인 개념을 내포한 용어이다. 우선 리얼리즘은 현실을 객관적으로 보고, 이를 통하여 객관적으로 사고할 수 있는 기틀이 되는 사상이나 관점이라고 할 수 있다(물론 이런 시각은 작품을 읽는 독자라는 측면에서도 같은 의미를 가지고 작용하는 것이다). 아울러 리얼리즘은 작가가 작품을 창작하는 과정에 작용하는 창작 방법으로서의 의미도 지니고 있다. 작품에서 전형이나 현실 반영을 통하여 세계를 객관적으로 구현하고자 하는 방법적 모색이다. 그리고 이렇게 창작된 문학 작품의 일반적 경향인 문예 사조라는 의미로 사용되기도 한다. 즉 사실주의·현실주의 등으로 번역되는 문예상의 경향을 지칭한다.

그러나 우리가 일반적으로 리얼리즘이라고 말할 때에는 이 중에서 어느 한 개념 범주에서 국한시키는 것은 아니다. 여러 다양한 범주와 내포들이, 서로 교섭하는 가운데 규정되는 개념 범주가 같이 사용된다. 한 마디로 창작과 수용의 전 과정에 작용하고 있는 현실이나 작품을 보는 관점이자, 각 단계나 과정에 작용하는 내포들의 총체라고 할 수 있다.

그렇다면 이런 '서술시'와 '리얼리즘'은 어떤 관계를 가지고 있을까? 필자는 여러 글에서 시의 리얼리즘을 실현하는 데에는 여러 시적 요소들이 같이 작용하고 있음을 밝혔다. 즉 시적 화자, 시의 언어, 시적 상징이나 비유, 시의 운율 등이 시의 리얼리즘을 위하여 동원되고 있다고 보았다. 이런 다양한 시적 기법이나 요건 중에서 서술시 즉 서술 구조도 시의 리얼리즘을 실현하는 중요한 장치라고 설명하였다.

물론 심훈의 「그 날이 오면」과 같은 저항시에서처럼, 직접적이고 강렬한 정서를 표현하여 현실에 대한 시인의 현실 인식을 전달할 수 있다. 그리고 이육사의 「절정」에서처럼 상징적 형상을 창조하여 일제 강점기의 암흑과 같은 현실을 극복하고자 하는 의지를 보여줄 수도 있다. 이런 시 역시 비록 주관적이고 직접적인 기술이지만, 나름의 시적 성취를 이룩하고 있다. 그리고 당대 현실에 적극적으로 대응하는 리얼리즘적인 시적 태도를 보인 것이라고 할 수 있다.

특히 이야기나 사건을 전달하는 서술시는 리얼리즘 실현에 가장 널리 쓰인 방식 중의 하나이다. 한 편의 이야기는 인물이나 상황의 전형을 창조하고, 이를 통하여 현실을 객관적으로 전달하기에 적합한 방식이다. 그리고 이런 이야기를 중심으로 한 시의 내용은 수용 과정에서 나름의 정서적 반응도 일으키게 된다. 즉 전형과 현실 반영이 이루어진 문학 작품은 주로 독자와의 관계에서 나타나는 내포적 총체성의 실현에 도달하게 된다.

서술시가 시의 리얼리즘을 실현하는 중요한 장치의 하나라는 사실이다. 그렇다고 해서 서술 구조만으로 시의 리얼리즘이 실현되는 것은 아니라는 사실을 거듭 강조하고자 한다. 서술 구조 외에도 다른 다양한 장치나 표현 기법은 이런 서술 구조가 가지고 있는 장점을 더욱 견고하게 해준다. 시적 화자를 통하여 이야기를 더욱 객관화하며, 시적 상징을 통하여 직접적인 서술보다 더욱 강렬한 시적 압축과 긴장의 효과를 보여준다.

많은 장점에도 불구하고 카프 시대의 프로시들이 언어 문제에서 결점을 지니고 있다는 사실은 널리 인정되는 바이다. 편내용주의에 빠졌다거나, 이념만 있는 시라는 비판이 그것이다. 이에 비하여 1930년대 후반의 이용악·백석·안용만 등의 리얼리즘 시나 1980년대 이후의 민중시는 이런 측면들을 많이 극복하고 있다. 이런 사실은 리얼리즘이 시의 어느 한 요소만으로 이룩되지 않음을 간접적으로 증명하는 예이다.

아울러 리얼리즘은 현실에 대한 비판의 관점에 국한되지는 않는다. 현실을 객관적으로 인식하는, 그리고 이를 통하여 현실이 지향하는 바를 바르게 제시할 수 있으면 된다. 이런 측면에서 자연주의의 객관적 묘사가 지니는 장점도 리얼리즘은 적극적으로 받아들여야 한다.

3. 현실 반영, 전형 창조와 총체상 구현

앞에서 필자는 서술시를 통하여 리얼리즘이 성취될 수 있음을 설명하였다. 여기서는 구체적인 작품을 통하여 그 실체를 살펴도록 하자. 즉 서술적인 구조를 통하여 형상화되고 있는 시를 구체적으로 읽어가면서, 서술적인 구조를 이루는 이야기나 사건이라는 시적 소재가 어떻게 현실을 반영하고 있으며, 어떤 전형을 창조하여 총체상을 구현하고 있나를 살펴보자.

아울러 이런 시적 형상이 전달하고자 하는 세계의 모습이나 이를 통하여 표현하고 있는 작가의 사상·정서를 분석하여, 독자들에게 주는 의미가 무엇인가도 알아볼 것이다. 궁극적으로 시가 주는 여러 의미를 독자의 관점에서 먼저 시를 읽으면서 이야기하여 보자.

장사나 잘 되는지 몰라
흑석동 종점 주택은행 담을 낀 좌판에는 싯푸른 사과들
어린애를 업고 넘나간 사람처럼 물끄러미
모자를 쓰고 서 있는 사내
어릴 적 우리 집서 글 배우며 꼴머슴 살던
후꾸도가 아닐는지 몰라
천자문을 더듬거린다고
아버지에게 야단 맞은 날은
내 손목을 가만히 쥐고 쇠죽솥 가로 가
천자보다 좋은 숯불에 참새를 구워 주며
멀뚱멀뚱 착한 눈을 들어
소처럼 손등으로 웃던 소년
못줄을 잘 못잡았다고
보리밭에 송아지를 떼어놓고 왔다고
남의 집 제삿밤에 단자를 갔다고
사랑이 시끄럽게 꾸중을 들은 식전아침에도
말없이 낫을 갈고 풀숲을 헤쳐
꼴망태 위에 가득 이슬 젖은 게들을 걷어와
슬그머니 정지문에 들이밀며 웃던 손
만벌매기가 끝나면
동네 일꾼들이 올린 새들이를 타고 앉아
상머슴 뒤에서 함박 웃던 큰 입
새경을 타면 고무신을 사 신고
읍내 장터로 서커스를 한판 보러 가겠다고 하더니
갑자기 서울서 온 형이
사년 동안 모아둔 새경을 다 팔아갔다고 하며

그믐날 확독에서 떡을 치는 어깨엔
힘이 빠져 있었다
그날 밤 어머니가 꾸려준 옷보따리를 들고
주춤주춤 뒤돌아보며 보름을 쇠고
꼭 오겠다고 집을 떠난 후꾸도는
정이월이 가고 삼짇날이 가도 오지 않았다
장사가 잘 되는지 몰라
천자문은 다 외웠는지 몰라
칭얼대는 네댓살짜리 계집애를 업고
하염없이 좌판을 내려다보며 서 있는 사내
그리움에 언뜻 다가서려고 하면
나를 아는지 모르는지 모자를 눌러쓰고
이내 좌판에 달라붙어
사과를 뒤적이는 사내

— 이시영, 「후꾸도」

이 시는 이시영의 첫 시집인 『만월』(창작과비평사, 1976)에 실린 서술시의
하나이다. 이 시를 쓴 시인은 우리 민중들의 삶을 내용으로 하여 많은 서
술시를 쓰고 있다. 이런 중에 비교적 긴 시이다. 앞뒤에 현재의 모습이 반
복적으로 나타나 있으며, 중간 부분에 과거의 추억이 삽입되고 있다. 한
편의 이야기가 서술되기보다는 사건(우연한 만남)이 제시되고 있다.

이 시에서는 시적 화자가 골목길 어디에서나 쉽게 만날 수 있는 좌판
사과 장사의 얼굴에서 어릴 적 친구의 모습을 되새기고 있다. 웬만큼 살
았던 집안의 아이였던 시적 화자의 눈에 비친 우리 근대사의 질곡이 잘
드러나고 있다. 먹을 것도 제대로 없는 집에서 화자의 집 꼴머슴으로 살
았던 친구의 삶이 어린 아이의 시점에서 진솔하게 묘사되고 있다.

갖은 구박을 받으면서도 순박함과 인정을 잃지 않았던 소년 후꾸도.
순진한 웃음과 소박한 꿈(고무신 신고 서커스 구경가는 것)을 간직하고 있던
후꾸도. 어느 경우에도 자신의 일을 성실히 수행하던 후꾸도. 그러나 어

린 몸으로 4년간이나 머슴을 살면서 모은 새경을 가져간 형 때문에, 후꾸도의 삶은 어긋나 버리고 말았다. 그리고 이런 후꾸도의 여러 모습들이 어린 아이의 시점에서 사실적으로 형상화되고 있다.

이런 후꾸도를 장년이 된 시적 화자가 흑석동 골목에서 만난 것이다. 성실했던 후꾸도 그래서 잘 살았으면 했던 후꾸도의 삶이 그렇지 못함을 화자는 서술하고 있다. 어쩌면 이전보다 더욱 초라한 모습이라고 화자는 생각했을 것이다. '싯푸른 사과'를 팔 수밖에 없는 구차함. 아이를 업고 있는 넋나간 모습이 주는 초라함. 이렇게 변한 후꾸도에게 화자는 다가가지 못하고 있다. 멀리서 바라만 보고 있다.

이런 시적 형상을 통하여 이 시는 1970년대 우리 농촌 공동체의 모습과 그 붕괴를 표현하고 있다. 그리고 후꾸도라는 인물을 통하여 농촌을 떠나 도시 빈민으로 전락한 민중들의 삶을 그리고 있다. 그러나 이 시는 이 시대 우리 민중의 삶이 사실적으로 제시되는 것에 머물고 있다. 그저 풋사과만을 뒤적이면서 살고 있는 민중이 그려져 있다.

그럼에도 불구하고 이 시는 나름의 진솔함을 전달하는 여러 장치를 취하고 있다. 수미상관(首尾相關)의 반복, 아련한 추억 속에서 선명하게 되살아나는 여러 기억들을 반복함으로써, 한 인물의 형상과 그의 삶을 사실적으로 그려내고 있다. 화자보다 약간 나이가 들었으리라고 추정되는 후꾸도의 모습이 마치 그림처럼 재현되고 있다.

아울러 장년이 된 화자의 판단 유보적인 어법도 중요한 시적 장치로 활용되고 있다. 그러나 '~몰라'라는 설의적 어법에 담긴 화자의 판단 유보는 결코 화자의 뜻대로 읽히지 않는다. 오히려 분명한 상황을 강조하는 어법으로 읽힌다. 장사도 잘되지 않으며, 분명히 후꾸도임에 틀림없다. 물론 천자문도 다 외우지 못했을 것이다. 또 후꾸도는 화자를 알아보고, 자꾸 한눈을 파는 척하고 있다.

이런 시적 어법이 이 시의 내용을 더욱 사실적으로 느끼게 한다. 근대화의 도정(道程)에서 우리 민중들의 삶에 대한 '그리움'의 정서에 '언뜻 다가서려'는 우리의 현재 모습을 보여주는 듯하다. 그러나 우리는 이제 시적 화자와 똑같이 그곳에 다가가지 못한다. 다시 갈 수 없기에 먼 발치에서 옛 추억을 그리듯이 바라만 볼 수밖에 없다.

같은 시집에 실린 「정님이」라는 시도 역시 이런 시적 성취와 표현 기법을 보이고 있다. 장년이 된 시적 화자는 용산의 사창가에서 만난 윤락녀의 모습에서 농촌을 떠날 수밖에 없었던 누나를 만나고 있다. 그리고 이를 통하여 우리 민중의 삶을 사실적으로 그리고 있다. 이처럼 서술시를 통한 리얼리즘의 실현은 과거와 현재의 교직(交織)에서 많이 이루어지고 있다.

리얼리즘이라는 무거운 짐 때문에 서술시는 이처럼 우리가 처한 현실의 과제를 큰 문제를 주로 다루고 있다. 특히 1990년대 현실 사회주의의 붕괴 이후에는 리얼리즘이라는 짐은 더욱 무거워 보인다. 이런 관점에서 리얼리즘의 포기 선언이나 서술시를 포기하고 단형 서정시나 연시(戀詩)로 회귀하는 경향이 그 예이다.

그럼에도 불구하고 서술시는 현재의 삶과 그 삶이 보여주는 사실적인 모습을 표현하고 있다. 여전히 리얼리즘의 실현을 위해 서술시는 중요하다. 일반적으로 이야기나 사건을 내용으로 하는 서술시는 독자에게 쉽게 읽힌다는 장점이 있다. 어렵게 표현하기 경쟁을 하는 난해시가 독자들을 혼란시키는 것과는 다른 효과를 지닌다.

이런 서술시의 장점을 걱정하는 사람도 있다. 너무 쉽게 써서 읽을 가치도 없는 시가 된다는 우려가 그것이다. 그러나 이런 시적 모색은 장점이 될 수 없다. 독자에게 읽히지 않는 시에 대하여 걱정을 해야 한다. 이런 측면에서 서술시는 문학의 대중화를 위해 앞으로도 더 개척해야 할 분야이다. 어떤 이유에서든지 독자에게 외면당하지 않으면서, 진솔함과 참다움을 간직할 수 있는 양식이 되어야 한다.

독자에게 쉽게 읽히는 리얼리즘 시로서의 서술시는 아직도 유효한 시 양식이다. 우리 이웃이나 우리의 이야기를 진솔하게 전달함으로써, 현실 인식 수단으로서의 시의 역할도 수행할 수 있게 된다. 이것이 바로 리얼리즘이 지향하는 바가 아니었던가? 이제 이런 맥락에서 우리 현실을 문제 삼고 있는 서술시 한 편을 다시 읽어보자.

> 염전 억만이네 각시 간밤에 도망갔다
> 인천 어느 술집서 눈맞아 고향 돌아올 때
> 살양말에 메니큐어 칠한 새 각시 자랑스러웠다
> 명사십리 해당화꽃 넝쿨 아래 꽃냄새 피우고 살자고
> 두 칸 블록집 지으며 마냥 행복했다
> 해당화야 해당화야 네가 내 각시처럼 이쁘냐
> 해당화야 해당화야 네가 내 각시보다 고우냐
> 소금 굽는 노랫소리 바닷바람에 날렸다
> 함바집 함석지붕 들썩거리는 간조날
> 뜨내기 인부들은 밤새 섰다판을 벌이고
> 새벽처럼 억만이 읍내 나가 오토바이 샀다
> 오토바이 뒷등에 제 각시 태우고
> 해당화 핀 명사십리길 신나게 달렸다
> 장호 가는 곰솔 숲에 사랑이 있던 날
> 곰처럼 씩씩거리며 서해바다 쩌렁쩌렁 울렸다
> 염전 억만이네 각시 도망간 지 삼년 됐다
> 소금철에도 뜨내기 인부들 들르지 않아 함바집 텅 비고
> 당뇨병 약으로 뿌리 뽑힌 해당화꽃은 피지 않았다
> 염전 억만이 헌 오토바이와 함께 살았다
> 연년생인 두 아이들은 다섯 살 네 살
> 오토바이 뒷등에 버짐 핀 오누이 태우고
> 장호로 가는 곰솔 숲을 보지 않고 달렸다
>
> ─ 곽재구, 「오억만─구시포에서」

이 시는 〈5월시〉 동인 중의 하나인 곽재구의 작품으로 1991년 『실천문학』에 수록되어 있다. 한 어촌 마을에서 서해 바다 파도와 같은 온갖 시

련을 겪으면서도 의연하게 살고 있는 '오억만'이라는 인물을 통하여, 우리 어촌의 풍경화를 그리고 있다. 한 어부의 사랑과 좌절, 그리고 절망보다는 이를 견뎌내고 있는 꿋꿋한 모습이 사실적으로 묘사되어 있다.

이 시의 주인공은 염전지기이다. 그는 인천 술집에서 만난 여인을 각시로 맞아 행복한 단꿈을 꾸었다. 작지만 아늑한 집을 짓고, 해당화보다 고운 각시와 오래오래 살고 싶었다. 그리고 그에게도 염전의 간조를 받아 오토바이를 사고, 이것을 타고 다니면서 나눈 '곰솔'에서의 사랑과 같은 행복한 시절도 있었다. 그러나 그의 각시는 집을 나가고, 주인공과 그의 어린 자식들인 오누이만이 아무도 찾지 않는 오늘날의 염전에서 살고 있다.

인천의 술집에서 만난 여인과의 사랑, 그리고 행복했던 순간들. 이와 더불어 어촌 마을의 활기찼던 모습. 지금은 이런 모습을 찾을 수 없지만, 그래도 오억만이라는 서술시의 주인공은 그 삶의 터전에 여전히 뿌리를 내리고 있다. 여전히 염전을 지키면서, 자신의 꿈인 두 아이를 등뒤에 태우고 오토바이를 질주하고 있는 것이다(과거와 현재의 대비라고 볼 수 있다).

'살양말'과 '메니큐어'로 대표되는 도시의 허황된 삶이나 '섰다판'으로 묘사된 뜨내기의 삶과는 다른 토착 어부의 삶이 대비되고 있다. 또한 명사십리 '해당화'와 같았던 곱고 예쁜 각시와 '곰솔'과 같은 오억만이 대비되고 있다. 여기서 '해당화'와 '곰솔'은 자연 그대로의 대상에 머물지 않는다. 떠돌이 각시와 폐허가 된 염전을 지키는 오억만을 상징하는 객관적 상관물이다.

여기서 당뇨병 약으로 뿌리째 뽑혀 이제는 꽃을 피우지 못하는 예쁘고 고왔던 해당화는, 자식들과 남편을 버리고 집을 떠난 오억만의 각시이다. 해당화는 뿌리째 뽑힐 수 있다. 그러나 곰솔은 그렇지 못하다. 여전히 그 자리에 있을 수밖에 없다. 폐허가 되었을 망정 염전이 있고, 아직도 '쩌렁쩌렁' 울리고 있는 서해 바다가 그 자리에 있기 때문이다. 그리고 자신의 또 다른 얼굴인 어린 자식들이 있기 때문이다.

이 시는 이런 이야기를 내용으로 하고 있다. 앞의 시가 옛친구와의 만

남이라는 사건을 그리고 있음에 비하여, 이 시는 이야기가 있다. 작가가
이 시의 주인공을 바라보는 따뜻한 애정의 눈길이 숨어 있다. 또한 「후꾸
도」의 시적 화자가 추억 속의 옛친구에게 다가가지 못하고 있음에 비하
여, 「오억만」의 작가는 오억만이라는 주인공과 같이 오토바이를 같이 타
고 있다.

이처럼 서술시도 사건을 다루느냐 아니면 이야기를 내용으로 하고 있
느냐에 따라 각기 다른 편차를 보인다. 일반화하여 말할 수는 없지만, 이
야기를 보여주는 서술시가 객관화를 통하여 총체성을 구현하는 데 한결
가까운 거리에 있다. 그리고 인물의 전형적인 형상화에도 성공적이다. 상
황을 암시하기보다는 전형적인 상황을 제시하기도 한다.

4. 서술시의 역사적 전개

여기서는 리얼리즘 실현을 위한 양식적 모색인 서술시의 역사를 개괄
적으로 살피고자 한다. 이를 통하여 우리 리얼리즘 시의 전통과 그 발전
과정, 시사적 의미를 설명할 수 있다. 아울러 이런 작업은 후기 산업 사회
로 진입한 상황에서도 우리가 리얼리즘 시를 여전히 논의하여야 한다는
근거를 찾을 수 있다. 그리고 이 작업이 그리 허무하지는 않은 작업이라
는 사실을 뒷받침해줄 수도 있을 것이다.

우리 시사에서 리얼리즘 시로서의 서술시의 흔적이나 편린은 조선 시
대 다산 정약용의 한시에서도 발견된다. 그의 한시들은 서사적인 이야기
와 주인공을 형상화하고 있으나, 아직은 리얼리즘의 전통과는 거리가 있
었다. 실학이라는 개혁 사상을 실천하는 방편으로 해석될 수 있으나, 이
것 역시 유학이라는 구시대를 지배하는 원리에 포함되는 것이었다.

이에 비하여 일제 강점기 서술시는 이런 봉건적 전통을 극복하고, 당시의 민족사의 과제를 적극 실천하는 방향에서 창작되었다. 특히 카프를 중심으로 한 서술시의 창작은 일본 제국주의와 당시 일제와 일정한 협력 관계에 있던 지주·자본가들과 대립할 수밖에 없었던 민중들의 삶을 내용으로 삼고 있다. 그리고 이런 문학적 실천에는 민중 중심의 사상이나 조국 해방이라는 절대 절명의 민족적 과제가 자리잡고 있었다.

그래서 임화·박세영·백철과 같은 초기 서술시의 제작자들은 이 땅의 노동자와 농민들의 삶과 투쟁을 시적 형상으로 그려내고 있다. 이런 경향은 카프가 해산 이후 즉 1930년대 후반에는 민족 문학의 보편성을 확보하면서 프로 문학이 아닌 민족 문학으로 실천되기에 이른다. 이용악·백석·오장환·안용만 등에 의하여 창작된, 민족의 구체적인 삶의 이야기를 시적 내용으로 하는 리얼리즘 시가 그것이다.

그러나 이런 시적 모색은 그리 오래 계속될 수 없었다. 일제 파시즘의 대두로 대표되는 암흑기를 맞이하여, 이런 서술시 창작은 중단될 수밖에 없었다. 그렇지만 해방은 이런 암흑에서 광명에로의 진로를 열어준 계기로 작용한다. 주로 이 시기에는 〈조선문학가동맹〉에 속했던 시인들에 의하여 사건 중심의 서술시가 적극적으로 창작되기에 이른다.

임화를 비롯한 구카프계 시인들과 이용악·오장환과 같은 리얼리즘 시인들, 그리고 새로운 시대의 기수로 등장하는 김상훈·정상민·박산운·이병철·유진오·최석두과 같은 전위시인들이 그들이다. 이들은 해방 정국이라는 국가 건설의 과제가 짐지워진 시대에, 이런 과제를 적극적으로 실천하는 민중(인민)의 삶을 노래하고 있다. 그리고 이런 문학적 실천을 넘어 적극적인 정치적 행동의 양상을 보이기도 한다.

그러다가 남북 분단이 고착화되고, 한국전쟁을 겪으면서 이런 시적 모색은 중지된다. 민중이나 그들의 삶을 논의하는 것은 불온한 것으로 규정되어 금지되면서, 서술시는 물론 리얼리즘 시의 경향도 자취를 감추고 만다. 1950년대 박봉우, 1960년대 김수영·신동엽에게서 참여시라는 형태로,

다시 그 싹을 보이기 시작하지만 아직은 여린 싹일 뿐이었다.

적어도 리얼리즘 시로서의 서술시가 본격적으로 창작되기 시작한 것은 1970년대 이후였다. 김지하의 '담시'와 신경림의 시는 1970년대 서술시의 대표적인 모습이었다. 그리고 1980년대 들어 이런 시적 경향은 민중·민족 운동의 활성화와 더불어 그 화려한 시대를 맞이한다. 고은·이시영·최두석 등 많은 민중·민족 계열의 시인들에 의하여 서술시는 활발하게 창작된다.

특히 1980년대 압제적 상황과 이를 타개하려는 민중들의 투쟁이 가열차게 진행되면서, 우리 민족 문학은 서술시라는 시적 형상화를 통하여 현실적인 의미를 지니는 리얼리즘에 관심을 기울였다. 노동자를 중심으로 한 독자층과 작가층이 형성되기도 했으며, 서술시를 중심으로 리얼리즘 시 논쟁도 전개하였다.

이런 상황은 1990년대 들어 현실 사회주의가 붕괴되면서, 많은 부분이 수정되고 반성되고 있다. 그러나 리얼리즘 시로서의 서술시의 위상은 여전히 유효한 것 같다. 아직도 많은 서술시가 쓰이고 있으며, 이를 통하여 우리 삶의 총체성을 전달하려고 한다. 순수 서정시의 거센 도전을 받으면서도, 많은 시인들은 서술시라는 서정시의 한 양식을 꾸준히 창작하고 있다.

현대의 독자들은 어렵기만 한 '문학주의'의 난해시를 멀리하고 있다. 쉽게 읽을 수 있는 시를 찾고 있다. 서술시는 이런 측면에서도 유효한 양식적 모색이라고 할 수 있다. 이런 측면에서 그 동안의 리얼리즘 시나 서술시의 역사가 그랬던 것처럼, 현대의 독자들에게도 이런 시적 모색은 의미 있는 것이 될 수 있다.

5. 독자가 공감하는 시

지금까지 이 글은 '서술시와 리얼리즘'이라는 문제를 개념과 이론, 창작적 실천 양상과 그 역사적 전개의 측면에서 살폈다. 이를 통하여 서술시는 사건과 이야기를 통하여 리얼리즘을 성취하는 시적 모색의 한 방식임을 밝혔으며, 그 창작적 실천도 우리 시문학사에서 일찍부터 다양하게 전개되어 왔음도 설명하였다.

아울러 이런 서술시는 독자들이 쉽게 공감할 수 있는 세계를 창조하기 적당한 시 양식이다. 교묘한 시적 장치보다는 누구나 쉽게 알 수 있는 사건이나 이야기를 통하여 독자들의 이해의 세계에 접근하고 있다. 그러므로 독자들이 배운 기초적인 문학 지식으로도, 서술시가 전달하려는 정서의 세계에 쉽게 공감할 수 있다.

이것이 서술시의 최대의 장점이다. 그리고 이런 효과가 문학 작품의 창작과 수용의 양 측면에 적용될 수 있는 리얼리즘의 미덕이다. 아무리 좋은 작품이라고 하더라도 독자에게 읽히지 않으면, 작가의 그 고상한 뜻(?)은 전달될 수 없다. 시를 비롯한 모든 문학 작품은 독자를 만날 때 비로소 그 의미를 지니는 것이다. 이런 측면에서 서술시와 리얼리즘은 참다운 의미를 지니고 있다.

이 글을 맺으면서 필자는 "시는 시다워야 한다"는 말과 "시는 쉬워야 한다"는 명제를 다시 한번 생각하여 보았다. 시가 시다워야 한다는 말은 시가 시답기 위하여 어려워져야 한다는 말은 아니다. 시다우면서 독자들이 쉽게 읽을 수 있는 시여야 한다. 또한 시가 쉬워야 한다는 말은 시적 형상화를 배제함을 의미하지는 않는다. 적어도 독자들이 쉽게 접근할 수 있는 시적 형상이어야 한다는 말이다.

제 2 장

해방 정국 및 전후 시의 교육

1. 문학 교육의 목표

문학을 교육한다는 문제를 생각해 보자. 이 맥락에는 문학을 가르치고 배우는 주체인 교사와 학습자가 놓여 있으며, 이들이 가르치고 배우는 대상인 문학이 있고, 다양한 문학 교육 활동들이 이루어지는 문학 교실이 있다. 그리고 이 과정에는 문학을 이해하고 감상하는 단계와 문학을 생산하거나 문학에 대하여 교사나 학습자가 느낀 바를 행동이나 글로 옮기는 표현 단계가 있을 수 있다. 즉 문학을 교육하는 활동은 이해의 과정과 표현의 과정이 분리되기도 하고, 때로는 연속적으로 나타나게 된다.

이 과정에서 문학은 그것이 생산되고 향유되는 시기에 각각 존재하기 때문에, 생산된 맥락과 향유되는 맥락은 다를 수밖에 없다. 그것이 생산된 사회의 현실과 삶의 모습을 반영하지만, 향유되는 주체들이 살고 있는 맥락 속에서 의미를 지녀야 한다. 따라서 과거에 좋은 문학 작품이라고 평가를 받았다고 하더라도 향유하는 사람들이 살고 있는 현재에 주는 의미가 적다면, 문학사적으로는 좋은 문학 작품일 수는 있지만 교육의 차원에서는 문학 교육의 좋은 대상이 될 수 없다.

즉 문학을 교수—학습한다는 것은 어떤 형태로든지 향유하는 주체들에게 현재적 의미를 제공할 수 있어야 한다. 교육의 내용이자 대상인 문학이 중심이 아니라 문학을 교수—학습하는 교사나 학습자들이 중심에 놓여야 한다는 말이다. 이때 문학 작품을 교수—학습한 결과는 민족 문화의 위대한 유산으로 받아들여지거나 인생살이에 도움이 되는 교훈으로 작용할 수도 있다. 때로는 지성인이 지녀야 하는 중요한 덕목인 교양이 될 수도 있으며, 일상의 언어 생활에서는 품위와 효과를 동시에 보장하는 문화 능력과 사용 능력을 동시에 갖추는 데에도 도움이 될 수 있다.

일반적으로 문학의 교수—학습 목표는 개인의 성장을 도모하고, 비판적 주체를 양성하며, 공동체적 정체성을 가질 수 있는 문화 능력을 함양하며, 언어 사용 능력을 증진하여, 전인적(全人的)인 인간상을 완성하는 것이라고 할 수 있다. 그리고 우리가 문학을 향유하고 교수—학습하는 이유와 목표가 되는 이런 의미들은 문학 교육을 통하여 같이, 동시에 얻어낼 수 있다. 이는 요즘 국어 교육에서 유행처럼 번지고 있는 총체적 언어 교육의 실제상을 구현할 수 있는 교육 방법이자 교육 내용이기도 하다.

이 글은 이런 차원에서 해방 정국과 1950년대(전후)의 문학 작품이 새로운 시대인 21세기에 주는 의미, 특히 문학 교육의 맥락에서 주는 의미를 주로 시 작품을 중심으로 살피고자 한다. 이를 위하여 이 글은 해방 정국과 1950년대에 창작된 시 작품의 당대적 의미와 이를 교육하는 과정에서 생각할 수 있는 현재적 의미를 동시에 밝히고자 한다. 그리고 이처럼 두 마리 토끼를 동시에 잡으려는 의도에 맞추어 집필되는 이 글은, 새로운 세대인 21세기 문학 교실에서 과거의 유산인 20세기 문학이 지니는 의미를 반성적인 차원에서 뒤돌아보면서, 궁극적으로는 문학 교육의 새로운 지향점을 제시하고자 한다.

2. 미래를 바라보는 거울로서의 해방 정국

서구화로 대표되는 근대화의 물결 속에서 우리는 일제에 의해 나라를 빼앗기는 아픔을 경험하였다. 민족사에서 최초로 식민지 국가로 전락한 비극이었기에, 일제 강점으로부터의 탈출은 이 시기 우리 민족 모두의 과제였다. 그렇기에 일제가 연합군에 항복하던 1945년 8월 15일 우리 민족 모두는 거리로 뛰쳐나와 '조선 독립 만세'를 목청껏 부르면서 행진하였다. 그리고 문학 역시 이런 추세에 발맞추어 곧바로 '나라 만들기'라는 정치적인 과제를 즉각적으로 형상화하는 모습을 보인다.

> 태양을 의논하는 거룩한 이야기는
> 항상 태양을 등진 곳에서만 비롯하였다.
>
> 달빛이 흡사 비 오듯 쏟아지는 밤에도
> 우리는 헐어진 성터를 헤매이면서
> 언제 참으로 그 언제 우리 하늘에
> 오롯한 태양을 모시겠느냐고
> 가슴을 쥐어뜯으며 이야기하며 이야기하며
> 가슴을 쥐어뜯지 않았느냐?
>
> 그러는 동안에 영영 잃어버린 벗도 있다.
> 그러는 동안에 멀리 떠나버린 벗도 있다.
> 그러는 동안에 몸을 팔아버린 벗도 있다.
> 그러는 동안에 맘을 팔아버린 벗도 있다.

그러는 동안에 드디어 서른 여섯 해가 지나갔다.

다시 우러러보는 이 하늘에
겨울밤 달이 아직도 차거니
오는 봄엔 분수처럼 쏟아지는 태양을 안고
그 어느 언덕 꽃덤풀에 아늑히 안겨보리라.

—신석정, 「꽃덤풀」

이 시에서처럼 해방은 모두에게 기쁨이었고 희망에 대한 약속이었다. 분명히 과거의 아픔과 고난을 뒤로하는 새로운 미래를 위한 행진이었다. 따라서 해방 이후 우리 문학의 과제는 전통을 복원하면서, 서구 문학으로 대표되는 근·현대 문학을 새롭게 수립하는 것이었다. 아울러 새로운 민족 국가 건설이라는 문학 외적 과제를 형상화하여야 하는 이중의 부담을 안고 있던 시기였기에, 문학은 정치·경제·사회적인 민족의 현실과 밀접한 관련을 맺을 수밖에 없었던 시기였다.

특히 이 시기의 문학은 좌익과 우익이라는 정치적 이데올로기가 첨예하게 대립되는 현실 속에서, 문학 외적으로는 1948년 단독정부의 수립을 통하여 남북 분단이라는 새로운 운명을 경험하게 된다. 그래서 해방 정국에서는 각각의 문학 단체에 속했던 시인들의 이념적 지향은 달랐지만, 이들에 의해 '민족 문학 건설'이라는 방향에서 창작적 실천이 활발하게 이루어진다. 즉 〈조선문학가동맹〉(임화·오장환·이용악 등)과 〈조선청년문학가협회〉(서정주·조지훈 등)로 대표되는 좌익과 우익의 시인들은 시를 통하여 자신들의 정치적 지향을 적극적으로 주장하게 된다.

일제로부터의 해방이 가져다 주리라고 믿었던 작은 희망들이 무참히 짓밟히는 현실, 초기에 가지고 있던 기대와는 달리 소망스럽지만은 않게 전개되는 우리네 현실 등이, 이들의 시에는 나타나 있다. 그것은 문학적 형상으로 그려진, 하루하루 불행한 삶을 꾸려가야만 했던 사람들의 모습이었으며, 깊어만 가는 민족간의 대립과 갈등의 골이었으며, 때로는 멀어

져만 가는 우리 민족 화해에 대한 기대감의 표현이었다.

　이처럼 우리 역사에서 해방 정국은 정치 지향적인 특성이 강했던 대표적인 시기였기 때문에, 이 시기의 문학은 당연히 이런 시대적 특성에서 자유스러울 수 없었음을 위에서 확인할 수 있었다. 따라서 이 시기의 문학을 교수-학습하는 활동 역시 이 당시 문학의 과제와 관련하여 이루어져야 한다. 당대 현실의 반영 문제를 알기 위하여 이 당시의 역사적 현실과 관계 맺기를 할 수 있어야 하며, 이를 통하여 문학의 이데올로기적 속성이나 문학의 사회적 기능에 대하여 같이 생각할 수 있다. 즉 그것이 생산된 과거 시대와 사회의 거울[反映]이었던 문학은 동시에 미래를 준비하면서 보아야 할 거울[反省]이 될 수 있어야 한다.

　특히 해방 정국은 우리 민족이 새로운 세기인 21세기에 꼭 해결해야 할 중요한 과제인 남북 분단을 고착화한 시기였기 때문에, 이 시기 문학을 통하여 이렇게 될 수밖에 없었던 선택의 고민을 읽을 수 있어야 한다. 아울러 이 속에서 민족사의 과제를 해결할 수 있는 실마리도 찾아야 하는 특수한 의미를 지니고 있다. 따라서 이 시기 문학 교육은 효과적인 언어 사용 능력 신장을 통한 교양인이나 전인성의 자질 함양보다는 문화적 정체성을 인식하는 비판적 주체로서의 인간상 정립을 그 교수-학습의 주된 목표로 삼을 수 있어야 한다.

　또한 이 시기의 문학을 교수-학습함에 있어서, 해방 정국이라는 특수한 시기에 문학의 역할이 무엇이었으며, 이런 문학의 역할이 현재에는 어떤 의미를 지니고, 앞으로 우리는 어떤 선택을 하여야 하는가를 암시받을 수 있어야 한다. 이 시기 문학을 통해 과거의 잘못을 반성하는 교훈을 얻을 수 있고, 앞으로 어떻게 살아야 하는가를 선택할 수 있는 예언을 읽어낼 수 있어야 한다. 즉 이 시기 문학은 나름의 이념적 지향에 충실한 것이었기에, 그 문학의 언어적 형상성보다는 그 내용적 형상에 교수-학습의 중심이 놓여야 하는 것이다.

　특히 남북 통일이 이루어져야 하는 21세기에 해방 정국의 문학을 교수

—학습하는 목표는, 지난 50여 년 동안 남과 북의 정권을 지탱하는 도구
였던 대립과 갈등을 극복하고 새로운 화합과 화해를 이룰 수 있는 계기
를 마련하는 데 두어야 한다. 그리고 이런 차원에서 이 시기의 문학을 교
수—학습하는 제재 역시 일제 강점으로부터의 해방의 기쁨을 남북 분단
의 아픔으로 몰아갔던 역사적 상황을 잘 보여주는 문학 작품이어야 한다.
이를 통하여 각기 다른 역사와 현실 인식을 했던 좌익과 우익의 문학을
비교할 수 있으며, 그곳에서 새로운 세기에 제기되는 과제들을 해결할 수
있는 실마리도 찾아야 한다.

3. 현대적 관점에서 재조명하는 전후 문학

   1950년대 우리 문학은 한국전쟁이라는 비극을 적극적으로 형상화하는
경향을 보인다. 더구나 한국전쟁은 우리 민족사의 과제인 남북 분단을 고
착화한 전쟁이었다. 그리고 모든 전쟁이 그렇듯이 한국전쟁은 우리의 몸
과 마음을 철저하게 파괴했으며, 이 시기의 문학은 이같은 우리의 모습을
그려내는데 충실하였다. 즉 비인간적(非人間的)인 한국전쟁을 겪고 난 1950
년대라는 새롭고 특수한 경험의 세계를 노래하고 있다.

     가난이야 한낱 襤褸에 지나지 않는다
     저 눈부신 햇빛 속에 갈매빛의 등성이를 드러내고 서있는
     여름 山 같은
     우리들의 타고난 살결 타고난 마음씨까지야 다 가릴 수 있으랴

     靑山이 그 무릎 아래 芝蘭을 기르듯
     우리는 우리 새끼들을 기를 수밖엔 없다

목숨이 가다 가다 농울쳐 휘어드는
午後의 때가 오거든
內外들이여 그대들도
더러는 앉고
더러는 차라리 그 곁에 누워라

지어미는 지애비를 물끄러미 우러러보고
지애비는 지어미의 이마라도 짚어라

어느 가시덤풀 쑥굴헝에 뇌일지라도
우리는 늘 玉돌같이 호젓이 묻혔다고 생각할 일이요
靑苔라도 자욱이 끼일 일인 것이다.
                              ―서정주, 「무등(無等)을 보며」

屛風은 무엇에서부터라도 나를 끊어준다
등지고 있는 얼굴이여
주검에 醉한 사람처럼 멋없이 서서
屛風은 무엇을 向하여서도 無關心하다
주검에 全面같은 너의 얼굴 위에
龍이 있고 落日이 있다
무엇보다도 먼저 끊어야 할 것이 설움이라고 하면서
屛風은 虛僞의 높이보다도 더 높은 곳에
飛爆을 놓고 幽島를 점지한다
가장 어려운 곳에 놓여있는 屛風은
내 앞에 서서 주검을 가지고 주검을 막고 있다
나는 屛風을 바라보고
달은 나의 등뒤에서 屛風의 主人 六七翁海士의 印章을 비추어주는 것이었다.
                              ―김수영, 「병풍(屛風)」

  서정주의 시에는 전쟁이 가져다 준 물질적 궁핍함 속에서 인간의 본질
을 지키고 있는 우리네 삶의 모습이 나타나 있다. 전쟁 시기나 전쟁 이후

에 전쟁의 상처를 적나라하게 노래한 작품이었던 '전쟁시'(조지훈의 「다부원에서」, 구상의 「초토의 시」)도 있었지만, 이 시기에는 이 시와 같이 상실된 휴머니즘을 회복하고자 하는 서정시가 중요한 자리를 차지하고 있었다. 특히 이런 시적 경향은 순수시라는 이름으로 전쟁 이후 한국 현대시의 주류를 형성하는 계기가 된다.

이에 비하여 김수영의 시는 주검을 가로막고 있는 병풍을 통하여, 인간의 존재에 대한 의문을 제기하고 있다. 이 시에서 우리는 병풍이라는 벽에 의하여 죽음이라는 감상의 세계와 분리된다. 즉 우리는 병풍 속에 있는 폭포나 달 등의 그림과 병풍을 그린 노인의 낙관을 바라보는 타자(他者)적인 존재이다. 현대 물질 문명 속에서 병풍처럼 변화해 가는 인간의 모습에 대한 시인의 현실 인식이 이 시에는 드러나 있다.

특히 후자의 시는 1950년대 모더니즘 시에 뿌리를 두고 있으면서, 이후 참여시로 나아가는 시적 변모의 단초를 보여주고 있다. 이런 시 세계는 동포의 주검 앞에서 적개심을 불태우던 전쟁시와는 한결 다른 정조 즉 전쟁을 통하여 철저하게 왜곡된 현실 앞에 무력하기만 한 인간들의 모습을 병풍 속의 그림으로 형상화하고 있다. 분노가 아닌 현대인의 비정함이 배어 있는 그리고 이런 세계가 우리가 맞을 준비를 해야 하는 새로운 시대임을 이 시는 진솔하게 보여준다. 아울러 일상적인 삶의 굴레에서 겪는 관념을 시각적으로 형상화하려는 모더니스트의 체취도 물씬 풍기고 있다.

이처럼 1950년대 한국 현대시는 순수 문학을 추구하던 시인들과 모더니즘을 추구하던 시인들로 양분되어, 각자의 위치에서 한국전쟁 후의 참담했던 민족 현실을 노래하고 있다. 아울러 1950년대 후반부터는 박봉우(「휴전선」)・신동엽(「진달래 산천」) 등을 중심으로 분단된 민족 현실에 대한 관심이 시적으로 형상화되기 시작하면서, 이후 반독재 투쟁으로 대표되는 1960년대 참여시를 잉태하는 증후를 보인다.

이같은 전후(전쟁 시기부터 4・19 혁명까지) 문학은 전쟁이라는 비인간적인 경험을 통해서 새롭게 인식하게 되는 인간의 존엄성을 추구하는 방향에서 창작된다. 실존주의에 바탕을 둔 전후 소설이 그 대표적인 예이지만, 1950년대의 순수 서정시나 모더니즘 시도 역시 같은 맥락에서 그 의미를 설명할 수 있다. 즉 서정시에 가장 가까운 순수시에서 보여준 훼손되지 않은 자연과 그 자연 속에서 살고 싶었던 인간의 심성을 표현하고 있으며, 모더니즘 시를 통해서 현대를 살고 있는 사람들의 근대성(modernity)을 심도 있게 보여주고 있다.

따라서 이 시기의 문학을 교수-학습하는 활동 역시 전후 문학의 이런 현실적 의미를 현대적 관점에서 재조명하는 작업이 필요하다. 순수 서정시를 통하여 시적 언어 묘미와 인간적인 삶의 본연을 확인하여 문화적 교양과 현대적 지성을 갖춘 전인으로서의 인간 교육을 지향할 수 있으며, 모더니즘 시를 통하여 현대적인 언어 운용(運用)이나 이런 언어를 구사하여 형상화하고 있는 현실에 대해 비판적인 관점을 유지할 수 있는 주체 양성을 문학 교육의 목표로 삼을 수 있다.

그러나 이 시기 문학을 교수-학습함에 있어서 1950년대라는 과거의 맥락 속에서만 교육이 이루어져서는 안된다. 앞에서도 거듭 밝힌 바와 같이 문학 교육은 문학을 교수-학습하는 현재의 교사나 학습자와 같은 주체들이 필요로 하는 맥락에서 재조명되는 것이며, 이같은 재조명이 이루어질 때 이 시기의 문학 역시 21세기와 같은 미래 사회의 맥락에서도 그 효용성을 지니게 된다. 문학 교육은 현재를 넘어서 미래를 지향해야 하기 때문에, 문학 작품에 대한 수동적인 수용만이 아니라 능동적인 창작, 창의적인 사고력 계발로 나아가야 한다.

즉 이 과정에서 전후 문학이 지니고 있는 특수성, 즉 전쟁이라는 경험과 그 상처를 치유하고자 하는 방법이 다르게 나타나는 시적 경향에 대한 폭넓은 이해가 필요하다. 아울러 이런 포용성은 사고의 다양성을 허용하는 다원주의가 지배하는 현대 사회의 특수성과도 맥을 같이 하는 것으로, 새롭게 전개될 21세기의 문화적·이념적 지향성과도 거리를 좁힐 수 있는 바탕이 될 수 있다. 또 현재와 근접한 시대의 문학일수록 동시대적인 감각과 감수성을 어느 정도 지니고 있기 때문에 현재나 미래의 교수―
학습에 유용한 교육의 제재가 될 수 있다.

특히 전통적으로 인간과 자연의 관계를 형상화한 순수 서정시와는 달리 모더니즘 시는 전쟁과 이보다 더 가혹한 근대 기계 문명의 폐해를 보여주고 있다. 그래서 모더니즘 시를 교수―학습하여 전통적인 글쓰기나 표현 방식과는 다른 글쓰기와 표현의 기법을 이해하고, 그것이 나타내고자 한 현대 사회의 모습과 표현의 의미를 정신의 차원에서 재해석할 수 있는 능력을 길러야 한다. 즉 과거의 글쓰기와는 다른 현대적 글쓰기를 통하여 다원주의(多元主義) 가치관이 지배하는 현대 사회에서 정체성을 유지할 수 있는 비판적인 주체로 자리를 잡을 수 있어야 한다. 그리고 이런 교수―학습을 통하여, 전후 문학이 후기 산업 사회인 현대의 글쓰기와도 맥을 같이 한다는 사실을 확인할 수 있을 것이다.

끝으로 전후의 시 작품 중에서 이후 참여시 또는 민중시의 맹아적(萌芽的) 모습을 보이는 일단의 시들도 주목하여, 이 시기 전후(前後)의 문학사적 맥락과 관련시킬 수 있어야 하며, 전통의 계승과 창조라는 맥락에서 그 의미를 재해석할 수 있는 방안도 강구하여야 한다. 즉 1950년대 후반부터 민족의 현실에 대한 냉철한 인식이 다시 시작되어, 1960년대 이후의 문학 창작으로 계승되어 새롭게 창조되고 있음을 이해하여야 한다.

4. '나'에게 공감되는 문학의 교수―학습

전통적으로 좋은 시라고 했던 시들은 상급 학교에 진학하기 위하여 학교나 교과서에서나 배우는 시 정도로 간주되고 있으며, 현대 사회의 독자들은 자신들의 필요에 의해서 읽거나 그들의 손에 들려주어야 마지못해서 읽는 체하는 사람들이다. 이런 사회 현실에 대응하여, 문학 교육은 다른 어떤 분야보다 발빠르게 바뀌어야 한다. 실제로 현대 사회의 변화 속도는 예측하기 힘들 정도다. 매일 간행되는 시집보다 컴퓨터 화면에 떠오르는 시, 어떤 시보다 감동적으로 다가오는 광고의 문구가 우리 사회의 새로운 현대시로 간주될 날도 멀지 않았다는 생각도 든다.

이런 생각을 하면서, 나는 언젠가 현대시 교육의 제재, 즉 정전(正典) 문제를 집중적으로 논의한 적이 있다. 이때 결론은 대략 우리의 현대시 교육은 순수 서정시와 저항시가 중심임을 밝혔으며, 모더니즘 시나 리얼리즘 시가 현대시 교육의 제재로 보다 확충되어야 하며, 현대적인 학습자의 감수성에 맞는 최근의 시 작품이나 대중 문학을 대안(代案) 정전의 차원에서 포괄할 수 있어야 한다고 주장하였다. 이런 분석과 주장을 뒤집어서 생각해 보면, 해방 정국의 시나 1950년대 이후의 현대시를 문학 교육의 제재로 활용해야 한다는 말이었다.

그러나 이 자리에서 이런 원론적인 문제제기를 상기시키거나 이를 기초로 하여 정전 목록을 작성하는 작업은 또 다른 비판의 소지를 안고 있다. 오히려 어떤 문학이든지 왜, 어떻게 교수─학습하느냐가 중요하다는 생각을 정리하는 것이 효과적일 듯하다. 이 중에서 이 자리에서는 '어떻게'의 문제에 대한 생각을 중점적으로 살피고자 한다. 그 이유는 이 글의 앞 부분에서 문학 교수─학습에서 논의할 수 있는 '무엇을', '왜'의 문제는 어느 정도 짚은 것 같기 때문이다.

이를 위해서 앞에서 변죽만 울리고 지나갔던 문학 작품의 이해와 표현이라는 용어를 다시 생각해 보자. 이때 문학 작품의 이해라는 말은 문학 작품의 언어나 형식·내용을 알고, 그 의미를 해석하는 것이다. 그리고 이해의 최종 단계는 아마도 이렇게 알고, 해석한 것들이 학습자나 수용자의 것이 되는 것, 즉 자기화하여 내면화(內面化)하는 것일 듯하다. 그래서 이렇게 내면화된 문학은 학습자 자신의 삶에 지표가 되어, 교양 있고 품위 있는 삶을 영위하는 데 도움이 되면 된다.

이에 비하여 문학 작품의 표현이라는 의미는 대략 두 가지 관점에서 생각할 수 있다. 그 하나는 문학 작품을 창작하는 행위이며, 다른 하나는 문학 작품을 이해한 바를 글이나 말로 표현하는 행위이다. 이 중에서 우리가 문학 교실에서 배우는 교수—학습 제재로서의 작품과 관련된 활동에서는 전자의 문제도 중요하지만 주로 후자의 문제가 교수—학습 활동의 중심이 되어야 한다. 즉 문학 작품을 이해하고 감상한 바를 학습자 자신들의 글이나 말로 다시 재구성할 수 있어야 한다.

그 이유는 문학 작품의 이해와 내면화가 문학 교수—학습의 중요한 목적이 될 수는 있지만, 이것은 극히 제한적이고 개인적인 문학 향유의 차원에서나 머무는 것이며, 문학 교실에서는 이해 또는 내면화의 정도를 점검하는 평가의 단계가 뒤따라야 하기 때문이다. 이 점은 교실에서의 문학 교수—학습의 최종적인 단계는 평가를 통하여 마무리된다는 사실과 밀접한 관련이 있다. 그동안 이 단계에서는 이해의 내용을 사실 차원에서 확인하는 선택형 평가가 중심이었다. 그러나 앞으로는 이해의 내용을 다시 표현하는 서술형 평가나 이해와 표현 과정을 점검하는 수행 평가가 중요하게 부각되는 점도 같은 맥락에서 설명할 수 있다.

아울러 이 단계에서 21세기의 문학 교수—학습은 새로운 지향점을 세울 필요가 있다. 그것은 지금까지의 문학 교육이 문학 작품에 표현된 공동의 보편적인 의미를 찾는 이해 과정이었으며, 학습자가 그것을 얼마나 인지하고 있느냐에 집중되었다는 사실이다. 그러나 앞으로의 문학 교수—학습은 '나'를 중심에 놓아야 하며, 나에게 그 문학이 어떤 의미를 주는가를 표현하도록 하여야 한다. 먼저 문학이 나에게 던져주는 의미를 확인하는 표현 활동을 통하여 남과는 다른 독립적인 주체의 위상을 확인하고, 나아가서는 '우리'라는 영역으로 그 의미를 확대할 필요가 있다.

특히 해방 이후의 현대 문학은 이런 접근에 용이한 교수—학습 제재이기도 하다. 과거 아니 현재의 문학 교육을 뒤돌아보면 이런 주장의 근거는 쉽게 확인할 수 있다. 그동안 우리의 문학 교실에서 가르쳐지고 배우는 현대시 제재를 보면, 어른들의 관점에서 선택된 1930년대 근대시나 이와 근사(近似)한 현대시들이 자리를 차지하고 있다. 이제 어른들이 교수-학습의 제재로 선택했던 아름다운 고향 농촌을 떠올리는 서정의 세계는 더 이상 현재의 문학 학습자들에게는 공감(共感)이나 감동을 주지 못한다.

그런데 이들이 어떻게 '나'의 생각이나 느낌을 제대로 표현할 수 있겠는가? 이제부터라도 학습자들이 쉽게 공감할 수 있는 교수-학습 제재를 선택하여야 한다. 그리고 이 목적에 어느 정도 부합되는 문학 작품이 해방 이후의 문학일 것이고, 나아가서는 대중 문학을 비롯한 지금 이 시대에 창작되는 문학일 것이다.

제3장
민중시 실험의 의미와 한계

1. 시인과 평론가의 만남

　신경림의 강연을 두어 번 들을 수 있었다. 그때마다 선생은 경험이라는 말과 민요라는 말을 빼놓지 않고 한 것으로 기억된다. 가장 최근에는 많은 학생들이 있는 자리에서 "나는 평론가들의 말에 신경을 쓰지 않는다"라는 말을 했다. 문학 연구자들의 관점에서 이 말은 "문학 연구자들은 작가들의 후일담이나 작품이 창작된 배경에 대한 설명에 매여서는 안된다"라는 말로 되돌려줄 수 있다.

　물론 이 말은 미국의 신비평가들이 소위 '의도의 오류'를 범하지 않고, 작품 자체에 충실할 것을 주장하기 위해서 한 말이다. 즉 한 작가의 작품에 대한 올바른 이해는 작품에 실현되고 있는 실체를 중심으로 평가하여야 하는 것이지, 작가가 이런저런 의도를 가지고 어떻게 형상을 표현했다는 설명에 맞추어 읽지 말아야 한다는 말이다. 그리고 이런 관점에서 신비평가들은 작품의 내적인 특성, 즉 시를 예로 들면 제시된 시 자체에서 운율·이미지·비유·상징 등을 설명할 수 있어야 한다고 보았다.

그러나 막상 지금 이 순간에 나 자신이 신경림론을 쓰려고 하니, 이처럼 문학 작품의 내적인 자율성에만 충실한 분석을 하기에는 많은 장애가 가로놓여 있음을 발견하게 된다. 앞에서 밝힌 바와 같이 시인의 강연을 직접 듣기도 했고, 일찍이 시인들의 창작 노트를 편집하면서 시인의 창작에 관한 고백을 여러 편 읽었고, 1970년대 시인들의 시론을 정리하는 자리에서는 시인이 아닌 시론가로서 신경림이 시를 보는 관점도 분석의 대상으로 삼은 바 있다.[1] 아울러 이 글을 쓰면서도 이미 시인이 쓴 여러 편의 산문을 읽게 되었다. 또 북한산을 내려와 구기동 언저리에서 만난 얼굴, 등록 상표인 소년 같은 미소를 간직한 얼굴도 잊을 수 없다.

이렇게 나 자신이 분석 대상으로 하는 시인에게서 자유스럽지 않으니, 작품에 대한 분석도 이런 나에게서 자유스럽지 않을 것 같다. 그러나 마음을 다잡아 제목부터 부정적인 함의(含意)로 출발하면서, 일정한 거리를 두고 논의를 전개하고자 한다. 정말 시인에 대한 일반적인 평가처럼 신경림은 1970년대를 대표하는 시인인가? 어떤 점이 그런가? 만일 그렇지 않다면, 왜 그런가를 간단히 살펴고자 한다.

이를 위하여 이 글은 신경림이 1980년대 이전에 발표한 시, 특히 시집 『농무』와 『새재』에 수록된 작품을 중심으로 분석할 것이다. 그 이유는 이 시집의 간행으로 1970년대 신경림의 위상이 확보되었기 때문이며, 이 두 시집에서는 신경림 시인의 실험 정신, 즉 민중 의식의 시적 형상화와 장편 서사시의 새로운 시도라는 의미가 가장 잘 드러나기 때문이다.

---

1) 윤여탁 편, 『나의 시, 나의 시학』, 공동체, 1992; 윤여탁, 「창작 방법으로서의 민중시론」, 『한국 현대시론사 연구』(한계전 외), 문학과지성사, 1998.

2. 서정시의 정서 전달과 독자의 감동

신경림의 시에 대해서는 시집 『농무』가 간행된 초창기부터 획기적인 것으로 받아들여졌다. 그래서 일찍이 백낙청은 "보아라 이런 詩集도 있지 않은가, 라고 마음놓고 말할 수 있게 되었다"[2]라고 그 의미를 규정하고 있다. 물론 이런 평가는 1960년대 현대시의 난해성이나 비민중적 속성과 밀접한 관련이 있을 것이다. 이런 점을 전제로 한다고 하더라도 이 시집에 수록된 시들은 "가난한 사람들의 생활현장과 현장의 정감을 형상화"[3] 하는 방법을 통하여, 시가 우리와 나의 이야기를 그릴 수 있다는 가능성을 새롭게 보여주고 있다고 보는 평가가 일반적이다.

이런 평가에 작용하는 긍정적인 근거들은 주로 그가 영문학을 전공하였지만, 이런 외국 문학에 영향을 받기보다는 쉬운 우리말을 효과적으로 구사하고 있다는 점이다. 즉 그는 우리의 농촌 현실을 적실하게 보여주고 있다는 점과 한글 전용[4]을 하면서 알기 쉬운 시어를 구사하고 있다는 것이다. 그러나 그의 한글 전용이라는 시어에 대한 평가는 재고(再考)를 요한다. 즉 신경림은 대부분의 시어를 한글로 구사하고 있지만, 시에서 상당한 비중을 차지하는 제목에는 한자를 많이 쓴다는 점이다. 이런 특징은 『농무』와 『새재』(창작과비평사, 1979)의 제목을 보면 쉽게 확인된다. 특히 문학의 다른 갈래에 비하여 시에서 제목은 텍스트 자체로 보아야 한다는 점에서, 간단하게 한글 전용이라고 규정될 수 없다.

이 점은 신경림의 시세계가 우리 전통의 한시 자체가 아니라 한시가 추구한 시세계와 밀접한 관련이 있음을 간접적으로 확인할 수 있는 근거

---

2) 백낙청, 「발문」, 『농무』(증보판), 창작과비평사, 1975, 110면.
3) 유종호, 「서사 충동의 서정적 탐구」, 『신경림 문학의 세계』(구중서 외편), 창작과비평사, 1995, 49면.
4) 윤호병, 「치열한 민중의식과 준열한 서사의 힘─신경림 시의 구조적 특질」, 『시와 시학』, 1993년 봄호, 134면.

가 될 수 있다. 또한 그가 일찍이부터 우리말의 아름다움을 개척하고자 했던 송강(松江)을 비롯한 옛시인들의 영향과 근대 시인으로 향토적인 방언을 많이 구사한 백석(白石) 등이 추구한 시세계를 동경하고 사숙했다는 점과도 관련이 있다. 즉 그는 근대 학문을 했지만, 그에게는 그 근대 학문의 영향보다는 자신이 몸소 체험한 삶의 이야기가 더 중요했으며, 영문학이라는 대학에서의 학습보다는 다양한 독서 체험 중에서 접한 숱한 한국문학의 유산이 의미를 지니고 있었다.

이런 점은 그의 시가 우리가 일상에서 접할 수 있는 자연 세계나 이야기를 노래하고 있지만 우리 인간들의 삶과 관계 속에서 읊어지고 있으며, 다른 사람의 이야기를 객관화하여 전해주고 있지만 남의 이야기만이 아닌 우리와 나의 이야기로 들린다는 사실과 무관치 않다. 그리고 이런 시적 기법은 전통적인 시조나 한시의 기법인 선경후정(先景後情)이라고 할 수는 없지만, 적어도 자연 대상에 의탁하여 자신을 표현하는 감정이입(感情移入)이라고 할 수 있다. 이런 차원에서 신경림의 시는 앞의 관점에서는 리얼리즘을 확보하는 장치를 마련하고 있으며, 후자의 관점에서는 서정시의 미학을 잃지 않으려는 노력을 보여주고 있다고 할 수 있다.5)

> 밤 늦도록 우리는 지난 얘기만 한다
> 산골 여인숙은 돌광산이 가까운데
> 마당에는 대낮처럼 달빛이 환해
> 달빛에도 부끄러워 얼굴들을 돌리고
> 밤 늦도록 우리는 옛날 얘기만 한다
> 누가 속고 누가 속였는가 따지지 않는다
> 산비탈엔 달 빛 아래 산국화가 하얗고
> 비겁하게 사느라고 야윈 어깨로
> 밤 새도록 우리는 빈 얘기만 한다

—신경림, 「달빛」

___

5) 이런 관점은 서정시라는 큰 갈래 속에 리얼리즘 시나 순수 서정시, 모더니즘 시 등이 포함된다는 주장의 논거가 될 수 있다.

광산 가까운 산골 여인숙에서 만난 우리들의 모습. 지난 얘기, 옛날 얘기, 빈 얘기를 하면서 밤을 지샐 수 있는 우리네의 모습이 가을 달빛과 산국화와 어우러져 이 시에는 그려져 있다. 한 폭의 수묵화와 같은 고즈넉한 분위기를 전달하면서, 무엇인가 사연이 있는 사람들의 부끄럽고, 가난한 삶의 모습이 나타나 있다. 이런 모습은 달빛이 비치는 밤이라는 시간, 산골 마당이라는 공간, 달빛에 비치는 하얀 산국화라는 객관적 상관물을 통하여 전달되고 있으며, 우리의 전통 시가에서 쉽게 확인할 수 있는 정서이자 서정시의 세계이기도 하다.

그리고 이런 시적 기교는 「갈대」와 같은 초기시에서부터 드러나며,[6] 최근에 발표된 작품들(『어머니와 할머니의 실루엣』, 창작과비평사, 1998)에서 다시 나타나고 있다. 시인의 시세계를 이루는 체험이 사실적인 표현으로만 그려지는 것이 아니라 상상력이 작동되어 새로운 시적인 형상으로 재창조되고 있는 것이다. 즉 신경림의 시세계 중에서 사실적인 이야기의 전달은 독자들에게 쉽게 전달되기는 하지만, 서정시의 은근함을 통한 정서적 감동의 전달에는 그리 성공적이지 못하다. 오히려 「달빛」이나 「갈대」와 같은 시세계가 정서 전달의 측면에서는 보다 서정적이라고 할 수 있다.

이 점은 신경림의 1970년대 시에서 당대 농민들의 현실을 보여주고 있는 시들이 현실 반영이라는 리얼리즘의 성취에는 어느 정도 성공적이지만, 독자의 정서적 감동에는 같은 정도의 성취를 이룩하고 있다고 단정할 수 없다는 말이다. 더구나 문학이 1970년대 현실을 떠나 좀더 보편적인 인간의 모습을 그리는 것이라는 관점에서는 이런 시세계를 감동적으로 받아들일 수 있는 현대의 독자는 많지 않다.

이 점은 1970년대 민중시 일반에 대한 평가에도 적용되는 사항으로, 이런 시가 민족·민중의 당대 현실을 잘 반영하고 형상화하고는 있으나, 현대 독자들에게는 그리 쉽게 이해되지 않는다는 점과 1970년대 민중시가

---

6) 윤여탁, 「서정 단시의 갈래적 속성과 전통」, 『시 교육론』 2, 서울대 출판부, 1998, 187~188면.

이야기를 전달하는 데에는 성공했으나 이에 상응하는 형상의 창조에는 실패했다는 사실과 관련된다. 그리고 신경림의 시 역시 이런 1970년대 민중시에 대한 현대적·현재적 평가에서 자유스러울 수 없다.

3. 서술시의 의미와 한계

1970년대 신경림의 시 작품에 대한 또 다른 평가는 서사적 이야기 문학을 서정시에 도입하고 있다는 점이다. 물론 이런 점은 신경림 한 사람에게만 해당되는 사항은 아니다. 일제 강점기나 해방 정국에서 서술시를 실험했던 임화·박세영·백석·이용악·김상훈·최석두 등과 같은 전대 문학 전통에 빚지고 있으며, 가깝게는 박봉우·신동엽 등이나 동시대적으로는 김지하·고은·이시영과 같은 선후배들과 짐을 나누어 맡고 있었다.

이런 중에 그의 시 작품이 돋보이는 점은 앞 부분에서 말한 서정적인 시세계를 간직하고 있다는 점이다. 그리고 이 점에 주목하여 그의 시적 성취가 긍정적으로 평가되기도 한다.[7] 아울러 이런 평가의 관점은 이야기를 내포한 서술시인 『농무』의 단계에서 서사시 「새재」로, 다시 「남한강」(1981)이나 「쇠무지벌」(1985) 등으로 이어지고 있다. 그러나 이런 그의 시적 편력이 결코 성공적이라고만 평가할 수 없다. 서사시 「새재」에 보였던 전형적 인물 창조가 이후 작품에서는 민중 일반으로 확대되면서 구성상 유기성을 상실하고 주제가 산만하거나 분산되는 한계를 보이고 있다.[8]

---

7) 유종호, 「서사 충동의 서정적 탐구」, 『신경림 문학의 세계』(구중서 외편), 창작과비평사, 1995.

8) 이렇게 볼 때 윤영천이 여러 측면에서 신경림의 시적 성취를 긍정적으로 인정하면서, 「새재」 이후의 장시 시도가 성공적이지만은 않았음을 지적한 점은 타당하다. 윤영천, 「농민공동체 실현의 꿈과 좌절」, 위의 책(구중서 외편).

서사시가 지향하는 서사 갈래의 요건과 서정 갈래의 요건 사이에서 방황하는 모습을 보이고 있으며, 이런 방황은 이미 『농무』에서 이야기를 전달하는 시를 쓰는 단계에서부터 드러나고 있다. 따라서 이야기를 통해 농민으로 대표되는 민중의 삶과 그들의 고난은 알 수 있으되, 이를 어쩔 수 없는 것으로 받아들여서 말만 있고 행동이 뒤따르지 못하는 사람들을 그려내는 데 머물고 있다. 그의 초기 대표적인 작품인 다음 시는 이런 측면에서 새롭게 읽을 수 있다.

징이 울린다 막이 내렸다
오동나무에 전등이 매어달린 가설 무대
구경꾼이 돌아가고 난 텅빈 운동장
우리는 분이 얼룩진 얼굴로
학교 앞 소줏집에 몰려 술을 마신다
답답하고 고달프게 사는 것이 원통하다
꽹과리를 앞장세워 장거리로 나서면
따라붙어 악을 쓰는 건 쪼무래기들뿐
처녀애들은 기름집 담벽에 붙어 서서
철없이 낄낄대는구나
보름달은 밝아 어떤 녀석은
꺽정이처럼 울부짖고 또 어떤 녀석은
서림이처럼 해해대지만 이까짓
산구석에 처박혀 발버둥친들 무엇하랴
비료값도 안나오는 농사 따위야
아예 여편네에게나 맡겨 두고
쇠전을 거쳐 도수장 앞에 와 돌 때
우리는 신명이 난다
한 다리를 들고 날나리를 불꺼나
고갯짓을 하고 어깨를 흔들꺼나

—신경림, 「농무(農舞)」

흥겨워야 할 '농무'는 이제 아이들이나 처녀애들의 구경거리일 뿐, 농민들 스스로의 신명풀이가 되지 못하고 있는 현실이다. 그래서 자신들의 삶이 답답하고 고달프게 느껴지고 원통하게도 생각된다. 힘겨웠던 농사일들을 잊어버리고자 했던 예전의 농악놀이가 아니라 자신들의 생활 기반인 농사를 포기하고서 실없는 사람처럼 위장하여 행동할 때만이 '신명'이 난다. 따라서 이 즈음에 나는 신명은 뿌리뽑힌 자의 신명이며, '우리'라고 표현했지만 우리 모두의 신명이 아니다. 그 행사에 참여한 몇 사람만의 신명이다.

그리고 이처럼 비교적 긴 이야기에도 불구하고 「농무」는 시적으로 형상화된 이야기와 사건이 전달하는 정서는 있으되, 그 정서가 우리 모두에게 익숙한 것은 아니다. 더구나 후기 산업 사회를 살고 있는 대부분의 독자들에게는 어른들이 이야기하는 어려웠던 시절의 이야기일 뿐이다. 나의 이야기나 우리의 이야기가 아니라 당신들의 이야기로 들리는 것이며, 나와는 상관없는 이야기일 뿐이다.

이 점은 우리 교과서에 수록된 근대시가 일제 강점기인 1930년대라는 상황을 이해할 때에나 설명이 가능한 것과 마찬가지다. 이런 맥락에서 훨씬 후대의 역사적 현실을 반영한 『가난한 사랑노래』(실천문학사, 1988)가 독자들에게 보다 감명 깊게 다가온다. 물론 이렇다고 해서 신경림의 1970년대 시가 그 의미가 없는 것은 아니다. 그 나름대로는 1970년대 민중의 정서를 표현한 것이고 그것도 살아 있는 서정을 그리고 있다.9)

그러나 그 서정이나 정서는 이야기에만 의존함으로써 그 한계를 스스로 노정하고 만다. 그렇기 때문에 「갈대」가 보여주었던 인간 존재에 대한 탐구의 깊이도, 후대 서정시가 보여주었던 그리운 추억의 그림자도 보여주지 못하고 만다. 달리 말하면 시의 리얼리즘적인 성취는 보여주지만 서정시의 정신적 높이와 인간적 감동의 깊이는 보여주지 못하고 있다. 적어

9) 조태일, 「열린 공간, 움직이는 서정, 친화력」, 『신경림 문학의 세계』(구중서 외편), 창작과비평사, 1995.

도 이제는 병풍으로 표구화되어 박제화(剝製化)되어 버린 풍속화 한 폭을 보는 느낌을 받을 뿐이다.

이런 측면에서 신경림의 1970년대 이야기를 전하는 농민시·민중시는 서사를 추구하였지만, 서정성의 구현에는 한계를 보여주고 있다고 할 수 있다. 이런 점은 일찍이 단편 서사시를 추구하면서 서정성을 구현하지 못함으로써 실패하고 만 일제 강점기 프로시나 해방 정국의 정치시의 전철을 밟은 것이라고 할 수 있다. 어느 평론가의 말처럼 쉽고 친근한 시를 통하여 전대 모더니즘 시의 난해성을 추문화하고, 가난한 생활의 탐구를 통하여 현실 모순을 전경화(前景化)하는 데에는 성공했다[10]고 할 수 있다. 그러나 한국 현대시의 시적 현실주의를 실현하기는 했지만, 서정성의 확보라는 측면에서는 미흡했던 점도 인정되어야 한다.

4. 민요 복원의 방향

신경림 시의 또 다른 특징은 민요를 추구하고 있다는 점이다. 이 점은 그의 여러 시론에서 반복적으로 힘주어 주장되고 있다.[11] 그는 1970년대 이후 〈민요연구회〉를 조직하여 민요 발굴과 보급에 힘썼고, 민요 기행을 하면서 『민요 기행』(1985, 1989)이라는 산문집을 2권이나 출간했으며, 이 과정에서 민요를 실험하는 시를 『달 넘세』(창작과비평사, 1985)라는 시집으로 집약하기도 한다. 이런 그의 민요 탐구는 1970년대 민중시에서부터 시작되어 이후의 서사시에 많은 민요가 삽입되는 과정을 거치게 된 결과이다.

---

10) 유종호, 「서사 충동의 서정적 탐구」, 위의 책(구중서 외편), 49면.
11) 윤여탁, 「창작 방법으로서의 민중시론」, 『한국 현대시론사 연구』(한계전 외), 문학과 지성사, 1998 참조

　　그리고 이런 민요 탐구는 등단 직후부터 10년 가까운 공백 이후에 나타나는 현상으로, 1956년 등단 이후 낙향하여 생활을 하면서 겪은 농촌 체험과 떠돌이 체험이나 이렇게 접한 농민·민중들의 삶을 시적으로 형상화하면서 찾았던 방법이었던 것 같다. 민중의 삶을 추구하다가 보니 민중들의 노래 형식인 민요를 찾을 수밖에 없었으며, 이런 시적 형식 추구는 1970년대 시 일반에 두루 나타난다. 여기서는 이런 점에 대해서 평론가들과 시인 자신의 평가가 엇갈리고 있는 다음의 시를 통하여 살펴보자.

　　　　하늘은 날더러 구름이 되라 하고
　　　　땅은 날더러 바람이 되라 하네
　　　　청룡 흑룡 흩어져 비 개인 나루
　　　　잡초나 일깨우는 잔바람이 되라네
　　　　뱃길이라 서울 사흘 목계 나루에
　　　　아흐레 나흘 찾아 박가분 파는
　　　　가을볕도 서러운 방물장수 되라네
　　　　산은 날더러 들꽃이 되라 하고
　　　　강은 날더러 잔돌이 되라 하네
　　　　산서리 맵차거든 풀속에 얼굴 묻고
　　　　물여울 모질거든 바위 뒤에 붙으라네
　　　　민물 새우 끓어넘는 토방 툇마루
　　　　석삼년에 한 이레쯤 천치로 변해
　　　　짐부리고 앉아 쉬는 떠돌이가 되라네
　　　　하늘은 날더러 바람이 되라 하고
　　　　산은 날더러 잔돌이 되라 하네

　　　　　　　　　　　　　　　　　　—신경림, 「목계장터」

　　이 시는 방랑과 정착의 이미지를 나름의 자연 대상, 즉 강·구름·바람과 산·들꽃·잔돌이라는 표상물을 통하여 이 시대 민중들과 시인 자신의 운명을 잘 그려내고 있다. 그리고 이런 시적 형상을 위하여 민요의 운율이라고 할 수 있는 4음보격을 주로 구사하고 있으며, '하고', '하네', '라네' 등의 어미를 반복적으로 구사하여 어감을 생동감 있게 살려내고 있다. 또한 나름대로는 이런 시어의 반복과 의미상 대구적인 표현을 통하여 민요적 형식12)을 확보하려고 노력하고 있다.

그리고 이런 시적 시도는 「어허 달구」 같은 짧은 시와 장편의 서사시에서 꾸준히 시도되고 있다. 특히 서사시에서는 삽입 가요의 형태로 여러 민요가 구사되고 있다. 그러나 서정적인 시에서의 이런 실험은 그리 성공적인 것 같지는 않다. 즉 민요의 사실에 바탕을 둔 리얼리즘적 효과에는 어느 정도 도달하고 있지만, 민요의 정서적 시세계나 운율 의식에는 미달이며, 민중에게 다가가는 민요의 단순함과는 거리가 멀기만 하다. 민중이 향유하는 민요와는 전혀 다른 전문 시인의 창작시라고 할 수 있다.13)

이 점은 민중이 쉽게 이해할 수 있는 언어를 구사하거나 이를 반복한다고 해서 민요에 도달할 수 없다는 사실을 증명하는 것이며, 특히 노래로 불려지는 민요의 특성과 눈으로 읽히는 시의 특성 사이의 거리를 메꾸기에는 활자로 된 시로서는 거의 불가능하다는 점도 환기시킨다. 더구나 민요는 민중들이 창작하고 향유하는 것이며, 시는 신경림이 쓴 것으로 농민이나 민중들이 아니라 농민과 민중을 사랑하는 사람들이 돈을 주고 사서 읽은 문학 작품이다. 이처럼 신경림의 민요시 창작은 그 향유 체계가 다름에도 불구하고 그 다른 기반과 어울리지 않는 시도를 하고 있었다고 할 수 있다.

더구나 시인 세대에 체득(體得)되어 있는 민요의 운율을 복원할 수 있다고 하더라도, 현대의 독자 대중에게 그것은 낯선 것으로 받아들여질 수밖에 없다. 어릴 적부터 서양 음악의 리듬에 익숙한, 그리고 자유시의 외형

---

12) 김대행은 민요 형식을 병렬로 설명하고 있다. 이런 점은 다른 관점에서는 반복과 대구로 설명될 수도 있을 것이다. 김대행, 『한국시의 전통 연구』, 개문사, 1980, 40~92면.
13) 이 점에 대해서는 이미 신경림도 「목계장터」가 민요시가 절대 아니라고 밝히고 있다. 신경림 외, 「신경림 시인과의 대화 : 삶의 길, 문학의 길」, 『신경림 문학의 세계』(구중서 외편), 창작과비평사, 1995, 38면.

적인 리듬 없음에 익숙한 대중들에게는 전통적인 리듬이 오히려 낯선 것이었다. 이런 측면에서 1970년대 신경림의 민요를 추구했던 시도들에 대한 긍정적인 평가 역시 일부 전문가들이나 이런 리듬이 체득되었던 구세대의 향수(鄕愁)이자 복고 취미였을 수도 있다.

따라서 그의 이런 민요 탐구가 지닌 한계는 일찍이 1920년대 민요조 서정시 운동에서 일본을 모델로 하여 신학문을 배운 지식인들이 민요라는 민중들의 전통적인 시가를 복권하려는 과정에서 보여준 한계와도 유사하다.14) 즉 그의 민요 부활 노력은 이미 민요 세대가 아닌 우리 현대시 독자에게 낯선 것으로 받아들여졌으며, 현대 사회에서 사망 선고가 내려진 한시나 시조 부흥 운동을 하는 것과 같은 외로운 복고주의 운동이라고 할 수 있다.

그래서 이제 신경림의 창작적 경향은 이런 모색을 극복하고 새로운 우리의 운율, 이미 자유시라는 내적인 운율에 익숙한 독자의 요구에 부응하는 방향으로 나아갈 수밖에 없다. 그리고 그의 1990년대 시 창작은 이런 방향 전환의 모색을 보여주고 있다고 할 수 있다. 이런 점은 1990년대 이전에 민중시를 썼던 시인들이 최근에 보여준 창작적 전환 특히 서정 단시의 창작이라는 작업과 서정성 회복 노력과도 연결된다.

---

14) 그렇다고 해서 민요부흥 운동이 항상 부정적인 것만은 아니었다. 이 과정을 통해서 김소월이 나왔고, 이후 박목월, 신경림 등이 보여준 시어로서의 우리말 탐구라는 긍적적인 성과도 인정된다. 이 자리에서는 이런 긍정적인 면보다는 부정적인 면만을 주목하고자 한다.

5. 시문학의 새로운 지향

　어떤 문학 작품이나 그 평가는 이를 읽는 사람들이 살고 있는 사회와 개인의 요구에 따라 달라질 수 있다. 그러나 실제로 대부분의 문학 작품은 그 작가가 살았던 사회와 현실의 요구에 부응하여 창작되게 된다. 아울러 인간 본연의 요구, 즉 보편성의 실현이라는 요구에도 부응해야 한다. 이런 측면에서 많은 대중적인 문학 작품들은 당대 사회와 독자들의 요구에만 부응하다보니, 그 생명력이 짧을 수밖에 없다. 그렇다고 해서 그 요구에 부응하지 못하면, 독자 대중에게 외면을 당하게 된다.

　이런 딜레마는 문학이나 예술 창작을 하는 사람들이면 누구나 겪는 고민이다. 이런 측면에서 1970년대 신경림의 민요시·민중시 실험은 당대 현실을 적극적으로 반영하여, 이를 요구하는 독자들에게 긍정적인 평가를 받은 바 있다. 그러나 오늘 이 순간의 독자 대중의 요구에 제대로 부응하고 있느냐는 점에는 긍정적이지만은 않다. 더구나 다양성을 추구하는 후기 산업 사회의 요구와는 상당한 거리가 있다.

　이 글은 이런 점을 고려하여 지금 이 순간의 관점에서 1970년대 신경림 문학이 차지하는 위상을 재고하여 보았다. 이 과정에서 당대로서는 결코 만만치 않은 정도의 평가를 받았던 신경림의 시적 모색이 지니는 의미와 한계를 같이 살필 수 있었으며, 이 시대 우리의 시문학이 무엇을 지향해야 하는가를 암시받고자 했다. 인간·보편성·독자 등을 고려해야 하는 문학의 지향에 대하여……

제 4 장

심상과 역사적 상상력

1. 지리산에 대한 기억들

우리 국토의 등뼈로 비유되는 백두대간이 백두산에서 시작하여 남쪽으로 향하다가, 태백산에서 남서쪽으로 방향을 틀어 뻗쳐 내려오다 남해를 만나기 전에 빚어 놓은 산이 지리산이다. 내가 이 지리산을 만난 것은 1975년 대학교 2학년 때이다. 나는 이때 박정희 유신 독재의 서슬에 지레 겁을 먹고서, 남한에 흩어져 있는 산을 찾아다니면서 현실을 애써 외면하고자 했었다. 아마도 현실에 무지했다는 것이 좀더 솔직한 고백일지도 모른다.

어찌 하다 보니 산을 즐겨 찾아다니는 등산반에 적을 두게 되었고, 이 인연으로 일찍이 지리산의 품에 안겨볼 수 있는 행운도 잡을 수 있었다. 그래서 지금도 눈을 감으면 지리산의 여러 능선과 계곡들이 선하게 떠오를 정도로, 일 년에 한두 차례는 그 산자락을 찾아 그 넉넉한 품에 안기기를 즐겨 한다. 그렇다고 해서, 내가 이 시기에 무슨 도를 닦거나 자연에서 진리를 찾고자 했던 것은 아니다. 산이 좋아서라기보다는 그저 무작정 산을 찾아다녔던 것이다.

이렇게 지리산과 인연을 맺기 시작한 내가 지리산을 좀더 깊이 생각하게 된 시기는, 격동의 1970년대 말에 군대에서 제대하여 1980년에 대학을 졸업하고 어줍잖은 문학 공부를 시작하던 무렵이다. 일본 사람들이 쓴 일본어로 된 근대사·현대사를 읽으면서, 한국의 근대 문학과 현대 문학을 배우면서, 그리고 리얼리즘의 시각에서 민족 문학을 해석하면서, 나는 민중이나 민족의 역사와 지리산의 관계를 생각할 수 있었다. 즉『남부군』(이태)·『지리산』(이병주)·『태백산맥』(조정래) 등을 읽으면서, 한국전쟁과 광주 민중 항쟁을 하나의 맥락 속에서 이해할 수 있었다.

그러던 1980년대 초반의 어느 봄 날 나는 피아골이라는 깊은 계곡을 다시 찾았고, 그곳에서 한국전쟁을 겪으면서 불타버린 황량한 연곡사지를 보았다(지금은 말끔히 복원되어 이때의 모습을 상상할 수 없지만). 그리고 그 절터에서 농사를 지으면서, 작은 구멍 가게를 운영하는 주인과 이야기를 나누면서 밤새 소주잔을 기울였다. 다음 날 아침 아직 술에서 덜 깬 눈을 비비고서 첫차에 몸을 실었을 때, 나는 차창 너머로 자운영꽃이 만발한 들녘을 바라보면서, 이 자운영꽃의 자주색을 수많은 산사람들의 피울음이라고 생각했었다.

그때 덜컹거리는 차 속에서 그때의 느낌을 여행에 필요한 잡동사니들을 담고 있던 낡은 가방의 표면에 적어 두었으며, 이런 연유로 그 가방은 구차한 나의 살림살이와 함께 한참 동안이나 나의 이삿짐 속에 끼어 있었다. 그러다가 낡았다고 핀잔을 받았던 그 가방이 어느 때부터인가 우리 살림살이에서 사라졌으며, 거기에 적었던 시구(?)도 같이 잊혀져 버렸다. 다만 나의 머릿속에 몇 마디 언어와 흐릿한 영상을 동반한 추억의 그림자로만 남았다. 그러다가 나는 다음 시를 읽으면서 그때의 기억을 되새길 수 있었고, 이제 그 시구를 기억해내지 않아도 된다고 안도했다.

　　마음이 밝고 눈이 밝은 그대
　　앞서 와 보고 간 칡꽃이
　　올해는 안개비에
　　젖고 있었다.

　　사람 상하고 연곡사 불탈 때
　　더럽고 더러워서
　　떠나버린 소쩍새
　　어느 숲을 헤매고 있을까
　　피아골의 텃새는 무사할까

—정규화, 「피아골—곽재구 형께」 부분

　이 시에서 시인은 연곡사가 불탈 때 같이 떠난 영혼들을 찾고 있다. 내가 자운영꽃 들녘을 보았던 것처럼 시인은 같은 색깔의 칡꽃을 바라보고 있다. 내가 구멍 가게 주인을 찾고 있는 것처럼 이곳에 내려와 살고 있는 글쟁이 친구를 찾고 있다. 그리고 그 친구를 찾아가는 길에, 아직도 구천에 가지 못한 영혼들이 쉴 곳을 찾아 헤매는 피아골에서, 시인은 부끄러운 역사의 상처를 되짚어 보고 있다. 시인도 아닌 내가 지리산 자락을 찾을 때마다 그랬던 것처럼 말이다.

2. 생명의 힘을 간직한 지리산

　따뜻한 남쪽 나라의 끝자락, 봄이 먼저 오는 곳, 지리산. 남해 바다의 푸른 물결을 타고 봄바람이 불어오면 지리산은 나를 다시 유혹하곤 한다.

그래서 지리산은 내가 봄을 맞는 곳이고, 새로운 출발을 다짐하는 산이다. 독새풀이 구례 들녘에서 그 푸르름을 자랑할 때나 하얀 매화꽃이 하동 벌판을 뒤덮을 때, 나는 그 남도의 산자락을 자주 찾는다. 그리고 짧은 여정을 마치고서 각박한 일상으로 돌아올 때, 나는 우수(雨水) 무렵에 따서 덖은 지리산 녹차(綠茶)를 사 가지고 와서, 그 향기와 맛을 지리산 대신 음미하면서 하루를 시작하곤 한다.

지리적으로 지리산은 전라남도·전라북도·경상남도라는 남녘의 삼도에 걸쳐 있는 넉넉한 산이다. 다른 산에 비하여 바위가 많지 않은 산이기에 온갖 동식물들이 상태계 본연의 질서를 보존하고 있으며, 100리가 훨씬 넘는 주능선(主稜線)은 지루하고 힘들기 때문에 인내심을 요구하는 산이다(특히 나는 뱀사골 산장을 지나 토끼봉이라는 봉우리를 오를 때 항상 힘들어한다). 또한 지리산은 한두 번 올랐다고 해도 안다고 자랑할 수 없는, 아무에게나 제 모습을 내보이지 않는 여인과 같은 산이다. 인간과 자연의 생명력을 같이 간직한 산이다.

이렇기에 나에게 지리산은 등산의 대상인 산으로서만이 아니라 존재를 확인하고 반성할 수 있는 거울과 같은 대상이다. 그 넓은 품처럼 넉넉한 마음을 가지고 조급하지 말고 여유를 가지고 살아가라는 교훈을 주는 스승과도 같은 존재이다. 항상 변함 없이 지리산이 그 자리에 있는 것처럼 항상심(恒常心)을 가질 것을 충고하는 선배와 같은 존재이며, 때로는 속세에서 더러워진 몸과 마음을 씻고 가라고 말해주는 친구이기도 하다. 나를 실망시키지 않은 애인이기도 하며, 중생의 잘못을 너그럽게 용서하는 부처님이기도 하다. 시인도 철학자도 아닌 나에게도 지리산은 이처럼 많은 것을 생각하게 한다.

이제 이 땅의 많은 시인들이 이 지리산을 어떻게 노래하고 있나를 확인하여 보자. 뜨거운 가슴, 정겨운 마음의 소유자인 시인들이 아름다운 언어로 그려내고 있는 지리산의 심상을 상상하여 보자.

여러 산봉우리에 여러 마리의 뻐꾸기가
울음 울어
떼로 울음 울어
석 석 삼년도 봄을 더 넘겨서야
나는 길든 설움에 맛이 들고
그것이 실상은 한 마리의 뻐꾹새임을
알아냈다.

지리산 下
한 봉우리에 숨은 실제의 뻐꾹새가
한 울음을 토해내면
뒷산 봉우리 받아넘기고
또 뒷산 봉우리 받아넘기고
그래서 여러 마리의 뻐꾹새로 울음 우는 것을
알았다.

지리산 中
저 連連한 산봉우리들이 다 울고 나서
오래 남은 추스림 끝에
비로소 한 소리없는 강이 열리는 것을 보았다.
섬진강 섬진강
그 힘센 물줄기가
하동 쪽 남해를 흘러들어
남해군도 여러 작은 섬을 밀어올리는 것을 보았다.

봄 하룻날 그 눈물 다 슬리어서
지리산 下에서 울던 한 마리 뻐꾹새 울음이
이승의 서러운 맨 마지막 빛깔로 남아
이 細石 철쭉꽃밭을 다 태우는 것을 보았다.

—송수권, 「지리산 뻐꾹새」

지리산의 봄은 뻐꾹새의 울음으로 시작하여, 섬진강을 녹여 흐르게 하고는 산 정상을 향해서 걸음을 내딛는다. 이 시에서 시인은 인간의 힘으로는 결코 거역할 수 없는 자연과 계절의 법칙을 설명하고 있다. 즉 계절의 변화를 이기지 못하고 울음을 토해내는 지리산 뻐꾸기의 울음이 세석평전의 철쭉꽃에 이르러 그 절정에 이르고 있음을 그려내고 있다. 아울러 시인 역시 이처럼 봄이 옴을 노래할 수밖에 없는 한 마리 뻐꾹새라는 사실도 알아내고 있다. 그래서 뻐꾸기가 된 시인은 봄을 노래하다가 붉은 철쭉꽃으로 승화되고 있음을 꿈꾸고 있다.

이 시에서 시인은 지리산에서 생명이 움트고 있음을 읽어내고 있으며, 이를 통하여 국토에 대한 뜨거운 사랑을 확인하고 있다. 일찍이 최남선이 「심춘순례」라는 수필에서 지리산의 봄을 노래하여 국토 사랑을 보여주었듯이, 시인 역시 지리산에서 봄의 생명력과 국토의 아름다움을 읽어내고 있다. 다만 시인은 최남선의 수필에서와 같은 현란한 수사(修辭)나 달변이 아니라 청각적인 심상과 시각적인 심상을 동원하여 지리산을 시적 언어로 형상화하여 그려내고 있다. 시인 스스로 지리산이 되어 억누를 수 없는 봄의 환희를 노래하고 있다.

실제로 지리산에 올라보면, 대단한 시인이나 문장가가 아니더라도 가슴이 벅차 오름을 느끼지 않을 수 없다. 조각배처럼 여기저기 떠있는 남해 바다의 작은 섬들, 멀리 굽이치면서 지리산을 감싸고 흐르는 섬진강, 노고단과 세석 평전을 물들이는 붉은 철쭉, 천년의 세월 끝에 불타버린 고사목과 어우러진 천황봉의 붉은 저녁놀. 멀리 또는 가까이, 눈에 보이는 모든 것이 신비롭기만 하다. 그러니 글이 따라주지 않는 나 같은 범인(凡人)들도 이렇게 글을 쓸 수 있고, 그 감동을 같이 하기 위하여 이 산을 자주 찾을 수밖에 없는 것이다.

하물며 글을 쓰는 것을 업으로 삼고 있는 시인이 이를 노래하지 않고 견딜 수 있을까? 그래서 글 줄이나 쓸 줄 안다는 사람들은 모두가 지리산을 소재로 글을 남기고 있다.

산마을 사람들아
고향땅 천리 밖에 있어도
철쭉 핀 노을강 앙금이 보인다
아름답게 갈라진 노을강 허리
하늘마저 삼켜버린 노을강 강바닥
지리산 철쭉밭에 꽃비로 내리고
즈믄밤 내린 꽃비 꽃불로 타오르고

— 고정희, 「철쭉祭」 부분

이 시 역시 지리산의 생명력을 노래하고 있다. 그런데 일반적으로 이같은 생명력은 대지(大地)로 상징된다. 이 대지 중에서 산은 남성성을, 강은 여성성을 표상하며, 지리산은 이 두 상징성을 같이 포용하는 대표적인 산이다. 남원·구례·하동 벌에 있는 생명의 젖줄과도 같은 섬진강이 돌아 흐르면서 생명의 조화를 추구하는 산이 지리산이다. 그래서 지리산을 노래한 시들에는 항상 섬진강이 같이 등장하고 있으며, 이것은 남성과 여성이 조화를 이루면서 살아가는 생명의 이치를 보여주는 좋은 예이기도 하다.

이처럼 지리산은 원초적인 생명의 힘을 간직한 산이면서, 지금 이 순간을 살아가는 미약한 인간에게 이 진리를 깨우쳐주는 존재이다. 웅장함으로써 겸허함을 가르치는 산이며, 그 넉넉함으로 너그러움을 가르치는 산이다. 또한 계절마다 피어오르는 꽃불로 고귀한 생명을 불태울 수 있는 정열을 간직할 것을 가르치는 산이다. 아니 세 치의 짧은 혀나 몇 줄의 짧은 문장으로 다 형언하기 부족하기에, 수많은 이 땅의 시인들이 자신들의 문필력을 동원하여 예찬해 마지않은 산이다.

3. 역사적 상징물로서의 지리산

1980년대 이후에 지리산에는 이와 같은 전통적인 시적 심상에다가 새로운 의미가 부여되었다. 특히 5월 광주를 겪으면서, 지리산은 민족사의 비극을 온 몸으로 체험하고 있는 산으로 인식되고 있다. 물론 이런 의미부여는 새로운 것만은 아니었다. 일찍이 여순 항쟁과 한국전쟁을 거치면서 수많은 빨치산 아니 산사람들의 피와 주검이 물들었던 산이기에, 분단된 조국의 아픔을 상징적으로 보여주는 표상으로 이해되었다.

그러다가 5월 광주는 이같은 의미를 전면(前面)에 내세우는 계기로 작용하였으며, 이 땅의 젊은 시인들(이제는 중견 시인들이 되었지만)은 앞다투어 그 의미를 시적 형상으로 그리기 시작했다. 이때 지리산은 조국이 되었고, 민족이 되었다. 그래서 조국과 민족을 사랑하는 사람들이 찾는 지리산이 되었으며, 극단적으로는 편향된 사상을 예찬하는 대상으로 규정되기도 했다. 민족사의 아픔이 비극으로 바르게 인식되기보다는 일방적인 사랑만을 받는 자연 대상으로 그려졌다.

> 늙은 애비 헛간에서 죽었더란다
> 두 섬 쌀마지기 숨겼다고 쪽발이놈이 죽였더란다
> 고운 아내 골방에서 죽었더란다
> 벌건 대낮에 강간하고 양키놈이 죽였더란다
> 어이어이 못 산 애비 떠메고 들어갔나
> 어이어이 못 산 아내 묻으러 들어갔나
> 꽃아 지리산꽃아
> 무엇을 목놓아 부르다가 쓰러진 꽃아
> 바람만 훅 불어도 금시 일어나
> 백발머리 흩날리며 마을로 치달려오는
> 뉘는 널더러 빨갱이꽃이라 부르지만
> 정작 너는 슬픈 꽃

두고 온 자식이나마 만나겠다고
왼종일 서두르는 지리산꽃.

—오봉옥, 「지리산 갈대꽃—아버지 10」

이 시에는 지리산이 민족사의 비극을 한 몸에 안고 있는 대상으로 그려지고 있으며, 이를 상징적으로 나타내는 것으로 갈대꽃을 상정하고 있다. 한 점 바람에도 쉽게 흩날리는 갈대꽃, 모양과 어울리지 않게 빨갱이 꽃이라고 불리는 갈대꽃. 이 꽃이 새로운 의미를 지니게 되면서, 지리산의 시적 형상성은 상당 부분 포기되고 있다. '목놓아 부르'는 '슬픈' 꽃으로 규정되면서, 지리산은 시적 상상력보다는 역사적인 사건에 대한 평가를 기준으로 하여 규정된 의미만 남게 되었다. 즉 시인의 상상력이 독자의 상상력으로 전이되어 나름의 새로운 의미를 창조하기보다는, 시인에 의해서 일방적으로 규정된 의미만이 전달되고 있다. 민족사의 형상화라는 이름으로, 조국 사랑의 표현이라는 이름으로 말이다.

특히 이같은 시적 형상은 1970년대 이후의 민중시의 약점이기도 했던 언어적 형상성 부족의 원인으로 지적되는 직접 서술이라는 방식을 그대로 답습하는 한계를 보여준다. 함축적이고 상징적인 표현을 통해서 독자의 상상력을 허용하는 열린 문학의 세계가 아니라, 시인의 단정적 서술만이 허용되는 닫힌 문학의 세계를 지향하고 있다. 그래서 그 역사적 정당성에 기반을 두고 현실 상황에 대한 새로운 인식을 추구하는 리얼리즘적 성취에는 어느 정도 성과를 보이고 있음에도 불구하고, 시인은 물론 독자의 상상력을 제한하는 부정적 측면도 스스로 노정하고 있다.

다만 나는 이런 시적 지향을 부정적으로만 보지 말아야 한다는 점을 밝혀두고 싶다. 이같은 지리산에 대한 의미 부여는 우리 민족사의 한 비극이 있었음을 잘 드러내준 성과이며, 언제나 변할 수 없는 역사적 평가의 시각을 보여준다는 사실 때문이다. 즉 동학 혁명, 일제 강점의 역사, 한국전쟁 등을 겪었던 민족사가 시적 상상력이라는 형상화 방법을 통해

역사적 평가를 받게 된 것이다. 지리산을 이처럼 역사의 현장 속에 정위
치시킨 이 당시의 시적 형상은 다양한 시각에서 해석될 수 있는 것이다.

　대잎보다 푸르고 솔잎보다 연한 섬진강 맑은 물에 굽이굽이 서러운 발 담그고
섰는 산이, 왜 나를 닮았는지 모를 일이다.
　산갈대 우거진 묵정밭 지나 뒷산에 즐비하게 딩구는 탄피와 비오는 밤 헛것이
어지럽게 뛰어다니는 해골 옆에 다북쑥이 자라고 있었다.

　그 길이
　산으로 가던 길인데
　개미 한 마리 돌아오질 않았다
　겨울마다
　하얀 눈이 쌓이면서
　멋대로 사는 늑대는 집 앞까지 와서
　어정거렸고
　한 마리 남은 비루 먹은 똥돼지
　눈치없이 꿀꿀거리던 그 무서운 밤에
　간이 콩만 해진 할머니
　안심시킨다며
　귀신 쫓던 간짓대로
　마당을 후려치는 할아버지는
　정말 소문처럼 노망이 들었는지 모를 일이다

—정규화, 「지리산 수첩 1」

　지리산을 자신과 일치시키고 있는 이 시는 산사람들이 있었던 시절의
공포와 미친 것처럼 살 수밖에 없는 민중의 모습을 그려내고 있다. 이런
당시의 모습을 '늑대'와 '비루 먹은 똥돼지'로 우화(寓話)하여 표현하고 있
다. 아울러 이같은 시적 형상이 2000년대라는 새로운 시대에 그 현실적
효용성이 약화되었다고 해서 그 역사적 의미가 송두리째 부정되지 않는
다. 같은 맥락에서 1980년대 우리의 시인들이 지리산을 그렇게 애타게 노

래했던 것 역시 공과(功過)를 같이 책임질 수만 있으면 된다. 지금 이 순간의 시가 앞으로의 어떤 평가에도 당당해야 하는 것처럼 말이다.

아울러 조국 분단이라는 상황이 변하지 않았음에도 불구하고 국내외적인 정치·경제·사회적 현실이 바뀜에 따라, 이같은 시적 형상성 역시 이제 그 경쟁력을 상실하고 있음도 인정해야 한다. 좌·우라는 이데올로기의 대립보다는 '생명'이나 '공동체' 운동과 같은 새로운 대항 운동이 현실 사회를 지배하면서, 집단의 이익보다는 개인의 이익과 편의를 중심으로 사고하기 시작하면서, 지리산의 의미를 새롭게 부각시킬 수 있는 관점들이 설 수 있는 자리가 어디인가도 진지하게 찾아야 할 것이다.

그럼에도 불구하고, 현대 사회에서 이같은 이념 지향, 역사 지향의 시가 나아갈 수 있는 길은 극히 제한적이라는 점도 인정해야 한다. 현대의 독자는 진지한 사색보다는 가벼운 일상에서 의미를 찾고, 무거운 정통 문학보다는 가벼운 대중 문학에 더 많이 노출되어 있다. 그렇다고 해서 우리의 현대시가 이같은 독자의 취향에 영합하라는 말은 아니다. 다만 왜 이런 상황에까지 이르렀나를 진지하게 반성하여, 독자에게 다가갈 수 있는 효과적인 방법을 생각할 필요가 있다는 말이다.

4. 심상과 상상력의 문학적 힘

이 글을 쓰면서, 내내 글의 제목을 생각해 보았다. 아울러 시인과 시, 그리고 독자인 나는 이런 맥락 속에서 어떤 자리에 있을까도 같이 생각하였다. 먼저 심상이라는 말에 대해 생각해 보자. 시의 속성 중에 중요한 요소인 심상, 이것은 다분히 시인에 의해 시작품에 형상화되어 독자에게 전달되는 것이다. 즉 시인이 나타내고자 하는 사상이나 감정·정서 등이 감각이나 다른 형상으로 간접화하여 표현되는 것으로, 독자에 의해 재생되는 속성을 지닌 것이다.

다음으로 상상력은, 우선적으로는 시인이 표현하고자 하는 대상을 언어로 전이시킬 때 나타나는 제반 정신적이고 초월적인 작용 원리이다. 예를 들면, 어떤 사상이나 감정을 표현하는 경우에 직설적인 언어보다는 비유·상징·심상 등의 속성을 활용하는 능력 일반을 말한다. 그리고 이같은 창작 과정의 상상력은 시작품 형상화에 작용하지만, 결국 이렇게 형상화된 시의 세계는 독자를 만나야 하며, 이 과정에서 독자의 상상력이 작동하여 문학 작품은 이해·감상되게 된다.

이처럼 심상이니 상상력이니 하는 시의 속성들에는 독자가 항상 개입되게 된다. 독자를 만나지 않고는 어떤 문학 작품의 요소도 의미가 없다는 말이다. 작품의 주제를 이루는 사상이나 감정도 마찬가지다. 독자, 특히 나에게 어떤 의미로 다가오느냐는 것이 문제이며, 내가 어떻게 받아들이냐가 문제이다. 시인이 좋은 의미를 부여하기 위하여 아무리 높은 형상성을 보여주었다고 하더라도, 궁극적으로 독자인 내가 받아들이지 못하면 의미가 없는 것이다.

이 글의 제목인 '심상과 역사적 상상력'도 마찬가지다. 시인들이 지리산을 통해 나타내고자 했던 생명의 원천으로서의 지리산, 역사와 민족사의 비극을 상징하는 지리산, 이런 의미들은 시인의 것이다. 그러나 이 의미가 독자인 나를 만나야 한다. 나에게 받아들여지는 의미가 무엇인가가 중요하다. 앞에서 같이 본 지리산의 시적 형상도 현재의 독자들에게 의미를 줄 수 있어야 한다. 이상이나 도덕적 순결성만 견지하면서 살 수 없는 현대 산업 사회의 독자들에게 다가설 수 있어야 한다.

이런 측면에서 다시 나에게 지리산이 어떤 의미가 있나를 생각해 보기로 하자. 항상심을 가지라고 했던 교훈이 요즈음 나에게 가장 절실히 다가온다. 우리는 역사의 한 부분을 차지하고 있는 상처를 잊을 수는 없으며, 항상 기억하여 반성의 근거로 삼아야 한다. 그러나 그것에 매달리는 것 역시 바람직하지 않다. 역사를 잊지는 말되, 용서하라는 말을 새삼스럽게 떠올릴 수 있는 것이다. 분단이라는 민족사의 비극, 같은 민족끼리 총부리를 마주 대고 갈등했던 역사를 잊을 수는 없다. 그러나 너그러움으로 그 역사를 받아들이고, 이런 태도를 바탕으로 하여 새로운 미래상을 정립해야 한다.

지리산을 시적으로 형상화하는 작업이나 감상하는 일 역시 마찬가지다. 갈등과 분열을 넘어 용서와 화해의 정신을 그려내서, 독자들에게 읽힐 수 있도록 해야 한다. 이것이 이긴 자, 힘있는 자가 할 수 있는 최선의 선택이다. 이런 측면에서 우리의 현대시가 보여주는 서정성 회복과 시적 형상화 방법에 대한 진지한 모색은 의미를 지닌다. 지리산의 근원적인 심상을 그려내는 방식을 통하여, 생명의 산, 사랑의 산으로 지리산이 그려지고 읽혀야 한다. 지리산이 좋아 지리산을 찾았다가, 그 지리산의 품으로 돌아간 어느 여류 시인처럼 말이다.

> 남원에서 섬진강 허리를 지나며
> 갈대밭에 엎드린 남서풍 너머로
> 번뜩이며 일어서는 빛을 보았습니다
> 그 빛 한 자락이 따라와
> 나의 갈비뼈 사이로 흐르는
> 축축한 외로움을 들추고
> 산목련 한 송이 터뜨렸습니다
> 온몸을 싸고도는 이 서늘한 향기,
> 뱀사골 산정에 푸르게 걸린 뒤
> 오월의 찬란한 햇빛이
> 슬픈 깃털을 일으켜 세우며
> 신록 사이로 길게 내려와
> 그대에게 가는 길을 열어줍니다
> 아득한 능선에 서 계시는 그대여
> 우르르우르르 우뢰 소리로 골짜기를 넘어가는 그대여

앞서가는 그대 따라 협곡을 오르면
삼십 년 벗지 못한 끈끈한 어둠이
거대한 여울에 파랗게 씻겨내리고
육천 매듭 풀려나간 모세혈관에서
철철 샘물이 흐르고
더웁게 달궈진 살과 뼈 사이
확 만개한 오랑캐꽃 웃음 소리
아름다운 그대 되어 산을 넘어갑니다
구름처럼 바람처럼
승천합니다

　　　　　　　　　—고정희, 「지리산의 봄 1−뱀사골에서 쓴 편지」

이 시에서 시인은 이미 '삼십 년 벗지 못한 끈끈한 어둠'을 극복할 수 있는 '번뜩이며 일어서는 빛'을 보았다고 말하고 있다. 그렇기에 시인은 지금 '그대'를 찾아가지만, 그대가 바람처럼 구름처럼 승천하기를 바라고 있다. 용서하고 화해하고, 그 너그러웠던 마음을 회복하기를 바라고 있다. 더구나 새로운 생명이 움트는 계절에 만난 산목련·신록·오랑캐꽃의 희망과 웃음에서, 우리가 그렇게 해야만 하는 당위성을 읽어내고 있다. 그래서 시인은 다시 사랑할 수 있는 마음으로 돌아가서 지리산을 볼 수 있어야 한다고 진지하게 노래하고 있다.

이처럼 지리산의 심상과 역사적 상상력을 보여주는 이 시의 내용은, 지리산의 의미를 제한적으로 규정하는 것을 거부한다. 나에게 이 시에서 형상화된 지리산은 생명의 원초적 힘을 간직한 산이며, 역사적으로는 비극을 상징하는 산이다. 아울러 화해를 지향하는 사랑을 간직한 산이기도 하다. 다양한 독서의 가능성을 제공하는 시이며, 이것이 가능하도록 지리산의 의미를 제한하지 않은 시이다. 내가 즐겁게 읽고, 그 의미를 나 나름대로 이야기할 수 있는 시이다.

3부

리얼리즘 시와 시론의 전개

제 1 장

프로 문학의 성과와 그 의미

1. 다시 프로 문학에 대하여

1980년대 우리 문학 연구는 〈카프(KAPF)〉 또는 프로 문학이라는 새로운 연구 대상이 등장하면서 중흥기를 맞이하고 있었다. 특히 1988년 납·월북 문인들의 작품에 대한 해금 조치는 이런 연구 환경을 진작시키는 데 중요한 일조를 하기도 했다. 아울러 이 당시에는 루카치로 대표되는 리얼리즘이라는 문학 연구 방법론이 본격적으로 소개되면서, 새롭게 연구 대상으로 부각된 프로 문학의 연구에서 자료 발굴이라는 차원을 극복하여, 문학 연구의 깊이를 심화하고 지평을 확대하는 계기로 작용하였다.

그러나 1990년대로 들어서면서 구쏘련으로 대표되는 현실 사회주의의 붕괴로 인하여, 이런 문학 연구의 환경도 급변하여 프로 문학보다는 모더니즘 문학에 연구자들의 시선이 옮겨졌다. 그리고 이처럼 1980년대의 문학 연구를 주도했던 리얼리즘이 급작스럽게 반성되었던 이유는 현실 사회주의 붕괴라는 문학 외적인 변화에서 우선 찾을 수 있다. 다음으로 더 근본적으로는 문학 연구 방법론으로서의 리얼리즘이 문학 내적으로 응전력이 부족했다는 점에서 찾을 수 있다. 즉 그동안 절대적 권위로 작용하였던 리얼리즘의 전횡성(자기 동일성에의 집착)이 더 큰 이유라고 할 수 있다.

이제 과거를 반성하고 이런 현실을 받아들여서, 문학 연구의 새로운 방법 또는 새로운 시각을 확보하여야 한다. 이를 통하여 그동안 문학 연구의 핵심이었던 리얼리즘과 모더니즘이 보여주었던 편향성을 비판적으로 극복하는 방법론을 적극 모색하여야 한다. 예를 들면 우리 현대 문학에 나타나는 근대성(modernity), (모더니즘의) 부정성, 주체 등의 용어와 개념을 연구하여, 그동안의 현대 문학 연구에서 소홀하였던 문학 내적인 내용·가치·인간상 등에 대한 깊이 있는 논의를 전개할 수 있다. 이를 통하여 우리 현대 문학의 내재적 발전상을 제대로 구명할 수 있다.

이런 방법 모색을 통하여 현대 문학의 성취와 그 문학적 경향을 탐구하는 잣대로서의 근대성(이것은 개화기 이후의 문학은 물론 리얼리즘, 모더니즘 문학 전반에 걸쳐서 나타나고 있다)이 의미 있는 것으로 설명되고 있다. 또한 리얼리즘 문학이 갖는 현실과의 관계에서 주로 논의되던 부정의 정신을 모더니즘 문학으로 확대하는 노력도 보인다. 또 이런 연구에서는 모두 문학에 작용하는 주체에도 관심을 가지고 있다. 작가·주인공·독자들이 문학과의 관계에서 나오는 개념인 주체의 문제를 구체적으로 확인하고, 그 의미를 설명하고 있다.

이제부터라도 1980년대 전성기를 구가했던 리얼리즘은 이와는 상대적인 자리에 있다고 생각되었던 근대성이나 낭만적 속성에 대하여 깊이 천착하여야 한다. 그래야만 현재와 같은 리얼리즘의 위기는 극복할 수 있을 것이다. 또한 그동안 우리 문학 연구 경향이 새로운 가능성에 대한 대응에 귀기울이지 못했다. 적절한 대안을 마련하는 데에도 성실하지 못했으며, 새로운 문학 연구 대상이나 문학 연구 방법이 주는 매력에 빠져 뒤돌아보기에 소홀하였음을 반성적인 차원에서 살펴야 한다.

이 글에서 다시 프로 문학을 논의하는 이유는 우리 문학사에서 분명한 실체로 존재하고 있는 프로 문학 운동의 전개 과정과 그 성과를 확인하고, 우리 문학사에서 프로 문학의 위상을 재정립하기 위해서이다. 이를 위해서는 먼저 1980년대 문학 연구에서 편애를 받았던 프로 문학의 실체에 대한 재평가 작업이 선행되어야 한다. 아울러 이런 반성적 작업을 통하여 우리 문학사에서 대표적인 리얼리즘 문학이라고 할 수 있는 프로 문학의 실체를 확인하고, 그 성과와 의미를 점검하고자 한다.

이를 위하여 이 글은 1923년부터 1935년까지 우리 문학사에서 중요한 역할을 했던 〈카프〉의 성립에서 해소까지의 과정을 개괄하고, 이런 조직 운동 노선의 변화와 사회 운동의 성격을 지녔던 프로 문학이 어떤 관계를 맺고 있나를 살필 것이다. 아울러 계급 운동을 실천하는 문학 운동으로서 프로 문학이 담당했던 민족 해방 운동의 성과를 임화의 「우리 오빠와 화로」와 이기영의 「서화」라는 창작적 성과를 중심으로 분석할 것이다. 또한 이런 프로 문학의 긍정적인 의미와 더불어 그 부정적 의미도 같이 점검함으로써, 그 문학사적인 위상을 객관적으로 확인하고자 한다.

2. 〈카프〉의 조직 운동론

1919년 3·1 운동의 실패는 우리 민족 운동에서 새로운 전환을 요구하는 중요한 계기로 작용한다. 그것은 만세 운동과 같은 비무장 투쟁만으로는 쉽게 독립을 전취할 수 없음을 확인하면서 시작되게 된다. 특히 이 사건을 계기로 하여 민족 운동 세력 사이에도 판도 변화가 일어나게 되는데, 그것은 계몽적인 차원에서 민족 운동을 주도하였던 민족 부르주아 계급의 역할이 급격히 약화되는 한편, 새롭게 성장하기 시작한 사회주의 운동과 관련이 있는 진보적인 지식인 계급과 노동자·농민 계급의 역할이 현저히 증대되기에 이른다.

이런 사회적 분위기는 1920년대 초반『창조』·『폐허』·『백조』등의 감상적이고 퇴폐적인 낭만주의가 팽배하던 문단 분위기에도 영향을 미쳐, 신흥 예술과 신흥 문학을 주창하는 신경향파 문학이 등장하기 시작한다. 즉 일본 유학 과정에서『씨뿌리는 사람[種蒔〈人]』에 자극을 받은 후 귀국하여,『백조』를 붕괴시키는 역할을 한 김기진과 그의 영향을 받은 박영희, 박종화 등의 문학 활동이 그 예이다. 그리고 이러한 사회적, 문단적 분위기 속에서 계급 운동으로서의 문학을 최초로 표방하고 나선 것이 〈염군사(焰群社)〉라는 문학 단체였다.

〈염군사〉는 1922년 9월경에 조직되었으며, 그 구성원은 이호·이적효·김두수·최승일·박용대·김영팔·심대섭·송영·박세영·김홍파   등으로, 주로 〈신흥청년동맹〉을 이은 〈북풍회〉계열에서 사회주의 운동을 하던 사람들이었다. 이러한 〈염군사〉는 "본사는 무산계급 해방문화의 연구 및 운동을 목적으로 함"이라는 강령을 내건 최초의 프로 문학 운동 단체였으나, 잡지『염군』을 2호까지 기획하고 〈염군〉이라는 극단을 조직하여 공연을 준비한 외에는 별다른 활동을 보이지 못하고 만다.

그러나 "사상적으로 다소 진전되었다는 자신을 가진 나는 문학상으로 우월한 지위에 있는 회월에게 한편으로 부러워했고 한편으로 업신여"겼다는 송영의 말이나 "염군이 비교적 높은 사회적 관심과 좀 얕은 문화적 관심을 가지고 있던 대신 파스큘라는 사회적 관심에서 전자에 미급했고 문화교양에 있어 높았다고 볼 수 있어 후자가 곧장 문학의 대도에 매진한 대신 전자는 그대로 정치생활로 진출했거나 일부는 다른 생활을 거쳐 다시 문학에 돌아"(「외우 송영형께」,『신동아』, 1936.5)왔다는 임화의 말에서, 우리는 〈염군사〉의 성격을 어느 정도 짐작할 수 있다.

이에 비하여 1923년 10월경에 조직된 〈파스큘라(PASKYULA)〉는 비교적 높은 문화적 교양을 가진 중견 문예인들이 구성원으로 참여하게 된다. 즉 그 구성원들은 주로 〈서울청년회〉 계열에서 사회주의 운동을 전개했던 사람들로, 김기진·박영희·김복진·이상화·안석주·김형원·이익상·연학년 등이었으며, 〈파스큘라〉라는 명칭 역시 이들의 영문 이름자를 모아서 명명하였다. 또한 이들은 '문예강연 및 시독본낭독회' 등과 같은 대외적인 활동을 하는 한편, 『개벽』을 주무대로 하여 수필(상)·논문·소설 등을 활발하게 발표한다. 그 대표적인 예가 김기진의 「붉은 쥐」, 박영희의 「사냥개」 등으로, 이 당시 신경향파 문학의 주조를 보여주고 있다.

　이런 분위기는 그동안 분열적인 활동을 전개하던 사회주의 운동 단체들이 모여 1925년 4월 대통합을 이루어, 〈조선공산당〉을 결성하게 됨으로 인해 큰 변화를 맞게 된다. 그래서 그동안 자연 발생적인 형태로 출발했던 문예 조직들도 목적 의식적, 통일적 조직을 만들어 프로 문예 운동을 조직적으로 전개할 필요를 느끼게 된다. 이에 따라 1925년 8월 〈카프〉를 결성하게 된다. 그리고 여기에는 〈염군사〉와 〈파스큘라〉의 구성원들과 〈혹풍회〉와 관계를 맺고 있던 이기영·조명희 등이 참여하면서, 전문단적인 차원에서 무산 계급 운동을 전개할 수 있는 기틀을 마련하게 된다.

　〈카프〉는 1926년 준기관지인 『문예운동』을 발간하지만, 아직은 일정한 방침에 따른 조직 운동이라기보다는 개별적인 문예 운동의 차원에 머물고 있었다. 그러나 1926년 말부터 목적 의식적 방향 전환론이 본격적으로 논의되면서, 1926년 12월 조직 개편을 통해 본격적인 문예 단체로서의 활동을 전개하기에 이른다. 그리고 이런 〈카프〉의 제1차 방향 전환 논의와 조직 개편 움직임은, 복본주의(福本主義)에 기반을 두고 1926년 11월에 발표된 '정우회 선언'(① 분파 투쟁의 청산과 사상 단체의 통일, ② 대중의 무지와 자연 성장성의 퇴치를 위한 조직과 교육 운동 제기, ③ 종래의 경제 투쟁에서 정치 투쟁이라는 전선적 투쟁으로)과 1927년 2월에 범민족적인 운동 단체로 결성된 〈신간회〉와 직·간접적인 관계가 있다.

　그리고 문예 운동상에서 제1차 방향 전환론은 1926년 9월 청야계길(靑

野季吉)의 「자연생장과 목적 의식」(『문예전선』)이라는 글의 영향을 받아, 박영희에 의해 1927년 7월에 목적 의식적인 방향 전환론이 본격적으로 제기되며, 1926년 말부터 1927년 초반까지 〈카프〉의 두 이론가인 박영희와 김기진 사이에는 소위 '내용·형식 논쟁'이 벌어지기도 한다. 그러나 박영희가 주도했던 방향 전환은 일본에서 활약하던 〈제3전선파〉에 의하여 혹독한 비판을 받게 된다. 특히 이북만·홍효민·조중곤·한식 등이 중심이 되었던 〈제3전선파〉는 박영희의 관점(무산 계급 의식과 그 인식에 대한 이론은 필연적으로 계급의 문학을 가져오게 되므로, 카프는 단지 예술에만 국한된 것이 아니라 예술의 본질적 가치를 제공하는 무산 계급 의식을 가져야 한다)이 전운동에 대한 몰이해, 예술 전체가 아닌 문학 영역에만 한정시킨 절충주의적·공식주의적·예술지상주의적인 것으로 혹독하게 비판하고 있다(이북만, 「예술운동의 방향전환은 진정한 방향전환이었든가」, 『예술운동』, 1927.11).

이런 논의를 통하여 〈카프〉는 대중들이 함께 하는 대중 조직이 되어야 하며, "금일의 예술동맹은 예술 영역 내의 대중의 정치적·사회적 확대를 위해 투쟁"해야 한다는 역할이 부여되게 된다. 이에 따라 〈카프〉는 1927년 9월 임시 총회를 개최하여 재조직을 위한 강령과 규약을 채택하기에 이른다. 즉 "봉건적이고 자본주의적인 관념의 철저한 배격, 전제적 세력에 대한 항쟁, 의식적인 조성 운동"이라는 강령을 채택하고, 중앙에 예맹 중앙위원회를 두고, 그 아래에 서무부·조직부·교양부·출판부를 두며, 대중 조직화를 위하여 동경·개성·수원·해주·평양·간도·임실·남원 등에 지부를 설치하기에 이른다. 그리고 이후 조직 내부의 이론 투쟁을 통하여 〈카프〉는 '당문학'이어야 한다는 관점을 수립하게 되며, 『예술운동』(1호 : 1927, 2호 : 1928, 3호 : 1928년 7월 광고 소개)이라는 기관지를 동경 지부에서 발간하여, 본격적인 운동으로서의 문학이라는 방향을 정립하기에 이른다.

1927년 목적 의식기로 방향을 전환한 〈카프〉는 이후 1929년 말부터 1930년 초에 걸쳐 대중화 논쟁을 전개하면서, 문예 운동의 볼셰비키화라는 방향으로의 재조직 논의가 촉발되게 된다. 특히 제1차 방향 전환을 계기로 〈카프〉가 문학 운동 중심에서 연극·영화 등으로 영역을 확대하여, 〈백의 극단〉, 〈신흥영화동맹〉과 같은 예술 운동이 활발하게 전개된다. 그러나 이런 대중 조직은 아지(agitation) 프로(propaganda)의 역할을 제대로 수행하지 못하고, 궁극적으로는 예술 운동의 발전에 지장을 주고 나아가서는 정치 운동의 발전을 저해한다는 인식이 카프 조직 내에서 조성되게 된다.

그리고 이런 움직임은 여러 차례의 검거와 탄압으로 〈조선공산당〉이 해체된 이후, 코민테른의 '12월 테제'에 따라 한위건·양명·고경흠 등이 주축이 되어 당재건 운동을 전개하면서 구체화된다. 즉 고경흠은 카프 동경 지부와 접촉하여 〈무산자사〉를 건설하고, 기관지『무산자』를 간행하여 혁명적인 노동자·농민들이 중심이 되는 전위당으로의 당재건 운동을 전개한다. 이에 따라 김두용·임화·권환·안막 등의 소장파는 〈카프〉의 노선을 비판하는 한편, 조직의 개편을 요구하게 된다. 그 대표적인 예가 1929년 7월『무산자』2호에 발표된 김두용의 「어떻게 싸울 것인가」이다 (동경지부에서 발행한『무산자』는『예술운동』을 계승한 것으로 1929년 5월에 발행된 1호는 3권 1호로 표시되어 있으며, 이 책에는 "우리들이 사회주의 공식을 가지고 출발하였다는 것은『예술운동』제1권 2호에서 명백히 한 바이다"라고 쓰고 있다. 이는『무산자』의 성격과『예술운동』2호의 발행 사실을 짐작할 수 있는 근거라고 할 수 있다).

그래서 〈카프〉는 1930년 4월 중앙위원회를 개최하여 중앙위원을 보선하고, 회비의 개정 및 조직 개편을 단행하여 1국 4부의 조직으로 판을 새로 짜게 된다. 즉 중앙위원회 산하에 서기국(송영 → 박세영 → 홍우식 → 신응식), 조직부(윤기정)·교양부(박영희)·출판부(이기영)·기술부(김기진 → 권환)를 두고, 그 밑에 문학부(권환)·영화부(윤기정)·연극부(김기진)·미술부(강호)·음악부(결원)를 두어, 프로 문예 운동을 전예술 분야로 확대·강화하기에 이른다. 그리고 이듬해 3월에는 〈카프〉 확대위원회를 개최하여 〈조선프롤레타리아 예술단체협의회〉로 조직 개편하여, 상부 조직을 협의회 성격으로 하고 하부 조직을 동맹 형태로 하여 〈조선프로작가동맹〉(이기영), 〈조선프로극장동맹〉

(임화), 〈조선프로영화동맹〉(윤기정), 〈조선프로미술가동맹〉(강호), 〈조선프로음악가동맹〉(결원)과 서기국을 두는 제2차 방향 전환을 단행하기에 이른다.

따라서 이 시기 볼셰비키화로의 대중화라는 방향성을 정립한 〈카프〉는, 혁명적인 전위를 중심으로 하는 당의 문학을 표방하는 운동 노선을 수립하고, 『카프시인집』·『농민소설집』·『카프작가7인집』 등으로 대표되는 선전·선동 문학을 창작하는 성과를 보이기도 한다. 그러나 이후 외적으로는 국제 정세의 악화(일제의 파시즘 체제 강화와 대륙 침략 전쟁)로 인해 약화되는 운명을 맞게 된다. 그리고 내적으로는 사회주의 사실주의라는 새로운 창작 방법이 도입되지만, 이를 창작으로 실천하지 못하는 역량 부족을 드러내기도 한다.

이런 내외적인 요건보다 직접적으로는 당재건 사업의 일환으로 추진된 『무산자』 배포 사건이나 '평양 고무 공장 파업'에 참여, 영화 「지하촌」 사건 등으로 인해, 1931년 2월에서 8월에 걸쳐 〈카프〉의 문인들이 1차 검거를 당하면서, 실질적인 조직 운동이 곤경에 빠지게 된다. 또한 1934년 극단 〈신건설사〉 사건으로 인해 2차 검거가 단행되면서, 조직의 내분(김남천과 임화간의 '「물」 논쟁', 박영희의 전향 선언과 신유인의 탈퇴 등)이 일어나고, 일제의 조직적인 탄압과 전향을 강요받기에 이른다. 이에 따라 김남천·임화·김기진의 협의하에 〈카프〉는 1935년 5월 21일 김남천에 의해 경기도 경찰부에 해산계를 제출하게 된다.

그래서 이때까지 10여 년 동안 우리 문단에서 민족주의 문학파와, 해외문학파, 무정부주의자들과 끊임없는 이론 투쟁을 전개하면서, 이 땅에 프롤레타리아 계급을 주체로 하는 문학 건설과 이를 통하여 사회 운동을 전개하고자 했던 프로 문학 운동은 그 깃발을 내리게 된다. 그리고 이런 운동으로서의 문학은 1945년 해방 이후에 〈조선문학가동맹〉이 표방하는 민족 문학, 인민 문학이라는 모습으로 다시 나타날 때까지 모습을 감추게 되며, 이후 우리 문학은 일제 강점의 통치 속에서 암흑의 시절로 걸음을 옮겨야 하는 운명을 맞게 된다.

3. 프로 문학의 창작적 성과

〈카프〉로 대표되는 프로 문학은 우선 계급 문학으로의 방향을 실천적으로 보여준 것이라고 할 수 있다. 이에 대해서는 그동안 많은 연구가 이루어지고 있으며, 그 성과와 의의에 대해서는 상당한 정도로 점검된 바 있다. 여기서는 이런 프로 문학의 대표적인 이론가이자 창작의 실천자였던 임화의 시와 이기영의 소설을 중심으로 논의를 전개하면서, 그 성과를 간단하게 정리하고자 한다.

먼저 임화는 낭만적이고 감상적인 생각과 사상이 일제 강점기의 문학 청년들에게 만연됐을 때, 이를 극복하려는 노력들을 끊임없이 보여주었다. 그는 문학론과 시 창작을 통하여, 당시의 민족 현실과 민족의 삶을 사실적으로 형상화하고자 했다. 특히 1929년 '단편 서사시'라는 시 형식을 통하여, 우리 노동자·농민들의 삶을 형상화함으로써, 서정시에서 어떻게 리얼리즘이 실현될 수 있나를 실천적으로 보여주고 있다. 「담-1927」(1927.11)과 대중화 논의 시기에 발표한 「네거리의 순이」(1929.1), 「우리 오빠와 화로」(1929.2), 「어머니』(1929.4), 「봄이 오는구나」(1929.5), 「병감에서 죽은 녀석」(1929.8), 「우산받은 요꼬하마의 부두」(1929.9), 「양말 속의 편지」(1930.3), 「제비」(1930.6), 「오늘밤 아버지는 퍼렁이불을 덮고」(1933.3), 「한톨의 벼알도」(1933.9.28) 등이 그 예이다. 여기서는 대표작이라고 할 수 있는 「우리 오빠와 화로」를 살펴보기로 하자.

> 사랑하는 우리 오빠 어저께 그만 그렇게 위하시든 오빠의 거북무늬 질화로가 깨여졌어요
> 언제나 오빠가 우리들의 '피오닐' 조그만 기수라 부르는 영남이가
> 지구의 해가 비친 하로의 모―든 시간을 담배의 독기 속에다
> 어린 몸을 잠그고 사온 그 거북무늬 화로가 깨여졌어요

그리하여 지금은 화적가락만이 불상한 영남이하구 저하구처럼
똑 우리 사랑하는 오빠를 잃은 남매와 같이 외롭게 벽에가 나란히 걸렸어요

오빠
저는요 저는요 잘 알었어요
왜―그날 오빠가 우리 두 동생을 떠나 그리로 들어가실 그날 밤에
연거퍼 말는 궐련을 세 개씩이나 피우고 게셨는지
저는요 잘 알었에요 오빠

언제나 철없는 제가 오빠가 공장에서 돌어와서 고단한 저녁을 잡수실 때 오빠
몸에서 신문지 냄새가 난다고 하면
오빠는 파란 얼굴에 피곤한 웃음을 웃으시며
⋯⋯네 몸에선 누에 똥내가 나지 않니―하시든 세상에 위대하고 용감한 우리
오빠가 웨 그 날만
말 한마듸 없이 담배 연기로 방속을 미워버리시는 우리 우리 용감한 오빠의 마
음을 잘 알었에요
천정을 향하여 긔여 올라가는 외줄기 담배 연긔 속에서―오빠의 강철 가슴 속
에 백힌 위대한 결정과 성스러운 각오를 저는 분명히 보았에요
그리하야 제가 영남이의 버선 하나도 채 못 기었을 동안에
문지방을 때리는 쇳소리 마루를 바루르 밟는 거치른 구두소리와 함께―가버리
지 않으섰어요

그러면서도 사랑하는 우리 위대한 오빠는 불쌍한 저희 남매의 근심을 담배 연기
에 싸두고 가지 않으섰어요
오빠―그래서 저도 영남이도
오빠와 또 가장 용감한 오빠 친고들의 이야기가 세상을 뒤줍을 때
저는 제사기(製絲機)를 떠나서 백장에 일전짜리 봉통(封筒)에 손톱을 뚜러트리
고
영남이도 담배 냄새 구렁을 내쫓겨 봉통 꽁무니를 뭅니다
지금―만국 지도같은 누더기 밑에서 코를 고을고 있읍니다

오빠―그러나 염려는 마세요

저는 용감한 이 나라 청년인 우리 오빠와 핏줄을 같이한 계집애이고

영남이도 오빠가 늘 칭찬하든 쇠같은 거북무늬 화로를 사온 오빠의 동생이 아니애요

그리고 참 오빠 아까 그 젊은 나머지 오빠의 친구들이 왔다 갔읍니다

눈물나는 우리 오빠 동무의 소식을 전해주고 갔에요

　　사랑스런 용감한 청년들이었읍니다

　　세상에서 가장 위대한 청년들이었읍니다

화로는 깨어저도 화적갈은 깃대처럼 남지 안었에요

우리 오빠는 가셨어도 귀여운 '피오닐' 영남이가 있고

그리고 모―든 어린 '피오닐'의 따뜻한 누이 품 제 가슴이 아즉도 더웁습니다

그리고 오빠……

저뿐이 사랑하는 오빠를 잃고 영남이뿐이 굳세인 형님을 보낸 것이겠읍니까

설지도 않고 외롭지도 않습니다

세상에 고마운 청년 오빠의 무수한 위대한 친구가 있고 오빠와 형님을 잃은 수없는 계집 아이와 동생

저희들의 귀한 동무가 있읍니다

　그리하여 이 다음 일은 지금 섭섭한 분한 사건을 안꼬 있는 우리 동무 손에 싸워질 것입니다

　오빠 오늘 밤을 새어 이만 장을 붙이면 사흘 뒤엔 새 솜옷이 오빠의 떨리는 몸에 입혀질 것입니다

　이렇게 세상의 누이동생과 아우는 건강히 오늘 날마다를 싸홈에서 보냅니다

　영남이는 여태 잡니다 밤이 늦었에요

―누이 동생
―임화, 「우리 오빠와 화로」

이 시는 노동 운동을 하다가 끌려간 오빠를 생각하면서, 담배 공장, 제사 공장을 쫓겨난 남동생과 민족의 누이 동생인 순이라는 노동 일가를 등장시켜, 이들이 겪고 있는 사건과 이야기를 통하여 이들의 삶을 사실적으로 드러내고 있다. 그들은 봉투를 붙여서 생계를 꾸리고, 감옥에 간 오빠의 솜옷을 준비해야 했다. 그리고 이런 자신들의 모습은 깨어진 화로(오빠)의 품을 벗어난 화젓가락이라는 객관적 상관물로 제시되고 있다. 또한 이런 곤경 속에서도 계급적 연대 의식을 확인하면서 새로운 사회를 건설하고자 하는 낙관적인 전망을 '피오닐'이란 형상을 통하여 보여주고 있다.

물론 이 시를 두고, 시적 화자의 감상이 과장되어 나타났다거나, 계급 의식을 직설적으로 표현하고 있다는 비판도 가능하다. 그러나 이 시는 김기진이 '단편 서사시'로 명명하여 우리 프로시가가 나아갈 바라고 진단하고 있으며, 임화 역시 감정의 과잉을 이유로 들어 그 한계를 일시적으로 비판하고 있지만, 나중에 '낭만성' 논의에 편승하여 그 긍정적 의의를 부여하고 있다. 또한 이 시는 여러 한계에도 불구하고 일제 강점기라는 특수한 상황 속에서 피압박 민중인 노동 계급의 현실 인식을 서술적 구조를 가진 이야기와 대화의 상대를 고려한 편지 형식을 통하여 표현하고 있다는 점은 높이 평가할 수 있다.

특히 이런 점들은 이 시가 창작된 일제 강점기 상황 속에서 살필 때, 그 의미와 성과를 바르게 정립할 수 있다. 즉 '일제 = 친일 자본가 = 친일 지주'라는 등식을 적용하면, 이 시에서 나타내고자 한 것은 무산 계급의 독재를 꿈꾼 시인의 사상이기보다는 일제와 싸우는 민족 해방 투사가 보여주는 애국 애족 사상이라고도 볼 수 있다. 그리고 이런 민족 해방 운동의 차원에서 프로 문학을 볼 때, 프로 문학이 보여준 계급 의식의 직설적인 표현이라는 결점과 선전·선동의 문학이라는 한계도 어느 정도 극복될 수 있었다고 할 수 있다.

다음으로 이기영은 우리 문학사에서 농민 소설을 통하여 프로 문학의 리얼리즘적 성취를 이루어낸 작가로 평가되고 있다. 그는 「민촌」(1925.12)·

「농부 정도룡」(1926.1)·「원보」(1928.5) 등과 같은 초창기 농민 소설을 거쳐, 볼셰비키화 대중화 시기에는 「홍수」(1930.8)·「부역」(1931.9)·「양잠촌」(1932.12)을 창작하였다. 이어 그는 중편 「서화」(1933.5.30~7.1), 단편 「돌쇠」(1934.2), 장편 『고향』(1934)을 창작하여, 일제 강점기 대표적인 문학적 성과를 이룩하게 된다. 이밖에도 그는 「원치서」(1935.3)·「신개지」(1938.9)·「봄」(1940.6)과 같은 농민 소설을 발표하고 있다. 여기서는 중편 「서화」를 중심으로, 프로 소설의 성과와 의의를 살펴보기로 한다.

「서화」는 원래 장편으로 구상된 작품의 초두였으나, 제대로 완성되지 못하고 연작인 「돌쇠」를 발표하는 정도에 머물고 만다. 이 소설은 K강가에 있는 농촌 마을을 배경으로 돌쇠라는 주인공을 중심으로 전개되고 있다. 주인공 돌쇠는 빈농으로 소작료와 세금을 내고 나면 겨울 양식도 없는 처지이다. 그래서 그는 목숨을 부지하기 위하여 비슷한 처지인 응삼이를 꾀어 도박을 하여, 응삼이의 소 살 돈을 노름을 통해서 울궈낸다. 더구나 돌쇠는 열두 살 때부터 민며느리로 들어와 살고 있는 순임에게 만족하지 못하고, 응삼이의 처 이쁜이에게 마음을 두고 정을 통한다. 이쁜이도 천치같은 자기 남편보다는 몸이 건장한 돌쇠에 마음을 주고 있었다. 이런 상황에서 면서기 원준이가 이쁜이를 유혹하려다가 실패하자, 마을 사람들을 모아 돌쇠와 이쁜이의 행적을 비판하는 자리를 마련한다. 그러나 동경 유학생 정광조가 오히려 조혼과 강제 결혼의 악습에 희생당한 사람들을 위하여 봉건적 악습을 타파할 것을 주장하는 발언을 하여, 이들의 사랑은 새로운 단계로 발전하면서 소설은 대미를 장식하게 된다.

먼저 이 소설의 주제와 관련하여, 「서화」라는 제목은 중요한 역할을 한다. 이 소설의 제목 '서화(鼠火)'는 정월 대보름날에 벌렸던 농촌의 놀이 풍습인 쥐불놀이를 뜻한다. 그리고 이 소설에서는 이런 쥐불놀이와 같은 전통놀이도 이제는 시들해진 농촌 사회를 상징적으로 보여주는 장치로 작용하고 있으며, 생활이 곤궁해지면서 이런 쥐불놀이마저도 사라질 위기에 처한 상황과 배경을 설명하는 장치로 작용하고 있다. 즉 '서화'는 삶의 즐거움이나 보람보다는 살아가는 재미와 생기가 사라진 농촌 현실을 상징적으로 보여주는 소설의 배경 역할을 하고 있다.

이 소설은 일제 강점기 농민들의 소소유자적(小所有者的) 성격과 농촌 사회 구성원들의 다층적인 성격을 잘 보여준 작품이다. 생계를 위해서 할 수밖에 없는 도박이 정당화되는 사회, 그리고 이런 사회 속에서 살고 있는 빈농 계급의 모순적인 삶을 적나라하게 드러내고 있으며, 이런 농촌 사회가 지주와 소작인만이 아니라 이와는 처지가 약간씩 다른 사람들이 존재하고 있는 우리 농촌 사회의 특수성을 보여주고 있다. 이런 점 때문에 이 작품이 발표되자, 이 당시의 대표적인 논객이었던 임화와 김남천 사이에 '「서화」 논쟁'이 벌어지기도 한다. 특히 이 소설은 볼셰비키화의 대중화 시기 작품들이 노농 동맹을 강조하는 입장에만 매달려서, 농민들의 소소유자적 성격을 제대로 보여주지 못했던 한계를 극복하고 있다.

또한 이 소설은 농민들의 계급 의식 문제뿐만 아니라 등장 인물들 사이에 존재하는 애정 문제를 통하여, 농촌 사회의 봉건적 유제를 극복하려는 의지를 보여주고 있기도 하다. 물론 이들의 애정 문제는 이 작품을 통속화하고 있다는 비판으로 연결될 수도 있다(물론 이런 애정 문제나 통속화의 문제가 대중화라는 측면에서 독자에게 긍정적으로 작용하는 점도 고려하여야 한다). 그럼에도 불구하고 작가가 이 문제를 중요하게 다루는 것은, 우리 사회가 계급의 문제보다는 봉건적 사회 체제에도 많은 문제점이 있음을 보이기 위한 의도였던 것이다. 따라서 이 문제 역시 식민지 농촌 사회의 실상을 사실적으로 보여주는 한 방편으로 작용하고 있다.

그리고 이 소설에서 우리는 돌쇠라는 인물과 정광조라는 인물 창조에 대해서 주목할 필요가 있다. 주인공 역할을 하는 돌쇠는 리얼리즘 소설론에서 이야기하는 전형적인 인물로 무의식 대중에서 의식 대중으로 전환될 가능성을 지닌 인물이며, 이런 전환의 계기에는 갑작스럽게 그리고 조금은 부자연스럽게 등장하는 정광조라는 인물이 작용하고 있다. 따라서 이 소설에서 돌쇠는 자기 스스로 의식을 전취하여 발전하는 인물이 아니라, 정광조라는 계몽적 성격을 지닌 인물의 도움과 자극을 받는 수동적인 인물이다. 그럼에도 불구하고 우리 사회의 특수성에서 연유한 이중성을 지닌 농민상을 창조하고 있다는 점에서, 인물 형상화의 측면에서 리얼리즘 소설을 분석·설명하는 데 중요한 작품으로 평가될 수 있다.

> 회합은 별안간 묵주머니가 되고 여러 사람들은 허굽흔 우슴을 우스며 하나 둘식 도라갓다. 원준이는 어느 틈에 다라낫는지 가는 것도 보지 못한 사람이 만헛다.
> 광조는 회심의 미소를 우섯다.
> 그는 신성한 가정의 풍기문란(?)이 쥐구멍을 못찻고 쑥 드러간 것이 통쾌하엿다. 자유 련애 만세!……
> (…중략…)
> 두 사람의 대화는 어둠 속에서 도란도란한다. 입뿐이는 돌쇠에게 왼몸을 실리다 십히 치개면서 걸음을 떼노앗다.
> "세상은 우리가 모르는 별세상이 또 잇는가부지? 그이(정주사의 아들)는 그것을 잘 아는 모양인가봐!"
> 돌쇠는 무엇을 골돌히 생각하다가 무심코 이런 말을 하엿다.
> "참말로 우리도 그런 세상에서 사러보앗으면……"
> 그들은 한동안―아무 말 업시 거러갓다.
>
> ―이기영, 「돌쇠」 끝 부분

그러나 이 소설은 위의 인용과 같은 정도에서 끝을 맺는다. 그리고 돌쇠나 정광조라는 인물 형상은 그의 대표작인 『고향』이라는 장편 소설에서 완성되게 된다. 즉 『고향』에서 지주 계급을 대표하는 마름인 안승학과 대결하는 지식인 김희준과 농민 소작인들의 형상에서 일제 식민지 사회를 살았던 농촌 사람들의 전형을 창조하고 있다. 또한 이기영은 이런 농민 소설이라는 창작적 실천을 통하여, 프로 소설은 물론 일제 강점기 리얼리즘 소설의 최고 수준을 보여주고 있다.

4. 프로 문학의 의미와 한계

우리 민족사에서 일제 강점기는 나라를 외세에게 전부 빼앗긴 치욕적인 시기이다. 따라서 이 시기 많은 독립 운동가들은 적극적인 무장 투쟁이나 독립 만세 운동으로, 지식인들은 문예 운동이나 사상 운동으로, 노동자·농민들은 생존권을 수호하는 차원에서 계급 투쟁 운동을 전개하였다. 그리고 이처럼 다양한 형태를 보였던 '나라 찾기' 운동은, 비록 저항의 구체적인 상대자들은 달랐지만 궁극적으로 일제라는 식민 통치의 주체를 향한 것이었다. 예를 들면 노동자·농민들의 계급 운동은 표면적으로는 지주나 자본가에게 대항했던 것이었으나, 지주와 자본가를 앞세워서 이 땅의 민중들을 탄압한 일제에 대한 저항이었다고 해석할 수 있다.

일제 강점기 국내에서의 민족 운동은 적극적인 무장 투쟁보다는 주로 지식인의 사상 운동이나 노동자·농민들의 계급 운동과 같은 방식으로 전개되었다. 즉 사상 서클, 독서회를 중심으로 전개된 사상 운동, 소작 쟁의나 노동 쟁의와 같은 계급 운동이, 일제 강점기 국내에서의 대표적인 저항 운동이자 민족 해방 운동이었다. 이런 다양한 저항의 양상 중에서 문인들에 의하여 전개된 문예 운동, 특히 본고에서 살핀 프로 문학 운동은, 민족 해방 운동적인 성격을 지니고 조직적으로 전개된 운동이라고 할 수 있다. 문인들은 행동을 통한 사회적 실천보다는 문학적 실천을 통하여 민족 해방의 과제를 수행하였다.

그리고 이런 문인들의 문학적 실천을 조직화하고, 이를 전체 사회 운동의 차원에서 이끌었던 단체가 〈카프〉로 대표되는 프로 문학 단체였다. 특히 프로 문학 운동은 이 당시의 계급 운동을 문학적으로 형상화함으로써, 사상적 연대를 꾀하는 한편 이를 통하여 민중을 계몽하고 지도하는 역할을 수행하기도 한다. 그 대표적인 프로 문예 운동의 형태가 〈카프〉의 내부와 외부를 흔들었던 대중화 논의와 이와 밀접한 관련이 있는 농민 문학 운동이었으며, 그것은 문학 내적으로는 리얼리즘의 성취라는 문학적 성취 여부와도 연결된 사항이었다.

문학사적인 측면에서 리얼리즘의 성취 과정이라는 긍정적인 의미를 부여할 수 있는 프로 문학 운동은, 시·소설·희곡·비평 등의 전 영역에 걸쳐 다양하고 치열하게 실천되었다. 특히 1920년대 초반의 감상적인 낭만주의 문학이나 자연주의 문학의 한계를 극복하면서, 문학적 전형을 통하여 우리의 현실 사회를 반영하고 있다. 이를 통하여 문학적 총체성을 확보하고 낙관적인 전망을 제시하기도 한다. 그리고 이런 점들은, 우리 문학에서 리얼리즘을 표방하는 진보적 문학 운동이 사회 변혁 운동에 일정한 역할을 수행하고 있음을 확인시켜 주기도 한다.

또한 이런 프로 문학 운동은 이후 파시즘이 전면적으로 등장하는 1930년대 후반의 문학적 성취에 긍정적으로 작용하게 된다. 비록 '낭만성 논쟁', '기교주의 논쟁'이나 '풍자 소설론', '세태 소설론', '휴머니즘론' 등과 같은 논쟁 과정에서, 프로 문학의 언어 형식적 미완성이나 편내용주의는 비판의 대상이 되기도 하지만, 이런 비판은 이후 1930년대 리얼리즘 시는 물론 리얼리즘 소설의 형상성 창조에 일정하게 공헌하게 된다. 그리고 이런 1930년대 후반까지 전개된 우리 문학사의 모색과 전진을 통하여, 일제 말의 암흑기라고 지칭되는 문학사적 공백을 뛰어넘을 수 있었으며, 나아가서는 해방 정국이라는 새로운 시기에 민족 문학의 건설이라는 과제를 수행하는 데 밑거름으로 작용하였다.

끝으로, 일제 강점기라는 특수한 시기에 이런 프로 문학이 이룩한 성과와 문학 운동으로서의 의의에 대해서는 객관적인 차원에서 평가가 이루어져야 하며, 그 긍정적인 의미는 결코 가볍게 취급될 수 없다는 점을 거듭 확인하고자 한다. 비록 다음과 같은 혹독한 비판에 귀기울인다고 하더라도 말이다.

무식하게 내세우든지 교묘하게 위장하든지간에 좌익헤게모니를 신주단지처럼

모시는 통일전선전술은 낡아빠진 술책으로 떨어졌다는 점을 염두에 둘 때, 부르즈
와문학을 일괄 괄호치고 프로문학만을 편애하거나, 또는 프로문학을 중심에 두고
부르즈와문학을 선택적으로 주변부에 배치하는 편향을 넘어서서 우리 근대문학
전체상 속에서 프로문학의 주류성을 이제 진정으로 해소하자.

　　— 최원식, 「한국문학의 근대성을 다시 생각한다」(『생산적 대화를 위하여』, 33면)

제 2 장

문학 언어에 대한 역사·철학적 이해

1. 문제적 인물로서의 임화(林和)

우리는 '문학을 공부한다'는 말을 자주 듣는다. 그런데 이 말은 '작품 창작을 연습한다'와 '문학에 대하여 배운다', 또는 '문학을 연구한다'는 의미를 내포하고 있다. 이 중에서 '문학을 연구한다'는 뜻은 그 연구의 성격에 따라 범주상 각기 다른 편차를 지닌다. 즉 문학에 대하여 평론적인 차원에서 비평하느냐 아니면 문학을 본격적인 학문 연구의 대상으로 삼느냐에 따라 그 의미가 다르게 주어진다. 이때 전자의 성격은 창작적 글쓰기의 하나인 자기 표현 행위라고 할 수 있으며, 후자는 문학을 과학적 탐구의 대상으로 연구하는 방향을 지향한다.[1]

---

[1] 김윤식, 「위기 의식의 세 가지 형식—어떤 경험적 비평론」, 『발견으로서의 한국현대문학사』, 서울대 출판부, 1997.

그러나 문학을 연구하는 실제의 장에서는 이런 구분이 명확한 것만은 아니다. 용어상으로 하나는 'essay'의 성격이 강하고, 다른 하나는 'study'의 성격이 강하다고 규정할 수 있지만, 어떤 비평적인 평론은 학문적 탐구의 수준을 보이기도 하고, 그 반대의 경우도 허다하다. 이런 현상의 한 원인은 우리 문단인들이 평론가와 문학 연구자를 겸업하거나 심지어는 작가로서의 역할도 담당하는 경우가 많기 때문이기도 하다. 또한 본원적으로는 이 두 차원의 경계가 분명하지 않은 데에서 그 원인을 찾을 수 있다.

우리 문학사의 현실 속에서 근대 초기의 문단에서 활약했던 사람들은 이런 혼란상을 극명하게 보여준다. 많은 시인이나 소설가와 같은 작가들이 평론가로 때로는 문학 연구자로 활약했다. 이런 대표적인 예로 본고의 검토 대상이 되는 임화(林和)를 들 수 있다. 그는 일찍이 영화 평론이자 영화 배우였으며, 다다(dada)적인 시 창작에서 출발하여 〈카프(KAPF)〉로 통칭되는 프로 문학의 대표적인 시인이었다. 아울러 프로 문학의 대표적인 이론가로서 프로 문학 이론 도입과 프로 문학 창작에 대한 지도(指導) 비평을 전개한 이론가이자, 우리 근대 문학사를 계급 문학의 관점에서 체계적으로 설명하고자 했던 문학 연구자였다.

이처럼 다양한 얼굴로 활약했던 시인 임화는 비교적 일관된 문학관을 가지고 창작·비평·연구에 임했던 것2)으로 평가되고 있다. 즉 마르크스주의 문학관의 세계관 인식틀이자 창작 방법, 작품 이해와 감상의 이론이었던 리얼리즘을 견지한 사람이었다. 특히 그는 러시아나 일본 프로 문학의 영향을 직접적으로 수용할 수밖에 없었던 상황에서도 이를 비교적 충실하게 받아들였을 뿐만 아니라, 이를 우리 문학에 적용하여 적극적으로 창작하거나 행동으로 실천한 문인이었다.

이 글은 우리 근대 문학사에서 문제적 인물이었던 임화의 대표적인 저작인 『문학의 논리』를 통하여 이런 실상을 구체적으로 확인하고, 이를 통

---

2) 윤여탁, 「임화 시론과 서술시의 전개」, 『시의 논리와 서정시의 역사』, 태학사, 1995.

하여 이 저작물이 우리 문학사에서 지니고 있는 고전(古典)적인 위치를 확인하고자 한다. 즉 이 글은 긍정적인 측면에서든 부정적인 측면에서든 근대 문학을 연구하는 모든 사람들에게 영향을 끼쳤던 이 책이 지니고 있는 가치와 의의를 고찰하고자 한다. 이를 위하여 원론적인 성격을 지닌 글을 통하여 임화가 보여준 문학관을 살펴본 후에, 이를 바탕으로 그의 문학 연구의 태도를 구체적으로 설명하고자 한다.

따라서 비교적 방대한 분량과 편차를 보이는 이 저작물에 수록된 글을 전체적으로 살피기보다는 입론(立論)적인 성격을 지닌 몇 편의 글을 중점적으로 살필 것이다. 이를 통하여 문제적 개인이었던 임화가 지니고 있던 문학관의 근원을 찾아내고, 이런 개인의 내면에서 작용하고 있는 정신사의 깊이를 확인하고자 한다. 이를 위하여 이 글은 먼저 이 저작물에 대해 개관한 다음, 보다 세부적으로 나아가 문학 언어에 대한 관점과 과학적 문학 연구 방법이 지니는 의의를 밝힐 것이다.

2. 근대 문학에 대한 총체적 이해

근대 프로 문학사에서 대표적인 시인이었던 임화는 생전에 『현해탄』(동광당서점, 1938), 『찬가』(백양당, 1947), 『회상시집』(건설출판사, 1947)과 같은 시집을 냈다. 그러나 그는 프로 문학의 이론가이자 평론가로서는 230편 정도의 평론을 썼음에도 불구하고, 『문학의 논리』(학예사, 1940.12.20)라는 단 한 권의 저서만을 남겼다. 이 평론집은 (목차를 제외한) 본문만 총841면의 방대한 규모로, 1930년대 중·후반인 소화(昭和) 9년(1934)부터 소화 15년 1월까지 발표한 글을 주로 모았다. 그리고 이 책을 통하여 임화는 프로 문학계의 선구자였던 자신과 우리 근대 문학이 지나온 과거를 정리하면서 새로운 모색의 방향을 제시하고자 했다.

이 평론집이 나온 1940년은 시기적으로 일제가 대륙 침략을 본격화하기 위하여 파시즘을 전면적으로 강화하기 시작한 때이다. 민족사적으로는 일제의 침탈로 인해 민족의 생존권이 위협을 받았을 뿐만 아니라, 우리 민족 문학과 문화가 침체와 위축의 길로 접어드는 암흑기의 모두(冒頭)였다. 일제에 강제로 빼앗겼던 나라 찾기는커녕 민족어를 지키는 것마저도 어려운 상황 속으로 몰리는 처지였다. 한편으로는 우리 근대 문학이 새로운 모색을 꾀해야 하는 전형기로, 황국 신민화(皇國臣民化) 정책에 따라 국민 문학(國民文學)의 수립이라는 방향으로 나아가야 하는 시기였다.

이런 객관적인 상황 속에서 임화의 『문학의 논리』는 출간되었다. 따라서 이 책은 이런 상황 속에서 고민하는 대표적인 근대 문인의 면모를 확인할 수 있다. 즉 이 책에는 프로 문학 운동가로서 치열한 삶을 살았던 시기부터 새로운 모색을 꾀해야 했던 시기까지, 각기 다른 견해들과 활발한 논쟁을 거치면서 변모하는 임화 자신의 문학관을 확인할 수 있는 글들을 정리하여 수록하고 있다. 또한 문학 이론·시·소설·희곡·작가론 등과 같은 여러 방면에 걸쳐 관심을 가졌던 다양한 편린을 고스란히 보여줌으로써, 그의 글들은 논리적인 차원에서의 이론상 해박함과 감정적 차원에서의 민족 문학에 대한 정열적인 열정을 드러내고 있다.

이런 『문학의 논리』의 체제는 내용상 공통점이 있는 것들을 10부로 나누어 묶어서 간행한 평론 선집(anthology) 형태이다. 그러나 이 책에 수록된 글의 기본적인 정신은 주로 리얼리즘에 기반을 두고 있다. 먼저 이 책의 목차를 살펴보면 다음과 같다.

서

목차

1부

6부

　송영론

　유치진론

　한설야론

7부

　언어의 마술성

　언어의 현실성—문학에 있어서의 언어

　예술적 인식 급 표현의 수단으로서의 언어

　담천하의 시단 1년—조선의 시문학은 어디로?

　기교파와 조선시단

　수필론

8부

　조선적 비평의 정신

　비평의 고도

　의도와 작품의 낙차와 비평—특히 비평의 기능을 중심으로 한 감상

9부

　역사·문화·문학—혹은 시대성이란 것에의 일 각서

　현대 정신과 '카토리시즘'

　전체주의의 문학론

　19세기의 총결산—세계 대전과 문학

　'대지'의 세계성—노벨상 작가 '팔·빽'에 대하여

　일본 농민 문학의 동향—특히 '토(土)의 문학'을 중심으로

10부

　신문학사의 방법—대상, 토대, 환경, 전통, 양식, 정신[3]

---

3) 임화, 『문학의 논리』, 학예사, 1940. 부제나 세부적인 내용은 책의 목차에는 없으며, 목차의 제목과 본문 제목이 다른 경우가 있으나 여기서는 목차의 제목을 따랐다.

이상의 내용을 요약하면, 1부에서는 유물변증법적 리얼리즘에 이어 도입된 사회주의 사실주의론(social realism)의 정치(精緻)화 과정을 보여준다. 즉 사회주의 사실주의론의 도입에 따라 낭만성 논쟁을 거치면서 다시 사실주의로 나아가는 임화의 이론적 변모상을 확인할 수 있다. 2부는 백철·김오성·윤규섭 등과 벌였던 휴머니즘(humanism) 논쟁을, 3부는 1930년대 말기에 다양한 양상을 보이는 문학적 모색의 일단에 대한 시평(時評)적인 글들을, 4부는 주로 김남천과 논쟁을 벌이면서 전개하였던 소설론을, 5부는 김동리·정비석·이원조 등 신세대의 등장에 따라 전개되었던 세대론의 추이를, 6부는 송영·유치진·한설야에 대한 작가론을 모아 수록하고 있다. 또 7부는 언어 예술로서 문학 언어의 특성과 기교주의 논쟁을 거치면서 변모하는 우리 시단에 대한 평가와 수필론을, 8부는 비평론의 기반이 되는 비평 정신의 문제를, 9부는 주로 세계 문학의 다양한 추세와 전망을 정리하고 있다. 끝으로 10부는 1930년대 후반 '이식과 창조의 변증법'4)이라는 시각에서 신문학사를 정리하면서 내세운 이론적 토대를 제시하는 글을 싣고 있다.

이런 이 책의 내용은 이 당시 문학 논의에서 핵심적인 쟁점이 되었던 사항들이었다. 이는 임화가 당시 문단에서 만만치 않은 역할을 담당하고 있었음을 방증하고 있다. 아울러 그가 이 당시 문학사의 여러 문제에 관여하였다는 사실은, 그가 우리 근대 문학사를 어느 정도까지는 총체적으로 개괄할 만한 안목도 갖추고 있었다고 긍정적으로 평가할 수 있다. 또한 여기에는 프로 문학의 대표적인 이론가이자 행동과 창작의 측면에서 보여준 실천가로서의 남다른 열정도 작용했을 것이다.

특히 이 책이 출간된 시기는 문학 내·외적으로 어려운 때였다. 역사적 상황 맥락에서는 일제의 파시즘 정책이 전체 민족 운동의 지향을 혼돈과 침체 속에 빠지게 했다. 또한 문학 외적으로는 카프가 해산되어 조직적이

---

4) 신두원, 「이식과 창조의 변증법」, 『창작과비평』, 1991년 가을호.

고 집단적 문학 운동의 전개가 불가능해졌으며, 문학 내적으로는 새롭게 도입된 사회주의 사실주의와 같은 신창작 방법론을 발전시킬 만한 창작 주체들의 역량도 함량 미달 상태였다. 따라서 이 당시 문학은 내면화 또는 내성화의 방향으로 침잠할 수밖에 없었다.5)

물론 이런 문학적 상황을 침체 상황이라고만 규정하거나 평가할 수만은 없다. 이런 문학 외적인 상황의 어려움에도 불구하고 활발한 논의와 창작적 실천이 있었다는 평가도 가능하다. 그리고 이런 문학적 역량 축적 덕분에, 일제 말의 암흑기라는 공백을 넘어 해방 직후에 새로운 민족 문학이 건설될 수 있었다.6) 이와 같은 맥락에서 당시 임화가 '학예사'에 주로 관여하면서 신문학사를 정리하는 작업에 전념한 것 역시 이런 해석의 양면성을 지닌다. 즉 운동으로서의 문학이 불가능해진 상황에서 문학 연구로 나아갔다는 해석과 과거에 대한 자기 반성과 성찰을 통하여 문학 역량을 점검하는 계기를 마련하고자 했다는 해석이 모두 가능하다.

3. 문학과 언어의 관계에 대한 관점

『문학의 논리』에 수록된 임화의 여러 글들은 모두 그가 이 당시 견지하였던 리얼리즘이라는 문학관과 밀접한 관련이 있다. 그리고 대부분의 글은 구체적인 작가나 작품을 논의 대상으로 삼은 실천 비평적인 성격이거나 다른 견해를 가진 논자와 비판적인 논쟁을 벌이면서 전개한 실질적인 논의였다. 이와는 달리 문학과 그 매체인 언어의 관계에 대하여 고찰

---

5) 이명찬, 「1930년대 후반 현실주의시의 내면화 과정 연구」, 서울대 대학원, 1991.
6) 윤여탁, 「파시즘의 진군 앞에 선 시문학」, 『민족문학사 강좌』(하), 창작과비평사, 1995, 139~154면.

하고 있는 원론적인 글이 있어 주목할 만하다. 즉 1937년에 주로 쓰인 「언어의 마술성」·「언어의 현실성」·「예술적 인식 급 표현의 수단으로서의 언어」라는 글이 그 예이다.

이 자리에서 임화는 언어의 마술성이라고 규정할 수 있는 불가지론적인 언어의 속성이나 이런 언어와 문학과의 관계에 대한 일반적인 상식에 대한 의문을 제기하면서 논의를 시작하고 있다. 즉 그는 '태초에 말[言語]이 있으니 그것은 하나님과 더불어 있었느니라'와 같은 언어관은 언어의 고유한 마술적 성질에서 온 것으로, 오늘날 과학이라는 학문의 세계에서는 받아들일 수 없는 명제임을 논구(論究)하고 있다. 아울러 언어 없이 문학의 존재를 상정할 수 없다거나 언어는 문학 없이 존재할 수 있으나 문학은 언어 없이 존재할 수 없다는 피상적인 관점에 대하여 다음과 같이 비판하고 있다.

> 우리의 많은 어학자들이 고조(高調)하는 것과 같이 '말은 문화의 어머니'라든가 '말없이 문화는 없다'는 류의 말은 일견 그럴 듯하게 들리면서도 그 실은 인간 생활의 하나의 관념적 산물인 언어를 가지고 문화와 생활 모든 것을 규정하려는 관념론의 표현인 것이다. 즉 문화의 국한된 부분에서 나타나는 한 개의 형식상의 유별, 차이를 언어 그것이 갖는 외관상의 마술성 위에서 고의로 확대, 과장한 것이다.
>
> ─「언어의 마술성」, 577면[7]

> 언어가 만일 문학의 일 소재이고 속성이라면 문학은 다른 속성까지를 자기 가운데 종합 통일하고 있는 전체다. 즉 언어 이상의 무엇이다. 그러면 양자가 다 그것으로 인하여 제약되는 근원으로서의 인간의 생활과 다시 문학과 언어 3자의 관계의 고찰로 돌아간다면 문학이란 언어에 의존하는 것이 아니라 우선 생활 그것에 보다 더 제약되는 것이다. 문학 가운데 일 소재, 속성으로 참여하는(그것이 암만 중요하든지 간에!) 때문에 언어란 문학을 통하여 작용하고 있는 문학화된 생활적 조건으로 다시 한 번 특수한 제약을 받게됨이라 생각지 않을 수 없다.
>
> ─「언어의 마술성」, 578면

---

7) 『문학의 논리』에서 인용한 글의 맞춤법과 표기는 현대의 원칙에 따르며, 앞으로 인용된 글의 제목과 면수만을 표시한다.

이와 같은 맥락에서 언어와 문학을 획일적으로 연결시키는 생각을 부정하고, 임화는 문학 언어 즉 문학어(文學語)를 문학의 내용이 되는 생활적 내용에 의하여 언어가 정련(精鍊)당하는 것으로, 원어(原語)와는 전혀 별개의 특성을 가진 것으로 설명하고 있다. 그리고 이런 관점의 연장선상에서 문학어의 사회적 성격을 규정하고 있다. 즉 문학이 체현(體現)하는 바의 생활과 의욕(意慾)하는 바 방향에 따라 스스로 역사적으로 다르며 사회적 계급상으로 다르듯이, 문학어도 이를 규정하는 생활이나 사회적 상황과의 관계를 벗어날 수 없다는 것이다.

그의 이런 언어관은 문학의 언어가 그 토대에서 작용하는 사회적, 역사적 상황과 결코 떨어질 수 없다는 것으로, 현실과 언어의 관계를 즉자적으로 연결시키고 있는 마르크스주의 언어관을 설명하고 있는 것이라고 할 수 있다. 그러나 이런 언어관은 형식주의 언어관을 비판하면서 문학어를 이데올로기 담지체인 담론으로 설명하고 있는 바흐찐의 언어관과도 상통하는 일면도 있다.[8] 이런 관점은 언어와 현실성을 다룬 다음 글에서도 쉽게 확인된다.

> 소여(所與)의 사회 생활 가운데서 작가에게 부여된 객관적 위치와 다른 사람들과의 사이에 설정되는 일정한 사회적 관계로 말미암아 인도되는 그 사람의 의지의 방향에 따라 소재와 같이 언어는 여러 가지 사회적 성질을 스스로 체험하게 된다. 좁게 말하면 그의 생활의 환경과 체험의 범주 가운데서 소재를 골라내는 것과 같이 언어도 역시 이러한 일정한 조건 내에서 제한되는 것으로서 문학상에 사용되는 것이다.
>
> ―「언어의 현실성」, 592~593면

이런 문학과 언어, 사회 생활과의 관계에 대한 이해는 문학의 내용을 중시하는 마르크스주의 문학관으로 확대되고 있다. 그래서 그는 언어보다

---

8) M. M. Bakhtin, 송기한 역, 『마르크스주의와 언어 철학』, 흐겨레, 1988.
_________, 이득재 역, 『문예학의 형식적 방법』, 문예출판사, 1992.

는 생활, 형식보다는 내용을 강조하는 관점에서, 문학 이전의 생활이나 실천의 제경험이 문학에 주는 첫째의 구속은 직접으로 내용이고 간접으로는 형식이라는 견해를 피력한다. 즉 문학에서 형식적인 것이 성취된 후에 일체의 사상, 소재가 영위(營爲)되더라도, 그것은 하등 내용의 우위성이나 생활이나 실천이 내용을 구속한다는 사실을 부인할 수 없다고 보고 있다.

그리고 이런 기본 입장에 서서, 임화는 언어가 현실적인 것을 반영·표현할 뿐만 아니라 언어에 의하여 이야기되는 대상의 현실적 조건에 의하여 규정됨을 거듭 강조하고 있다. 즉 언어는 예술을 표현하는 수단이면서 현실적 대상을 예술적으로 인식하는 수단이라고 본다. 이런 견해는 문학을 인간 사유의 언어적 표현이라는 문화론적 관점에서 해석하는 입장과도 닿아 있다고 할 수 있다.[9] 다음 내용은 이런 그의 견해를 잘 보여준다.

> 현행 세계어의 일반사라든가, 각개 국어의 발전의 특수한 역사는 세계사 혹은 각국민 국가 사회의 현실적 발전에 의존되어 있고, 또 그것을 반영하고 있다. 이것은 언어가 인간에 있어 그의 의식으로부터 독립되어 있는 객관적 조건으로부터 제약된 인간적 의식의 소산인 때문이고 의식의 본질적인 요소인 사유(思惟)의 도구인 때문이다. 사유의 수단으로서의 언어는 곧 의식의 수단으로서의, 표현의 수단으로서의 2중의 의의를 갖는다.
> ―「예술적 인식 급 표현의 수단으로서의 언어」, 601~602면

이처럼 임화는 언어를 문학의 표현 수단으로서 뿐만 아니라 인식하는 수단으로 보았다. 따라서 이런 언어를 통한 문학 제작의 과정은 단순히 양식적 측면만을 체현하고 있는 것이 아니라, 작자의 현실에 대한 태도, 사상의 방향까지도 그 가운데서 체현하는 것으로 보았다. 동시대적으로는 문학의 민족적, 계급적 차이에 의하여, 역사적으로는 시대의 구분에 의하

---

9) 김대행, 「손가락과 달―시조 형식을 통해 본 문학 교육의 지표론」, 『운당 구인환교수 정년퇴임 기념논문집』, 동 간행위원회, 1995.

여 각각 상이한 언어적 특성을 지닌다는 마르크스주의 언어관과 문학관
을 연관시키고 있다.

이상의 논의에서 본 바와 같이 임화는 기본적으로 마르크스주의 언어
관에 기초하여, 문학어와 이런 문학어의 구체적인 실천태인 문학 작품을
바라보고 있다. 이런 견해는 소박한 반영론일 뿐이라는 부정적인 평가도
가능하다. 그러나 원론적인 측면에서의 이런 문제 의식과 관점은 문학과
언어에 대한 근원적인 문제제기이며, 현대의 문학관에서도 부정되지 않는
기본적인 문제였다고 긍정적으로 평가할 수 있다.

4. 과학적 문학 연구의 성과와 한계

앞에서 살핀 문학과 언어의 관계에 대한 견해와 더불어 임화의 『문학
의 논리』에는 그만의 독특한 문학 연구관이 피력되어 있다. 즉 작품을
전제한 실제 비평이나 논쟁적인 비평, 문학 작품에 대한 자기의 견해를
주로 나타낸 평론적인 글과는 달리, 문학을 과학적 학문 연구의 대상으
로 삼고 있는 글이 그 예이다. 그 대표적인 예가 10부에 실린 「신문학사
의 방법」으로, 그가 1930년대 후반 주로 관심을 쏟았던 '신문학사'라고
명명한 한국 근대 문학사에 대한 탐구의 이론적 기초를 설명하고 있는
글이다.

어찌 보면 '신문학사' 정리 작업은 암흑기·전환기를 맞으면서 자신의
위상을 확인하기 위해서 했던 자기 돌아보기였다. 아울러 이 '신문학사'
연구는 우리 문학사 최초의 본격적인 근대 문학사였으며, 마르크스주의라
는 역사·철학적 관점을 견지하면서 일관되게 쓴 본격적인 문학 연구라
고 할 수 있다. 그리고 그의 이런 관점은 이 책을 편찬하는 기본적인 입

장이었던 것으로 보이며, 이는 이 책의 '서문'에 잘 나타나 있다.

> 서명(書名)을 특히 문학의 논리라 부친 것은 평론이란 형상적 의미의 문학에 대하여 논리적인 의미의 문학이라 생각되기 때문이다. 그럼으로 '장르'로서의 문학의 특성이 문학의 형상이라면 평론으로서의 문학의 특성은 문학의 논리라고 말할 수 있지 않을까? 시를 쓰는 일방 이렇게 문학을 생각해오고 실천한 것의 기록이 본서가 된 셈이다.
>
> —「서」, 1면

이 글을 보면, 임화는 이 책에 수록된 글들을 논리적인 의미의 문학으로 보았으며, 자신이 문학을 평론한 것은 형상의 문학인 창작과는 달리 논리의 문학을 실천하는 것으로 보았다. 그리고 이런 태도에 입각하여 우리 문학을 통시적으로 보려는 작업의 일환으로 신문학사를 정리하고자 했다. 그래서 임화는 신문학사 연구 방법론을 '대상', '토대', '환경', '전통', '양식', '정신'으로 정리하여 설명하고 있다.

먼저 그는 연구의 대상으로 근대 문학을 전제하고, 그 개념을 "근대 정신을 내용으로 하고 서구 문학의 '장르'를 형식으로 한 조선의 문학"이라고 한정하고 있다. 그러나 그는 과거의 문학 유산을 부정하거나 거부하는 태도만을 보이지는 않는다. 즉 신문학이 그 전대의 문학과의 접촉을 연구하여야 한다는 관점에서 전대의 언문 문학과 한문 문학을 고려 대상으로 삼아야 한다고 보았다. 특히 근대 문학의 선구로서 실사구시의 과학 정신을 견지하고 있던 한학자들이 쓴 한문 소설도 연구의 간접적인 대상으로 보아, 전대의 한문 문학이 정신적 전통과 문화적 유산의 측면에서 신문학의 정신적 토대가 된다고 설명하고 있다.

근대 문학에 대한 이런 규정 위에서 그는 "신문학은 새로운 사회 경제적 기초 위에 형성된 정신 문화의 한 형태"라고 하면서, 경제사·정치사·농업사 등의 자본주의 발달사와 민중 운동사 내지 각계급의 관계사, 더욱이 시민의 역사가 근간이 되어야 한다고 보았다. 같은 맥락에서 신문학은 새로운 시대 정신의 형성 없이 있을 수 없으며, 새로운 시대 정신은 봉건적 사회 관계의 와해와 시민적 사회 관계의 형성을 표현하는 관념 형태라고 규정하고 있다. 즉 근대 문학을 시민 사회에 토대를 둔 시민 문학이라는 차원에서 논의함을 밝히고 있다.

따라서 그의 신문학사관은 문학적 환경은 물론 전대의 문화적 전통 위에서 고찰되어야 한다는 역사·철학적 관점을 견지하고 있다. 이 중에서 전자의 관점은 테느(Taine)의 환경 결정론을 계승, 발전시킨 마르크스주의 문학관이 지향하는 방향이며, 후자의 관점은 신문학사를 서구 또는 일본을 중개자로 한 이식 문학사만이 아니라 전대 문학사의 전통을 적극 고려하면서 연구되어야 한다는 독특한 문학사관을 피력한 것이다.[10] 아울러 문학의 양식 문제를 중심으로 이미 앞의 장에서 피력한 문학의 형식과 내용에 대해서도 보다 유연한 입장을 견지하여, 문학 작품이 개개의 독특한 형상의 조직(형식)으로 나타난다는 점을 중심으로 다음과 같이 설명하고 있다.

> 문학 작품의 진정한 내용은 언제나 형식이라고 불려지는 문학적 형상의 조직으로 은폐되어 있다. 혹은 형상이 되므로 내용은 비로소 진정한 실재적이라고 말할 수가 있다. 형상의 조직(형식)은 형체 없는 내용(사상)을 비로소 형체 있게 만든다. 형체를 갖추면서 비로소 사상은 자기를 완성한다.
>
> —「문학사의 방법」, 834면

이 언급은 내용 중심주의라고 일반화할 수 있는 마르크스주의 문학 연구자인 임화가 형식과 내용의 불가분[不可分離性]을 명쾌하게 지적한 부분이라고 할 수 있다. 이런 기본적인 언급을 통하여 그는 "시대의 형식이라는 것은 단순히 그것이 하나의 특이한 형식에 그치는 것이 아니라, 그 시

---

10) 이런 측면에서 임화의 문학사관을 이식 문학사관으로 보는 관점은 재고되어야 한다. 아울러 심정적인 차원에서 우리 신문학사가 전통을 계승하고 있다는 소박한 견해도 극복되어야 한다. 보다 과학적인 탐구를 통하여 전통 계승 논의가 이루어져야 한다.

대인의 고유한 체험과 생활에서 형성된 시대 정신이 자기를 표현하는 형식"이라는 마르크스주의 문학관의 약점을 보완하고 있다. 그리고 문학사는 어느 정도는 양식의 역사라는 역사·철학적인 측면에서 설명할 수 있는 문학사의 기본 전제를 수용하고 있다.

끝으로 그는 정신의 문제로까지 이런 문학사의 기본을 이끌어 가고 있다. 즉 문학이 그 존재의 형태에 있어서나 기능에 있어서 문화라는 사실을 강조하면서, "정신은 비평에 있어서와 같이 문학사의 최후의 목적이고 도달점이다. 양식의 역사를 통하여 하나의 정신의 역사를 발견함으로써 문학사는 정신 문화사의 한 분과로서의 확고한 지위를 차지한다"는 거시적인 문학사관을 정립한 것이다.

임화는 「신문학사의 방법」에서 언급하고 있는 이상의 여섯 항목을 독자적인 것처럼 나누어 설명하고 있다. 그러나 이들은 서로 밀접한 연관 관계를 가지고 있으며, 그 나름의 논리적 체계를 갖추고 있다. 전통의 계승과 새로운 것의 수용을 통하여 이루어진 새로운 사회적, 문학적 환경과 토대를 대상으로 하여 이 정신을 반영함으로써 문학으로 표현되며, 이렇게 표현된 대상으로서의 문학은 이를 표현하는 양식을 중심으로 문학 연구의 대상이 되어 정신으로 포괄할 수 있는 전통과 토대, 환경 등이 연구자나 독자들에게 인식된다. 즉 이 여섯 항목이 서로 유기적으로 관련을 맺으면서 문학의 생산과 수용(연구)에 관계하는 것으로 파악하고 있다.

이처럼 임화는 문학 연구를 문화 연구라는 큰 틀 속에 포함시키는 방식을 통하여 과학적 학문 연구의 범주로 포괄하고 있다. 아울러 문학의 변모가 역사·철학적인 맥락 속에서 탐구될 수 있는 대상이며, 그렇게 될 때에 올바른 문학 연구가 이루어짐을 밝히고 있다. 이런 그의 관점은 『문학의 논리』를 일관하고 있는 기본 전제였으며, 적어도 그가 우리 신문학사를 정리하고자 했던 근본 의도였던 것이다.

5. 자기 드러냄의 편린들

　지금까지 이 글은 임화의 『문학의 논리』라는 평론집을 중심으로 정서적이고 비논리적인 성격이 강한 문학의 논리 세우기에 대하여 살펴보았다. 이를 위하여 문학과 언어의 관계를 언급하고 있는 세 편의 글과 신문학사 연구의 이론적 방법론을 설명하고 있는 「신문학사의 방법」을 집중적으로 검토하였다. 이 글은 이런 임화의 논의를 검토하여 문학 연구를 학문적으로 연구하려는 이론적 틀과 그 의의를 설명하고자 했다.

　이 과정에서 임화는 언어의 일반적 속성과 구별되는 문학어의 특수성을 설명하고자 했으며, 이런 문학어가 생활 현실을 반영하는 실천적인 언어 활동임을 밝혔다. 또한 문학어로서의 언어를 예술적 인식과 표현의 수단으로, 모든 문학적 형상은 언어를 통하여 실현된다고 보았다. 그리고 이런 문학과 언어의 관계에 기초하여 문학사 연구의 방법론을 학문적 논리를 지닌 과학의 차원에서 연구하는 이론적 기틀을 대상·토대·환경·전통·양식·정신이라는 측면에서 설명하였다.

　이런 임화의 논의에는 마르크스주의자로서의 소박한 반영론의 수준을 넘어서는 면모를 발견할 수 있다. 즉 그는 현실의 여러 물질적 토대를 강조하는 유물론의 입장을 견지하고 있음에도 불구하고, 전통과 문화를 존중하는 인문주의자의 고민도 함께 보여주고 있다는 점이다. 이 점은 식민지 상황이라는 특수한 여건과 종주국이 아닌 주변부에 살고 있는 마르크스주의 이론가의 고민을 보여준 것이라고도 볼 수 있다. 이런 갈등은 다음과 같은 언급에서도 쉽게 감지할 수 있다.

　　민중의 말 가운데는 옛날 양반이라든가 비속한 상인들의 언어보다는, 그 가치에 있어 미감에 있어 월등한 것이 있다. 우리는 민중의 언어 가운데는 아무래도 포기해야 할 허접쓰리가 있는 것을 잊어서는 아니 된다. 예하면 소설이나 희곡 가운데

서 방언을 무질서하게 쓴다든가, 그리 필요도 하지 않은데 쌍욕을 난용(亂用)한다
든가는 미감상으로만 아니라 교육적 의미에 있어서도 옳지 않은 것이다.
— 「언어의 마술성」, 589~590면

　　이런 고민은 교조주의적인 문학관이라고 할 수 있는 마르크스주의 문
학관의 원칙이 곧이곧대로 적용되지 않는 우리 신문학사의 현실에 대한
성찰이었다. 아울러 양식이나 형태상으로 서구 문학을 모범으로 삼았던
근대 문학과는 너무도 다른 양상이었던 전통 문학을 어떻게든지 아울러
야 하는 고민과 아직은 민중 문학만으로 문학사를 제대로 정리할 수 없
는 처지에서 가지치기 방식만으로 정리할 수 없었던 심정이 나타나 있다.
또한 아직은 제대로 성숙했다고 볼 수 없는 시민 문학의 처리 방식에 대
한 심정적 고민도 작용하였던 것으로 생각된다.

　　이런저런 점들이 프로 문학의 대표적인 시인이자 이론가였던 임화가
안을 수밖에 없는 갈등이었으며, 이런 갈등의 흔적이 그의 『문학의 논리』
에는 그대로 표출되어 있는 것이다. 그래서 논리적인 연구를 지향하면서
도 이와는 약간 다른 편차를 보이는 평론적이고 논쟁적인 성격을 지닌
글들도 같이 수록할 수밖에 없었다. 또한 이런 솔직한 자기 드러냄의 편
린들을 보여준 이 책에서, 1930년대 후반을 살았던 양심적인 식민지 지식
인이자 문인이었던 임화의 모습을 확인할 수 있다.

제 **3** 장

리얼리즘 시와 시론의 창조적 수용

1. 시와 전통

우리 시문학사에서 서구로 대표되는 근대 문학의 충격은 어느 정도였을까? 도(道)를 담고[載] 꿰는[貫] 것을 목적으로 하는 학문으로 한시를 짓고, 자신들의 사상이나 감정을 담아내는 그릇으로 시조를 향유하거나, 민중들이 스스로 감내해야 했던 삶과 노동의 진솔한 모습을 민요라는 형식으로 노래했던 전통적인 시문학의 실체에 비하여 서구 근대 문학의 형식과 내용은 분명히 낯선 것이었다.

이같은 근대 상황에서 우리 시문학은 대략 두 측면에서 그 변이 양상을 설명할 수 있다. 그 하나는 전통의 계승과 변용이라는 시각에서 설명하는 방식이며, 다른 하나는 새로움의 이식과 창조라는 관점에서 해석하는 방식이다. 이때 전자의 시각은 근대시가 어떻게든지 전통적인 시의 형식이나 내용을 계승하거나 부분적으로 변용하고 있음에 초점을 맞추고 있다. 예를 들면, 개화 가사나 개화기 시조가 구형식을 계승하면서 새로운 내용을 담아내고 있으며, 김소월의 시가 형식이나 내용 면에서 민요적 전통에 빚지고 있는 바가 많다는 점이다.

이에 비하여 후자의 관점은 근대시가 서구의 새로운 시 형식과 내용을 수용하면서, 단순한 이식을 넘어서 우리 근대시의 형식과 내용으로 창조적으로 정착하고 있음에 주목하고 있다. 이 경우 일본 창가(唱歌)의 영향을 받은 7·5조가 신(체)시라는 과도기를 거쳐 민요조 서정시의 운율로 정착하거나, 서구의 상징주의 또는 낭만주의 시를 받아들여 개인적인 정서를 비교적 자유로운 시 형식에 담아낸 1920년대 민요조 서정시나 1930년대 순수 서정시라는 근대시로 발전하였음을 예로 들 수 있다.

이 두 가지 상이한 시각은 전통과 새로움 중에서 어느 것을 중심에 놓느냐는 문제이지만 우리 근대시의 전개 과정과 양상을 어떻게 규정할 수 있느냐는 근원적인 물음을 내포하고 있다. 즉 전통적인 시와는 사뭇 다른 근대시를 전통의 변용으로 보는 경우, 우리 근대시의 역사 역시 전통의 계승과 변용의 과정으로 설명할 수 있게 된다. 이에 비하여 서구 근대시의 수용과 영향을 강조할 경우, 우리 근대시는 서구시나 문예 사조의 이식과 창조적 변용의 과정으로 볼 수 있게 된다.

그러나 이 글의 출발은 서구의 문예 사조나 사상의 수용에 초점이 맞추어져 있다. 따라서 '리얼리즘 시와 시론의 창조적 수용'이라는 문제는 서구 근대시의 이식이라는 전제에서 출발하되, 우리 근대시의 전개 과정에서는 창조적 변용이 이루어지고 있음을 밝혀야 하며, 그 양상을 구체적인 논거로 제시하여야 한다. 이를 위하여 이 글은 우리 근대시에서 리얼리즘 논의의 향방을 추적하고 창조적 변용의 구체적인 양상을 살펴서, 이 같은 노력의 긍정적인 성과와 부정적인 한계를 아울러 밝힐 것이다.

2. 리얼리즘 시론의 전개

1) 리얼리즘 시론으로서의 '단편 서사시' 논의

리얼리즘 시를 논의할 때, 시에 나타난 리얼리티의 문제에 초점을 맞추느냐 아니면 리얼리티를 획득하려는 시적 장치에 관심을 갖느냐에 따라 리얼리즘 논의의 방향은 크게 양분될 것으로 생각된다. 이 중에서 전자의 문제가 시문학의 내용에 해당하는 문제일 것이며, 후자는 시문학의 형상화 방법에 대한 문제로 귀착될 것이다. 그리고 이 문제는 문학의 창작 방법의 문제와 밀접하게 관련되어 있다.

김기진에 의하여 촉발된 '단편 서사시' 논의는 내용·형식 논쟁의 연장선상에서 전개된 것으로, 그 본질은 목적 의식기 방향 전환의 맥락에서 전개된 대중화론이 그 실상이라고 할 수 있다. 먼저 김기진이 임화의 「우리 오빠와 화로」를 읽고 감격하여 눈물을 흘렸다[1]고 말하면서 "제조건이 결정적으로 현실적, 실제적, 구체적 태도를 요구함"으로 막연한 감정, 단순한 심리적 충동이 아닌 '단편 서사시'를 요구한다는 명제를 제시함으로써 본격화되기 시작한다.

이를 위해서 프롤레타리아 시인들은 ① 소재가 사건적, 소설적임에 유의하여 주요한 부분을 추려 시로서 인상적이고, 선명·간결히 압축하여야 하며, ② 문장은 소설처럼 느리고 둔하여도 못쓰지만 심하게 연마·조각해서 깊이 아로새길 필요가 없음을 말하고 있다(②는 예술 대중화론과 밀접한 관련이 있는 창작 방법의 형상적 특징을 논하는 것이며, ①은 리얼리즘 시의 성격과 장르적 특징을 규정한 것이었다). 또한 이같은 시는 프롤레타리아의 생활을 문학의 실질적인 대상, 재료로 삼는 것이기에, 이를 통하여 문학의 향유자는

---

1) 김기진, 「단편 서사시의 길로」, 『조선문예』, 1929.5.

현실적 분위기와 정서의 파악이 객관적이고 구체적으로 가능해지는바, 이 과정에서 한 개의 통일된 정서의 전달이 이루어진다. 또 이는 서정 장르임에도 불구하고 감격으로 가득 찬 소설적 사건을 전개하는 효과를 보일 것이라는 주장이다.

이에 대하여 김기진이 극찬하는 단편 서사시를 썼던 당사자인 임화는 시의 문제보다는 오히려 대중 소설이나 통속 소설론을 주장하는 김기진의 창작적 태도를 문제삼다가, 이후 예술 운동의 볼세비키화론의 대두와 발맞추어 시의 문제를 거론하기 시작한다. 임화는 권환·안막과 더불어 김기진의 주장이 나온 지 1년 가까이나 지난 다음에야 김기진이 감격하고, 극찬했던 임화 자신의 시를 자기 비판하는 데서 논의를 시작한다.

그래서 김기진의 위와 같은 생각을 일화견주의(日和見主義)적 발상으로 규정하고, 이런 견해와의 결연한 투쟁을 전개하여야 한다고 선언하기에 이른다. 특히 이 과정에서 임화 등은 서술시(단편 서사시)의 본령인 시 장르나 서정 장르에 대한 문학적인 인식보다는 조직의 문제에 더 많은 관심을 기울인다. 이러한 현상은 1927년 목적 의식기의 방향 전환기 이후 제3 전선파의 경우가 그랬던 것처럼, 당시 귀국을 앞둔 카프 동경 지부의 서울 본부에 대한 주도권의 확보 문제와 연관되어 있다. 이런 태도는 결국 조직의 문제에 관심을 기울여 카프의 방향 전환을 꾀하려 한 예술 운동의 볼세비키화론자들의 입장을 대변한 것이었다.

구체적으로 임화는 김두용·안막·권환 등의 입장을 대변하여 1930년의 프롤레타리아 문예 운동을 진단하면서 자신의 주장을 피력하고 있다.[2] 여기서 그는 당시의 예술 운동이 자체의 주도적 세력의 미력화와 모든 형태의 반동적 경향의 공공연한 세력화에 영향을 받아 심한 딜레마에 빠졌다고 진단한다. 또 이를 극복하기 위한 방법으로 ① 주체적 세력의 강대화를 위하여 일화견주의와의 결연한 투쟁, ② 예술상 민족 개량주의자

---

2) 임화, 「시인이여 일보 전진하라」, 『조선지광』, 1930.6.

와의 무자비한 투쟁과 집요한 추구를 통한 프롤레타리아 시 건설, ③ 성
장하는 ××××의 요구, 앙등하는 ×××적 파도의 고조된 욕구를 우리
들의 예술로 형상화시켜야 한다고 주장하고 있다.

또 이를 위하여 "시인이 직접 ××의 생활 속에 들어가지 못하는 점과
자기 예술을 직접 프롤레타리아의 성장과 결합시키지 못하는 약점을 하
루 속히 극복하여 프롤레타리아의 ×××××을 조력하는 임무를 수행하
기 위해서 ××××의 생활 속으로 들어가서, 노동자·농민의 생활 감정
을 자기의 감정으로 하여 그 속에서 생활하고, 조직하고, 투쟁하자"3)는
조직론 우위의 입장을 피력한다. 이 주장은 단지 볼셰비키화의 한 방편으
로, 운동으로서의 시가를 주장하는 것이며, 시의 낭만적인 속성을 극복하
고 소설적 사실주의의 경향으로 이행하자는 수준의 리얼리즘 시론을 피
력한 것이다.

임화의 이상의 시론은 조직 운동가 이전에 시인이었던 그가 자신의 시
에 내재된 낭만적인 성향의 의미를 정확하게 인식하지 못하고 있었으며,
조직의 정비라는 당면 과제가 그에게 너무 큰짐으로 인식되고 있었음을
알게 해 준다. 이 당시의 이런 생각은 이후 시의 낭만성을 논의하는 과정
에서 어느 정도 극복되어 시인으로서 임화의 자리를 다시 찾는 계기를
마련하며, 이후 시 창작에는 일정하게 반영되고 있다.

2) 유물변증법적 창작 방법의 도입

카프 동경 지부의 소장파들이 귀국의 거점을 확보하기 위한 전초적 작

---

3) 이런 관점에 입각하여 창작된 시로 1930년 부산의 조선 방직 공장의 파업 사건을 제
재로 한 「양말 속의 편지」 등이 있다. 이 시는 이후 신간회의 회의석상이나 노동 조합
의 회의석상, 평양 고무 공장 쟁의 현장에서 열렬한 호응을 받았다고 한다. 김남천, 「임
화에 관하여」, 『조선일보』, 1933.7.22~25.

업의 일환으로 전개한—창작 방법상의 전환이라는 측면과 더불어 당시 일본을 중심으로 한 국제적 정세의 영향도 있지만—예술 운동의 볼셰비키화 방침은 1931년에 들어서면서 시련을 맞게 된다. 즉 조공 재건위 사건이 일본 경찰에 적발되면서 재건위 사업의 일환으로 설립되었던 동경의 『무산자』사에 소속되었던 소장파들이 대거 검거되기에 이른 것이다. 이로 인하여 소장파를 중심으로 전개되던 프로 문학 운동은 크게 위축되는 처지에 놓이게 된다. 또 이런 문학 외적 상황으로 인하여 문학 운동에서 일시적으로 이론투쟁의 침체기를 맞게 된다.

백철은 국내 프로 문학계가 이같은 침체 상황에 처했을 때, 안함광의 「농민문학문제에 대한 일 고찰」(『조선일보』, 1931.8.12~13)을 비판한 「농민문학문제」[4]로 조선의 문단에 등장한다. 이 이전에 백철은 일본에서 두 편의 시론을 발표하는데, 이 시론들은 당시 일본 좌익문단의 이론가였던 장원유인(藏原惟人)의 유물변증법적 창작 방법론을 수용한 결과였다.

그는 「프롤레타리아 시인과 실천문제」[5]와 「유물변증법적 이해와 시의 창작」[6]에서 다음과 같은 인식을 보인다. 즉 인식 문제는 현실적 기초 위에서 파악하여 출발하여야 하며, 문제의 계급적 기초를 역사적 맥락 속에서 파악하고, 계급의 해방은 생산 관계와 생산력의 발전에서 생기는 모순의 해결을 통해서만 얻어질 수 있다고 보았다. 아울러 프롤레타리아 시의 일부가 기계주의적인 인식의 잘못으로 인하여 좌익적 편향 내지는 우익적 편향의 오류를 범하고 있는데, 이같은 오류에서 벗어나기 위하여 유물변증법적인 세계관으로 현상을 파악하고, 이를 프롤레타리아 문학의 예술

---

4) 백철, 「농민문학문제」, 『조선일보』, 1931.10.1~20.
5) 『전위시인』, 1930.8; 권영민, 「백철과 동경의 프로시단」, 『운당구인환선생화갑기념논문집』, 1989, 336~337면에서 재인용.
6) 『프롤레타리아시』, 1931.9. 이 논문은 서설의 수준에 머물고 있지만, 유물변증법적 창작 방법에 대한 논의로 일본에서도 의미를 부여하고 있다. 특히 서삼부(西杉夫)의 『프롤레타리아시의 달성과 붕괴』(해연서방, 1977)에 의하면 이 당시 백철의 이론이 장원유인(藏原惟人)의 영향하에 이루어졌다고 지적하고 있다.

적 방법에 적용시켜야 한다고 주장하고 있다.

이처럼 백철이 장원유인(藏原惟人)의 유물변증법적 창작 방법을 수입하는 모습은 그가 귀국하여 발표하는 논문에서 더욱 선명히 드러난다. 즉 그가 귀국하여 발표한 최초의 시론인 「창작 방법문제－계급적 분석과 시의 창작 문제」[7]가 단적인 예로, 이 논문은 장원유인(藏原惟人)의 「예술적 방법에 대한 감상」을 나름대로 개작하여 실은 것이다. 구체적으로 작품을 분석할 때 장원유인(藏原惟人)이 소설을 분석 대상으로 한 것과 달리, 백철은 이 논문에서 당시 발행된 『카프시인집』(집단사, 1931)에 실린 시작품을 분석 대상으로 삼고 있다.

백철은 이 글에서 조선의 프롤레타리아 예술 운동에서도 새롭고 극히 중요한 문제로 제기된 창작 방법상 프롤레타리아 리얼리즘은 유물변증법적 창작 방법의 문제로 수정되어야 한다고 주장한다. 또 이 점은 현 조선 프롤레타리아 예술 운동과 구체적으로 관련하여 제기하여야 하며, 프롤레타리아 작품은 이같은 관점 위에서 정당하고 명확한 계급적 분석 위에 제작되어야 한다고 주장하고 있다.

구체적으로 그는 ① 작품에 정확한 프롤레타리아 관점에서 본 계급××이란 의미에서 그 중심 주체가 ××적으로 살아야 한다. 즉 ××적 주제의 강조와 계급××의 격렬한 장면에 국한됨이 아니라는 관점과 ② 그 제재가 현실의 복잡성과 다양성이란 의미에서 사회 발전의 본질적인 계기 속에서 광범위하고 자유롭게 취급되어야 한다. ③ 대상으로 하는 사물, 인물이 결코 추상적인 사물 또는 일반적인 인간성이어서는 안되며, 일정한 계급적 조건에 제약된 일정한 사회에서 구체적으로 생활하는 인간을 취급하여야 한다. ④ 일정한 대중 생활이 구체적으로 작품에서 살아 있어야 한다고 보고 있다.

그러나 이 당시 유물변증법적인 창작 방법의 논의 수준은 소설을 중심

---

7) 『조선일보』, 1932.3.6~20.

으로 신유인이 도입하기 시작하여 비교적 활발한 논전을 전개하지만, 주제의 적극성이나 이를 통한 사실적 형상의 창조보다는 제재의 적극성이나 이론상 공식주의와 기계적 추수주의로 흘렀다. 이런 측면은 백철의 경우에도 예외는 아니었다. 백철은 이후에 사회주의 리얼리즘이라는 창작 방법이 소개되자,[8] (유물변증법적 창작 방법까지의 논의와는 다른 각도에서) 사회주의 리얼리즘이 당파성을 포기한 관점이라는 왜곡된 견해를 일시적으로 보이다가, '비애의 성사'(백철의 전향 선언)로 발걸음을 옮기게 된다.

3) 시의 낭만성 논쟁과 기교주의 논쟁

시의 장르적 속성의 하나인 감정과 정서의 표현이라는 측면으로 인하여, 시에는 어느 정도의 낭만성이 내재된다는 것은 비교적 일반적으로 인정되고 있다. 그러나 프롤레타리아 리얼리즘의 영향 하에서 전개된 예술 운동의 볼셰비키화가 등장하면서 이에 대한 논의는 일단 부수적인 것으로 간주되었고, 이후 유물변증법적인 리얼리즘의 도입 시기에도 이 문제는 중요하게 취급되지 않았다.

그러나 카프의 1차 검거를 계기로 조직의 힘이 약화되고, 많은 새로운 시인들이 등장하면서 다양한 시 창작을 보이게 되자, 이 문제는 다시 쟁점으로 등장하여 논의되기 시작한다. 즉 이 시기에 등장하는 새로운 시인들에 의하여 이야기를 형상화한 리얼리즘 시의 형태가 시도되면서, 종래의 시에서 강조되던 현실 반영의 사실성의 문제와 더불어 이를 보완하는 측면에서 낭만성이 형상화의 측면에서 쟁점으로 등장한다.

이 논의는 1933년부터 주로 임화와 이정구 사이에서 벌어진다. 즉 이정

---

8) 사회주의 리얼리즘은 백철이 「문예시평」(『조선중앙일보』, 1933.3.2~8)에서 최초로 언급했고, 안막(추백)의 「창작 방법 문제의 재토의를 위하여」(『동아일보』, 1933.11.29~12.6)를 통하여 본격적인 논의가 이루어지기 시작한다.

구는 당시의 창작 방법이었던 유물변증법적인 창작 방법의 오류가 지적
되어 레닌주의의 당파성이 강조되는 입장으로 회귀하는 과정에서 나타난,
주제의 적극성이 논의되던 관점의 연장선상9)에서 문제를 제기한다. 즉
시는 예술로서 하부 구조인 사회적·경제적 기초 위에서 호흡하는 것으
로 센티멘탈의 시는 극복되어야 한다고 주장한다. 이런 맥락에서 임화의
시 「우리 오빠와 화로」와 「우산받은 요꼬하마의 부두」 등은 비참한 슬픔
의 센티멘탈을 보여주는 것으로 김기진 정도밖에는 울릴 수 없다는 도전
적인 발언을 한다.

   이와 같은 이정구의 비판에 대하여 임화는 과거 예술 운동의 볼셰비키
화를 논의하는 과정에서 취했던 태도와는 한결 다른 반응을 보인다. 그는
창작 주체의 주체적인 조건과 악화되는 객관적인 조건에 영향을 받아 최
근에 열세에 놓인 프롤레타리아 시인의 문제에 대한 앞서 있었던 이정구
의 비판은 잘못된 것이라고 보고, 자신들의 과거 행적에 대한 자기 비판
을 전개하고 있다. 즉 자신이 과거에 창작한 시는 노동자 계급의 입장에
서지 못하고, 문화적·정치적으로 계급의 유소(幼小)와 출발기의 소시민성
으로 인하여 부르조아의 잔재와 시인들의 개인적 심리로부터 자유스럽지
못했으며, 이를 극복하기 위한 노력의 하나로 소위 '뼉다귀 시'를 출현시
켰다고 반성한다.

   이 주장은 낭만주의적 경향 즉 시의 본질적인 요소를 배격했던 볼셰비
키화 시기의 자신의 태도에 대한 자기 비판이다. 이런 비판을 하면서 자
신의 시(「우리 오빠와 화로」 등)들은 순전히 부르조아적인 감상주의 시들과
구별되는 것으로, 어느 정도 내성화가 이룩된 것이자, 우연성에 의한 것
이 아니라 의식되지 않은 필연성에 의하여 이루어진 시라고 본다. 즉 우
연은 필연의 일 계기이며, 의식되지 않은 필연성이라는 것이다. 이밖에
권환 등의 풍자적 경향의 시나 백철 등의 슈프레히 콜 등도 프롤레타리

---

9) 이정구, 「예술방법의 문제―현실 파악, 주제의 적극성 등」, 『조선일보』, 1933.6.16~22.

아시가 긍정적으로 개척할 프로시의 새로운 방편이라고 제시한다.

이후 임화는 정서적·감정적인 요소는 낭만주의적인 시 장르의 고유 속성임을 인정하고, 이를 적절히 현실과 융합하여 형상화하여야 한다는 견해를 보인다.[10] 즉 사회주의적인 사실주의가 소개되면서, 혁명적 로맨티시즘이라는 개념을 도입하는 것이다. 그래서 사실주의는 현실에의 만족이 아니라 미래에 대한 동경으로, 현실의 발전하는 운동의 장래에 의지하며, 이것이 가져올 필연적인 세계에 대한 동경을 낭만적 정신으로 보았다. 또 이는 역사주의적인 입장에서 인류 사회를 광대한 미래로 인도하는 정신으로 사실주의의 올바른 길임을 지적한다.

이어 김기림과 같은 모더니즘 계열의 논자와 순수시를 옹호하는 박용철, 프로시를 주장하고 창작한 임화 등이 참여하여, 서로가 얽힌 논쟁의 양상을 띠면서 상이한 관점을 드러내는 기교주의 논쟁이 벌어진다. 이들의 논쟁은 부분적으로 첨예한 대립을 보이면서도, 어느 측면에서는 지양 극복의 양상을 띠기도 한다. 또 이 논쟁을 통하여 이들은 자신들의 시론을 정리하는 한편 우리 시단의 제 경향들이 나아갈 방향을 마련하게 된다.

특히 모더니즘의 경우, 1920년대의 낭만주의시의 과도한 감상성과 프로시의 편내용주의 및 기교적 미성숙을 극복하려는 노력이 결코 성공적이지만은 못했다는 자기 진단을 내리게 된다. 또 순수시가 지향했던 언어적 세련과 조탁의 성과 및 그들의 시론은 낭만주의라는 모습으로 드러나게 된다. 이를 통하여 1930년대 후반의 각각의 시단은 이론적인 뒷받침을 받게 되며, 문단적 계보를 형성하게 되는 가능성을 점치게 된다.

여기서는 구체적인 논쟁 과정[11]을 생략하고, 그 결론만 밝히면 대략

---

10) 임화, 「낭만적 정신의 현실적 구조—신창작이론의 정당한 이해를 위하여」, 『조선일보』, 1934.4.19~25.

11) 김기림, 「시에 있어서의 기교주의의 반성과 발전」, 『조선일보』, 1935.2.10~14.
_______, 「오전의 시론」, 『조선일보』, 1935.4.20~5.2, 6.4~14, 9.17~10.4.
_______, 「시인으로서의 현실에 적극 관심」, 『조선일보』, 1936.1.1~5.
_______, 「과학과 비평과 시」, 『조선일보』, 1937.2.21~26.

다음과 같다. 즉 김기림·임화·박용철이 전혀 다른 입각점에서 상대방의 논의를 바라봄에 따라, 이들의 논의는 만날 수 없는 철도와 같은 형국으로 치닫고 만다. 그래서 이들 세 사람이 서로 얽혀서 집중적인 논쟁을 전개했음에도 불구하고, 서로의 관점을 수용하기보다는 비판을 통해 자신의 시론을 이론화하는 작업에 매달리고 있다. 다만 김기림이 전체시를 주장함으로써 어느 정도 임화에 접근하는, 굳이 비유를 한다면 협궤 철도를 만드는 정도에 머물고 만다.

즉 이 논쟁은 이들이 기반으로 하고 있는 문학관의 차이 즉 도시 부르조아의 모더니즘(김기림)과 프롤레타리아의 계급주의 문학론(임화), 지주 계급의 순수 문학론(박용철)의 차이를 노정하는 동시에, (때로는 오해에서 생기는) 감정적인 비판을 위한 비판의 과정을 거쳐서 그들 계급 나름의 문학론을 세우는 결과를 낳게 된다. 그 구체적인 모습은 김기림의 경우에는 「시인으로서 현실에 적극 관심」이라는 과정을 거쳐 「모더니즘의 역사적 위치」(『인문평론』, 1939.10)를 통하여 '내용과 기교의 통일을 통한' 전체시론으로 나간다. 김기림은 이 논쟁에 참여했던 다른 시인에 비하여 비교적 논리적 모순이나 혼란이 없이, 처음의 생각을 일관성 있게 유지하면서 발전시키고 있다.

이에 비하여 임화는 주로 기교주의를 반대하면서, 이를 극복하려는 태도를 취하고 있다. 그러면서도 경향시의 퇴조와 더불어 등장한 낭만적 경향 또는 프로시의 내면화나 풍자시에서 새로운 활로를 찾으려 한다. 즉

_______, 「모더니즘의 역사적 위치」, 『인문평론』, 1939.10.
박용철, 「시의 명칭과 성질」, 『문학』, 1934.4.
_______, 「을해시단총평」, 『동아일보』, 1935.12.24~28.
_______, 「기교주의설의 허망」, 『동아일보』, 1936.3.18~19.
_______, 「시적 변용으로」, 『삼천리 문학』, 1938.1.
임 화, 「33년을 통하여 본 현대 조선의 시문학」, 『조선중앙일보』, 1934.1.1~12.
_______, 「담천하의 시단 1년－조선의 시문학은 어디로?」, 『신동아』, 1935.12.
_______, 「기교파와 조선시단」, 『중앙』, 1936.2.
_______, 「진보적 시가의 작금」, 『풍림』, 1937.1.

「진보적 시가의 작금」(『풍림』, 1937.1)을 통하여 일단의 진보적 시가의 발전 과정과 그 위치를 진단하면서 낭만적 경향을 보이는 시작 경향을 옹호하는 견해를 보인다. 그러나 그가 이런 주장을 하는 밑바탕에는 프로 문학 침체기에 수용하는 낭만주의 이론이 깊이 깔려 있으며, 이것은 당시에 새로운 창작 방법으로 도입된 사회주의 리얼리즘에서 그 문학적 실현의 계기로 작용하는 혁명적 로맨티시즘의 영향을 받은 것이다.

끝으로 박용철은 「시적 변용으로」에서 낭만주의 시론으로 발전시켜 나간다. 그런데 박용철은, 논의의 전개 과정에서 임화와 김기림이 보였던 두 경향을 두루 보여주고 있다. 즉 임화와 같이 논쟁적인 설전을 보이면서, 논리적이라기보다는 감정적인 경향을 보이는 한편, 낭만주의에 바탕을 둔 순수시론을 펼쳐 보인다. 비교 문학적인 측면에서 보면, 그의 시론은 물론 하우스만 시론을 번역한 「시의 명칭과 성질」을 적용한 것이자 하우스만이 17세기 형이상학파 시에 대해 행했던 비판에 의존하고 있다. 그러나 이런 과정을 통하여 비교적 활발한 시작과 그 성과를 보였던 순수시, 또는 낭만적인 경향의 시에 대해 이론적 바탕을 마련했다는 점에 그 의의가 있다.

3. 리얼리즘 시의 성취

1) 정치시로서의 '단편 서사시'

일찍이 신경향파 시기에는 김기진(金基鎭)·김석송(金石松)·이상화(李相和) 등의 시 세계를 발전시키면서 진보적 사상과 새로운 시대의 도래를 노래했던 김창술(金昌述)·김해강(金海剛)·유적구(柳赤駒) 등의 시들이 등장

한다. 그들은 '봄', '아침', '새벽' 등의 상징어를 통하여 구시대의 몰락과 새로운 시대의 도래를 예견하면서, 노동자·농민들의 계급적 각성을 노래하기 시작한다. 특히 카프의 결성 이후 나타나는 이런 경향은 목적 의식기의 방향 전환을 감행하는 1927년경에 집중적으로 제작된다. 그러나 이들 신경향파 시기의 시는 현실에 대한 과학적 인식의 부족으로 인하여 "가두로 / 민중에게로 / 행동으로 투쟁으로"(李浩, 「행동의 시」의 부분)에서 보이는 것처럼 생경한 정치적 구호나 선언적인 시어를 나열하는 수준을 보인다.

그러나 이후 본격적인 프로시가 출현하면서, 신경향파 시기의 한계는 어느 정도 극복되게 된다. 즉 1929년 임화(林和, 1908~1953)에 의하여 제작되기 시작하는 소위 '단편 서사시'를 통하여, 시는 구체적인 현실의 모습을 형상화하기에 이른다. 임화의 「네거리의 순이」·「우리 오빠와 화로」·「어머니」·「우산받은 요꼬하마의 부두」 등으로 대표되는 프로시는 이전의 시에서 보였던 생경한 이념과 구호적 차원을 극복하려는 적극적인 시도를 보인다. 이들 시는 시인이 자신의 사상과 감정을 직설적으로 표현하는 방식을 피하고, 시인과 변별적인 자질을 가지는 시적 화자를 등장시켜서 노동자나 농민들의 삶을 이야기로 전달하려고 한다. 카프를 중심으로 전개된 이런 경향은 이 당시 문학의 중요한 성과였다.

예를 들어, 임화의 「우리 오빠와 화로」라는 시는 노동 운동을 하다가 감옥에 간 오빠의 이야기를 시로 형상화한 임화의 시로, 우리 프로시가 성취한 대표적인 업적의 하나라고 평가되기도 한다. 부분적으로 드러나는 돈호법과 영탄적인 표현으로 인하여 너무 감상적인 목소리로 서술했다는 비판을 받기도 하지만, 이 시는 노동 일가의 구체적인 삶에 기초하여 이들 일가의 붕괴를 비유적으로 표현(오빠의 구속을 질화로의 깨어짐으로 그리고 자신과 동생의 존재를 벽에 걸린 화젓가락으로 비유)하고 있다.

사랑하는 우리 오빠 어저께 그만 그렇게 위하시던 오빠의 거북무늬 질화로가 깨

어졌어요
　언제나 오빠가 우리들의 '피오닐' 조그만 기수라고 부르는 영남이가
　지구의 해가 비친 모—든 시간을 담배의 독기 속에다
　어린 몸을 잠그고 사온 그 거북무늬 화로가 깨어졌어요

　그리하여 지금은 화젓가락만이 불쌍한 영남이하구 저하구처럼
　똑 우리 사랑하는 오빠를 잃은 남매와 같이 외롭게 벽에 가 나란히 걸렸어요
　　　　　　　　　　　　　　　　　—임화, 「우리 오빠와 화로」 1·2연

　　이같은 '단편 서사시'는 주로 현실 반영이라는 측면에서 리얼리즘을 어
느 정도는 성취하지만, 근본적으로는 계급적 당파성을 우선시하는 정치시
의 변모를 보여주고 있다. 특히 1920년대에서 1930년대 중반까지 카프와
운명을 같이 하면서, 당시의 노동자와 농민들의 계급 의식에 기초하여 그
들의 삶을 진솔하게 표현하기에 이른다. 이는 일제 강점의 상황에서 가능
했던 '제국주의=지주·자본가들'이라는 논리와 이 속에서 우리 민족이
보여준 반제 의식의 또 다른 표현이었다고도 해석할 수 있다. 대표적인
시인으로 임화를 비롯하여 이찬·권환(權煥)·백철(白鐵)·박세영 등을 들
수 있다.

2) 1930년대 후반 리얼리즘 시의 한 예

　　그러나 1930년대 후반은 상황이 많이 바뀌게 된다. 프로 시인들의 정신
적 버팀목 역할을 했던 카프의 해산, 그리고 이어서 불어닥친 일제 파시
즘의 전면적인 등장이라는 문학 외적 상황의 변화가 그것이다. 이같은 상
황 속에서 시인들은 내면화 또는 내성화의 길을 걷게 된다. 이때 내면화
또는 내성화라는 의미는 정치적인 구호의 차원으로까지 전개되었던 프로
시의 경향성이 더 이상 불가능한 상태에서 자신과 주변 사람들이 처한

민족 현실과 거기서 느끼는 감정을 표현함을 말한다.

이런 대표적인 시인으로 이용악(李庸岳, 1914~?)을 들 수 있다. 이용악은 시작(詩作)의 초기에 작가 자신의 체험이나 가족사, 나아가서는 고향의 이야기를 시의 제재로 삼고 있다. 여기에서는 이용악의 제3시집의 표제작이었던 「오랑캐꽃」을 예로 들기로 한다. 먼저 이 시에서는 '오랑캐꽃'에 얽힌 설화를 서술하고 있는 시 앞의 유래담이 작품 이해에 큰 도움이 된다. 그러나 이 시의 진정한 의미는 유래담이 전하는 이야기 외에도 시가 전달하는 여러 정서를 통하여 이해해야 한다.

> ─긴 세월을 오랑캐와의 싸홈에 살았다는 우리의 머언 조상들이 너를 불러 '오랑캐꽃'이라 했으니 어찌보면 너의 뒷모양이 머리태를 드리인 오랑캐의 뒷머리와도 같은 까닭이라 전한다─

> 아낙도 우두머리도 돌볼 새 없이 갔단다
> 도래샘도 띳집도 버리고 강건너로 쫓겨갔단다
> 고려 장군님 무지 무지 쳐들어와
> 오랑캐는 가랑잎처럼 굴러갔단다

> 구름이 모여 골짝 골짝을 구름이 흘러
> 백년이 몇백년이 뒤를 이어 흘러 갔나

> 너는 오랑캐의 피 한 방울 받지 않았건만
> 오랑캐꽃
> 너는 돌가마도 털메투리도 모르는 오랑캐꽃
> 두 팔로 햇빛을 막아줄께
> 울어보렴 목놓아 울어나 보렴 오랑캐꽃

> ─이용악, 「오랑캐꽃」

얼핏 보면 이 시의 형상화 방법은 전통적인 고시조와 크게 다를 바 없다. 말하자면 꽃을 대상으로 하여, 그 대상에 감정을 이입하여 표현하는 전통적인 방법이 구사되고 있다. 특히 이 시에는 서술자가 누구라고 구체화할 수 없을 정도로 탈락(은폐)되어 있다. 단지 "두 팔로 햇빛을 막아줄게"라는 표현에서 잠시 얼굴을 내밀고 있을 뿐이다. 그러나 그 실체는 누구라고 할 수 없는 불특정 다수이다. 이 탈락한 시적 화자는 서정적 주체의 역할도 한다. 그러면서 여진족의 다른 이름이었던 '오랑캐'라는 이름을 가지고 있는 꽃이 주는 정서를 전달하고 있다. 오랑캐꽃이 표출하는 정서를 시적 화자는 형상화하고 있는 것이다. 대상이 전달하는 바를 시적 화자는 설명하고 있을 뿐이다.

우선 이 시를 이해하기 위해서는 오랑캐꽃의 유래담이 문제가 된다. 즉 유래담으로 서술되고 있는 여진족의 불행한 역사적 운명이 시의 감상에 중요하게 작용한다. 문학 외적 정보라고 할 수 있는 이 유래담은 실제로 작품의 중요한 내용이 되기도 한다. 어떻든 이 시는 비극적인 운명을 지닌 여진족의 머리 모양과 같다는 인연 외에는 전혀 인연이 없는 '오랑캐꽃'을 여진족과 연결시키고 있다. 이렇게 표현된 시적 대상은 독자적으로 정서를 표현할 수 있다. 그러나 시적 화자나 독자 또는 서정적 주체는 대상이 대상으로 머물고 있도록 놓아두지 않는다. 서정시 일반이 그렇듯이 대상을 통하여 서정적 주체의 정서를 간접적으로 표현한다.

먼저 1연에서는 고려의 여진 정벌 때문에 비극적인 운명을 맞을 수밖에 없었던 객관적인 사실의 기술만 나타나 있다. 2연에서는 구름이 흐르듯이 역사는 흘렀다는 비유적 표현이 이어지고 있다. 그리고 3연에서는 이런 세월을 뛰어넘어 이런 역사를 지녔던 오랑캐와 꽃을 동일화하고 있다. 이 단계에 이르면 '오랑캐꽃'은 여진족의 비극적인 운명을 한 몸에 안고 있는, 일심동체와도 같은 대상이 된다. 그래서 시적 화자는 이런 오랑캐꽃의 운명이 상징하는 슬픔의 정조를 방치(?)하기에 이른다. 보호막의 역할을 하고 있는 시적 화자 자신이 어느덧 오랑캐꽃이라는 대상으로 전이되고 있다. 이렇게 되면 오랑캐꽃의 울음은 시적 화자 자신의 울음이 된다.

 이처럼 대상에 감정을 이입하는 수법은 탈락된 시적 화자가 꽃과 같은 대상으로 환치되는 서정적인 시의 일반 원리이다. 이때 꽃은 대상이자 서정적 주체가 된다. 즉 시적 화자, 대상, 서정적 자아가 하나로 일치되어 인식되는 것이다. 대상을 통하여 시적 화자가 형상화하려는 정조는 슬픔이고, 화자가 형상화한 대상의 운명은 비극적이다. 이런 대상과 똑같이 시적 화자도 슬프고, 비극적인 운명에 처해 있다. 서정적 주체도 마찬가지다. 그리고 이런 형태의 시에서는 시적 화자가 이야기하는 대상은 일반화된 청자(독자)로 설정되게 된다. 외견상 꽃에게 이야기하는 듯도 하지만, 실제로는 구체화된 청자는 설정되어 있지 않다.

 시인이 이런 정황을 노래하는 궁극적인 이유는 무엇일까? 오랑캐의 비극이나 이것과 관련된 오랑캐꽃의 비극을 이야기하려는 것은 아니다. 오히려 여진족과 오랑캐꽃을 통하여 시적 화자가 유추하려는 바는 결국 자신의 운명이다. 세월도 흐르고 상황은 변했지만, 강건너로 쫓겨서 가랑잎처럼 굴러갔던 여진족과 같은 운명을 이야기하고 있다. 이 운명은 일제에 의하여 강점되어 나라를 잃은 우리 민족의 운명이다. 이런 측면에서 이 시는 1930년대 후반 우리 민족 현실을 상징적으로 반영하는 방식으로 리얼리즘의 성취를 보여주고 있다.

3) 리얼리즘 시의 전개

 1930년대 리얼리즘 시의 모색은 그리 오래 계속될 수 없었다. 일제 파시즘의 대두로 대표되는 암흑기를 맞이하여, 민족 현실을 반영하는 시의 창작은 물론 조선어를 구사하는 시 창작마저 중단될 수밖에 없었다. 그렇지만 해방은 암흑에서 광명에로의 진로를 열어준 계기로 작용한다. 주로 이 시기에는 〈조선문학가동맹〉에 속했던 시인들에 의하여 이전의 프로 문학에서 보였던 정치시가 적극적으로 창작되기에 이른다.

임화를 비롯한 구카프계 시인들과 이용악·오장환과 같은 리얼리즘 시인들, 그리고 새로운 시대의 기수로 등장하는 김상훈·정상민·박산운·이병철·유진오·최석두와 같은 전위 시인들이 주로 이같은 정치시를 많이 창작하였다. 이들은 해방 정국이라는 국가 건설의 과제가 짐지워진 시대에, 이런 과제를 적극적으로 실천하는 민중(인민)의 삶을 노래하고 있다. 그리고 이같은 문학적 실천을 넘어 적극적인 정치적 행동의 양상을 보이기도 한다.

그러다가 남북 분단이 고착화되고, 한국전쟁을 겪으면서 이런 시적 모색마저도 금지되게 된다. 민중이나 그들의 삶을 논의하는 것은 불온한 것으로 규정되면서, 리얼리즘 시의 경향도 자취를 감추고 만다. 1950년대 박봉우, 1960년대 김수영·신동엽에게서 참여시라는 형태로, 다시 그 싹을 보이기 시작하지만 아직은 여린 싹일 뿐이었다. 적어도 리얼리즘 시가 본격적으로 창작되기 시작한 것은 1970년대 이후였다. 김지하의 '담시'와 신경림의 시는 대표적인 모습이었다.

그리고 1980년대 들어 이런 시적 경향은 민중·민족 운동의 활성화와 더불어 그 화려한 시대를 맞게 되어 고은·정희성·이시영·최두석 등에 의하여 민중시가 활발하게 창작된다. 특히 1980년대 정치적 압제 상황과 이를 타개하려는 민중들의 투쟁이 진행되면서, 우리 민족 문학은 현실적인 효용성의 차원에서 리얼리즘에 관심을 기울였다. 노동자·농민으로 대표되는 민중을 중심으로 한 독자층과 작가층이 형성되기도 했다. 또한 1930년대 프로 문학의 성과와 이런 성과를 창조적으로 계승하였던 1970~80년대 민중·민족 문학의 창작적 성과를 바탕으로 리얼리즘 시 논쟁이 전개되기도 한다. 그리고 1980년대 후반부터 1990년대 초반까지 시에서의 리얼리즘 문제를 집중적으로 거론했던 이 논쟁에서, 우리 리얼리즘 시는 서정성과 형상성을 제고하는 반성과 발전의 계기를 마련하기도 했다.

4. 시문학사적인 의의

우리 문학사에서 리얼리즘 시의 전개 과정은 그리 순탄하지 않았다. 문학 외적으로는 일본 제국주의 및 왜곡된 자유 민주주의의 이념들과 대결하여야 했으며, 문학 내적으로는 센티멘탈리즘이나 기교주의, 순수 서정시나 난해시와 경쟁할 수밖에 없었다. 이 과정에서 리얼리즘 시는 부침(浮沈)을 거듭하면서 경쟁력을 키울 수 있는 내적인 성장을 이룩하여, 이제는 어느 정도 그 위상을 우리 문학사에서 확고히 하였다고 할 수 있다.

이와 같이 리얼리즘 시가 나름의 위상을 확보해 가는 과정과 관련하여 몇 가지 측면에서 긍정적인 의의와 한계를 언급할 수 있다. 먼저 독자가 쉽게 이해할 수 있는 이야기나 사건 등을 시로 형상화함으로써, 대중적인 독자를 널리 확보할 수 있었다는 점이다. 예를 들어, 시적 기교나 언어적 수사보다는 전문적인 독자가 아닌 사람도 쉽게 이해할 수 있는 시를 지향함으로써, 시를 어렵게만 느낄 것이 아니라는 인식의 지평을 열어주었다. 이를 통하여 리얼리즘 시는 시의 대중화에 상당 부분 성공하였다.

다음으로 리얼리즘 시는 현실 반영을 통하여, 시가 개인적인 효용성에서뿐만 아니라 사회를 변화시키는 힘으로 작용하거나, 정치·사회적 현실과 대결하는 모습을 보여주었다. 즉 시의 응전력을 대사회적인 측면으로 확대함으로써, 시의 기능이 개인적인 사상과 감정의 표현을 넘어서 사회적으로도 기능하는 것임을 보여주었다. 그 예로는 계급적 당파성 실현을 넘어서 정치시로 기능하였던 프로시, 반독재 투쟁의 선봉에 섰던 1970년대 민중시 운동이 대표적이다. 그리고 이같은 의의 때문에 '정치시'라는 이름으로 부정될 수만은 없는 것이다.

그럼에도 불구하고 리얼리즘 시는 시적 언어의 중요한 특성인 언어적 함축성의 실현에는 실패했다는 한계를 지니고 있다. 일반적으로 말할 수 있는 것을 다 말하지 않음으로써, 독자의 상상력이 적극적으로 작용할 수 있도록 하는 것이 시적 언어의 특성이다. 그러나 리얼리즘 시는 이야기나 사건을 모두 서술함으로써, 독자가 시 감상에 개입할 수 있는 가능성을 닫아 놓았다. 언어 예술로서 시만이 가질 수 있는 고유한 특성을 경시하였다고 할 수 있다. 그리고 일찍이 프로시를 평가할 때 언급되었던 이같은 한계는 이후의 민중시에도 그대로 적용된다.

끝으로 이같은 리얼리즘 시의 의의와 한계는 우리 근대 시문학사를 살찌우는 성과로 작용하고 있다. 긍정적인 요소는 계승의 차원에서, 부정적인 요소는 극복의 차원에서 말이다. 이런 측면에서 리얼리즘 시의 모든 유산들은 문학을 창조하고 향유하는 우리의 몫이다. 누군가에게 떠넘길 수 있는 빚이 아니라, 우리가 맡아야 할 무거운 짐이자 우리가 영예롭게 누려야 할 영광이기도 하다.

제4장

창작 방법으로서의 민중시론

1. 1970년대 시론의 의미

1960년대와 70년대에 걸쳐 추진된 100억불 수출과 1인당 1,000불 소득 달성이라는 목표는 우리 사회의 근대화와 경제의 산업화를 이룩하고자 하는 청사진의 하나였다. 소위 '경제개발5개년계획'이나 '국토개발계획'이라는 이름으로 추진된 이런 국가 정책은, 부분적으로 한국 사회의 경제적 성장과 선진화를 이룩하는 성과를 거두기도 했다. 그러나 이런 명분 아래 국민의 권익은 제한 받고, 개인적인 이익은 희생을 강요당하게 된다. 또한 우리 경제의 성장이라는 명목상의 효과보다 군사 독재의 허울 좋은 멍에였다는 것이 일반적인 평가의 하나이다.

특히 국가의 정책적 차원에서 시행된 공업화, 산업화는 우리 경제의 근간이었던 농업의 기반을 뒤흔들었다. 그 결과 우리 사회는 부의 편중과

빈부 격차의 심화라는 새로운 문제에 봉착하게 된다. 예를 들어 농촌 사회의 붕괴는 농민을 도시의 빈민이나 산업 노동자로 전환시켰으며, 이들은 민중이라는 새로운 계층을 형성하게 된다. 그리고 이들은 나름의 새로운 현실에 바탕하여 각자의 삶의 방식을 개척하지 않으면 안되었다.

　이런 현상을 다른 각도에서 생각하면, 우리 사회에 민중 세력이 역사의 전면에 등장하였다고 할 수 있다. 이제까지 핍박과 압제의 그늘 속에 있던 민중은 농민이라는 이름으로, 노동자라는 이름으로, 도시 빈민이라는 이름으로 역사의 장에서 역할이 주어졌고, 이는 다양한 형태의 문학적 형상으로 전이되게 된다. 따라서 민중적인 삶을 다룬 문학, 즉 민중 문학이 이 시기에 특징적인 양상으로 부각되기에 이른다.

　그렇다고 해서 그 동안 우리 문학사에서 소외되었던 민중이 곧바로 문학적 주체로 자리잡는 것은 아니다. 1960년대 참여와 순수의 논쟁, 참여시의 등장이라는 과정을 통해, 이 땅의 양심적인 지식인 문인들은 이런 민중 계층에 대해 애정을 보이기 시작한다. 김수영·박봉우·신동엽 등의 시에 형상화되고 있는 이런 민중의 모습은 이전에 프로시·리얼리즘 시라는 이름으로 우리 문학사에 등장했던 민중과는 차이를 보이면서 나타난다. 아울러 이들 민중시의 흐름은 신경림·고은·김지하 등의 시와 시론에서 계승되어 나름의 시적 형상으로 정착하게 된다.

　「시여, 침을 뱉어라」라는 자조적인 고백을 통하여 시를 쓴다는 것은 온몸으로 무엇(사랑)을 밀고 나가는 것이라는 주장과 참여시의 효용성을 신용했던 김수영의 시와 시론, 「시인 정신론」에서 차수성(次數性)의 현 시기를 극복하고 원수성(原數性)의 세계를 지향하는 귀수성(歸數性)의 세계를 추구하는 시인 정신이 발현되는 시와 시론을 주장했던 신동엽의 전통이, 1970년대 이후에는 여러 시인들에 의해 여러 형태로 나타난다. 이 장에서는 이런 참여시의 전통을 계승[1]하고 있는 1970~80년대 민중시 창작의

---

1) 신경림, 「무엇을 어떻게 쓸 것인가」, 『삶의 진실과 시적 진실』, 전예원, 1983, 16~18면.

이론적 기반이 되었던 민중시론에 대하여 살펴보기로 한다.

이를 위하여 주로 김지하·신경림·고은의 시론을 중심으로, 이들의 시론이 어떻게 창작적 실천으로 전이되고 있나를 살필 것이다. 즉 이 글에서는 이론을 위한 이론이나 강단 비평적인 성격보다는 창작 방법적 모색으로서의 시론적 특성과 실제 비평적인 성격을 보인 이 시인들의 시론이 가지는 의미와 한계를 중점적으로 살피고자 한다.

2. 민중시론 – 김지하

시인 김지하는 1969년 「서울길」이라는 작품으로 문단에 등장하여, 이듬해 간행한 시집 『황토』를 비롯하여 많은 시집(『타는 목마름으로』, 『대설 남』 1·2·3, 『검은 산 하얀 방』, 『이 가문 날에 비구름이』, 『별밭을 우러르며』, 『중심의 괴로움』)을 내는 등 활발한 활동을 하고 있다. 특히 그의 시작 경향은 담시 「오적」을 비롯하여 「서울길」·「타는 목마름으로」와 같은 민중시를 발표한 이래로, 「애린」과 같은 서정시나 「생명」과 같은 생명시(환경시)로의 끊임없는 모색과 변모의 양상을 보여주고 있다. 또 이런 시적 모색의 과정에서 「민족의 노래 민중의 노래」와 「풍자냐 자살이냐」와 같은 민중시론과 「살림」과 같은 산문에 나타난 생명시학[2]이라는 시 창작의 이론적 기반도 설명하고 있다.

이 부분에서는 1960년대 김수영을 비판하면서 1970년대 민중시로 나가는 단초를 설명하고 있는 「풍자냐 자살이냐」를 중심으로 김지하의 민중시론을 살펴보고자 한다. 이 시론의 제목은 알려진 바와 같이 김수영의

---

[2] 김지하의 생명 사상과 생명시라는 실천적 성과를 두고 남송우(「생명시학을 위하여」, 『시와사람』, 1996년 여름호)가 설명하고 있는 개념이다.

시 「누이야 장하고나!」의 "누이야 / 풍자가 아니면 해탈이다"에서 따온 것
이다. 김지하는 김수영의 '풍자 / 해탈'이라는 등식을 '풍자 / 자살'이라는
등식으로 변이시켜 설명하고 있다. 이 시론의 핵심적인 내용은 대략 3부
분으로 요약할 수 있다.

먼저 풍자시와 암흑시의 관계에 대한 설명이다. 그의 설명에 의하면
"현실의 폭력이 시인의 비애로, 시인의 비애가 다시 예술적 폭력으로 전
화된다"(247면)[3]는 것으로, 시인의 비극적 표현으로의 발현은 '암흑시'로
희극적 표현에 의한 폭력적 발현은 '풍자시'로 나타난다는 것이다. 그리
고 이 중에서 비극적 표현은 원래 귀족 사회의 산물이며, 희극적 표현은
귀족 사회에서 억압당했던 평민 의식의 산물이라고 규정하고 있다.

그러나 그 생성의 기반이 다른 이 두 개의 지향은, 상호 보완에 의해
서로 어떤 형태의 자기 변경을 이룸으로써 어떤 정도의 새로운 폭력 표
현으로 될 수 있으며, 이런 전제 아래 창작된 시만이 올바른 저항시로서
의 역할을 할 수 있다고 보았다. 그럼에도 불구하고 이 상호 보완은 절충
주의적 형태나 장식주의적 방향으로 시도될 것이 아니며, "올바른 풍자는
폭력 발현의 방법과 방향이 모순 없이 통일된 것이라야 한다"(252면)는 원
칙도 세우고 있다.

이런 원칙에 따라 올바른 저항적 풍자는 "방향에 있어서는 민중의 반
대편을 주요 표적으로, 민중을 부차적인 표적으로 삼는 것이며, 방법에
있어서는 주요 표적에 대한 해학은 부차적인 표현으로 배합하는 것이
다"(252면)고 설명하고 있다.[4] 아울러 그 예로 전통 민예를 들고 있다. 그
에 의하면 전통 민예 속의 풍자와 해학은 각기 다르게 작용하는 것으로,

---

3) 김지하, 「풍자냐 자살이냐」, 『시인』, 1970. 이하에서의 인용은 『생명』(솔, 1995)에 수
　록된 면수만을 표시한다.
4) 보다 구체적으로는 "민중에 대한 표현에 있어서는 해학을 중심으로 하고 풍자를 부
　차적·부분적인 것으로 배합하는 것이며, 민중의 반대편에 대한 표현에 있어서는 풍자
　를 전면적·핵심적으로 하고 해학을 극히 특수한 부분에서만 국한하여 부수적으로 독
　특하게 배합하는 것이어야 한다"(252면)고 지적하고 있다.

풍자는 양반과 탐관오리에 대한 풍자적 공격과 민중에 대한 해학적 표현의 배합 관계가 풍자의 형식 원리에 정확히 입각해 있다는 것이다.

다음으로 김지하는 김수영 문학의 가치와 한계를 설명하고 있다. 그에 의하면 김수영은 풍자의 방법에 의하여 소시민 계층의 속물성·비겁성 그 끝없는 동요와 불안을 폭로하고 매도함으로써, 현실 모순이 화농 일변도로만 치닫는 현상의 뿌리깊은 사회적 모티브로 잡아내려 했다는 것이다. 즉 그는 "자기 자신을 죽임으로써 넋의 생활력이 회복되기를 희망한 하나의 강력한 부정의 정신이었으며, 현실모순의 육신으로 파악된 소시민성을 치열하게 고발함에 의하여 참된 시민성의 개화를 열망한 하나의 뜨거운 진보에의 정열"(253~254면)을 표현하고 있다고 보았다.

그러나 이런 긍정적인 의의에도 불구하고 김수영 문학에는 한계도 같이 내재되어 있음도 지적하고 있다. 김수영은 자신의 시 방법으로 풍자를 선택했지만 그 풍자라는 폭력을 권력 집단이 아니라 민중 자체에게 가한다. 또 민중을 극복되어야 할 하나의 의식 형태로 보지도 않았을 뿐만 아니라, 긍정적인 요소를 보지 않고 부정적인 면만을 공격하면서 민중 위에 군림하는 특수 집단에 대한 공격을 포기하고 있다. 결국 "그가 매도한 소시민은 그것이 다수라 하더라도 거대한 민중 속의 일부에 불과하다"(254면)는 것이다.

이와는 달리 올바른 민중 풍자는 "긍정과 부정, 애정과 비판, 해학과 풍자, 오락과 교양이 적절하게 통일된 것"(155면)이어야 한다는 것이다. 그러나 김수영 문학의 풍자에는 시인의 비애는 바닥에 깔려 있으되, 민중적 비애가 없다. 또한 민중의 가슴속에 있는 한의 폭력적 표현을 풍자라고 한다면, 그런 풍자가 김수영 문학에선 찾기 힘들다고 보았다. 그리고 그 이유를 김수영이 민중으로서 살지 않았다는 데서 찾고 있으며, 이 점이 김수영의 한계라는 지적이다.

끝으로 김지하는 민중의 시인들이 풍자와 민요 정신을 계승할 것을 강조하고 있다. 즉 그는 김수영의 문학이 "우리 시에서 모더니즘의 부정적인 측면을 극복하고 그 강점을 현실비판의 방향으로 발전시킨 것은 훌륭하다"(256면)고 전제하고, 이를 마땅히 이어받아야 한다고 강조하고 있다. 그럼에도 불구하고 그의 풍자가 모더니즘의 답답한 우리 안에 갇히어 민요 및 민예 속에 난파선의 보물들처럼 쌓여 있는 풍성한 형식적 가치들, 특히 해학과 풍자 언어의 계승을 거절하고 있음은 옳지 않다고 지적하고 있다. 김지하는 나아가서 오늘의 젊은 시인들은 이런 민요·민예의 전통적 골계를 선택적으로 광범위하게 계승하고 창조적으로 발전시켜 현대적인 풍자 및 해학을 탁월하게 통일시키자고 제안하고 있다.

그는 "민요의 전복(顚覆) 표현과 축약법, 전형(典型) 원리와 우의(寓意), 단절과 상징법 등등 복잡 다양한 형식 가치들은 현대 풍자시의 갈등 원리, 몽타쥬, 소격(疏隔) 원리, 비판적 감동 등의 형식원리와 배합되어 우리에게 풍자 문학의 커다란 새 토지를 열어줄 것이다. 재래형의 시어와 시행 등은 민요의 전통과 결합되어야 할 새로운 민중적 시어에 의해 극복되어야 한다. 노래와 대화체를 대담하게 시도해야 한다"(258면)고 주장하고 있다. 그리고 이를 통하여 주체적 언어 전통의 확립으로 나갈 수 있으며, 비로소 시의 승리로 바뀔 수 있음을 밝히고 있다.

이런 김지하의 초기 시론은 그의 독재 정권에 대한 저항이라는 정치적 실천이나 시적 실천과도 밀접한 관련이 있다. 그렇기에 정치적이고 현실 비판적인 그의 시론에 대해서 "추와 풍자를 결합시키는 이른바 저항적 풍자시가 시로서의 국부성을 노정한다"[5]는 비판이 있음에도 불구하고, 민족적 양심과 민중적 리얼리즘의 실현이자 민중적 서정의 세계를 민요적 형식으로 표현한 것[6]이라는 시세계와 관련시켜 그 의의를 평가할 수 있다. 같은 맥락에서 최근 '회의론'에 빠져 있다는 비판을 받는 등 나름의 한계에도 불구하고, 1970년대라는 암흑의 시대에는 적어도 그는 실천하는

---

5) 이승훈, 「김지하의 시론」, 『한국현대시론사』, 고려원, 1993, 380면.
6) 김재홍, 「반역의 정신과 인간해방의 사상」, 『작가세계』, 1989년 가을호.
   최원식, 「김지하론—대립과 공생」, 『한국현대시연구』(김용직 외), 민음사, 1989.

지성이었으며, 저항하는 민중 시인이었다고 평가할 수 있다.

3. 민요시론 – 신경림

1956년『문학예술』에「갈대」를 발표하면서 등단[7]한 시인 신경림은 10
여 년 시작 활동을 중단했다가, 1965년부터 재개하여 1973년 시집『농무』
를 간행하면서 본격적인 시 창작 활동을 보여준다. 이후『남한강』·『달
넘세』·『가난한 사랑 노래』·『길』·『쓰러진 자의 꿈』 등과 같은 시집을
통하여, 우리 민중들의 생활에 뿌리를 두고 있는 서정시와 민중이 주인공
인 서사시의 세계를 보여주고 있다. 아울러 많은 선·후배 시인들의 작품
에 대한 읽기도 게을리 하지 않는 성실한 비평가의 면모도 많은 시평을
통하여 보여주고 있다.

이 부분에서는 1970년대 이후 민중적 서정시와 민요적 가락의 추구로
대표되는 신경림 시세계의 이론적 근거가 되는 시론을 살피고자 한다. 그
는 다른 사람에 비하여 비교적 많은 시평을 쓴 시 이론가의 면모를 보여
주었으며, 그런 만큼 그의 시에 대한 생각은 여러 자리에서 다양한 형태
로 주장되고 있다. 여기서는 다른 사람의 시에 대한 시평보다는 자신의
시 창작론이라고 할 수 있는 글을 중심으로 살필 것이다. 이를 위하여 그
의 1980년대 초반까지의 시론들을 모은 첫 평론집『삶의 진실과 시적 진
실』의 1부에 수록한「나는 왜 시를 쓰는가」·「시와 민요」·「시와 이데올

---

7) 신경림은 1955년 12월『문학예술』에「낮달」이 추천되어 등단하였다. 그러나 시인은
여러 자리에서 데뷔 작품을 부끄러운 작품이라고 말하고, 이듬해 2월에 발표한「갈대」
를 데뷔 작품으로 말하고 있다. 신경림,「나는 왜 시를 쓰는가」;「내 시의 뒷이야기」,
『삶의 진실과 시적 진실』, 전예원, 1983. 이하의 인용에서는 이 책의 면수만을 표시한다.

로기」·「시정신과 역사정신」에 초점을 맞추고자 한다.

먼저 신경림 시론의 핵심은 민중시에 대한 옹호라고 할 수 있다. 그에 의하면 민중시는 민중들이 처한 현실이나 삶이 시로 이어지고 형상화되어야만 살아 있는 시라고 말하고 있다. 따라서 그는 "우리의 시는 민중의 삶 속에 깊이 뿌리박은 것이 아니어서는 안된다고 생각합니다. (…중략…) 이 민중의 끈질기고도 꿋꿋한 생명력밖에는 없습니다"(45면)라는 생각을 거듭거듭 피력하고 있다. 그리고 이런 시에 대한 자신의 생각은 등단 이후 아직까지도 민중들의 삶이 살아 있는 현장을 직접 경험하면서 체득한 체험의 시학임을 밝히고 있다. 한 마디로 민중 속에 들어가 보면 이런 진실은 쉽게 알 수 있으며, 이를 바르게 시적 형상으로 표현하는 것이 우리 시가 나아갈 바라는 것이다.

이런 맥락에서 그 동안 우리의 시인이 자신들의 이웃과 연결 없이 고립된, 소외된 상태에서 시작하여, 오로지 자기 고백에 만족하거나 자포자기적인 궤변을 낳았다고 우리 근·현대 시사를 진단하고 있다. 그리고 이런 경향은 난해시라고 할 수 있는 것으로, 이 난해시는 민중적 기반을 잃은 것이며, 본질적으로 민중 경멸적인 동기를 가지고 있다는 것이다. 그는 원래 우리의 시가 어려운 시가 아니었다고 전제하고, 민중이 이해할 수 있는 시가 되어야 하며, 이런 시는 민중의 사랑을 받는 시가 될 수 있다고 보았다. 또한 그는 민중의 사랑을 받는 즉 민중과 삶을, 기쁨과 설움을 함께 할 수 있는 구체적인 방법으로 한글을 전용하여 시를 쓸 것과 우리 고유의 민요적 가락을 되살리는 시를 쓸 것을 주장하고 있다.

아울러 불건전한 대중가요에 맞설 수 있는 건전한 가요의 제작과 보급에도 관심을 가질 것을 권고하고 있다. 신경림은 이런 점들을 주장하면서 민중의 시는 올바른 역사 인식을 가져야 함을 아울러 피력하고 있다. 즉 그는 "참으로 훌륭한 시라면 나아가서 일반 민중의 사상과 의지를 결합시키고 그것을 승화시킬 수 있는 것이 되지 않아서는 안될 것이다. 이것은 오로지 시인이 올바른 역사 인식, 올바른 사회 의식을 가질 때에만 가능할 것입니다. (…중략…) 시는 역사의 주체요 민족의 중심세력인 민중 속에서 그들과 함께 역사를 만들어 가는 것이 아니어서는 안될 것입니다"(54~55면)라는 말로, 민중을 시의 주체로 간주하는 민중시론을 주장하고 있다.

다음으로 신경림 시론의 또 다른 핵심적인 내용은 민요에 대한 관심이다. 그는 일찍이부터 민요에 대한 관심을 가졌으며, 이를 시 창작에 활용할 것을 주장하고 있다. 이런 활동은 앞에서 거론한 시론뿐만 아니라 「왜 민요운동이 필요한가」라는 글에서도 거듭 강조되고 있다. 이같은 생각에서 그는 1984년 〈민요연구회〉를 조직하여 초대 회장직을 역임했으며, 민요 기행을 통해 민요 채집에도 힘썼다. 그 성과가 두 권의 『민요 기행』(한길사, 1985, 1989)과 시집 『달 넘세』(1985)라는 창작적 실천으로 나타나기도 했다.[8]

신경림은 우리 대중들이 전통 문화에 관심을 가지는 경우 대개 겉멋이나 위선, 감상에 의한 것임을 지적하고, 비슷한 맥락에서 전통적인 문화와 관련을 맺고 있는 우리의 시를 어떻게 하면 바르게 되살릴 수 있을까도 설명하고 있다. 그는 먼저 독자가 시에서 무엇을 찾고 있나[9]를 분석하여 이에 적합한 시를 창작할 것을 제안하고 있다. 즉 본디 시가 민중의 것이었음에도 불구하고 시인이 민중과의 일체감을 잃고 스스로 지식인을 자처하고 있는 현실을 극복하고, "집단적 민중의 참여와 공명 및 민중적 보편성"(66면)을 회복할 것을 권하고 있다.

그리고 이런 현대시의 위기를 극복할 수 있는 길은 민요적 바탕을 되찾는 것이라는 처방을 내놓고 있다. '보는 시'가 아닌 '읊는 시'로 완전히 회복될 수는 없더라도, 시인이 민중과의 일체감을 확보하는 길은 민요의

---

8) 김윤태, 「민중서, 민요정신, 현실주의—신경림의 평론에 대하여」, 『신경림 문학의 세계』(구중서 외편), 창작과비평사, 1995, 314면.

9) 신경림은 "첫째 독자는 시인의 목소리 속에서 자기의 가락을 찾고자 한다. (…중략…) 둘째 독자는 시속에서 사람이 사는 모습을 보고자 한다. (…중략…) 셋째 독자는 시속에서 참 삶의 길이 어떠한 것인가 암시를 받기를 원한다"(65면)고 밝히고 있다.

바탕, 민요적 가락을 되찾아야 한다는 것이다. 또한 그는 무가의 계승이라는 점도 언급하는데, 무가의 원시성이나 비합리성보다는 주술적인 성격과 예술적 성격을 계승할 것을 주장하고 있다. 즉 "무가의 절실하고 간절함은 정신적으로 오늘의 시속에 이어져야 할 것이며, 무가의 예술성 또한 그 주술적인 측면이 배제된 채 현대시 속에 되살려지면 현대시 소생을 위해 크게 도움이 될 것"(67면)이라고 말하고 있다.

아울러 민요 가락을 계승하고 있는 민요조의 시는 민요에 대한 보다 철저한 인식이나 검토를 통하여 이루어져야 한다는 점을 강조하고 있다. 예로 전통적으로 민요조를 실험한 시인들이(김소월·김안서를 제외하고) 글자 수를 맞추는 일이나 조선조 양반들의 음풍 농월의 흉내나 번역에 그친 점을 반성하면서, 숙명주의·체념주의·패배주의적인 사대주의를 극복할 수 있는 올바른 민요 계승으로 나가야 한다는 것이다.

끝으로 신경림 시론의 또 다른 내용은 시정신에 대한 강조이다. 이때 그가 말하고 있는 시정신은 시의 사회적 기능과 밀접하게 관련된 문제이다. 그의 진단에 의하면 서구에서는 시 특히 서정시는 이미 사회적으로 쓸모가 없는 것으로 간주된다는 것이다. 그러나 우리의 경우에는 이런 서구의 경우를 예로 들어 같이 설명될 수 없는 특수한 역사 속에 놓여 있다고 보았다. 따라서 우리의 시는 여전히 의미가 있는 것이기 때문에 그 본래의 기능을 회복하는 것이 우선 필요하며, 이것은 시가 역사 의식에 바탕할 때 비로소 가능해지는 것으로, 이럴 때 우리 시는 독자의 사랑을 되찾을 수 있다는 것이다.

이런 차원에서 그는 시인의 정신 즉 시정신을 시의 본래 기능 수행에 중요한 요건으로 간주하고 있으며, 그것은 역사 의식을 가지는 것이라고 보았다. 그리고 고은의 「화살」, 정희성의 「이곳에 살기 위하여」, 신동엽의 「껍데기는 가라」를 예로 들고서, 시인이 가져야 할 역사 의식으로 반외세·반봉건이라는 구체적인 명제를 끌어내고 있다. 그는 시가 이런 역사 의식에 충실할 때 시의 역할을 다하게 된다고 주장하고 있다. 즉 "시는 사람이 사는 일의 고됨을 덜어 줄 수 있어야 하며 일하는 어려움을 이기게 해줄 수 있어야 한다. 또한 우리의 소망을 형상화할 수 있어야 하며, 나가서는 일반 민중의 감정과 사상과 의지를 종합하고 결속시킬 수 있어야 한다"(83면)는 생각을 피력하고 있다.

또한 그는 시와 이데올로기에 대한 그릇된 편견을 극복하여야 함을 역설하는데, 이는 이데올로기의 시적 수용이 사람의 모습을 드러냄에 의해 이루어질 때 가능하다고 보았다. 이런 관점에서 시 속에서 이데올로기는 사람이 사는 모습을 통하여 검증되고 수정되고 재창조되어야 하며, 이처럼 시와 하나된 이데올로기는 민중의 삶을 더 나은 것으로 만드는 동력으로 작용할 수 있다고 설명하고 있다.

이처럼 신경림은 기본적으로 민중의 삶에서 연역적으로 추출한 체험의 시학, 민중의 시학을 주창하고 있으며, 이런 시학의 실천 방법으로 민요적 바탕의 회복이라는 전통의 계승, 발전이라는 시학을 제시하고 있다. 뿐만 아니라 그는 이런 시론을 스스로 실천하고 발전시키는 중심의 자리에 위치한 시인[10]이었다.

4. 민족 문학론─고은

1958년 11월 『현대문학』에 「봄밤의 말씀」 등을 발표하여 등단한 시인 고은은 1960년 첫 시집 『피안감성』을 발간한 이후에 여러 시집을 냈다. 특히 1974년 『문의 마을에 가서』를 내면서 민족·민중 문학에 쏟은 강한 열정만큼이나 많은 『입산』·『새벽길』·『조국의 별』·『만인보』·『백두산』

---

10) 윤영천, 「신경림론─지식인의 사회적 역할」, 『한국현대시 연구』(김용직 외), 민음사, 1989; 구중서 외편, 『신경림 문학의 세계』, 창작과비평사, 1995.

등의 시집을 간행하였으며, 이밖에도 많은 수필집·소설·평론을 간행하
여 어느덧 100여 권의 책[11]을 낸 것으로 알려져 있다.

이런 중에 그의 시론이나 문학론이라고 할 수 있는 글들은 주로 1978
년을 기점으로 하여 다양한 형태로 발표된다. 초기에 강연 형태로 발표된
「민족문학과 민중」·「민족문학의 몇 가지 원칙 문제」·「분단 시대의 문
학」·「노동자와 문학」·「문학과 인권」 등에서 그의 민족 문학론의 핵심
을 읽을 수 있다. 그리고 이런 고은의 민족 문학에 대한 관점은 「민족문
학과 민중」을 개고하여 1978년 12월 『창작과비평』에 발표한 「민족문학의
행방—그 민중적 시각」에 잘 정리되어 있다. 이밖에도 1980년대에는 「민
족의 언어, 민중의 시」(1984), 「민족문학은 실천이다」(1986) 등의 시론이 발
표되기도 했다. 여기서는 「민족문학의 행방」을 중심으로 그의 민족 문학
론의 핵심적 내용을 살펴보기로 하겠다.

먼저 이 글은 "문학의 서술행위가 민족 내부의 명제로서 민족의 형상
화를 요청할 때 우리는 거기에서 성숙되어진 민족의 실체를 발견한다. 우
리는 이런 민족문학의 시대를 지향한다. (…중략…) 민족과 민족문학의 이
같은 불가분의 관계는 우리에게 있어서 민족의 보편적인 염원을 성취하
려는 역사적 인식논리의 귀결이다"(65면)[12]는 전제로부터 출발하고 있다.
그는 민족과 우리 민족의 보편적인 염원이 어떻게 규정될 수 있나를 주
목하여 살피면서 논의를 전개하고 있는 것이다.

고은은 민족 이론의 바탕을 민족의 대다수를 충당하는 민중의 시각에
두어야 한다는 점을 지적하고, 이 민족의 염원은 민족 분단 시대를 민족
통일의 꿈으로써 극복하려는 노력과 함께 민족의 전내용적(全內容的)인 해
방의 삶에 대한 오랜 갈망과 결코 무관할 수 없다고 밝히고 있다. 즉 "민
족이란 우리에게 외세의 침략에 대한 반외세, 정치적·경제적·문화적 지

---

11) 고은, 「운명으로서의 문학」, 『고은 문학앨범』, 웅진, 1993, 211면.
12) 고은, 「민족문학의 행방—그 민중적 시각」, 『창작과비평』, 1978년 겨울호. 앞으로 이
    글의 인용은 면수만을 표시한다.

배계층의 억압에 대한 반봉건이라는 과제에 대한 그 진정한 형성원리가 있다"(70면)고 밝힘으로써, 반외세─반봉건의 문제가 민족적 과제라고 정리하고 있다. 그리고 이는 민중적 해방 이념과도 불가분의 관계를 맺고 있는 것이며, 이런 과제를 실천하는 문학이 민족 문학이라고 정의하고 있다.

이어 그는 "민족은 문화의 공동이라는 수단에 의해야 한다"(71면)는 명제를 중심으로 우리 민족 문학이 걸어온 길과 그 올바른 방향성 점검을 위한 역사적 전개 과정을 비판적으로 살피고 있다. 이 과정에서 고은은 "외세의 문화적 권력의지에 대한 저항의 문화능력이 민족의 주체 안에 채워져 있을 때 우리는 민족문학 또는 민족문화가 세계사적 전개과정에 정당하게 참가할 수 있을 것"(72면)이라는 전제를 바탕으로 하여, 고대 문학과 근대 문학 특히 개항 이후의 최남선, 이광수 등의 신문학(식민지 문학), 복고적 조선주의를 내세운 국민 문학, 국민 문학의 연장인 민족주의 문학론,[13] 1930년대 후반의 '세대론'이 제기되는 중에 제기된 순수 문학론을 비판적인 관점에서 검토하고 있다.

또 고은은 심훈의 「그 날이 오면」을 예로 들면서, 식민지 시대인 일제 강점기 문학의 과제와 이런 시기를 극복한 해방 이후의 새로운 문학적 과제에 대하여 역사적 전개 과정을 중심으로 살피고 있다. 그리고 이런 민족 문학의 전개 과정에 대한 점검을 민족의 현실적인 문제를 해결하여야 하는 민족 문학의 과제를 바르게 정립하기 위한 하나의 과정이자 논리 전개의 과정으로 삼고 있다. 그는 "아직도 민족분단, 민중억압의 타율적 사태가 그대로 존속되는 한 민족문학의 새로운 형성 기점을 설정할 수 없는 사태일 때 우리에게 이제까지의 모든 민족주의 문학, 또는 민족

---

13) 고은은 민족주의 문학을 문학의 이념이기보다는 1925년 이후부터 1930년대까지 프로 문학에 대자적(對自的)인 면에서 정착한 문학이며, 자기 폐쇄적인 순수주의, 예술주의, 심정적 인도주의, 주지주의 등의 문학 세력을 일괄적으로 묶어 본 가설이라고 말하고 있다(76~77면).

문학 자체를 최종단계로 개혁하는 것이다. 문학은 그 문학을 통한 또 하나의 비민중화를 배척하지 않을 때 민족문학이 일제잔재의 극복 없이 그 연장선상(延長線上)에 놓는 원인이 된다"(81~82면)고 주장하고 있다.

끝으로 그는 20세기 문학사의 민족 문학론, 민족주의 문학론으로서의 순수주의를 거부한 새로운 민족 문학의 전개를 위하여 7가지 조항을 제기하고 있다. 그 첫째는 민족 문학은 민족 통일의 문학적 기반을 이루는 언어와 문학 행위의 행동화에 있어야 한다. 둘째로 민족 문학은 이같은 통일의 방해 요인이 되는 모든 외세에 대한 과학적 저항이다. 셋째로 이같은 외세에 의존한 현지의 봉건적·전제적 문화 수용을 배격하는 것이다. 넷째로 민중적 전통을 계승하며 민중의 현재적인 모든 진실한 문제들을 문학의 문제로 형제화(兄弟化)시켜야 한다. 다섯째 상업주의 문학과 심미주의 또는 소시민적 관념주의를 폐기해야 한다. 여섯째 민족 문학은 역사적·현실적 노예 문학을 청산해야 한다. 일곱째 이상과 같은 문학 운동을 통해서 민족 통일이자 민중의 해방을 실현하는 도덕적이며 혁명적인 삶의 문학이 곧 민족 문학이라는 사실을 각성하여야 한다는 것이다.

이런 고은의 민족 문학 개념은 "민족을 위하여 적합한 문학을 가짐으로써 민족에게 봉사하는 것과 함께 새로운 문학을 위하여 창조적으로 봉사하게 된다. 거기에서 민족과 문학이라는 두 개의 개념이 다른 단일 개념으로서의 민족 문학을 탄생시킬 수 있는 것"(85면)으로 요약된다. 고은은 민족과 문학이 서로 상보적인 관계항이 될 수 있는 것으로 설정하고 있는 것이다. 그렇기에 그에 의하면 민족 문학은 그저 저항 문학이기보다는 민족적 혁신의 문학적 기능에 이바지하는 성숙된 개념으로 이해하여야 하며, 이러한 문학관의 성숙을 막는 문학 내적, 문학 외적 장벽도 역시 오늘의 민족 문학을 성숙의 방향으로 진행시키는 원동력이 되어야 한다.

이런 고은의 민족 문학론에서 특징적인 것은 민족 문학의 전통에 대한 강조와 그에 대한 인식이다. 즉 사대주의적인 문학관이나 이식 문학사관에 대한 비판적인 시각에서 출발하여, 오늘의 민족 문학이 비단절적이며 민족의 문학적 전통을 창조적으로 계승하는 것으로 이해하고 있다. 이런 관점은 특히 민중적 전통을 계승하는 새로운 민족 형식의 창출을 문제삼고 있는 「민족문학은 실천이다」[14]와 이런 민족 문학의 전통 계승 양상을 구체적으로 언급하고 있는 「민족의 언어, 민중의 언어」나 「시와 시대」와 같은 평문에서도 일관되게 기술되고 있다.

그리고 고은의 이런 민족 문학관과 시론은 비교적 일관된 모습으로 전개되고 있다. 즉 "민족문학이란 여기에서 민족 공동체의 가장 거룩한 가치를 목적으로 삼는 최고 규범적인 산물이라면 거기에서 민족은 영구적으로 형성된다는 진리와 함께 민족문학의 비단절적(非斷絶的)인 발전이야말로 우리에게 민족문학의 희망이 보장될 것이다. 그러므로 민족문학은 희망의 문학이다"(86면)는 관점의 연장선상에 위치하고 있다.

고은은 민중과 민족을 동일선상[15]에 놓고 있으며, 이들의 염원을 반외세와 반봉건으로 보았다. 따라서 이 반외세·반봉건의 과제를 바르게 형상화하는 것이 민족 문학이다. 그리고 이 민족 문학은 민족의 전통을 계승하는 민족 형식을 추구하는 새로운 문학이라고 할 수 있다. 물론 이런 고은의 민족 문학론은 다소 추상적이고 주관적인 면이 강하다는 약점도 있다. 그럼에도 불구하고 그는 이런 민족 문학론을 적극적으로 실천하는 시인이었다. 〈민족문학작가회의〉와 〈민예총〉을 비롯한 정치적 행동을 통한 실천뿐만 아니라 다른 시인이 앞으로도 쉽게 극복할 수 없는 「백두산」·「만인보」와 같은 창작적 실천도 정열적으로 보여주고 있는 시인이다.

---

14) 성민엽은 고은의 이런 민족 형식 논의를 모택동의 「연안문예강화」와 관련하여 설명하고 있다. 이에 비하여 이승훈은 70년대 민중시의 개념에서 80년대 실천시로서의 가능성을 점검하는 시론으로 보고 있다. 성민엽, 「민족문학론의 추구, 그 밖과 안」, 『고은 문학의 세계』(신경림 외편), 창작과비평사, 1993, 334~336면; 이승훈, 「고은의 시론」, 『한국 현대시론사』, 고려원, 1993, 268면.

15) 고은의 민족 개념은 민중 개념과 일치한다. 즉 민중을 노동자, 농민, 도시 빈민과 진보적 지식인 및 소시민 계층으로 간주하고 있다. 이런 민중 개념은 해방 정국에서 임화 등의 인민 개념과도 통하는 바가 있다. 또한 이런 민중 개념은 노동자만을 민중의 주체로 보았던 1980년대 중·후반의 일부 논의를 비판하는 근거이기도 하다.

5. 1970년대 창작 시론의 의미

　시인들은 행동보다 말을 앞세우기 쉬운 지식인의 속성을 간직하고 있다. 그리고 이런 시인들의 한계는 비단 오늘의 문제만은 아니다. 일찍이 부터 글을 하는 선비에서부터 우리 사회의 근대를 선도했던 지식인들은 물론, 오늘날 우리 사회의 한 구성원인 시민들에까지 이런 경향은 만연되어 있다. 그럼에도 불구하고 우리 사회는 이들에게 많은 기대를 했고, 지금도 이들에 대한 기대를 저버리지 않고 있다.

　이 부분에서는 1970년대 이후 우리 시사에서 일정한 공헌을 하고 있다고 평가되고 있는 시인들의 창작 시론을 주로 살펴보았다. 특히 민중시론이라고 설명되는 민족 문학 계열의 중요한 시인인 김지하·신경림·고은의 시론을 분석하여, 그 나름의 차이와 특성을 밝히고자 했다. 이를 통하여 이들의 시론을 각각 민중시론, 민요시론, 민족 문학론이라는 편차가 있음을 확인하였다. 이런 작업은 이들이 자신들의 시론을 창작과 행동의 측면에서 실천하는 시인이기도 하다는 전제를 바탕으로 진행하였다.

　이들은 시론을 전개하면서 이를 실천하는 지성이고자 했으며, 같은 맥락에서 이런 시적 지향을 보이는 다른 시인들의 창작적 실천을 고무하고, 평가하는 잣대를 마련하고자 했다. 시인이면서 시인의 자리에 머무르지 않고 행동인으로 살고자 했다. 또한 많은 시평을 통하여 우리 시가 올바른 방향으로 나아갈 수 있는 길을 개척하고 격려하는 선배이고자 했다. 즉 이들의 시론은 창작 방법으로서의 역할, 실천 비평으로서의 역할을 동시에 감당하는 시론이었던 것이다.

　굳이 1970년대 민중시론은 시의 리얼리즘적 성취를 위한 모색이라고 확대하여 해석하지 않더라도 이들의 시론은 자신들이 살고 있는 삶의 원칙이었다. 또한 이들의 시는 이런 삶의 원칙을 창작의 형태로 반영하고 있는 형상이었다. 아울러 이들은 이런 삶을 자신들만이 살았던 것이 아니

라 우리 민족과 민중에게 이를 전파하는 사람들이고자 했다. 사명감을 가
진 사람들이었다. 비록 돌아오지 않는 '화살'이 되더라도…….

> 우리 모두 화살이 되어
> 온몸으로 가자
> 허공 뚫고
> 온몸으로 가자
> 박혀서
> 박힌 아픔과 함께 썩어서 돌아오지 말자
>
> 우리 모두 숨 끊고 활시위를 떠나자
> 몇십 년 동안 가진 것
> 몇십 년 동안 쌓은 것
> 행복이라든가
> 뭣이라든가
> 그런 것 다 넝마로 버리고
> 화살이 되어 온몸으로 가자
>
> 허공이 소리친다
> 허공 뚫고
> 온몸으로 가자
> 저 캄캄한 대낮 과녁이 달려온다
> 이윽고 과녁이 피 뿜으며 쓰러질 때
> 단 한 번
> 우리 모두 화살로 피를 흘리자
> 돌아오지 말자
> 돌아오지 말자
> 오 화살 조국의 화살이여 전사여 영령이여
>
> ─고은, 「화살」

　　이런 측면에서 이들의 시적 경향은 민족에게 희망을 주는 문학이었으

며, 민족의 생명을 보존하는 문학이었다. 물론 이들의 시론과 시적 경향은 새로운 민족과 민중의 현실적 여건의 변화에 따라 변모되기도 한다. 그러나 어떤 측면에서는 결코 1970년대 민중시론의 범주에서 크게 엇나가는 것은 아니다. 그 한 예로 김지하의 생명의 시학은 1990년대 새로운 문학의 운동16)이자 시인들이 새로운 방면에로 눈을 돌려 현실에 참여하고 있는 실례로 평가할 수 있다.

---

16) 1990년대 중반의 특징적인 문학 운동으로 생명시, 생태시 또는 환경시 운동을 지적하고 있음은 이런 주장에 대한 답이 될 수 있을 것이다. 대표적인 예로는 『녹색 평론』의 시운동, 1992년 『현대시학』의 8월호 특집, 1993년 『시와사회』의 가을호 특집, 1995년 『시와사상』 겨울호의 특집, 1996년 『외국문학』 여름호의 특집, 1996년 『실천문학』 가을호의 특집, 『시와사람』의 연속 기획과 1997년 봄호의 특집 등을 들 수 있다.

4부

시 교육의 새로운 시각

제1장 시 교육과 사고력 신장

1. 시 교육과 사고력

시를 가르치고 배우는 곳은 실로 다양하다. 그런 만큼 시를 가르치고 배우는 방법이나 목적도 다양하다. 초·중·고등학교에서 시는 국어나 문학의 교과 내용으로 국어 교육 또는 문학 교육의 목표에 맞는 활동의 자료라고 획일화하여 설명할 수 있다. 이에 비하여 대학에서는 교양 교과나 전공 교과의 내용으로 그 목표를 다양화한다. 나아가서 일반 사회에서는 시를 가르치고 배우는 행위가 일상인들의 취미나 여가 활동 차원에서 이루어지지만, 시인을 지망하는 사람들에게는 자신들이 지향하는 삶의 목표가 되며, 시인이나 연구자들(교사·교수·평론가 등)에게는 직업이 되기도 한다.

이처럼 시 교육은 우리 사회의 곳곳에서 다양하게 이루어지지만, 초·중·고등학교 교육만큼 그 영향력이 절대적인 곳은 없다. 실제로 학교 교육에서 시 교육은 제도 교육이라는 강제적 틀 속에서 이루어지는 활동으로, 교육의 보편적인 목적을 달성하기 위한 방편이 된다. 즉 학교 교육에서 시는 말하기 / 듣기, 읽기 / 쓰기와 같은 활동의 자료이면서, 국어 활동 그 자체가 되기도 한다. 또한 시는 언어 예술의 특성을 잘 보여주는 것으로, 이 시기의 시 학습은 언어와 예술에 대한 우리 일상인의 태도와 이해의 기본 틀을 제공하여 준다.

이런 시 교육의 목표 역시 문학 교육 일반의 목표[1]에서 벗어날 수 없다. 다만 다른 문학 갈래와 현격한 차이가 있는 시의 특수성을 고려하는 차원에서 시 교육의 목표를 설정할 수 있으며, 사고력 교육으로서의 문학 교육[2]의 틀 속에서 시 교육 역시 포괄적으로 논의할 수 있다. 즉 문학 교육 또는 시 교육을 인간의 사고력을 신장하기 위한 교수-학습 방법으로 구안할 수 있으며, 이같은 원칙에 따라 시 교수-학습 활동 방안을 구체화하여 제시하는 것이 이 글의 목적이다.

이를 위하여 이 글에서는 먼저 사고력의 유형과 작용 방식을 살피고, 시 교육이 목적으로 삼는 사고력의 특성을 밝힐 것이다. 아울러 이같은 논의를 통하여 함축적인 언어로 형상화된 시 갈래가 보여주는 시적 사고를 교수-학습함으로써, 학습자의 사고력을 신장시킬 수 있을 것이라는 시 교육의 의의를 설명하고자 한다. 또한 문학적 사고력이 작품의 수용과 창작의 양 측면에 작용하는 것임도 밝힐 것이다. 특히 이 점은 사고력과 경계를 공유하는 창의성·상상력 등의 개념이 작품의 이해와 표현의 양 측면에서 작용한다는 사실[3]과도 깊은 연관이 있다.

---

1) 문학 교육은 '언어 능력의 증진', '개인의 정신적 성장', '개인적 주체성 확립', '문화의 계승과 창조 능력 증진', '전인적 인간성 함양'을 목표로 한다. 김대행 외, 『문학교육원론』, 서울대 출판부, 2000, 38~67면.

2) 김대행, 「문학과 사고력」, 『초등용 사고력 신장 프로그램 개발 연구』(김광해 외), 서울대 국어교육연구소 보고서, 1998, 288~293면. 이 글에서는 문학과 사고력의 관계를 '다양성으로서의 사고력', '문학의 형상성과 유추적 사고', '문학의 체험성과 사고력의 구체성', '문학의 인위성과 비판적 사고' 등의 측면에서 설명하고 있다.

3) 윤여탁, 「문학 교육에서 상상력의 역할-시의 표현과 이해 과정을 중심으로」, 『문학

2. 사고력의 개념과 작용

'생각하는 힘'이라고 쉽게 풀이될 수 있는 사고력은 학문적으로는 "의도적인 정신 작용의 운용력"[4]으로 사고의 대상에 대한 인식의 변화를 수반하는 고등 사고를 일컫는다. 그동안 이 사고력에 대해서 교육학에서는 주로 문제 해결력으로 보았으며, 국어 교육에서는 주로 인지적 능력을 중심으로 어휘 능력, 사실적 사고 능력, 추리·상상적 사고 능력, 비판적 사고 능력, 논리적 사고 능력 등으로 규정하였다.

그러나 문학 교육의 영역에서 인지적 능력만을 중심으로 사고력을 설명할 수 없으며, 이밖에도 정의적 정신 작용이나 심미적 정신 작용에 관련된 사고력도 설명할 수 있어야 한다. 이런 차원에서 국어 교육에서 사고력을 인지적 사고력과 정의적 사고력으로 크게 나누고, 인지 영역에 사실적 사고, 추리적 사고, 비판적 사고, 논리적 사고, 정의 영역에 정서적 사고, 심미적 사고, 윤리적 사고의 하위 범주를 설정하는 분류 방식이 최근의 사고력 연구에서 제안되었다.[5]

이 중에서 정의 영역은 일상 생활의 여러 국면에서 작용하는 능력이지만, 문학을 비롯한 예술 교과의 교육 활동에서 특별히 고려되어야 한다는 특성을 갖는다. 즉 인간의 정서나 미의식, 윤리 등은 인간 교육에서 항상 고려되어야 할 요소이지만, 예술 교육으로서의 문학 교육은 물론 언어 교육으로서의 문학 교육[6]에 중요하게 작용하는 요소이기도 하다. 더구나

교육학』 3, 1999년 여름; 김중신, 「창의적 사고력과 문학 교육」, 『문학교육학』 4, 1999년 겨울.

4) 서울대학교 국어교육연구소, 『국어교육학사전』, 대교출판, 1999, 380면.

5) 김광해 외, 『초등용 사고력 신장 프로그램 개발 연구』, 서울대 국어교육연구소 보고서, 1998, 14~20면; 이삼형 외, 『국어교육학』, 소명출판, 2000, 211~288면. 자세한 사고력의 범주에 대해서는 〈부록〉을 참조.

6) 오성호 외, 「언어자료와 예술자료로서의 문학과 교육」, 『문학교육학』 4, 1999년 겨울.

문학은 정의적인 텍스트이기 때문에 이를 교수–학습할 때에는 학습자가 문학 작품 읽기를 통하여 정서적·심미적·윤리적인 감동을 체험하는 것도 중요하다. 이런 점에서 문학 교육을 통해 신장시킬 수 있는 사고력 유형은 인지적 능력뿐만 아니라 정의적 능력에까지 확대될 필요가 있다.

이 점은 문학 교육에서 실체라고 할 수 있는 문학 이론이나 문학사 지식에 대한 교육보다는 문학의 속성이 제공하는 맥락에 대한 교육, 절차적 지식 또는 방법적 지식으로서의 문학의 실체나 속성을 활용하는 활동 중심의 교육이 중시되는 지향7)과도 맞물려 있다. 즉 인지적인 지식을 교수–학습하는 문학 교육보다는 문학의 속성이나 내용을 말하기 / 듣기, 읽기 / 쓰기와 같은 언어 활동으로 활용하는 문학 교육으로 전환하여, 알아야 할 지식으로서의 문학보다는 이를 통하여 국어 또는 언어 능력을 함양할 수 있는 자료로서의 문학을 강조할 때 사고력의 정의 영역은 더욱 부각되는 것이다.

그러면 이같은 사고력이 문학 교육에서 어떻게 작용할 수 있나를 살펴보자. 우선 문학 교육의 이해와 표현이라는 측면에 주목할 필요가 있다. 문학을 이해하는 과정에서 인지적 사고력과 정의적 사고력이 신장될 수 있으며, 문학을 표현하는 과정에서도 이런 두 사고력은 신장될 수 있다는 사실이다. 이와 같은 표현과 이해 또는 창작과 수용 과정에 사고력이 작용하는 층위는 대략 세 단계로 나눌 수 있는데, 표현의 단계에 작용하는 경우, 이해의 단계에 작용하는 경우, 이해 / 표현(이해를 표현하는) 단계에 작용하는 경우가 그것이다.

그 구체적인 작용 양상을 시를 중심으로 설명하면, 전체적으로 정의적 사고력이 작용의 중심에 놓인다. 먼저 표현의 단계, 즉 시를 창작하는 단계에서는 시의 표현 대상이나 현실에 대한 글쓴이의 인지적 사고력이 작용하여 이를 미적·정서적·윤리적으로 형상화하게 되는데, 이 과정에서

---

7) 김대행 외, 『문학교육원론』, 서울대 출판부, 2000, 10~25면.

는 주로 정의적 사고력이 작용한다. 이 경우 특히 문학 형상화에 중요하게 작용하는 상상력의 힘을 빌어 글쓴이의 생각이 구체화[8]되는데, 정의적 사고력의 하위 영역이기도 한 상상력이 같이 작동하기 때문에 둘 사이의 작용 관계를 엄밀히 규명하거나 그 작용의 명확한 경계를 짓기는 어렵다.

그리고 이렇게 창작된 시 작품에 대한 이해의 국면에서는 작품을 이해하는 과정에 인지적 사고력과 정의적 사고력이 동시에 또는 시의 종류에 따라 각각 달리 작용한다. 예를 들어, 시를 시적 속성을 중심으로 분석하는 단계에서는 인지적 사고력이 작용하지만, 이런 분석을 넘어 동화(同化)·감동·이화(異化)·내면화 등을 지향하는 과정에서는 정의적 사고력이 주로 작용한다. 개인의 느낌이나 생각을 표현한 서정시의 경우에는 정의적 사고력이, 사회 현실에 대한 글쓴이의 현실 인식이 표현된 모더니즘 시나 리얼리즘 시의 경우에는 인지적 사고력이 이해의 중심에 놓인다.

이에 비하여 이해 / 표현의 단계에서는 표현의 욕구와 필요성에 따라 다를 수 있지만, 기본적으로 정의적인 사고력이 작용하여 형성되는 감상자의 동화·감동·이화·내면화된 느낌이나 생각이 다른 형태의 글쓰기나 말하기 형태로 표현되게 된다. 이때 이해의 과정에서는 정의적 사고력이, 표현의 단계에서는 인지적 사고력이 주로 작용한다. 즉 어떤 시에 대해 감상자가 잘 이해하고 있더라도, 정의적인 측면에서 동감하지 않는다면 다음 단계의 표현으로 확장 또는 전이될 수 없으며, 이 확장·전이의 과정에서는 효과적인 표현을 위한 인지적 사고력이 작용하게 되는 것이다.

이처럼 시 교육의 여러 단계에 따라 사고력은 각각 다르게 작용하기 때문에, 사고력을 신장하기 위한 시 교육의 방법 역시 달라져야 한다. 특히 시가 다른 문학 갈래에 비하여 정의적 특성이 강하기 때문에 정의적 사고력 신장에 적합하다는 점도 고려해야 한다. 이런 점에서 문학 교육,

---

8) 유영희, 「시적 상상력의 어제, 오늘 그리고 내일」, 『문학과교육』 16호, 2001년 여름.

특히 시 교육은 인간의 정서적·미적·윤리적 사고력 신장에 중점을 두어 이루어져야 한다. 아울러 일상 언어 생활의 특별한 형태인 시에 대한 교육 역시 일상 언어 생활에 대한 이해와 표현 교육으로 확장될 수 있어야 한다.

3. 시 이해와 인지적 사고력

이처럼 시의 종류나 내용에 따라, 그 표현과 이해의 과정에 따라 각 사고력이 다르게 작용하기 때문에, 시 교육의 다양한 국면에서 인지적 사고력과 정의적 사고력의 작용 양상을 전부 살필 수는 없다. 그렇기 때문에 여기서는 시 이해의 과정에 인지적 사고력이 구체적으로 어떻게 작용하고, 이같은 시 이해 과정에서 인지적 사고력을 어떻게 신장시킬 수 있나를 중점적으로 살피고자 한다.

일반적으로 인지적 사고력의 유형에는 사실 이해·추리·비판·논리 등이 있다. 이 중에서 논리는 시 교육과는 다소 거리가 먼 사고력 유형이다. 물론 시 교육의 과정에 논리적 사고력이 작용하지 않는 것은 아니지만, 시적 언어가 비논리적 언어의 대표적인 예라는 점에서 적합하지 않다 (다만 감상이 드러난 글이나 말의 논리성은 설명할 수 있다. 즉 독자가 시에 대한 이해를 서술할 때 글의 구조나 추론 과정에는 논리적 사고력이 작용한다). 그렇기 때문에 여기서는 시의 이해 과정이 잘 나타난 비평문을 분석하여, 시의 내용이나 형식에 대한 감상 과정에 나타나는 사실 이해·추리·비판 활동을 설명하고자 한다. 그 이유는 시에 대한 분석·감상이 글이나 말의 형태로 표현되거나 정서적으로 내면화되기도 하지만, 글이나 말로 표현되지 않은 감상에서는 사고력의 작용 양상을 구체적으로 확인할 수 없기 때문이다.

다음은 우리 근대 문학사와 문학 교육에서 비중 있게 설명되고 있는 서정시 한 편과 이 시에 대한 전문 비평가의 비평문 중 한 부분으로, 독자가 시를 이해하고 감상하는 과정에 작용하는 인지적 사고력의 한 단면을 잘 보여주는 예이다.

> 모란이 피기까지는
> 나는 아즉 나의 봄을 기둘리고 있을 테요
> 모란이 뚝뚝 떠러져버린 날
> 나는 비로소 봄을 여흰 시름에 잠길 테요
> 5월 어느 날 그 하로 무덥든 날
> 떠러져 누은 꽃닢마져 시드러버리고는
> 천지에 모란은 자최도 없어지고
> 뻐쳐오르든 내 보람 서운케 문허졌느니
> 모란이 지고 말면 그뿐 내 한 해는 다 가고 말아
> 삼백예순 날 한양 섭섭해 우옵내다
> 모란이 피기까지는
> 나는 아즉 기둘리고 있을 테요 찬란한 슬픔의 봄을
>
> — 김영랑, 「모란이 피기까지는」

㉮ 이 작품의 기본 골격은 '모란―기다림―좌절―기다림―찬란한 슬픔'으로 되어 있다. 그러면 '모란'이란 무엇인가? 그것은 일차적으로 영랑이 실제로 가꾸고 즐겼던 집 뜰의 모란, 그 외 넉넉한 관조와 취미의 삶을 구성하는 가장 화려한 일부분이다. ㉯ 그러나 이 작품의 구도 속에서 모란은 또한 그 이상의 것―하나의 상징이다. 상징적 의미를 남김 없이 밝히기란 거의 불가능한 일이겠지만, 우리는 일단 '순간 속에 존속하다가 소멸해야 하는 지상적(地上的) 아름다움―삶의 심미적 도취의 순간을 열어주는, 부서지기 쉬운 황홀'로 그것을 파악할 수 있다. (…중략…) ㉰ 자명한 사실이지만 도취의 순간을 향한 '나'의 주관적 요구가 아무리 강렬하다고 해도 외계의 물질성은 변하지 않는다. 절대적인 소멸의 질서는 스스로의 자족성을 실현하고 따라서 좌절은 필연적이다. 그러면 영랑은 여기에 머무르고 마는가? 그렇지 않다. 마지막 두 줄에서 명백해진 좌절의 필연성에도 불구하고 '나는 아직' 모란이 피기까지 기다린다.9)

위의 인용문에서 ㉮~㉰는 김영랑의 시에 대한 감상이지만, 각 단계에서 보여주는 설명의 기준이나 내용은 각기 다르다. 이를 인지적 사고력의 유형에 따라 설명하면, 먼저 ㉮ 부분은 내용 전개와 구조, 시의 제재에 대한 설명으로, 주로 사실적 내용을 확인하는 차원에서 기술되고 있다. 즉 작품의 내용 파악의 차원에서 시에 형상화된 내용이나 이를 이해하기 위해 동원되는 배경 지식 등을 설명하는 부분이다. 시를 감상하는 전체 과정 중 기초적인 단계에서 이루어지는 활동으로 사고력의 유형 중 비교적 객관적인 독자의 사실 이해가 중심이다. 이런 점에서 이 단계의 활동은 압축적으로 표현된 시의 여백(餘白)을 채우는 작업으로, 동양화나 한시, 시조 등의 이해 활동과 의미화 작업에서 쉽게 확인할 수 있다.[10]

이같은 기초적인 이해 단계를 거쳐, ㉯ 부분에서는 이 시의 핵심어이자 제재인 '모란'의 의미를 설명하고 있다. 이 과정은 시인이 가꾸고 즐겼던 자연 대상인 모란의 상징적 의미를 서술하고 있는데, 추리와 상상을 통해 독자가 나름대로 이해한 의미를 추출하는 부분이다. 인지적 사고 유형 중 추리적 사고가 작동하고 있는 것이다. 그런데 이같은 추리의 과정이나 정도는 시를 읽는 사람에 따라 다르기 때문에 그 상징적 의미도 다를 수밖에 없다. 독자의 시에 대한 지식은 물론 추리력, 상상력이 깊이 작용하는 단계이다(이 점에 대해서 이 글의 글쓴이는 '상징적 의미를 남김 없이 밝히기란 거의 불가능'하다고 서술하고 있다).

그리고 마지막 부분인 ㉰에서는 외적인 준거(도취의 순간을 향한 '나'의 주관적 요구가 아무리 강렬하다고 해도 외계의 물질성은 변하지 않는다)와 내적인 준거(마지막 두 줄에서 명백해진 좌절의 필연성에도 불구하고 '나는 아직' 모란이 피기까지 기다린다)를 들어 시인이 좌절에 머물지 않고, 이를 극복하는 정신적 자

---

9) 김홍규, 「모란이 피기까지는」, 『대표 시 대표 평론』 I(장영우 외편), 실천문학사, 2000, 84~85면.
10) 윤여탁, 「서정 단시의 갈래적 속성과 전통」, 『시 교육론 2 — 방법론 성찰과 전통의 문제』, 서울대 출판부, 1998.

세를 보여준다고 기술하고 있다. 이런 설명은 인지적 사고력 중에서 비판적 사고력이 독자의 감상 과정에 작동한 결과의 산물이라고 할 수 있다. 그렇기 때문에 이 비판 과정에는 시에 대한 독자의 주관적인 가치 평가가 나타나게 된다.

이처럼 독자가 시를 이해하는 과정은 몇 단계로 설명할 수 있으며, 이 과정에는 대체로 인지적 사고력이 중요한 역할을 한다. 아울러 이 글의 글쓴이처럼 고급 독자의 경우에는 그 분석이나 서술이 정밀하게 이루어지겠지만, 일반 독자의 경우도 시에 대한 사실 이해를 바탕으로 하여, 추리 또는 상상하거나 시에 대해 비판하는 순서를 밟기도 한다. 특히 강조할 것은 시의 이해나 감상 과정에서 사실 이해의 폭과 깊이, 시를 분석하는 능력과 시에 대한 배경 지식이 작용하고, 그에 따른 이해의 차이가 비평문의 수준을 결정한다는 사실이다.[11]

4. 시의 이해/표현과 정의적 사고력

이 부분에서는 시의 표현 또는 이해/표현 과정에 작용하는 정의적 사고력에 대해서 살펴보고자 한다. 앞에서도 언급한 바와 같이 표현 활동 중에서 창작 과정에는 인지적 사고력도 정의적 사고력도 함께 작용한다. 즉 꼭 표현하고 싶은 생각이 있다고 하더라도 시인이 이에 깊이 빠지지 않으면 안된다. 그 역으로 어떤 대상이나 정서에 깊이 빠졌더라도 이 대

---

11) 고급 독자인 전문 비평가와 저급 독자인 일반인이나 학생들의 비평문의 차이는 이같은 사실 이해의 수준 차에서부터 생긴다. 특히 시와 같이 비유·상징·이미지 등의 시적 장치가 개입하고, 함축적이고 압축적인 언어로 표현되는 문학에 대한 이해에서는 추리력이나 비판력의 차이보다는 사실 이해력의 차이가 중요하다.

상이나 정서에 대한 올바른 이해가 없으면 표현에서 실패하고 만다.

그러나 일반적으로 시의 표현, 특히 창작에는 정의적 사고력이 중요하게 작용한다. 시인은 자신이 표현하고 싶은 것에 대하여 정서적으로, 심미적으로 또는 윤리적으로 동의할 수 있어야 하며, 이 요소들은 정의적 사고력의 중요한 유형이기도 하다. 이처럼 시의 표현 과정에 작용하는 정의적 사고력의 역할을 살피기 위하여, 이제 한 시인의 시 창작 과정에 대한 고백을 분석하고자 한다. 이를 통하여 창작의 각 단계에 어떤 요소들이 영향을 미치고 있나를 구체적으로 확인하여 보자.

> 하늘은 날더러 구름이 되라 하고
> 땅은 날더러 바람이 되라 하네
> 청룡 흑룡 흩어져 비 개인 나루
> 잡초나 일깨우는 잔바람이 되라네
> 뱃길이라 서울 사흘 목계나루에
> 아흐레 나흘 찾아 박가분 파는
> 가을볕도 서러운 방물장수 되라네
> 산은 날더러 들꽃이 되라 하고
> 강은 날더러 잔돌이 되라 하네
> 산서리 맵차거든 풀속에 얼굴 묻고
> 물여울 모질거든 바위 뒤에 붙으라네
> 민물새우 끓어넘는 토방 툇마루
> 석삼년에 한 이레쯤 천치로 변해
> 짐 부리고 앉아 쉬는 떠돌이가 되라네
> 하늘은 날더러 바람이 되라 하고
> 산은 날더러 잔돌이 되라 하네.
>
> ― 신경림, 「목계장터」

㉮ 「목계장터」란 제목으로 나는 시를 꼭 세 번 썼다. 74년 봄 『경향신문』에 「목계장터」를 쓴 것이 처음이다. 열심히 쓰느라고 썼는데, 발표된 시는 적이 나를 실망시켰다. 주제의 안이성, 방법의 상투성은 내 눈에조차 확연했다. 마침 『자유공론』지에서 청탁이 있길래, 발표되었던 시를 대폭으로 고쳐서 주겠다고 미리 양해

를 구하고 「목계장터」를 두 번째로 써서 실었다.

그러나 여기서도 안이성과 상투성은 여전했다. (…중략…)

목계 길바닥에 주저앉아 두어 시간을 기다려도 버스는 오지 않았다. 나는 슬슬 나루터를 향해 나루터가 보이는 언덕까지 나가보았다. 언덕에 선 채 옛 나루터까지 가볼까 어쩔까 망설이고 있는데 투망을 어깨에 멘 아직 소년 티를 벗지 못한 젊은이 둘이 노랫가락을 흥얼대며 언덕 위로 올라오고 있었다.

㉯ 나는 문득 실패한 내 두 편의 목계장터를 생각했다. 그것들이 실패작이 되고 만 까닭을 이내 깨달은 것이다. 우리 고유의 가락—그것이 빠져 있어서는 「목계장터」는 결코 한 편의 시로 될 수 없다는 생각이 들었다.

그 무렵 나는 민요에 적지않이 열중해 있었다. 민요에 관심을 갖기 시작한 것은 첫째는 내 시가 또 한번 껍질을 벗기 위해서는 민요에서 그 가락을 배워와야 하고, ㉰ 또 참다운 민중시라면 민중의 생활과 감정, 한과 괴로움을 가장 직정적이고도 폭넓게 표현한 민요를 외면할 수 없다는 매우 의도적이요 실용적인 동기에서였으나, 민요가 보여주는 참 삶의 모습, 민중의 원한과 분노, 지배계층에 대한 비판과 풍자는 원래의 동기와는 관계없이 차츰 나를 깊숙이 민요 속으로 잡아끌었다.[12]

위의 고백은 이 시인이 한 편의 시를 어떻게 완성하게 되었나를 잘 보여주고 있다. 먼저 ㉮ 부분에서는 같은 제목으로 두 차례 쓴 시가 왜 실패작이 되었나를 깨닫게 되는 인지적 사고의 과정과 이를 다시 써야 한다는 심리적 부담감을 표현하고 있으며, 어린 시절부터 마음속에 간직하고 있었던 시적 형상화의 대상인 '목계장터'에 대한 아련한 추억을 되새기는 모습을 보여준다. 이 과정에서 노랫가락을 흥얼대는 젊은이들을 목격하게 되며, 이를 계기로 시를 다시 쓸 수 있는 계기를 마련하고 있다. 오랫동안 간직하고 있던 목계장터의 분위기나 상황을 표현하기 위하여, '내용에 대한 반응'이나 '상황에 대한 연상'과 관련된 정서적 사고력을 발동시키고 있음을 서술하고 있는 것이다.

그리고 이를 계기로 하여, ㉯ 부분에서는 이 즈음에 자신이 빠져있던

---

12) 신경림, 「내 시에 얽힌 이야기들」, 윤여탁 엮음, 『나의 시, 나의 시학』, 공동체, 1992, 217~218면.

민요의 형식과 내용의 정당성을 확인하고, 일찍이 자신이 범했던 실패의 경험을 뒤돌아보고 있다. 그것은 시의 내용과 형식에 민요적 요소를 도입함으로써 극복할 수 있다는 확신으로 이어져서, 민요의 형식을 빌어 자신의 시를 다시 쓰게 된다. 즉 '형식의 미추 판단' 차원에서 음악성을 잘 보여주는 민요를 시에 도입함으로써 그 심미성을 확보할 수 있었음을 이야기하고 있으며, 이를 통하여 다시 쓴 시는 어느 정도 형상화에 성공하였음을 시사하고 있다. 그리고 우리는 이같은 서술에서 심미적 사고력이 창작 과정에 어떻게 작용하나를 알 수 있다.

ⓓ 부분에서는 주로 시인이 왜 민요를 찾아 헤매고 있으며, 이 민요가 시 창작에 어떻게 작용하나를 민요의 내용과 정신의 측면에서 밝히고 있다. 시인은 자신의 민요 지향이 민중시를 창작하는 시인의 사명감에서 시작되었으며, 이런 지향은 어느덧 자신의 삶의 일부가 되었다고 고백하고 있다. 민중 시인으로서의 의도적 실용적 선택이 자신의 삶과 창작에 자연스럽게 투영되는 단계에 이르렀으며, 이 선택은 민중성이라는 '세계관과 관련된 정신적, 윤리적 사고'의 결과로 이루어졌음도 밝히고 있다. 그리고 이같은 진술은 정의적 사고력 중에서 윤리적 사고력이 창작에 작용하고 있음을 밝히는 대목이기도 하다.

이처럼 한 편의 시가 완성되기까지는 시인의 다양한 체험과 정서가 작용하는데, 이런 체험과 정서는 시적 대상, 특히 표현 대상이 된다. 그리고 이 시적 대상에 대한 시인의 사고력, 사고력의 하위 영역이기도 한 상상력이 작동하여 시라는 갈래로 형상화되게 된다. 이 과정에는 시라는 문학의 특성인 갈래·언어·표현적 요건들이 중요하게 작용하지만, 연상·상상·내면화 등의 사고력이 같이 작용하여 형상화가 가능해진다. 따라서 하나의 시적 표현의 결과물인 시는 이런 여러 사고력 유형들이 엮어내는 결정(結晶)이라고 할 수 있다.

그러나 다시 한 번 강조하여 둘 것은, 이같은 시 표현이나 창작의 과정에 작용하는 사고력은 복합적이라는 사실이다. 또한 시의 이해와 표현에는 주로 정의적 사고력이 작용하지만 인지적 사고력도 같이 작용하며, 정의적 사고력의 하위 범주인 정서·심미·윤리 등도 경계를 넘나들면서 시에 관한 활동에 작용하여 한 편의 글 또는 시를 완성하게 된다.

5. 사고력 신장을 위한 시 교육

이제 끝으로 시 교육과 사고력의 관계에 대해 생각해 보자. 지금까지 살핀 바와 같이 시 교육은 시에 대한 표현, 이해, 이해 / 표현의 전 과정에서 이루어지는 교육적 활동이다. 이 활동은 국어 교육, 문학 교육의 틀 속에서 이루어지는 것이며, 그렇기 때문에 국어 교육 또는 문학 교육의 목표와 관련하여 이루어져야 한다. 이런 점에서 먼저 국어 교육의 관점에서 시 교육을 말하면, 시는 국어 활동 즉 말하기 / 듣기, 쓰기 / 읽기의 자료이며, 자료로 제공되는 시와 시에 대한 지식이나 시의 속성은 국어 활동의 원리와 지식으로 작용해야 된다.

이런 특성은 문학 교육의 관점에서도 마찬가지다. 시를 교육한다는 것은 문학의 본질, 문학사적 지식, 문학의 구성 요소 등과 같이 전통적인 문학 교실에서 교수-학습되는 내용을 교수-학습하는 활동이다. 뿐만 아니라 시라는 글쓰기를 통하여 우리말과 글의 표현 원리와 그것이 전달하고자 하는 내용을 배우고, 이를 우리 학습자의 언어 생활은 물론 일상 생활에 적용할 수 있도록 내면화하여야 한다. 즉 일상의 생활 속에서 문학 또는 시가 의미 있는 존재가 되어야 하며, 이 의미들이 나름대로 주어진 자리에서 그 역할을 수행할 수 있어야 한다.

아울러 시 또는 문학 교육과 관련하여 고려하여야 할 사항은, 우선적으로 이해 활동에 초점이 맞추어지는 것이 우리 시 교육의 현실이라는 사실이다. 시 교육은 이같은 시에 대한 이해 활동을 넘어 표현 활동으로 확장·전이되어야 한다. 그렇기 때문에 사고력과 관련한 문제 역시 시의 이해를 통하여 시에 작용하고 있는 사고력을 추출할 수 있어야 한다. 그리고 시의 이해나 표현 과정에 대한 교수—학습을 통해 알게 된 시적 사고력의 작용 원리를 자신들의 표현 활동에 적용할 수 있어야 한다.

이때 시적 사고와 시 교육을 통한 사고력 신장도 논의될 수 있다. 시 교육의 다양한 장면, 즉 시를 쓰거나, 시에 대해서 배우고, 시를 활용하는 모든 과정에 사고력은 작용한다. 더구나 시는 의미와 상황이 자세하게 제시되는 갈래가 아니기 때문에 독자가 의미를 재구성하는 활동이 중요하다. 이런 과정에 독자의 상상력, 사고력이 작용할 수밖에 없다. 따라서 시를 교수—학습한다는 것은 학습자의 사고의 폭과 깊이를 확인하는 작업이기 때문에, 시 교육을 사고력 신장 교육이라고 요약하여 말할 수 있다.

<부록> 사고력의 하위 유형(서울대학교 국어교육연구소)

대영역	중영역	소영역
사실적 사고	내용 이해	요약
		주제 분석 및 생성
		세부 내용 기억 및 생성
	구조 이해	시·공간 분석
		일반구체 분석(예시)
		유사점·차이점 분석(비교·대조)
		범주간 관계 분석
		인과 분석
		구성 요소 분석
		개요 구성 및 분석
추리적 사고	내용 추리	부분 내용의 추리
		함축적 의미의 추리
	과정 추리	의도·목적의 추리
		관점·태도의 추리
		성격·심리의 추리
		배경의 추리
비판적 사고	텍스트 내적 판단	정확성 판단
		적절성 판단
	텍스트 외적 판단	타당성 판단
		효용성 판단

논리적 사고	언어 논리	개념 정의
		오류 분석
	추론	귀납 추론
		연역 추론
정서적 사고	반응	내용에 대한
		형식과 표현에 대한
	연상	상황에 대한
		인물에 대한
		심리에 대한
	상상	내용과 상황의
		구조와 형식의
		장르의
	내면화	인물과 주제의
		과정의
심미적 사고	미추 판단	내용의
		형식의
		표현의
	호오 판단	인물에 대한
		구성에 대한
		텍스트에 대한
	형상화	상황과 장면의
		인물의
		정서의
윤리적 사고	선악 판단	인물의
		행동의
	가치 판단	주제의
		텍스트의
		(언어)활동의
		사상(事象)의
	세계관	필자의
		인물의
		집단, 사회의

시의 이해/표현과 상상력

1. 상상력 논의의 추이

사전적으로 "지성의 창조적인 능력, 정서와 지성, 때로는 감상을 중심으로 하여 여러 체험의 요소들을 종합하고 조직해서 새로운 초월적 가치를 창조하는 능력"[1]이라고 정의되어 있는 상상력(imagination)이란 용어는 라틴어의 'imago(모방하다)'에서 연유한 말이다. 일찍이부터 상상력이나 이미지 등의 어원이었던 모방이란 말은 긍정적인 의미보다는 부정적인 의미가 강했기 때문에, 상상력이란 용어 역시 사실이나 진실과는 다르다거나 이성(理性)이나 인지(認知)와 상대되는 뜻을 지닌 것으로 여겼다. 그래서 상상력은 헛된 것, 공허한 것, 미친 것, 사악한 것, 해로운 것, 가짜의 것 등과 거의

---

1) 서울대학교 국어교육연구소, 『국어교육학사전』, 대교출판, 1999, 396면.

동의어(同義語)로 생각할 정도로 별로 좋지 않은 뜻2)으로 쓰였다.

그러나 중세 이후부터는 예술이 모방의 기술이 아니라 창조의 산물이라는 주장이 제기되면서, 상상력은 예술적 창조에 작용하여 주로 이미지를 새로운 형태로 재구성하는 정신 작용으로 간주하게 된다. 즉 예술의 창조성이 강조되었던 낭만주의 문학관에 이르러, 인간의 이성적인 능력보다는 감성적인 능력이 중시되면서, 상상력이 문학 창조에 중요한 역할을 담당하는 것으로 이해되었다.

특히 코울리지(S. T. Coleridge)는 이성에 대립되는 정신 작용으로 상상력을 설정하고, 저급한 가치에 속하는 공상(fancy)과 구별하고 있다. 그는 시인의 시 세계가 기계적으로 기억된 자료들의 종합이 아니며, 공상의 한계를 넘어서는 창조적 정신 능력의 산물이라고 보았다. 그리고 서로 필연적인 대립 관계에 있는 수동적인 사물(the passive things)과 능동적인 정신(the active thoughts)을 결합하는 매개적 정신 능력(the intermediate faculty)인 상상력을 위치시키고 있다.

그런데 이런 상상력은 인간의 직관적 인식 능력과 관련된 일차적(primary) 상상력과 인간의 대상에 대한 인식을 언어로 창조하는 능력인 이차적 (secondary) 상상력으로 나뉘며, 이 중에서 이차적 상상력은 시인의 체험을 자각적으로 언어화하는 과정에 작용하는 것으로 설명하고 있다. 또한 이런 상상력은 근본적으로 동일한 종류의 동인(動因)이 작용하지만, 각각은 인간의 직관과 자각에 주로 의존하는 차이 때문에 작용면에서 정도의 차이나 방식의 차이가 존재한다고 보았다.3)

아울러 코울리지는 시인의 내적 자아와 세계(물리적 의미에서의 세계가 아닌 관념적 실체로서의 세계) 사이의 본질적 관계를 파악하고 이를 언어적으로 표현한 것을 상상력으로 보았기 때문에, 언어는 구속일 뿐만 아니라 형성력의 근원이 된다고 보았다. 그리고 인식 주체와 인식 대상 사이의 대립

---

2) 김은전, 『한국 현대시의 탐구』, 태학사, 1996, 38면.
3) 장경렬, 「상상력과 언어-코울리지의 경우」, 『현대비평과 이론』, 한신문화사, 1991. 가을, 97~134면; 장경렬 외 편역, 『상상력이란 무엇인가』, 살림, 1997, 19~55면.

과 합일이 일차적 상상력과 관련된 것이고, 이런 초언어적 인식과 언어 사이의 대립과 합일에는 이차적 상상력이 작용한다고 생각하였다.

또한 상상력은 이미지와 어원상에서 비슷한 의미역을 가지기 때문에 유사한 개념으로 사용되었다. 예를 들면, 바슐라르(G. Bachelard)는 어떤 특별한 물질의 이미지를 형상화하는 동인으로서의 상상력을 설명하여, 대상에 대한 인간의 가치 부여 작용으로서의 상상력과 이미지를 추동하는 힘으로서의 상상력에 주목하고 있다. 이런 상상력은 예술적 창조의 원동력으로, 교육적인 국면에서는 인간의 창의성이나 지능·감성 등을 계발하는 정신 작용으로 그 의미역을 확장하고 있다.[4]

철학적인 면에서 이런 상상력은 과거나 현실 경험에 매달리지 않으면서 감성과 오성을 연계시켜서 새로운 형태로 재구성하는 창조적 상상력이어야 하며, 과거와 현실의 경험을 바탕으로 하여 사물을 재생하는 재생적 상상력이나 과거나 현실에 의존하지 않고 독자적인 추상의 세계를 만들어내는 사고(思考)와는 구별된다.[5] 창조적 상상력은 문학이나 예술의 창조와 수용의 국면에 작용하는 특수성을 지니고 있다고 할 수 있다.

이런 상상력의 속성으로 먼저 창조성을 들 수 있다. 이것은 시인으로 대표되는 주체의 주관적인 창조적 행위의 실체이다. 즉 일상의 언어에 내재되어 있는 인식의 한계를 초월하여 존재하는 것이며, 일상의 언어와 경험을 기초로 하여 재창조하는 살아있는 존재인 것이다. 아울러 주체의 자각적인 행위지만 직관에 의존하기 때문에 초월적인 특성을 지니고 있다. 즉 상상력은 초월성과 직관성·창조성이라는 속성을 지닌 인간의 정신적 능력이라고 정리할 수 있다.

---

4) 유영희, 「이미지 형상화를 통한 시 창작교육 연구」, 서울대 대학원, 1999, 23~32면.
5) 김중신, 「자아 성장과 문학 교수·학습」, 『문학 교수·학습 방법론』, 삼지원, 1998, 370~372면.

2. 문학 작품 창작에서의 상상력

인간은 누구나 어떤 대상을 나름의 형상대로 인식하게 된다. 다만 그 대상을 인식한 수준에 머무는가, 아니면 그 대상에 대한 인식을 언어로 표현하는가의 차이가 있다. 이런 점을 코울리지식으로 말하면, 일차적 상상력과 이차적 상상력의 차이 또는, 문학 이전과 문학의 차이라고 할 수 있다. 인간이면 누구나 할 수 있는 단순한 공상과 시인의 고유한 창조 능력인 문학적 상상력이 구분되는 접점이기도 하다.

이런 관점에 따르면, 문학 특히 시의 창작 과정에는 시인의 상상력이 중요하게 작용하여, 문학의 형상적 완성도를 가늠하는 기준이 된다. 즉 시인이 자연이나 세계, 현실 등의 용어로 정리할 수 있는 대상을 인식하고, 이를 언어적으로 표현하는 데에는 시인의 창조적 상상력이 작용하고, 그것은 직관적이며 초월적인 계기를 통하여 작동하게 된다. 다만 이 과정에서 시인의 기억이나 경험, 관념 등이 영향을 미치기도 한다.

또한 소설과 같이 사실에 기초하여 허구(虛構)의 세계를 창조하는 경우에도 상상력은 작용한다. 소설의 세계는 항상 있을 수 있는 개연성을 지닌 사건을 사실 그대로가 아니라, 작가의 창조적 능력을 바탕으로 재구성하여 형상화되게 된다. 따라서 사실적으로 구성한 것이지 사실 자체는 아니며, 인간사의 진리이나 진실의 세계를 보여주는 것이 소설이다. 이때 작가의 상상력은 사실적인 묘사나, 전형적인 인물 또는 상황의 창조에 적극 작용하여, 문학적 진실을 추구하는 현실 반영태를 만들어내는 역할을 한다.

여기서는 시 창작 과정에서 상상력의 역할을 살펴서, 문학적 세계의 창조에 상상력이 어떤 작용을 하고, 현대시 한 편을 예로 들어 이 과정에서 고려되는 사항들에 대하여 알아보자.

> 언제부터 갈대는 속으로
> 조용히 울고 있었다.
> 그런 어느 밤이었을 것이다. 갈대는
> 그의 온몸이 흔들리고 있는 것을 알았다.
>
> 바람도 달빛도 아닌 것.
> 갈대는 저를 흔드는 것이 제 조용한 울음인 것을
> 까맣게 몰랐다.
> ─산다는 것은 속으로 이렇게
> 조용히 울고 있는 것이란 것을
> 그는 몰랐다.
>
> ─신경림, 「갈대」

이 시는 시인의 기억과 경험 속에 있던 자연 대상인 '갈대'가 어떻게 시적으로 형상화되고 있나를 잘 보여주고 있다. 먼저 이 시는 의인화(擬人化)된 '갈대'를 통하여 우리 인간들이 흔들림 속에서 살고 있는 존재라는 사실을 말하고 있다. 파스칼(B. Pascal)의 "인간은 생각하는 갈대다"라는 유명한 명제를 연상시키는 1연은, 자연 대상인 갈대가 인간의 삶과 관계를 맺는 자리, 즉 시인의 경험과 시인의 인식이 조우(遭遇)하는 자리를 마련하고 있다. 나아가서는 인식의 대상인 자연이 의인화되면서 인식의 주체인 인간과 합일되고 있다.

2연에서는 이런 흔들림은 '울음'이라는 사실과 인간은 슬픔을 간직한 존재라는 사실을 모르고 있는 우리 인간들의 모습을 형상화하고 있다. '바람도 달빛'과 같은 타자 때문이 아니라, '갈대' 자신이 잉태하고 있는 슬픔이다. 그러나 정작 흔들고, 흔들리는 자신은 이런 사실을 모르는 존재로 그려져 있다. 그리고 이런 시적 형상화 과정을 통하여 시인은 결국 이런 인간 삶의 진실과 진리를 자각하는 존재, 즉 생각하는, 생각할 수 있는 존재(갈대)라는 결론에 도달하고 있다.

결국 이 시는 시인이 '갈대'가 바람에 흔들리는 자연 현상에서, 흔들림과 소리를 만나고, 이를 슬픔을 간직하는 존재라는 인간의 삶과 결부시키는 과정을 보여주고 있다. 그리고 이를 통하여 '그'라고 표현된 갈대는 이미 자연 대상 그대로가 아니라 인간 또는 시인으로 전이되고 있으며, 이 과정에 시인의 창조적 형상화 능력인 시적 상상력이 적극적으로 작용하고 있다. 아울러 서정시의 표현 방식인 전경후정(前景後情)을 활용하여 물아일체(物我一體)의 시적 경지를 보여주고 있다.

실제로 시인이 이 시의 창작 과정을 밝힌 진술을 보면, 이런 시적 형상화 과정 또는 시적 상상력의 작동을 쉽게 확인할 수 있다.

> 내 고향 마을 뒤에는 보련산이라는 해발 8백여 미터의 산이 있다. 나는 어려서 나무꾼을 쫓아 몇 번 그 꼭대기까지 오른 적이 있다.
>
> 산정은 몇만 평이나 됨직한 널따란 고원이었다. 그 고원은 내 키를 훨씬 넘는 갈대로 온통 뒤덮여 있었다. 발 아래로 내려다보이는 강에서 불어 올라오는 바람에 갈대들은 온몸을 떨며 울고 있는 것처럼 생각되었다. 갈대들의 울음에서 나는 사람이 사는 일의 설움 같은 것을 느끼곤 했었다.
>
> 이 「갈대」는 이때의 산정 고원에서의 느낌을 시로 옮긴 것이다. 대학 2학년 때였다. 이 시를 쓰면서 나는 먼저 일체의 사실적인 서술을 피했다. 가파른 벼랑 밑에 흘러가는 새파란 강물, 멀리 굴참나무 밑에서 우는 뻐꾸기, 갈대밭에서 모여 우는 산바람, 고원을 뒤덮은 달빛(이것은 상상했을 뿐 실제로 보지는 못했다), 이 모든 것들을 가느다란 한 줄기 갈대 속에 집어넣는다는 생각으로 이 시를 썼다.6)

이 진술에 비추어 위의 시를 보면, 시인의 경험과 기억 속에 있는 것들은 '사실적인 서술'로, 구체적이고 외형적인 시적 언어로는 표현되지 않고 있다. 이런 사실적인 서술보다는 시인이 간직하고 있던 고향의 '갈대'에 대한 '생각'과 '느낌'만이 표현되고 있다. 그것도 사실적인 내용 서술보다는 언어적 상상으로 재창조되고 있으며, 이렇게 재구성된 시적 공간 속에서 새로운 의미를 찾아내고 있다. 그래서 시에 나타난 '갈대'는 시인

---

6) 신경림, 「내 시에 얽힌 이야기들」,『나의 시, 나의 시학』(윤여탁 편), 공동체, 1992, 222면.

이 어릴 적에 본 자연 대상이 아니라, 시를 쓰는 순간에 시인이 새롭게 인식하게 된 대상으로 전이되고 있다.

여기서 자연물인 '갈대'에 대한 시인의 '생각'과 '느낌'은 인식 대상에 대한 인식 주체의 의미 부여이며, 곧 시적 상상력이 작동한 결과의 산물이다. 그래서 인간은 슬픔을 간직한 나약한 존재라는 점과 이런 존재라는 사실을 인식하지 못하고 있는 존재라는 인식에 도달하고 있으며, 이를 시적으로 표현하여 궁극적으로는 독자들에게 전달하고 있다. 특히 일상적이고 쉽고, 평범한 언어와 화려하지 않은 수사를 통하여, 이것은 너무나 자명한 진리라는 사실도 암시하고 있다.

이처럼 창작 과정에서 상상력은 시인인 주체가 대상을 인식하고, 이를 언어로 변환하는 과정에서 나타나는 인간의 정신 능력이다. 따라서 자연이나 세계, 사회, 현실 등의 시적 표현 대상을 언어적으로 전이하는 능력이 곧 문학적(시적) 상상력으로, 인간들이 대상에 대하여 할 수 있는 일반적인 상상력이나 공상·망상 등과 구별된다. 이때 이런 시의 형상성은 그 상상력의 깊이뿐만 아니라, 이를 적절한 언어로 표현하는 인간의 언어 능력과 만나게 되며, 이런 만남이 조화를 이루어야 가치 있는 문학적 형상으로 취급되게 된다.[7]

여기서 '가치'라는 문제가 새롭게 제기되는데, 그것은 진실의 표현으로 요약될 수 있다. 그리고 좀더 구체적으로는 상상력을 통하여 재구성된 문학의 세계는 허구라는 특성을 지니지만, 본질적으로는 인간의 심미적 가치, 이념적 가치, 윤리적 도덕적 가치 등을 바르게 실현하여야 하며, 궁극적으로는 인간들의 조화로운 삶에 긍정적인 기능을 하여야 한다. 따라서 시인은 이런 가치 실현의 차원에서 대상을 바르게 인식하여야 할 뿐만 아니라, 상상력을 통하여 이를 바르게 표현하여야 한다는 말이다.

---

7) 이런 문학 창조의 조화를 추구하는 과정에는 직관이나 초월적인 상상력도 중요하지만, 전이나 변환의 과정에는 퇴고라는 끊임없는 자기 검증도 작용한다. 그리고 이 과정은 상상력의 확대와 전환이라는 측면에서 설명할 수 있다.

　　이런 가치의 문제와 문학 상상력을 연결시킬 때, 후기 산업 사회의 문학적 실천 대안으로 떠오르고 있는 생태학적 상상력[8]이라는 문학 비평 용어도 설명될 수 있다. 즉 파괴되어 가는 자연의 회복과 자연 친화적인 삶을 추구하는 시의 정신과 자연과 인간이 하나가 되는 교감(交感)과 혼융(混融)을 지향하는 전통적인 서정시의 세계와 만나서, 이런 생태학적 상상력에 근거를 둔 서정시·생태시 창작이 최근의 문학적 경향으로 제기되고 있는 사실도 설명이 가능하다.

3. 문학 작품 수용에서의 상상력

　　문학 창작 과정에서 상상력 작동의 원리와 효용에 대해서는 코울리지류의 낭만주의적인 관점에서나 바슐라르의 창조적·역동적 상상력[9]의 개념들에서 쉽게 확인된다. 이런 상상력의 작동은 문학 이전과 문학 작품(텍스트) 사이에서 일어나는 현상으로, 이런 측면은 시인과 작품 사이에서의 상상력의 역할이라고 할 수 있다. 이에 비하여 실제 문학 작품을 이해하고 감상하는 데에도 상상력이 작용하는데, 이는 작품과 독자 사이에서의 상상력이며, 어떤 문학 작품을 읽어내는 능력과 관계가 있다.

　　이는 문학 작품의 수용 측면에서 상상력을 이야기할 수 있으며, 이런 상상력의 문제가 문학의 교수─학습에서 중요하게 취급될 수 있다는 점

---

8) 장석주, 「시의 생태학적 상상력을 향하여」, 『현대시학』, 1992.8.
　김영무, 「생태학적 상상력 : 참인간의 생물학적 유전적 운명」, 『녹색평론』, 1994년 3/4.
　정수복, 『녹색 대안을 찾는 생태학적 상상력』, 문학과지성사, 1996.
　송희복, 「생명 문학의 현황과 가능성」, 『생명 문학과 존재의 심연』, 좋은날, 1998.
　신덕룡 편, 『초록생명의 길─에코토피아를 위한 시론』, 시와사람사, 1998.
9) 장경렬 외 편역, 『상상력이란 무엇인가』, 살림, 1997, 185~223면.

을 암시한다. 더구나 문학 작품의 이해와 감상에는 이를 창작한 시인보다
는 이를 수용하는 독자가 중요하다. 즉 시인이 상상력을 동원하여 표현한
시작품은 결국 독자가 읽어낼 때, 텍스트의 범주에서 작품의 범주로 나아
가고, 이 과정에서 상상력은 중요한 작용을 한다. 이때 시인이 만들어낸
텍스트라는 공간과는 다른, 독자가 텍스트를 읽으면서 새로운 공간이 만
들어지고, 이 공간에서는 독자에 의해서 텍스트에 의미가 새롭게 부여되
게 된다.[10)]

　　문학 작품의 이해와 감상은 독자를 통해서 새로운 의미가 부여되는 과
정이다. 따라서 문학 교육[11)]의 장면에서는 교사와 학생으로 대표되는 독
자의 문학적 상상력이 우선적으로 고려하여야 할 사항이다. 이 부분에서
는 이런 문학 작품의 수용 과정에서 독자의 상상력이 작용하는 원리와
의미를 생각해 보고자 한다. 먼저 다음의 시를 상상력 실현이라는 관점에
서 읽어내고 있는 구체적인 예를 보도록 하자.

　　　　내 마음 속 우리님의 고은 눈섭을
　　　　즈문밤의 꿈으로 맑게 씻어서
　　　　하늘에다 옴기어 심어 놨더니

---

10) 이런 측면은 김화영에 의하여 '독서공간'이라고 명명되어, 독자의 중요성과 새로운
　　의미 창조를 주목하고 있는 다음과 같은 견해와도 유사한 측면이 있다.
　　　"그 자체가 독립적인 하나의 공간이었던 텍스트는, 독서가 시작되면서부터 어떤 제2
　　의 공간을 창조하는 하나의 항에 불과하다. (다른 하나의 항이 독자의 눈이라면) 이처
　　럼 최초의 텍스트에 의하여 제공되고 독서에 의하여 이동되고, 드디어는 텍스트와 독
　　자의 눈 사이에 창조되는 공간, 다른 한편 '의미의 깊이'라고 말하는 공간, 즉 텍스트와
　　독자 사이에 맺어지는 복합적이고 유동하는 의미 관계의 총체 등 복잡한 변주를 보이
　　는 공간을 나는 '독서공간'이라고 명명하겠다."
　　　김화영, 『문학 상상력의 연구―알베르 카뮈의 문학 세계』, 문학동네, 1998, 45면.
11) 그렇다고 해서 필자가 문학 교육의 범주를 문학 작품의 이해와 감상에 국한하는 것
　　은 아니다. 문학 교육의 범주에는 창작의 국면도 중요한 부분이다. 그리고 앞으로 논의
　　를 전개하겠지만, 문학 작품의 이해와 감상 행위 역시 표현(글쓰기 또는 말하기)을 동
　　반한다. 즉 문학 작품에 대한 비평문 또는 감상문 쓰기나 문학 감상 말하기가 이해와
　　떨어질 수 없는 표현 행위이며, 이는 읽기 / 쓰기를 통합하려는 노력과도 관련이 있다.

동지 섣달 나르는 무서운 새가
그걸 알고 시늉하여 비끼어 가네

　　　　　　　　　　　— 서정주, 「동천(冬天)」

㉮ 「화사」에서의 대지적·육감적 사랑과 동물적 상상력은 「동천」에 이르러 정신적 사랑과 우주적 상상력으로 변모되고 있는 것이다. (…중략…) 이 시가 눈썹과 새를 오브제로 택한 것 자체가 상징적인 것임은 물론이다. 이것은 겨울 하늘에 떠 있는 초승달, 또는 그믐달과 그것을 비껴 날아가는 새의 모습을 님의 눈썹과 오우버랩한 것으로 이해되기 때문이다. 육체적 사랑의 정신화를 성취한 것이며 대지적 삶을 우주적 삶의 질서로 이끌어 올린 것이다.[12]

㉯ 위의 작품에서는 이 옛 수사법('반달 같은 눈썹'—인용자)이 〈눈썹 같은 반달〉로 역전되어 있고 아예 반달을 눈썹으로 만들어놓고 있다. (…중략…) 하늘을 나는 새와 반달이라는 그림 모티브가 시인의 상상력에 의해서 독창적인 심상 풍경으로 변용되어 있다. 가령 한안(寒雁) 같은 것은 현대 동양화 같은 데서 낯익은 것이지만 이 기본적 구도가 전통적인 비유법의 교묘한 활용을 통해 위의 작품으로 완결된 것이다.[13]

㉰ 이 시는 복합적이 은유의 두드러진 예이며 고도의 상징성을 띠고 있다. (…중략…) 〈동천〉의 '새'는 자유와 비상을 뜻하는 일상적 상징(steno symbol)의 의미보다는 그 이상의 것으로 해석된다. 오히려 보편적인 상징의 의미를 넘어 혹은 그 반대편으로, 운명의 의미를 띠는 것이다. 눈썹으로 표상되는 마음속의 사랑이 지극한 정성으로 오랜 시간에 걸쳐 정련되었을 때, 운명까지도 감히 범접을 못하고 비껴 가는 至美至善의 존재 絶對至尊의 존재로 상승한 세계는 상징적 상상력(창조적 상상력, 초월적 상상력—인용자)이 아니고는 인간이 이루어 낼 수 없는 아스라한 세계이다.[14]

---

12) 김재홍, 「미당 서정주—대지적 삶과 생명에의 비상」, 『한국현대시인연구』, 일지사, 1986, 340~342면.
13) 유종호, 『시란 무엇인가』, 민음사, 1995, 135면.
14) 우한용, 「문학 교육과 인문학적 독서문화」, 『문학 교육과 문화론』, 서울대 출판부, 1997, 124~126면.

250   제4부 시 교육의 새로운 시각

㉣
저 얼어붙은
무한천공 위에서
곤두박혀 떨어져내리는
쌩쌩한 눈보라

그 어디메
새 한 마리 날아가더냐?

— 민영, 「동천(凍天)」[15]

위의 글들은 서정주의 시 「동천」에 대한 읽기를 보여주는 예들이다. 이 중에서 ㉮는 미당시의 이미지와 관련된 상상력의 변화에 초점을 맞추고 있으며, ㉯는 전통적인 비유법과 문화적 전통의 맥락을 활용하여 이 시를 읽고 있으며, ㉰는 시어의 상징적 의미를 신화론에서 말하는 초월적 상상력의 표현으로 해석하고 있다. 이에 비하여 ㉣의 시는 현실적으로 불가능한 시 세계를 보여주고 있는 「동천」을 비판하면서, 상상력보다는 사실적인 세계에 기초한 시적 형상의 세계를 보여주고 있다.

특히 이들 글은 미당 서정주의 창작 의도를 읽어내는 것으로, 시작품 자체의 내재적 의미에 대하여 객관적으로 설명하기보다는 독자의 주관적인 관점에서 해석한 의미[16]를 중심으로 이해와 감상을 전개하고 있다. 그리고 이 과정에 작용하는 것이 독자의 상상력으로, 독자와 관계된 여러 변인들이 영향을 끼치게 된다. 즉 독자의 문화적, 실제적 경험이나 문학에 대한 관점이나 시 분석 방법론, 독자의 감정이나 정서, 시나 시인과 관련된 정보나 상호 텍스트 등이 시를 해석하고 감상하는 데 작용하게 된다.

---

15) 민영, 『엉겅퀴꽃』, 창작과비평사, 1987.
16) 이런 측면에서 이런 해석의 변이를 수용 미학 또는 독자 반응 이론의 관점이 적용된 예라고 할 수도 있다.

독자가 문학 텍스트를 감상하는 데에 작용하는 이런 상상력은 문학과 문학 이후와 관계되는 것으로, 독자의 상상력 작동 능력이 이 과정에 절대적인 영향력을 갖는다. 특히 이 과정에서는 새로운 세계를 창조하는 능력인 상상력도 중요하지만, 이전의 문학적 경험이나 문학에 대한 인식과 관련시키는 재생적 상상력이 보다 큰 역할을 하게 된다.[17] 따라서 새로운 심미적 세계를 창조하는 작업이라기보다는 이런 심미적 세계에 의미를 새롭게 부여하는 작업이라고 할 수 있다.

즉 문학 작품의 이해와 감상은 독자의 수준에 따라 각기 다른 상상력의 실천이 이루어지는 과정이며, 학교에서의 문학 교육은 이때 생기는 이해와 감상의 차이를 인정하는 한편, 그 간격을 좁혀서 객관적인 해석에 동참하도록 하는 목표를 세우고 있다. 그래서 우리 문학 교실은 학습자의 수준 차이에서 생기는 문학 수용의 다양성을 허용하면서도 국가 단위의 제도적인 교육 평가에 보편적으로 적용될 수 있는 타당한 수용을 지향하는 이율배반적인 양상을 보여주고 있다.

4. 문학 표현과 이해의 통합과 상상력

제7차 교육 과정에서 문학 교육의 목표는 "문학의 수용과 창작 활동을 통하여 문학 능력을 길러, 자아를 실현하고 문학 문화 발전에 능동적으로 참여하는 바람직한 인간을 기른다"[18]고 규정하고 있다. 이런 점은 제5차

---

17) 이런 측면을 칸트(I. Kant)의 관점에서 설명하면, 직관과 관련이 있는 자발적인 생산적 구상력보다는 연상과 경험적 법칙의 종합으로 본 재생적 구상력의 작동이라고 할 수 있다. I. Kant, 전원배 역, 『순수이성비판』, 삼성출판사, 1977, 156~157면; R. L. Brett, 심명호 역, 『공상과 상상력』, 서울대 출판부, 1979, 65면.
18) 교육부, 『국어과 교육 과정』, 교육부, 1997, 151면.

와 제6차 교육 과정에서 문학 교육의 목표가 이해와 감상, 즉 수용의 측면에 집중되었던 것에 비하여, 문학의 창작적 측면도 고려하여 문학 학습의 균형성을 추구하고 있다는 점에서 긍정적으로 평가할 수 있다.

그러나 이 경우 '창작'이라는 용어가 주는 제한적인 의미 때문에, 국어 교육 또는 문학 교육에서 목표로 할 수 있는 표현 행위 일반을 배제할 수 있다는 약점도 지니고 있다. 특히 문학 작품의 이해와 감상 과정을 단순한 수용의 과정이 아니라 상상력을 동원하여 새로운 의미를 부여하는 표현 행위라는 점을 무시하게 된다. 더구나 이런 관점은 최근 문학 교육에서 읽기 / 쓰기의 통합이라는 시각이 도입되고 있는 현실19)을 감안한다면, 문학의 창작 과정뿐만 아니라 문학 작품의 수용 과정에서의 표현 행위에 대해서도 창작의 범위를 확대하여야 한다.

읽기 / 쓰기의 통합이라는 시각은, 수용의 측면만을 주목하였던 기존의 '읽기' 개념을 확장하려는 최근의 문학 교육 논의에서 널리 받아들여지고 있는 견해로, 표현과 이해, 이해와 표현이 문학 작품에 대한 독자의 주체적인 의미부여 방식이라는 관점과 밀접한 관련이 있다. 다만 창작 과정에서의 표현 행위와 수용 과정에서의 표현 행위는 표현의 주체와 표현의 작용 대상이 다를 뿐이며, 표현의 결과 즉 그 생산물이 다를 뿐이다.

그러나 이런 '읽기' 개념의 확장, 즉 이해 / 표현의 통합이라는 시각은 문학 학습이 이루어지는 문학 교실에서 쉽게 확인할 수 있다. 즉 교사들이 문학 교실에서 실시하는 문학 작품에 대한 해석이나 설명은 또 다른 측면에서의 표현 행위이며, 이런 문학 교실에서 일어나는 학생들의 감상 행위 역시 문학 작품에 대한 표현 행위라고 볼 수 있다. 또 학생들이 문학 작품을 읽는 활동과 이를 기초로 하여 감상문을 쓰는 활동이나 작품에 대한 평가 활동도 일종의 문학 표현 행위에 포괄할 수 있다.

이런 측면에서 문학 교실에서 문학 작품이나 다른 대중 문화에 대한

---

19) 최미숙, 「한국 모더니즘시의 글쓰기 방식에 관한 연구」, 서울대 대학원, 1997, 152~155면.

비평적 감상문 쓰기, 즉 비평적 에세이 쓰기를 강조하는 견해[20]도 맥락을 같이 한다. 이런 견해에 따르면, 문학 작품에 대한 독자 자신의 사고, 특히 생산적 사고를 글이나 말로 표현하는 과정에서 문학 작품에 대한 이해와 감상도 더욱 고양시킬 수 있으며, 궁극적으로는 글읽기와 글쓰기라는 상반되는 것처럼 생각되었던 국어 교육의 내용도, 문학 학습을 통하여 결합하는 통합적 교육 효과도 얻을 수 있다는 것이다.

또한 일반적인 독자들에 의해 행해지는 독서 행위나 전문가들에 의해 이루어지는 문학 작품에 대한 비평 행위도 마찬가지로 표현 행위이다. 이런 행위들은 문학 작품 읽기를 통하여 문학 세계를 이해하는 것이자, 이런 세계에 대한 또는 이런 문학 작품이 주는 의미에 대한 자기 표현 행위이다.[21] 그리고 반대의 측면에서는 전문가들의 문학 비평에서 일반적인 문학 감상문까지 문학 작품에 대한 해석이나 감상이 이루어지는 모든 표현 행위가, 나름의 상상력을 동원하여 문학 작품을 이해하는 과정이다.

물론 문학 작품의 이해나 수용이 독자에 따라서는 표현 행위를 동반하지 않을 수도 있다. 즉 대중적인 독자를 염두에 두지 않는 내면적 표현 행위(일기 등)가 있는 것처럼, 독자의 정서나 삶과 관련하여 내면화에 머무는 이해나 수용도 있을 수 있다. 이런 문학 행위 역시 문학 교육이 자기 표현 행위이거나 자기 이해 행위라는 의미에서는 중요하게 취급될 수 있다. 그러나 이런 점은 상상력과는 좀 거리가 있다. 더구나 어떤 문학 작품이나 독자의 이런 이해 행위를 통하여 이루어지는 창조적 표현 행위라는 실천이 뒤따르지 않는다면 그 문학적 의미는 제한적일 수밖에 없다.[22]

---

20) 김동환, 「비평적 에세이 쓰기」, 『문학과교육』 7호, 1999년 봄.

21) 쟝 피에르 리샤르의 "비평이란 하나의 해석학(Herméneutique)이며 동시에 하나의 조합술(art combinatoire)이다. 비평은 집합시킴으로써 뜻을 풀이하는 행위이다"는 말도 같은 맥락에서 해석이 가능하다. 이와 같은 맥락에서 김윤식은 조연현의 비평을 '표현으로서의 비평'으로 규정하고 있다.

　　J. P. Richard, *L'univers imaginaire de Mallarmé*, Paris; Seuil, 1961, 15면(김화영, 『문학 상상력의 연구―알베르 카뮈의 문학세계』, 문학동네, 1998, 51면에서 재인용). 김윤식, 「위기 의식의 세 가지 형식」, 『발견으로서의 한국현대문학사』, 서울대 출판부, 1997, 463~466면.

이런 관점에서 문학의 이해와 표현의 통합과 글읽기와 글쓰기의 통합이라는 새로운 교육적 시각은, 표현 행위라는 측면에서 상상력과 만나게 된다. 특히 문학 작품의 창조 과정에 작용하는 상상력보다는 문학 작품의 이해 과정에 작용하는 상상력이 문학 교육이라는 측면에서는 더욱 중요하게 작용할 것이다. 이런 측면은 문학 교육이 문학 작품에 대한 단순한 이해와 감상보다는 사고력 신장이나 창의성 함양에도 도움을 줄 수 있다[23]는 측면에서 더욱 그렇다.

그것은 문학 교육이 일기와 같은 자기 표현이나 자기 내면화나 독자의 정서 함양과 같은 제한적인 의미를 지양(止揚)할 때 부각될 수 있는 관점이다. 실제로 문학 작품을 이해하고 감상하는 과정은 문학 자체에 대한 이해와 감상에 머물지 않는다. 문학 작품을 읽는 독자에게 그것은 있는 그대로가 아니라, 독자의 삶이나 경험·이성·인지 등과 관련하여 인식된다. 개별적이고 특수한 독자의 상황에 따라 또 다른 텍스트로 표현되게 된다. 문학 작품에 대한 심층적 이해뿐만 아니라 재해석 작업 또는 새로운 의미부여 작업이 이루어지게 된다. 그래서 문학을 수용하는 독자의 다양성은 곧바로 독창성과 연결될 수 있다.

실제로 독자의 상상력 작용이 정신적·심리적이라는 속성 때문에, 문학의 수용은 선조적(線條的)이거나 평면적이지 않고, 복합적이고 입체적인 특성을 지닌다. 또한 문학이 애매하거나 함축적인 의미를 지닌 언어 표현이라는 측면도, 이런 다양성을 낳게 되는 요인이 된다. 이때 독자의 창조 능력 또는 표현 능력이라고 할 수 있는 상상력은 언어적 사고력이나 창

---

22) 문학 작품의 이해 과정에 코울리지의 상상력 개념을 적용하면, 독자의 정서적 내면화에 머무는 경우는 1차적 상상력의 발현이라면, 언어적 표현 행위로 실현되는 경우에는 2차적 상상력이 작용하는 것이라고 구분하여 설명할 수 있다.

23) 김광해 외,『초등용 사고력 신장 프로그램 개발 연구』, 서울대 국어교육연구소 연구보고서, 1998; 김대행,「사고력을 위한 문학 교육의 설계」,『국어교육연구』5, 서울대 국어교육연구소, 1998; 김중신,「창의적 사고력과 문학 교육」,『문학 교육─장(場)의 새로운 구성을 위하여』, 한국문학교육학회 제14회 학술대회 발표문, 1999.

의성[24]과 연결된다. 특히 이런 점은 문학적 상상력 이론의 고유한 특성으로, 문학 독자의 다양성을 강조했던 수용 미학의 한계와 구별되는 접점이기도 하다.

이런 관점에서 문학의 다의적이고 함축적인 표현을 읽어낼 수 있는 인간의 정신 능력, 그리고 이를 언어로 표현할 수 있는 능력이 상상력이다. 따라서 문학 교육은 이런 문학적 상상력을 통해서, 문학 작품을 이해하고 이런 자기 이해의 감정이나 사상을 언어로 표현하게 된다. 그리고 이런 이해와 표현이 통합을 지향할 때, 문학 작품에 대한 이해·감상의 단계를 넘어서, 창의성 함양이나 사고력 신장이라는 국어 교육의 또 다른 목표에도 도달할 수 있게 된다.

5. 언어적 상상력과 국어 교육

국어 교육, 특히 문학 교육에서는 상상력의 계발이 중요한 교과 목표 중의 하나로 설정되어 있는데, 이는 문학의 본질에서 비롯된다고 할 수 있다. 특히 문학을 허구의 세계를 표현한 것으로 보는 관점에서 상상력의 세련은 문학 교육의 중요한 본령이라 할 수 있다. 또한 이런 문학적 상상력은 창작의 측면에서 중요할 뿐만 아니라 독자들의 수용의 측면에서도 중요하다는 점에서, 이 글은 지금까지 논의를 전개하였다.

아울러 한 편의 작품을 창작할 때뿐만 아니라 감상할 때 나타나는 창

---

24) 여기서 '언어적 사고력이나 창의성'이라고 제한하여 설명하는 이유는 사고력이나 창의성의 개념이 너무 다양하게 사용되기 때문이다. 예를 들면, 사고력이나 창의성은 과학이나 교육과 같은 일반 학문의 영역에서는 문학적 창조력보다는 독창적인 것을 새롭게 창안하는 능력으로 해석된다.

의성이나 다양성 등은 독자의 상상력에 전적으로 의존한다는 점을 밝혔다. 이런 차원에서 문학 학습의 과정은 해당 작품에 대한 지식이나 정보만을 습득하는 것이 아니라 자기 표현 행위로 확대 해석되어야 하며, 어떤 문학 학습을 통해 얻게 되는 지식이나 정보, 표현 능력은 다른 문학 작품에 적용할 수 있는 능력을 습득하는 것이라고 할 수 있다.

이런 특성을 지니는 문학적 상상력은 문학의 매재(媒材)인 언어를 매개로 한 언어적 상상력이다. 그것은 창조 과정뿐만 아니라 수용 과정에서 언어를 통해 표현되어야만 문학적 상상력이라고 규정되는 데에서도 쉽게 확인된다. 따라서 문학적 상상력의 고양이나 학습은 언어 학습으로 확대되게 된다. 즉 상상력을 활용한 문학 학습을 통하여 국어 교육의 일반 목표들도 동시에 달성할 수 있다는 점이다. 더구나 문학이 고급스런 언어 표현이라는 점에서, 그 효용성이나 효과는 증대될 수 있다.

그리고 이런 방향성을 지향할 때, 국어 교육의 내용 영역[25]이 말하기·듣기·쓰기·읽기·문학·어학(또는 표현·이해·문학·어학) 등으로 세분화되어, 각 영역에서 독립적인 학습 활동이 이루어지고 있는 국어 교육의 현실을 극복하고, 문학 텍스트 또는 다른 언어 텍스트 내에서 표현이나 이해의 학습 활동을 같이 수행하는 통합 학습[26]의 목표를 달성할 수

---

25) 국어 교육의 내용 구조는, 학습 활동이라고 할 수 있는 말하기, 듣기, 쓰기, 읽기 등의 표현, 이해 영역과 학습 활동의 대상이 되는 문학, 어학 등으로, 각기 다른 기준에 의하여 분류·구성되어 있다.

26) 현재 우리의 초·중·고등학교에서 학습되고 있는 국어 과목에서 중학교를 제외하고는 어느 정도 이런 통합이 이루어지고 있다. 그러나 언어 활동의 측면에 중점이 놓여 있거나, 학습 단계에 따라 학습 내용이나 영역을 단계화하는 위계화의 문제를 고려하지 않고 있어서 재고(再考)를 요한다. 그렇다고 해서 국어 교육의 모든 단계에서 이런 통합을 지향하여야 한다는 주장은 아니다. 통합의 원리는 국어 교육의 내용을 결정하는 또 다른 기준인 위계화의 원리에 맞추어 학습 내용이나 영역을 조절하여야 한다. 또한 학습 활동의 통합이나 학습 활동의 대상을 주제나 제재별로 묶어서 나열하는 수준의 통합(정구향 외,『제7차 교육 과정 개정에 따른 국어과 수준별 교육 과정 적용 방안과 교수·학습 자료 개발 연구』, 한국교육과정평가원, 1998) 역시 극복되어야 한다. 이런 점에 대해서는 영국의 교육 과정을 설명하고 있는 다음의 글을 참조할 수 있다.
   김대행,「영국의 문학 교육─평가를 통한 언어와 문학의 투시」,『국어교육연구』 4,

있게 된다. 문학 작품을 통해서, 말하기·듣기·읽기·쓰기와 같은 국어 교육의 제반 활동의 목표를 실현할 수 있어야 한다. 이런 방식을 통하여 문학의 속성이나 원리를 활용하여 국어 교육의 제반 활동을 수행함은 물론, 위계화의 문제를 고려하여 문학의 본질이나 실체에 대한 학습도 할 수 있어야 한다.

끝으로 이 글은 문학적인 상상력을 중심으로 논의를 전개한 관계로, 필자의 관점이 문학주의에 기반을 두고 있다고 오해되지 않기를 바란다. 상상력이 언어로 표현되지 않으면 공상이나 환상의 수준에 머무는 것이며, 그것은 사고력이나 창의성 등으로 확대될 수는 있지만, 언어적 상상력과는 관계가 없는 것이기 때문이다. 따라서 상상력이 언어로 표현되거나 언어 예술인 문학으로 표현될 때, 비로소 언어 교육 일반 나아가서는 국어 교육과 관련되기 시작한다는 사실에서 언어적 상상력 논의를 출발하여야 한다.

서울대 국어교육연구소, 1997.

제 3 장

매체를 활용한 현대시 교육

1. 현대 사회와 매체 교육

새로운 세기 즉 21세기라는 현대 사회에서는 문자 중심으로 이루어졌던 문학이라는 예술 활동 부분은 급격한 변화의 국면을 맞고 있다. 이미 과거처럼 문자나 언어 중심의 문학만이 아니라 사이버(Cyber) 공간이나 영화, 텔레비전과 같은 대중 문화 매체들이 예술 활동의 중요한 자리를 차지하고 있다. 또한 이같은 대중 문화 매체들이 문학과 교류를 확대하면서, 부분적으로는 오래 전부터 우리 인간들의 몸과 마음 속에서 문학이 차지하고 있던 자리를 심각하게 위협하고 있다.

실제로 우리는 눈만 뜨면 대중 문화 매체가 전달하는 무수한 정보의 홍수 속에서 살고 있다. 그래서 예전처럼 오늘날의 문학이나 문화 향유자들은 시간적 여유를 가지고 시와 소설을 읽거나, 공연장에 찾아가서 연극을 보려고 하지 않는다. 구태여 발걸음을 옮기기 어려운 자리에 가지 않더라도, 리모콘만 누르면 텔레비전이나 비디오를 통하여 문학의 전환물들을 볼 수 있고, 컴퓨터의 키만 누르면 책이나 극장과는 다른 공간에서 손쉽게 문학을 만날 수 있다.

이렇게 우리가 손쉽게 만날 수 있는 문학 작품 또는 유사 문학은, 책으로 보는 문학 작품보다 흥미를 끌만한 다양한 방식과 장치들을 통하여 시청자나 독자에게 사실적으로 다가온다. 움직이는 그림으로 사건의 전개를 보여주고 있으며, 목소리로 그 내용을 전달하려고 한다. 글자로 읽는 내용조차도 때로는 분위기에 맞는 배경 음악이 잔잔하게 깔려서, 이를 수용하는 사람을 정서적으로 몰입하게 한다.

더구나 현대 사회에서의 학습자, 즉 학생들은 기성 세대보다도 더 많이 대중 문화 매체에 노출되어 있다. 대중 문화 매체와 같이 호흡하면서 성장하였다고 과장하여 말할 수 있다. 그들은 만화 영화나 그림책, 만화로 동화나 동시를 배우기 시작했으며, 텔레비전 인형극이나 만화로 고전 명작을 기억하고 있다. 만화 영화의 주제가를 부르면서 노래를 배웠듯이, 우리의 청소년들은 고전 명작들도 그런 정도로 알고 있다. 최근에는 컴퓨터 게임에 빠져들면서, 『삼국지』와 같은 소설도 가상 공간에서 일어나는 우주 전쟁이나 별 차이가 없는 게임 정도로 기억하고 있다.

이처럼 현대 사회가 급격히 변화함에 따라 문예학에서 사회 현실을 반영하는 것으로 설명되고 있는 문학 역시 그 내용은 물론 형식이 빠르게 바뀌고 있다. 아울러 앞에서도 밝혔듯이 이를 수용하는 독자 역시 변화하고 있으며, 이에 따라 필연적으로 문학 작품을 창작하는 작가도 변할 수밖에 없다. 사이버 공간을 찾는 독자를 위해, 동영상을 찾는 시청자들을 위해서, 현대 사회의 문학은 변하지 않으면 안될 상황에 직면하고 있는 것이다. 실제로 독자도 변하고 있으며, 사이버 공간을 활용하여 나름의 문학 세계를 구축하고 있는 작가들을 보면, 이런 문학 작품의 창작과 수용 공간이 변화되고 있음을 실감할 수 있다.

이런 새로운 시대와 문학의 변화에 부응하여 문학 교육 역시 새로운 방향에서 그 방법론과 실천을 모색하여야 한다. 그동안의 학교 교육에서 보여주었던 것처럼, 문자를 중요한 매체로 하는 문학 교수-학습 활동으로는 더 이상 변화하는 현대 사회의 문학과 그 교육적 요구들을 제대로 감당할 수 없다. 따라서 현실 사회와 현대 사회에서 문학 창작과 수용, 존재 등의 변화에 발맞추어, 문학 교육 역시 새로운 방법론을 찾아야 할 필요성이 절박한 실정이다. 이런 점은 문학은 물론 교육 전반에서도 제기되는 문제로, 현대 사회에서 지식 교육만이 아니라 인간 교육을 담당할 수 있는 교과에서 공통적으로 제기되고 있는 사항이기도 하다.

이런 관점에서 보면, 현재 이루어지고 있는 시 교육에는 변화가 불가피하다. 현대시를 교수-학습하면서 예전처럼 시인에 이력에 대하여 알아보고, 시의 운율·주제·제재·비유·이미지 등과 같은 시의 형상적 요건들에 대한 개념들을 중심으로 하는 학습 내용을 시 작품에서 확인하는 작업을 계속할 수는 없다. 이같은 시 교육 방법은 이미 구시대의 관습으로 간주되고 있다. 따라서 이를 반성하는 차원에서 새로운 각도에서 시도할 수 있는 현대시 교육 방법이 다양하게 모색되어야 한다.

이 글은 이런 차원에서 문학 또는 문학 교육이 위기에 봉착하고 있다는 진단을 바탕으로 하여, 이러한 위기를 타개하기 위한 구체적인 방법적 모색을 탐색하고자 한다. 이를 위하여 문학의 교수-학습에 다양한 매체 언어를 도입하는 방법의 실제와 그 이론적 근거를 찾고자 한다. 이는 그동안 문학 교육에서 매체 언어가 도입되어야 한다는 당위론의 차원의 주장을 극복하고자 하는 것이며, 현장의 문학 교실에서 다양한 형태로 실시되고 있는 매체 언어 교육의 이론적 기틀을 제공하고자 하는 데 목적이 있다.

이런 분야는 대중 문화론이나 매체를 활용하는 교육 공학의 분야에서는 이미 중요한 학문적 연구의 대상으로 자리를 잡고 있다. 그러나 국어 교육, 좁혀서 말하면 문학 교육의 분야에서는 이에 대한 심층적인 탐구가 부족하였다. 앞에서도 언급한 바 있는 것처럼, 당위론만이 무성할 뿐이다. 이제 이런 점을 극복하기 위하여 이론적 바탕 위에서 실천 가능한 방법을 찾아야 하며, 이런 연구를 실용의 차원으로만 떠넘길 수도 없다. 상업적 목적으로 여러 사람들에 의하여 여러 형태로 제안되는 매체 언어 교육의 문제에 대해서는 더 이상 방관적인 자세로 일관할 수 없다. 이 글은 이런 차원에서 현대시 교육의 매체 활용 방법과 현대시 교육과 관련시킬 수 있는 새로운 표현 매체 언어에 대한 교수―학습 방법의 가능성을 살펴보고자 한다.[1]

2. 이해 교육을 넘어 표현 교육으로

먼저 생각할 수 있는 문제는 이해 교육을 넘어 표현 교육을 지향하여야 한다는 명제이다. 이 점은 이미 제7차 교육 과정에도 명시된 것으로, 문학 교육이 문학에 대한 지식을 학습했던 제4차 교육 과정기나 문학 작품의 이해와 감상을 목표로 했던 제5차와 제6차의 교육 과정기에 대한 비판을 바탕에 두고 있다. 제7차 교육 과정에서는 문학 작품의 수용과 창작(표현)을 목표로 하고 있다.[2] 따라서 앞으로의 문학 교육은 문학 작품의 이해와 창작을 구체적으로 실천할 수 있는 방법론을 적극적으로 모색하여야 한다.

다만 이 논의에서는 '창작'이라는 용어를 전문적인 작가의 창작 행위가

---

1) 본격적인 논의에 앞서 몇 가지 점을 전제로 한다. 그 하나는 본 연구가 매체에 대한 교육이 아니라 매체를 활용하는 교육 방법을 모색한다는 점이다. 다음으로는 media를 원칙적으로 매체로 번역하되, 국어 활동에서 고려되는 media는 매체 언어로 사용한다. 또 다매체 중에서 현대시 교육에 활용 가능한 일부 자료만을 논의하고자 한다.

2) 교육부, 『국어과 교육 과정』, 교육부 고시 제1997―15호, 1997, 150~151면.

아니라 학습자 수준의 자기 표현 행위를 지향하는 정도로 규정하며, 나아가서는 문학 작품에 대한 이해와 감상에 대한 학습자의 비평적인 감상문 쓰기나 말하기와 같은 표현 행위로 해석하고자 한다. 따라서 앞으로의 논의에서는 이미 제한적인 의미로 사용되고 있는 창작이라는 용어보다는 좀더 포괄적인 용어인 표현이라는 용어를 주로 사용할 것이다.

또한 앞으로 우리가 모색할 수 있는 교수-학습의 전략은 문학의 이해와 표현 또는 수용과 창작을 분리하지 않으며, 이 과정에는 인간의 창의력이나 사고력이 다양하게 나타날 수 있음을 전제로 한다. 즉 문학의 이해와 표현 단계는 학습자의 각기 다른 특성이 창조적으로 발현되는 과정이며, 우리의 문학 교육은 이런 문학에 대한 이해를 통해서 학습자 자신들의 생각을 적극적으로 말하거나 쓸 수 있어야 하고, 이같은 활동이 이해와 표현을 아우르는 문학 교육의 목표를 구체화할 수 있는 방법이다.

그리고 이런 문학 교육의 목표를 위한 교수-학습의 전략들을 실제 예를 중심으로 접근할 수 있다. 먼저 문학 작품의 이해 / 표현의 학습 전략으로 '시의 제목만으로 시의 내용을 표현하기'라는 학습을 생각할 수 있다(반대로는 제목 없는 시에 제목 붙이기도 생각할 수 있다). 이런 학습 활동은 교과서에 수록된 시는 물론 수록되지 않은 시에 대한 구체적인 학습에 들어가기 전에 시의 제목을 학습자에게 제시하여, 표현이 가능한 시의 내용을 발표하게 하는 방법이다. 이 과정에서 추상적인 시의 제목은 물론 보다 구체적인 시의 제목이 각기 어떻게 작용하는가를 알 수 있으며, 학습자의 수준에 맞는 다양한 관점의 내용이 제시될 수 있다.

이때 학습자는 문학 작품을 수용하는 단선성(單線性)을 극복할 수 있다. 수용을 넘어 보다 적극적인 관점에서 문학을 창작하는 단계에서의 활동에 대하여 사고할 수 있게 된다. 특히 이 과정에서는 학습자의 상상력이 작동하여 다양한 문학 형상화의 가능성을 확인할 수 있다. 아울러 이런 활동은 그동안의 교과서에 수록된 정전 중심의 시 이해 교육을 학습자 중심의 시 표현 교육으로 전환시킬 수 있으며, 학습자의 정서나 이해 수준과 유리(遊離)된 기성 시인들의 시 작품을 중심으로 교수-학습 활동이 이루어지는 시 교육의 한계도 극복할 수 있다.

이런 교수 학습은 학습자의 표현 능력은 물론 창의력이나 사고력을 확인할 수 있으며, 부수적(附隨的)으로는 다른 어떤 갈래보다 중요한 의미를 지니는 시의 제목에 대해서도 바르게 이해할 수 있는 효과도 얻을 수 있다. 즉 문학에 대한 제반 지식을 암기하는 것이 아니라 문학의 속성을 이해하여 이를 언어 생활에서 활용하고, 이런 문학 학습이 결코 우리의 일상 생활과는 별개의 특별한 것이 아니라 우리 주변의 이야기를 표현하는 것이라는 사실을 실천적으로 확인할 수 있다.3)

실제로 우리의 일상 언어 속에는 많은 문학 표현들이 알게 모르게 활용되고 있다. 직접적으로 표현하기 어렵거나 보다 사실적으로 표현하기 위하여 돌려서 말하기 또는 빗대어 말하기의 방식이나 비유하거나 상징적 표현을 빌어 말하는 방식을 쓴다. 또한 강조하거나 강하게 긍정 또는 부정하기 위하여 역설적이거나 반어적 말하기를 활용한다. 때로는 의문을 제기하여 자신이 옳다는 사실을 강조하기도 한다. 이처럼 우리는 시 작품이 아니라도 광고와 같은 일상의 언어에서 다양한 시적 표현들을 만날 수 있다.

그리고 이같은 언어 활동은 문학의 속성을 활용하는 방식이라고 할 수 있다. 문학의 구체적인 실상에 대하여 교수-학습하는 것이 아니라, 문학의 속성을 교수-학습하여 일상 생활에 적용하는 것이다. 즉 문학 또는 시의 본질적 속성이라고 할 수 있는 요소들을 일상의 언어 생활에서 다양하게 찾는 방식으로, 결코 문학이 고급스런 예술 활동만이 아니라 일상의 언어 자료로 훌륭하게 활용될 수 있다는 사실이다.

또한 이런 학습 전략은 우리의 문학 교실에서 널리 활용될 수 있는 것으로, 시를 학습하면서 시에 대한 지식 학습은 물론 생활과 관련하여 시

---

3) 김대행 외, 『문학교육원론』, 서울대 출판부, 2000.

의 속성이 활용되는 실제를 확인할 수 있으며, 이를 통하여 학습자의 생활과 유리되지 않은 재미있는 시 학습을 유도할 수 있을 것이다. 문학 학습을 통하여 문학 교육의 지향점을 확대함은 물론 문학에 대한 올바른 이해의 폭도 증진시킬 수 있다.

이와 비슷한 예로 이야기를 가지고 있는 시의 내용을 이야기로 표현하는 활동을 들 수 있다. 김소월의 「접동새」나 백석의 「여승」과 같이 이야기를 시적으로 형상화한 작품을 다시 학습자의 수준에서 이야기로 재구(再構)함으로써, 서사인 이야기 문학과 개인의 정서 표현인 서정 문학의 차이를 이해하고 이런 서정적 표현을 위해 시인이 표현의 단계에서 고려할 수 있는 바를 추론할 수 있을 것이다. 이런 방식은 패러디 시 쓰기나 습작 시 쓰기와 더불어 우리의 문학 교실에서 창작 교육이 그 원래의 개념 수준에서 비교적 충실하게 교수-학습되는 효과도 거둘 수 있는 방안이다.

아울러 이런 시 학습 방법은 시 교육을 표현론의 측면에서 접근할 수 있는 가능성을 열어줄 수 있으며, 이야기 양식과 노래하기 양식의 차이가 단순한 지식의 차원이 아니라 교수-학습 활동을 통해 인지되는 지식으로 자리를 잡을 수 있다. 이 과정에서 시인이 시적 형상화로 나타낸 표현 의도도 중요할 수 있지만, 바람직한 학습 활동은 학습자를 활동의 중심에 놓아야 한다. 따라서 학습자들이 각기 다르게 표현하는 활동의 의미를 존중하면서, 이렇게 표현한 의도를 되묻는 활동을 통하여 적극적인 표현 교육을 지향하여야 한다.4)

또 위의 방식과는 다른 차원에서 시를 산문으로, 산문을 시로 표현하는 학습이 있을 수 있다. 이 경우에는 시의 언어와 산문의 언어, 문학의 언어와 일상의 언어가 가지는 특성을 이해하고, 이를 적극적으로 표현 활동에

---

4) 이와 관련하여 최근 문학 교육에서 표현론에 대한 관심을 보여주고 있다. 윤여탁, 「문학 교육에서 상상력의 역할―시의 표현과 이해 과정을 중심으로」, 『문학교육학』 3, 1999년 여름.

활용할 수 있게 된다. 특히 시어의 함축성·간결성·비유나 상징 등을 활용하는 특성을 바르게 이해하여, 일상의 말하기나 글쓰기와의 차별성을 인식하여 표현 활동에 활용할 수 있다. 나아가서는 각 표현 매체에 따른 언어 표현의 차별성을 지식 차원에서 학습할 수도 있을 것이다.

그리고 이런 교수—학습 활동은 문학적 언어의 다양한 표현 특성을 학습자 스스로 체득할 수 있게 하며, 나아가서는 이런 특성을 활용하는 말하기나 글쓰기로 전이시킬 수 있다. 즉 일상의 언어에 가까운 산문의 언어가 어떤 특성 때문에 시적 언어와 다른가를 인식할 수 있으며, 이 과정에서 시적 언어가 활용하는 시의 표현 기교와 그 효과를 학습할 수 있다. 궁극적으로는 시적 언어 역시 일상의 언어를 기반으로 하는 활동이지만, 시적 자유가 보다 널리 허용되는 표현 방식임을 이해할 수 있을 것이다.

또 시의 화자나 주인공에게 편지 쓰기라는 활동을 통하여, 시의 화자에 대한 학습을 할 수 있다. 김소월의 「진달래꽃」이라는 시의 화자에게 편지 쓰기라는 활동을 통하여 시를 화자 중심으로 감상하는 효과뿐만 아니라, 시의 화자를 옹호하거나 비판하는 말하기나 글쓰기 활동을 통하여 학습자 자신의 생각을 표현하는 적극적인 활동을 유도할 수 있다. 이런 시 학습 방법은 시에 대한 이해 또는 시에 대한 지식 학습을 넘어 문학적 표현—창작과는 다른 측면에서 이해를 통한 표현 활동을 같이 학습하는 방안으로, 최근에 문학 교사들이 우리의 문학 교실에서 다양한 방식으로 시도하는 예의 하나이다.

이런 교수—학습 활동은 시적 화자에 대한 정확한 이해를 기초로 하며, 시적 화자가 겪고 있는 처지와 그렇게 표현한 의도를 읽어낼 수 있을 뿐만 아니라, 궁극적으로는 시가 표현하고자 하는 바를 이해하는 활동이 될 수 있다. 이 활동 단계를 통하여 시 학습은 텍스트 자체에 대한 분석으로 나아갈 수 있으며, 이에 대한 학습자의 관심과 이해를 파악할 수 있게 된다. 또한 시라는 양식의 특성을 충실하게 고려하는 시 학습으로 유도할 수 있으며, 소설이나 희곡과는 다른 양식인 시의 서술자에 대한 이해에도 이를 수 있게 된다.

이밖에도 시를 문학적 언어와는 다른 표현 매체로 전환시키는 교수-학습 활동을 전개할 수 있다. 즉 시를 한 폭의 그림이나 여러 컷의 만화로 표현하거나, 희곡이나 시나리오 등으로 바꾸는 활동이 그 예이다. 구체적인 예를 들면 유치환의 「깃발」을 그림으로 그리기 등을 들 수 있다. 이런 활동은 우선 기계 문명의 발달과 더불어 다양한 매체 언어를 활용하고자 하는 현대 사회의 학습 환경에 부응하는 활동이 될 수 있으며, 이런 현대 사회의 다양한 매체에 익숙한 학습자의 흥미와 결부시키는 교수-학습 활동을 구안할 수도 있다.

아울러 이런 학습 활동은 시가 궁극적으로 표현하고자 하는 바, 즉 시의 주제에 대한 이해에 이를 수 있으며, 학습자의 관점에서 이런 주제를 이해하는 주제의 자기화를 실현할 수 있다. 이처럼 시에 대한 이해의 핵심이라고 할 수 있는 시의 주제가 학습자들에게는 어떻게 받아들여졌나를 학습함으로써, 시와 문학의 기능이기도 한 효용성이라는 효과도 같이 얻을 수 있다. 이런 학습 방식은 문학 교육이 궁극적으로 지향하는 자기화 또는 자기 이해라는 목표를 실현할 수 있게 된다.

이상의 활동들이 가능한 우리의 문학 교실에서의 시 학습은 이제 새로운 교수-학습의 목표와 그에 부응하는 방법과 전략을 적극적으로 모색하여야 한다. 이런 이유는 앞으로 시행될 제7차 교육 과정기에서의 문학 교실이 문학 작품의 이해와 감상 중심의 한계를 넘어서 문학 작품의 표현과 창작이라는 관점을 표방하고 있으며, 문학의 실체를 학습하는 방향이 아니라 문학의 속성을 학습하여 일상의 언어 생활 속에서도 활용할 수 있는 문학 교육을 지향하기 때문이다.

이런 차원에서 이루어지는 시 교수-학습의 또 다른 예로, 모둠 수업을 통한 시화(詩畵) 만들기라는 활동을 들 수 있다. 즉 학습자들이 교과서나 다른 부교재에 제시된 시에 대한 토론을 바탕으로 하여, 시와 그림이 같이 있는 자료를 공동 작업으로 완성하는 활동이다. 이 경우에는 학습자들의 각기 다른 다양한 사고와 시에 대한 이해가 제시될 수 있으며, 이런 다양성이 조정되는 과정을 통하여 바람직한 토론 문화를 함양하고, 여럿이 같이 살아야 하는 공동 사회에서 요구하는 삶의 자세도 키울 수 있다. 즉 공동체 의식의 함양이라는 또 다른 국어(문학) 교육 목표에 도달할 수 있다.

물론 이런 교수―학습 활동은 참여자 모두에게 비슷한 역할과 지위가 부여된다면, 비슷한 수준의 독자가 있는 문학 교실이 아닌 서로 다른 수준의 독자가 같이 살고 있는 가정에서도 가능하다. 특히 이런 학습 활동은 다른 표현 매체 활용이라는 효과도 같이 거둘 수 있다는 점에서 다양한 효과를 거둘 수도 있다. 그리고 이를 통하여 참여자 모두가 하나라는 사실을 확인하고, 이런 공동의 작업에 같이 책임을 지는 효과를 거둘 수도 있다. 따라서 이런 학습에서는 학습자의 능력에 따른 역할 분담보다는 골고루 역할을 담당하여, 우열(優劣)로 결과를 평가하기보다는 맡은 일에 최선을 다하여 정해진 목표를 실현하는 교육적 효과를 얻을 수 있다. 또한 이 과정에서 제시되는 다양한 사고나 이해는 항상 똑같이 존중되어야 한다.

또 가족 구성원 모두가 참여하여 시 낭송 테이프를 만드는 활동을 예로 들 수 있다. 이런 과정은 토론이나 책임보다는 공동 작업을 통해서 하나의 조화로운 완성을 지향하는 학습 활동으로 이끌어야 한다. 상당 부분 시화 만들기와 같은 공동 작업과 같은 효과를 얻을 수 있지만, 표현 매체의 차이에서 오는 효과의 차이는 전혀 다를 것이다. 특히 문자 언어와 더불어 가장 중요한 문학 언어라고 할 수 있는 음성 언어로 전환시킴으로써, 표현 언어의 차이를 학습할 수 있다.

이처럼 시를 낭송하거나 암기하는 방식은 문화 교육의 관점에서도 그 의미를 찾을 수 있다. 시를 암기하여 일상 생활에 활용하여 보다 풍요로운 언어 생활을 지향할 수 있는 것이다. 아울러 녹음 테이프 제작 과정에서 배경 음악을 삽입함으로써, 시 감상에 상황적 주변적 요소가 어떻게 작용하는가를 알 수 있다. 특히 다른 양식에 비하여 정서적인 측면이 강한 시에서 이런 배경 음악과 같은 보조 자료는 시를 인지적(認知的) 차원뿐만 아니라 정의적(情意的) 차원에서 감상하도록 할 수 있다.

그리고 시 학습에서의 이런 매체 활용의 활동들은 말하기 / 듣기 / 쓰기 / 읽기 / 언어 / 문학 등을 통합적으로 수행하는 교육 활동에도 도움을 줄 수 있다. 즉 국어 교육에서 이런 다양한 활동을 함에 있어서 언어 중심의 제한된 틀을 벗어날 수 있는 가능성을 제공하고, 나아가서는 문학이 문자나 음성 언어의 테두리를 벗어날 수 있는 방법을 현시적(顯示的)으로 보여줄 수 있을 뿐만 아니라, 학습자들의 다양한 취향과 흥미를 충족시키면서도 교육적으로도 유익한 시 학습으로 이끌 수 있다.

이런 시 교육의 제반 활동은 그 활동 자체에 머물지 않고, 국어 교육의 제반 활동 특히 말하기 · 쓰기와 밀접한 관련 속에서 이루어져야 한다. 즉 왜 그렇게 표현했나를 말하기와 글쓰기라는 활동을 통하여 점검함으로써, 이런 활동을 다른 학습자에게 전이시키는 활동을 같이 수행하여야 한다. 아울러 시 교육이 문학을 대상으로 한다는 측면에서 문학 교육의 중요한 목표인 문학을 통한 문화 교육, 개인 성장 교육, 주체 양성 교육, 실용적인 언어 생활 교육이라는 지향[5]도 같이 달성할 수 있어야 한다.

3. 현대시와 표현 매체의 변화

앞에서 필자는 시 교육의 방법론을 소개하면서, 시 교육의 몇 가지 지향에 대하여 밝힌 바 있다. 예를 들면 학습자 중심, 표현 교육의 시각 보

---

5) 김대행 외, 『문학교육원론』, 서울대 출판부, 2000 참조.

완, 문학의 속성을 일상 언어 생활에 활용하는 시 학습의 방향을 지향하여야 한다고 제시하였다. 이런 방향성은 이제 문학 교육이 문학이나 작품을 중심에 놓고 하는 내용 학습 활동보다는 문학을 향유하는 사람을 중심에 놓아야 한다는 사실이다. 즉 문학이나 작품에 대한 이해와 활동들이 이를 향유하는 인간을 중심에 놓고서, 그 교육의 내용과 목표가 설정되어야 한다.

이 부분에서는 이처럼 현대 사회에서 문학의 판도와 문학 교육의 판도가 변하고 있음을 적극적으로 반영하여, 그동안 문자와 음성 언어를 중심으로 이루어졌던 현대시 교수-학습의 방법을 개선하기 위한 대안으로 다매체 언어(Multi-media)를 활용하는 방법을 모색하고, 그 구체적인 실천 방법을 탐색하고자 한다.6) 즉 영화·비디오·방송물(라디오·텔레비전·인터넷 방송 등), 컴퓨터 동영상, 뮤직 비디오는 물론 사진·그림·만화 등과 같은 새로운 매체 언어를 적극적으로 활용하는 현대시 교육의 방법론을 구체적으로 알아보고자 한다.

이런 측면에서 현대시 교육이 이루어지는 교실 장면을 염두에 두고서, 시 교육의 경우에도 텍스트에 대한 이해 과정에서 다매체 언어를 도입할 수 있다. 그리고 이런 방법을 선택할 때, 현대시 교육은 기존의 평가에서처럼 선택형 문제에 대한 답을 하는 것으로 만족할 수 없다. 앞에서 살핀 바와 같이 시를 이해하고, 이를 또 다른 글쓰기 즉 산문이나 이야기로 표현할 수 있으며, 그림이나 만화로도 표현할 수 있다. 시가 그림이나 만화, 영상으로 표현되어 교육될 수 있는 것처럼 말이다. 그리고 이런 활동이 제대로 이루어질 때, 현대시의 교수-학습은 문학 작품에 대한 이해를 넘어서 학습자 자신의 이야기로 전환시키는 표현 교육이라는 또 다른 문학 교육의 목표를 달성할 수 있다.

이는 현대시 교육에서 현대 기계 문명의 발달에 힘입어 도입된 다양한

---

6) 김대행 외, 「매체언어와 국어교육」, 『다매체 시대의 국어교육』, 98년 한국국어교육연구회 봄 학술발표대회 자료집, 1998.

매체 언어가 교수-학습에서 활용될 수 있을 뿐만 아니라, 이런 이해의 단계를 넘어서는 표현의 단계에서도 활용될 수 있다는 말이다. 예를 들면 학습자들이 이해한 시의 세계에 대하여 그림만이 아니라 영화나 드라마·연극·만화·광고 등으로 매체 전환을 하는 활동으로 나타낼 수 있다. 이 경우 현대시 학습은 시만이 아니라 문학 또는 다른 예술 영역과 교류하게 되며, 이런 관계를 고려함으로써 각기 다른 매체의 특성도 교수-학습하는 효과도 얻을 수 있다.

과거 20세기의 우리 근·현대 문학사에서도 문학은 다른 표현 매체와의 만남을 다양하게 추구했었다. 일찍이 이상이 건축이나 미술과의 만남을 시도하였고, 박태원이나 김기림이 영화의 기법을 소설이나 시에 적용하였다. 이같은 경향은 1980~90년대 들어 많은 문인들에 의하여 다양한 형태로 시도되었다. 특히 포스트 모더니즘이라는 문예 사조의 기법과 정신이 그 영향력을 확대하면서, 키치·패러디·패스티쉬 등의 방법론을 통하여 문학과 대중 매체의 행복한 만남이 본격적으로 시도되게 된다. 여기에서는 현대시의 한 예를 통하여 문학과 다른 표현 매체의 만남을 살펴보고, 이를 현대시 교육에 활용(?)할 수 있는 가능성을 논의하여 보자.

우선 박남철·황지우·장정일·유하 등으로 대표되는 현대시의 포스트 모더니즘적인 경향을 생각해 보자. 물론 시작(詩作)의 기반은 조금씩 달랐지만, 크게 보아 이들이 기법의 혁신을 통하여 새로운 시대 정신을 반영하고 있다는 점에서는 동일하게 평가할 수 있다. 그것은 단일한 시대 정신보다는 다원주의적 시대 정신의 반영이었으며, 전통적으로 받아들여졌던 시의 개념에서는 낯설고 실험적인 것이었다. 그들의 이같은 실험은 구태여 시가 아니어도 가능했지만, 글쓰기의 시작(始作)이 시(詩)였기에 시를 선택했을 뿐이다. 이 점은 그들의 표현 행위가 다양한 장르를 넘나들고 있는 사실에서도 쉽게 확인된다.

이제 한 예를 통하여 우리의 현대시가 다른 표현 매체와 어떤 만남을 시도하고 있으며, 이를 통하여 우리에게 왜, 무엇을 보여주고자 했는지를 살펴보자.

　　映畵가 시작하기 전에 우리는
　　일제히 일어나 애국가를 경청한다
　　삼천리 화려 강산의
　　을숙도에서 일정한 群을 이루며
　　갈대숲을 이룩하는 흰 새떼들이
　　자기들끼리 끼룩거리면서
　　자기들끼리 낄낄대면서
　　일열 이열 삼열 횡대로 자기들의 세상을
　　이 세상에서 떼어 메고
　　이 세상 밖 어디론가 날아간다
　　우리도 우리들끼리
　　낄낄대면서
　　깔쭉대면서
　　우리의 대열을 이루며
　　한 세상 떼어 메고
　　이 세상 밖 어디론가 날아갔으면
　　하는데 대한 사람 대한으로
　　길이 보전하세로
　　각각 자기 자리에 앉는다
　　주저앉는다

— 황지우, 「새들도 세상을 뜨는구나」

　영화를 시작하기 전에 '애국가'와 같이 나오는 화면을 보면서, 관객들이 느끼는 바를 이 시는 표현하고 있다. 화면에 나온 새들의 비상을 보면서, 비상을 꿈꾸는 우리 인간들의 욕망을 시인은 상상하고 있다. 그러나 화면은 이런 인간의 상상을 끝까지 허락하지 않으며, 다시 일상의 삶이나 영화 속의 현실로 돌아갈 것을 강요한다. 인간들의 꿈꿀 권리를 제한하고, 현대 문명이 유도하는 대로 살아갈 것을 강요한다. 이것이 현대 사회를 살아가는 인간들이 할 수 있는 전부이며, '주저앉는다'는 마지막 진술은 이들이 선택할 수 있는 행동의 한계를 잘 보여준다.

그러나 이런 메시지보다 더욱 문제가 되는 것은, 이 시가 영화를 소재로 하고 있다는 점이며, 이미 영화가 우리들의 삶 속에 깊이 작용하고 있다는 사실이다. 가장 순수하고, 고급스러운 언어 활동이라고 할 수 있는 시라는 문학의 장르에 침투(?)하고 있다는 점이다. 영화가 이미 우리들의 삶을 통제하고, 사유를 지배하는 위치로 격상되고 있음을 나타내고 있다. 영화는 조용히 우리를 관조할 수 있는 여유를 주지 않는다. 우리의 삶에 미치는 기계의 힘과 위력을 최대한 과시하고 있다.

시인 황지우는 언어를 구사하여 시를 쓰고 있지만, 그가 그려내는 것은 현대 사회를 지배하는 다양한 표현 매체이다. 따라서 그가 시의 소재로 쓰고 있는 만화·신문기사·전단이나 벽보·광고·음악·전자오락 등은 소재 차원에 머물지 않고 있다. 우리가 살면서 직면할 수밖에 없는 새로운 시대의 표현 매체들과의 피할 수 없는 만남을 주선하고 있으며, 문학 아니 시가 왜 이런 매체에 대해 관심을 가져야 하는가를 대변하고 있다. 더 이상 우리는 이것들과 떨어져서는 살 수 없다는 사실, 매체의 홍수 속에서 살아가야만 한다는 사실을 웅변하고 있다.

우리의 문학 교실은 이런 현실을 받아들여야 하며, 현대시 교육은 이를 교육의 대상으로 삼아야 한다. 그리고 이제 다양한 표현 매체를 통한 교육이 아니라 매체 자체에 대한 교육으로 나아가야 한다. 다양한 표현 매체가 우선은 현대시를 가르치기 위한 수단이 될 수 있지만, 궁극적으로는 매체 언어 자체를 교육하여야 한다. 역으로 이 과정에서 매체에서 활용하고 있는 문학적 속성을 찾아내는, 매체 교육과의 만남을 모색할 수 있다.

이제 다른 표현 매체가 현대 사회의 문화적, 예술적 경향을 선도하고 있다는 예측은 더 이상 허무맹랑한 것이 아니다. 언어를 매체로 하는 문학이 주류가 아니라 다른 표현 매체를 쓰는 양식이 주류를 차지할 수도 있다. 컴퓨터 통신망을 표현 매체로 하는, 소위 판타지 문학이 좋은 예가

아닐까 한다. 그리고 국어 교육, 문학 교육, 현대시 교육은 이같은 현상에
대하여 눈을 감을 수만은 없다.

4. 매체를 활용한 현대시 교육

다양한 표현 매체가 지배하는 새로운 시대에 문학은 어떤 자리에서 어
떤 역할을 할 수 있을까? 지난 세기의 예술들이 보여주는 현상들에서, 이
에 대한 단초를 예감할 수 있다. 소설이나 희곡과 같은 문학 작품이 영화
나 드라마로 다시 재창작되었는데, 이는 문학 작품을 시나리오와 드라마
의 원작으로 하여, 문학 작품이 전달하고자 하는 이야기를 재구성하는 방
식이다. 이 경우 소설이 독서의 대상이기보다는 영화를 전제로 창작된 시
나리오나 드라마 극본의 밑그림으로 인식되게 된다. 그리고 지난 세기에
소설과 영화가 맺은 관계는 대부분 이런 경우이다.

이에 비하여 보다 적극적으로 문학 작품이 영화 창작의 발상 단계에
작용하거나 소재 차원에서 활용되는 현상이 급증하고 있다. 2년 전에 개
봉된 「셰익스피어 인 러브」에서 보듯이, 영화라는 새로운 매체 창작 과정
에서 문학은 원작으로서의 기능도 상실하게 된다. 이미 영화라는 표현 매
체가 이 관계에서는 지배적임을 보여주는 단적인 예이다. 이 영화에서 셰
익스피어의 「로미오와 줄리엣」이라는 희곡 본래의 이야기는 사라지고, 희
곡의 내용(대사)의 일부가 허구적으로 재구성된 셰익스피어의 사랑을 다룬
영화의 소재로 활용되고 있다.

이와 비슷한 예로, 몇 년 전에 개봉된 한국 영화 「편지」를 들 수 있다.
이 영화 역시 황동규의 시 「즐거운 편지」가 주인공들의 사랑을 전달하는
매체로 동원되었으며, 이 영상 메시지는 사회적으로 편지 쓰기 붐을 조성

하기도 했다(물론 이 영화의 흥행이나 창작은 예전에 개봉된 일본 영화 「러브 레터」 와 밀접한 관련이 있다). 이처럼 현대 사회에서 주도적인 영향력을 행사할 것 으로 생각되는 다양한 표현 매체들은 문학을 소재의 차원에서 활용하고 있으며, 이 경우 문학은 매체가 전달하는 메시지에서 종속적인 역할만을 담당하고 있다. 부분적으로는 흥행을 목적으로 문학이나 작가의 명성을 배경 차원에서 이용하는 정도이다.

이처럼 영상과 언어의 만남이 이루어지는 영화나 만화 외에도, 그림이 나 사진과 언어가 만나는 광고의 예에서, 우리는 다른 표현 매체에서 문 학을 어떻게 활용하고 있나를 알 수 있다. 특히 상품에 대한 구체적인 정 보를 전달하는 광고 내용보다는 광고의 카피에서, 상품 광고보다는 기업 이미지 광고나 공익(公益) 광고에서 이런 현상은 두드러진다.

이 광고에는 눈을 감고 하얀 이를 드러낸 채 미소짓는 30대 초반의 여 성 사진이 같이 쓰이고 있다. 이 광고는 한 편의 시이다. 이 경우 여인의 사진은 시의 분위기를 보조하는 배경으로서의 이미지 기능을 할 것이다.

독자에게 쉽게 받아들여지는 아주 쉬운 시, 화자의 솔직한 감정을 표현한 시, 누구나 한 번쯤은 그런 감정에 빠지고 싶은 착각을 일으키는 시이다. 이 시가 광고라는 사실은 마지막 구절 외에서는 찾을 수 없다. 그러나 엄연히 이 메시지는 시라는 문학적 표현을 활용한 광고이다.

이 광고에서 사용된 시적 메시지는 이미지 외의 다른 시적 속성을 많이 구사하지 않고 있다. 즉 시의 속성인 비유나 상징·리듬·역설·반어 등보다는 일상적인 언어를 반복하면서, 독자들에게 낯설지 않은 언어로 친근하다는 메시지를 전달한다. 이 점은 시가 고급스러운 언어 활동이라는 기존의 관념을 깨트리고 있으며, 일상의 언어가 항상 시의 언어가 될 수 있다는 사실을 증명한다. 또한 시적 언어는 일상의 언어에 기반하고 있다는 사실도 깨우쳐 준다.

이처럼 현대의 표현 매체들은 문학을 널리 활용하는 추세이다. 상품에 대한 정보를 제공하는 경우에도 예외는 아니다. 이밖에도 이야기라는 서사의 속성이나 만화의 속성을 활용하는 광고도 있다. 소위 시리즈 광고가 그 예이다. 이 경우에는 이야기가 광고 메시지의 주된 요소이다. 애니메이션이나 컴퓨터 게임의 구성 역시 서사나 극의 이야기 구성 방식을 활용하고 있다. 다만 이 경우에는 게임을 조작하는 자, 컴퓨터 오락을 하는 사람들이 이야기의 전개를 선택하여 즐기거나 스스로 문제를 선택하여 해결한다. 즉 새로운 표현 매체의 제작이나 수용에 문학적인 속성이나 요소가 깊이 작용한다는 말이다.

이같은 현상은 문학 활동 영역이 앞으로는 문자라는 단일한 매체로 제한되지 않을 것임을 증명하는 예이다. 문학이 새로운 매체와의 만남을 통하여 그 영역을 확대할 것이며, 새로운 매체 역시 문학을 활용하여 그 효과를 극대화시키고 있다. 특히 문학은 그림으로 대표되는 새로운 표현 매체가 지배하는 현대 사회에서는 그동안 독점적으로 맡았던 고유한 역할보다는 언어 또는 문자라는 매체가 감당할 수 있는 부분적인 최소한의 역할을 담당하게 된다. 그리고 이처럼 수동적이고 보조적인 역할이 주어지는 한, 문학은 속성의 차원에서 존재할 수 있을 뿐이다.

따라서 국어 교육, 좀더 좁게는 문학 교육은 이런 현상을 받아들여, 그 구체적인 교육 방법을 모색하여야 하며, 이 일을 가장 효과적으로 수행할 수 있는 사람은 전적으로 문학을 교육하는 교사이다. 앞으로의 문학 교사는 이제 이같은 현상을 외면하고 옛날을 추억하면서 살아갈 수만은 없다. 물론 추억할 수 있는 자유는 여전히 허용되겠지만, 그것은 개인적인 일일 뿐 더 이상 문학 교실에서 고집되어서는 안된다.

5. 시 교육의 새로운 방법 모색

앞에서 언급한 새로운 문학 교육의 방향성을 반영하는 시 교육은, 학습자가 일상 생활 속에서 활용할 수 있는 것을 교수-학습하여야 하며, 학습자의 삶에 대한 성찰이나 삶의 태도를 정립하는데 도움이 되는 활동이 되어야 한다고 규정하였다. 이런 차원에서 시 학습은 교사와 학생 사이에 벌어지는 활동이라는 제한된 틀을 극복할 필요가 있다. 특히 이런 지향성은 제7차 교육 과정의 체계가 수준별, 통합적 학습과 과정(수행) 평가를 통해서, 문학 작품을 즐겨 읽는 '태도'를 확립하는 학습으로 나아가는 목표 설정과도 밀접한 관련이 있다.7)

이런 학습 방식은 시에 대한 학습자의 이해에 목표를 두는 것이 아니라, 자신들의 삶 속에서 그 의미를 찾는 활동이 중심이 되어야 하며, 학습자 자신의 것이 되는 시 교육이 되어야 한다는 말이다. 종전처럼 교사가 중심이 되어 암기할 지식을 주입하는 교육이나 이렇게 배운 문학 지식을

---

7) 이인제 외, 『제7차 국어과 교육과정 개발 연구』, 한국교육개발원 교육과정개정연구위원회, 1997.

고등학교를 졸업하는 순간에 까맣게 잃어버리는 교육이 아니라, 우리의 기억 속에 생생하게 살아 있어서 언어 활동이 이루어지는 어떤 자리에서나 활용될 수 있는 교육이어야 한다.

이 글은 이같은 차원에서 다양한 표현 매체를 중심으로 하여, 그동안 주로 우리의 시 교육에서 가능한 새로운 학습 활동 방법과 효과, 그 의미를 살펴보았다. 이 부분에서는 이런 다양한 시 교수—학습 전략이 궁극적으로 노리는 목표를 알아보고자 한다. 예를 들면 시의 제목을 통한 상상력 교육이나 시를 다른 매체로 전환하는 교육처럼 문학이라는 제한된 틀을 벗어나고자 하여 시도하는 학습 전략들의 의도와 효과를 확인하고자 한다. 즉 다양한 맥락에서 사용된 '새로운'의 교육적 가치와 이를 실천하는 데에 고려할 점을 생각해 보고자 한다.

이같은 시 교육의 방법론 모색의 목표는 한 마디로 창의력, 사고력 함양 교육으로서의 시 학습이라고 요약할 수 있다. 즉 우리 모두의 외양(外樣)이 다르듯이 생각이 각기 다르기 때문에, 학습 자료로 제공되는 텍스트를 바라보는 관점은 다를 수밖에 없다. 따라서 이런 다양한 이해와 감상 또는 표현과 창작 활동을 통하여 학습자들이 다양하게 사고하는 모습을 확인하고, 이를 통하여 독창적이고 창의적으로 생각할 수 있는 능력을 함양할 수 있는 교육을 지향하여야 한다.

이 과정에서 먼저 고려하여야 하는 사항은 학습자 변인의 다양성이라는 측면이다. 굳이 수용 미학이라는 거창한 이론적 무기를 거론하지 않더라도 문학 작품에 대한 다양한 접근 태도는 허용되어야 하며, 적어도 정의(情意)와 인지(認知), 이론과 실천의 양면성을 지닌 시(문학) 교육은 이 점에 대하여 무한한 가능성을 열어놓아야 한다. 그리고 이를 적극적으로 받아들일 수 있는 학습 방법은 물론 평가 방법도 같이 모색하여야 한다.

아울러 고려해야 할 사항은 교육 일반이 그렇듯이 시 교육 역시 인간들에 의하여 인간이 만들어내는 문학에 대한 학습이라는 사실이다. 인간학을 다루는 교수—학습 활동이기 때문에 인간 중심, 학습자 중심으로 학습할 수 있는 활동을 그 구체적인 내용으로 하여야 한다. 따라서 이런 방향성을 지닌 문학 교육 활동의 목표는 인간 교육이 지향하는 일반적인 목표이기도 하지만, 통합 교과적인 성격을 지닌 국어 교육에서 특별히 배려하여야 하는 목표이기도 하다.

그리고 이런 목표들은 시 교육 나아가서는 문학 교육, 국어 교육이 주어진 틀 속에 갇혀서 활동하는 교육이 아니라, 창의적인 사고력을 함양하는 교육을 지향할 때 올바르게 수행될 수 있다.[8] 실제로 모든 교육은 국가의 지배 이데올로기 재생산이라는 목표를 가지고 있다. 그러나 인간 교육이라는 측면 때문에 이런 목표는 비판적 주체 양성이라는 목표에 끊임없는 도전을 받는다. 이 과정에서 인간은 창의력, 사고력을 발현하게 되며, 시(문학) 교육은 이같은 교육의 목표를 실현하는 방안이 될 수 있다.

또 이 과정에서 우리는 다음과 같은 사항도 잊지 말아야 한다. 즉 학습자들이 흥미를 느낄 수 있는 내용이나 활동들은, 자신들의 체험이나 사고 영역 내에서만 이해하고 표현할 수 있는 정도로 아주 제한되어 있다는 점이다. 이 점은 학습자들이 아직은 발달 단계에 놓여 있는 특성과 밀접한 관련이 있는 사항으로, 상위 단계의 교육 과정 설계는 물론이고 구체적인 시 교수-학습 내용이나 방법을 결정함에 있어 위계화(位階化)의 문제도 항상 고려하여야 한다.

---

8) 김광해 외, 『초등용 사고력 신장 프로그램 개발 연구』, 서울대 국어교육연구소, 1998.

제 **4** 장

교재 구성을 위한 현대시 정전

1. 문학 교재 구성의 문제점

학교 교육에서 학습자에게 교육되는 내용은 주로 교과서로 대표되는 교재를 중심으로 구성된다. 물론 교육의 장면에는 학습 환경적인 요소인 교실이나 교재 등과 같은 물적 요인이나 교사와 학습자라는 인적 요인이 똑같이 중요하게 작용한다. 이 중에서 교육에 작용하는 물적인 요인의 하나로 교육의 내용을 결정하고 구성하는 교재는, 교육 현장에서 특히 강조되어 왔다. 즉 교재에 어떤 내용이 수록되느냐에 따라 교육의 질적, 양적인 성과들이 결정되는 것으로 평가되었으며, 그동안 이 기준은 유동적인 인적 요인보다 중요하게 취급되었다.

그러나 이런 교재에 수록되는 교육 제재의 객관적인 기준은 제대로 마련되어 있지 않다. '교과서 편찬 지침'이라는 문서에 의하여 교재 선정의 기준은 개괄적으로 제시되는 열린 관점(?)을 지향하고 있다. 이런 이유로 해서, 교과서에 수록될 작품의 선정에는 교재 편찬자의 주관적인 의견이 주로 작용하게 된다. 그리고 이 교재 구성에 대한 심의 역시 교육 정책 당국에 의하여 임명된 심의자들의 주관적인 판단에 의존하고 있다. 따라서 교재의 편찬자나 심의자의 특성—연구 성향이나 이념적 성향이 교재 구성에 깊이 작용하게 된다.

이런 현실에 비추어 이 글에서는 바람직한 문학 교재 구성을 위해 객관적인 기준을 마련하고자 하는 이론적인 작업을 진행하고자 한다. 즉 정전(canon)[1] 확정을 위한 기초 연구를 통하여 정전 수립을 위한 기준을 마련하고, 이런 기준에 의거하여 우리 문학 교재에 수록될 수 있는 정전 목록을 정리하고자 한다. 그동안 영문학을 중심으로 한 정전 논의가 소개되면서 정전의 해체 논의가 본격적으로 진행되고 있는 현실을 감안하여, 아직까지 정전을 확정해본 적이 없는 우리 문학 교육의 정전 수립을 위한 이론적 기초 작업과 실제를 진행하고자 한다. 이를 위해서 이 글에서는 주로 현대시 제재를 중심으로 우리 문학사와 문학 교육에 적용될 수 있는 정전 논의를 전개하고자 한다.

실제로 우리 문학 교육 논의에서도 이 분야에 대한 원론적인 연구는 어느 정도 진행되었다. 즉 과거나 현재의 국어나 문학 교과서에 수록된 시 작품의 정전성 문제를 중심으로, 교재로 선정된 시 작품의 이데올로기성이나 이에 작용하는 국가 이데올로기를 중심으로 한 문제제기와 비판들이 있었다.[2] 그러나 이를 극복하기 위한 대안은 제대로 마련되지 않은

---

1) 정전에 대한 일반적인 논의는 다음의 글을 참조할 수 있다.

고갑희, 「정전의 탈신비화와 한국의 영문학 교육」, 『영문학 교육과 연구의 문제들』(김용권 외), 한신문화사, 1998; 송무, 「문학교육의 '정전' 논의」, 『문학교육학』 창간호, 한국문학교육학회, 1997; 송무, 『영문학에 대한 반성』, 민음사, 1997; J. Guillory, 박찬부 역, 「정전」, 『문학연구를 위한 비평용어』(프랭크 랜트리키아 외 공편), 한신문화사, 1994, 303~325면.

2) 윤여탁, 「시문학의 이데올로기와 교육」, 『국어교육』 71·72호, 한국국어교육연구회, 1990; 최지현, 「한국 현대시 교육의 담론분석—1940년대 저항시를 중심으로」, 서울대

실정이다. 많은 교과서, 예를 들면 국어·문학·독서 등은 물론 부교재적인 성격을 지닌 엔솔로지가 있었음에도 불구하고, 이런 교재에 수록된 작품 선정의 기준은 제대로 제시되어 있지 않다. 이제 우리 문학 교육에서도 이런 한계를 극복하기 위하여, 비판할 대상이 없이 비판할 것이 아니라 비판할 만한 대상을 우선적으로 마련할 필요가 있다.

이 차원에서 이 글은 현재 문학 교육에서 활용되는 교재들에 수록된 시 작품을 분석, 연구하여 정전 수립을 위한 기준을 마련할 것이다. 그리고 이를 통하여 문학 교재를 효과적으로 개발할 수 있는 기준을 마련하여, 우리 문학 교육의 정상화에 이바지하고자 한다. 또한 교수법 차원에서 이런 문학 작품 읽기를 세련화하는 한편, 읽기의 방법을 다양화할 수 있는 방안도 강구하고자 한다.

2. 문학 정전 구성의 원리

일반적으로 '정전(canon)'은 측정의 도구로 사용된 '갈대'나 '장대'를 의미하는 고대 그리스의 'kanon'에서 유래한 말로, 이 후 'kanon'은 '규칙' 혹은 '법'이라는 제2의 의미를 가지게 되었다.[3] 문학적으로는 주로 보존하거나 학습할 가치가 있는 텍스트나 작가의 목록을 말하는 것으로, 20세기 이후 유럽에서는 그 대표성과 객관성에 대하여 의문이 제기되면서 정전 목록에 대한 논쟁이 활발하게 전개되었다.

대학원, 1994; 정재찬, 「현대시 교육의 지배적 담론에 관한 연구」, 서울대 대학원, 1996; 정정순, 「시 담론의 이데올로기성에 관한 연구─청록파 시의 담론 형식을 중심으로」, 서울대 대학원, 1997.

3) J. Guillory, 앞의 글, 303면.

즉 고대에는 읽어야 할 신학의 경전을 중심으로 정전이라는 개념이 정리되었지만, 궁극적으로는 교육 특히 문학 교육에서 학습할 대상인 고전(古典)을 선정하는 분야로 확대·발전하였다. 따라서 현재의 정전 논의는 주로 학교에서 학습해야 할 문학 텍스트의 목록이나 작가의 목록을 확정하는 부분에 논의가 집중되고 있다. 즉, 정전이 어떻게 정해지느냐에 따라 학습의 방향이나 내용이 좌우되기 때문에, 정전 목록의 중요성은 교육에서 가장 중요한 관건이 되었다.

그런데 이런 정전이 구성되는 방식은 대략 세 가지로 요약할 수 있다. 그 하나는 정전 자체가 갖는 속성과 힘이 사람들로 하여금 그것을 선택하게 한다는 것이며, 또 하나는 권력과 문화적 헤게모니를 가진 집단이 그들의 헤게모니를 정당화하기 위한 이념적 형식으로 그것을 선택한다는 것이다. 마지막으로는 사람들의 의도와 직접적인 관계없이 더 광범한 문화의 운동 법칙에 의해 구성된다는 견해가 있다.[4]

이 중 첫 번째 관점은 정전적 텍스트가 지닌 고전적 가치 때문에 자연스럽게 그 가치를 인정받으면서, 독자나 학습자들에게 모범으로 작용한다는 정전에 관한 가장 일반적인 견해이다. 따라서 정전으로 제시된 목록들은 이상적이고 모범적인 것으로 간주되며, 사람들은 이를 학습하여 수용하는 한편 이를 창조적으로 활용·발전시킬 수 있어야 한다. 즉 정전은 이를 학습하는 공동체의 공통 이념을 효과적으로 담아내고 있는 것으로, 그 사회가 보편적으로 추구하는 바를 가장 잘 구현하고 있는 실체로 보고 있다.

이에 비하여 정전을 헤게모니 투쟁의 산물로 보는 견해는, 문학을 포함한 문화 현상을 정치나 정치적 이데올로기와 분리될 수 없는 것이라는 관점에서 출발하고 있다. 이 견해에 의하면, 정전 목록은 어떤 특정 집단의 이데올로기가 반영된 실체로, 자신들의 지배 이데올로기를 정당화하기

---

4) 송무, 『영문학에 대한 반성』, 민음사, 1997, 344면.

위하여 작성된 것으로 본다. 그래서 정전은 항상 유동적인 것으로 권력 투쟁의 결과에 따라 달라질 수 있으며, 다른 집단들(예를 들면, 흑인이나 노동자 계급, 여성 등)과의 헤게모니 투쟁의 결과에 따라 정전은 수정될 수 있다고 보고 있다.

끝으로 문화 법칙에 의하여 정전이 구성된다는 견해는, 학습이 이루어지는 학교나 문화 상품을 생산 보급하는 문화 자본이 의도적으로 추구하는 문화 재생산의 결과를 반영하여 정전 목록이 정해진다는 것이다. 이 과정에는 지배 계급의 이데올로기를 확대 재생산하는 제도라고 할 수 있는 학교나 자본주의 생산과 소비 구조에 작용하는 자본가의 이해가 작용하지만, 꼭 그런 이데올로기에 봉사하거나 지배되는 것은 아니다. 따라서 정전 확정 작업이나 목록 자체보다는 이런 텍스트를 선택하거나 해석·평가하여 학습하는 과정에 이데올로기가 작용한다는 것이다.

이런 세 가지 견해들은 모두가 정전이라는 실체를 인정하고, 이 정전이 어떻게 구성되느냐는 원리에 주목하고 있다. 다만 후자의 두 견해들은 전자의 일반적인 개념에서의 정전에 대한 비판적인 시각이 작용하고 있다. 즉 정전이 절대적인 권위를 지닌 것이 아니라는 점과, 새로운 텍스트의 생산과 보급에 따라 정전 목록은 끊임없이 수정되고 보완된다는 점이다. 그래서 정전은 정치적 이데올로기의 차이에서 생기는 헤게모니 투쟁의 산물이거나 그것이 유통되는 사회를 지배하는 문화 법칙이 작용한 결과의 산물로 간주된다.

이처럼 정전은 한번 정해지면 영원히 불변하는 권위를 지닌 성서와 같은 것이 아니라, 그것이 터전을 삼고 있는 새로운 사회의 제반 현상과 힘의 이동에 따라 변화하게 된다. 따라서 인종적인 차원에서는 흑인, 계급적인 차원에서는 노동자나 농민, 성(gender)의 차원에서는 여성주의의 관점을 반영한 텍스트가 기존의 정전을 대체하거나 기존의 정전과 더불어 자리를 잡게 된다. 또한 현대 사회의 가벼움과 결탁한 상업 자본의 논리에 의해서 생산된 통속 문학이나 대중 문학이, 문학 교육과 문화 교육에서 차지하고 있는 기존 정전의 권위를 위협하기도 한다.

예를 들면, 그동안 우리 문학 교육에서는 주로 저항시와 순수시 계열의 텍스트가 준정전(準正典)[5]의 역할을 했다고 할 수 있다. 그러나 최근 이런 경향에 대한 비판이 활발히 전개되면서, 기존의 문학 교육에서 배제되었던 리얼리즘 계열의 시 텍스트는 물론 모더니즘 계열의 시 텍스트가 교육과 평가의 대상으로 선정되고 있다. 또한 세계 문학 속에서 우리 민족 문학의 위상을 정립할 수 있도록 다양한 세계 문학의 경향과 조류(예를 들면, 제3세계의 문학 등)를 학습하기도 한다. 이런 현상은 문학 교육의 내용이나 방법론이 새롭게 도입되면서 나타난 것이기도 하지만, 기존 정전에 대한 도전을 통해 새롭게 작성된 정전 목록을 반영한 것이라고 할 수 있다.

이처럼 우리 문학 교육에서도 누구나에게 인정되는 정전은 구성된 적은 없지만, 준정전의 성격을 지닌 텍스트들이 교육 현장에서 권위를 행사하고 있으며, 그것이 현실이자 실체로 작용하고 있기도 하다. 이런 차원에서 이 글에서는 이런 준정전적인 역할을 하고 있는 문학 텍스트, 특히 시 텍스트의 목록과 성격을 살피고, 이를 바탕으로 하여 바람직한 정전 확립을 위한 제안을 하고자 한다. 물론 이런 이 글에서는 객관적인 정전 목록을 작성하고자 하는 것은 아니며, 그 가능성과 제기될 수 있는 문제점을 현상적으로 점검함을 목적으로 하고 있음을 거듭 밝힌다.

---

5) 필자가 '준정전'이라고 명명하는 이유는 우리 문학 교육의 경우에는 정전 확정을 위한 논의가 없었다는 데 근거를 두고 있다. 다만 그동안 학교 교육이나 평가에서 대상이 되었던 텍스트들이 어느 정도는 정전적인 역할을 했다는 점을 감안하여, 본고에서는 이런 명명을 하여 보았다. 아울러 이런 텍스트 목록 작성이나 교과서 편찬에는 각기 다른 시각차를 보이는 민족 문학론(진보적이거나 보수적, 좌파적이거나 우파적)의 관점이 강하게 작용하고 있다. 이런 차원에서 우리 문학 교육의 텍스트 선정에 작용하는 주된 논리는 민족주의라고 할 수 있다.

3. 문학 교과서에 수록된 시의 실제

이 부분에서는 현재 교과서에 수록되어 있는 시 텍스트의 목록과 작가의 목록을 조사하고, 그 경향을 통계적으로 분석하여 이런 정전 구성의 문제점을 실제적으로 검토하고자 한다. 이를 위하여 제6차 교육 과정에 의하여 편찬되어 교육되고 있는 18종의 『문학』 교과서[6]를 대상으로 하여, 여기에 수록된 시 텍스트와 시인의 목록을 조사하고, 이를 바탕으로 하여 준정전적 역할을 하고 있는 교과서 수록 시에 대하여 논의를 전개하고자 한다. 또한 이를 기초로 하여, 우리의 문학 정전 논의를 위한 가능성과 방향성을 모색하고자 한다.

여기서 필자가 조사한 자료는 개화기 이후의 근·현대시와 현대 시조이며, 자료의 분류는 작품[7]이 발표된 연대보다는 시인을 중심으로 정리하였다. 다만 전체적으로 수록 작품의 내용이나 현황을 파악할 때, 다른 교과서에 중복 수록된 작품들은 각각 개별 작품으로 보는 것이 합리적이다.[8] 그러나 통계 처리상 여러 번 중복 수록된 작품을 한편으로 간주하였으며, 이런 작품에 대한 조사 내용도 아울러 밝혀두었다. 자료를 조사하여 분석한 대강의 내용은 다음과 같다.

---

6) 18종 『문학』 교과서의 대표 저자와 출판사는 다음과 같다.
　　권영민(지학사), 박갑수(지학사), 김봉군(지학사), 구인환(한샘출판사), 김윤식(한샘출판사), 김열규(두산 동아), 우한용(두산 동아), 오세영(천재교육), 박경신(금성출판사), 최동호(대한 교과서), 한계전(대한 교과서), 김대행(교학사), 김용직(대일도서), 남미영(동아서적), 김태준(민문고), 권오만(선영사), 윤병로(노벨문화사), 성기조(학문사).
7) 이 글에서 '작품'은 '텍스트'라는 개념과 유사하지만, 구체적인 실체를 두고 지칭하는 개념으로 한정하여 쓰고자 한다. 따라서 수용 미학자들이 구분하는 작품과 텍스트의 개념과는 다른 것으로 이 글에 한정하여 쓰고자 한다.
8) 정전의 목록에는 작품은 물론 시인도 포함하는 것이기 때문이다. 따라서 우리 문학 교육에서 대표적인 정전에는 여러 교과서에 중복되어 수록되는 작품이나 여러 교과서에 작품이 수록되는 시인이 우선적으로 선정되어야 한다.

일반 개관

작품 수록된 시인의 수 : 64명

수록된 작품의 총수 : 136작품

2권 이상의 교과서에 중복 수록된 작품의 수 : 2권(17작품), 3권(15작품), 4권(9작품), 5권(6작품), 6권(3작품), 7권(3작품), 8권(1작품), 9권(2작품), 10권(1작품), 12권(2작품)

수록된 시인의 작품명

구상(초토의 시8−적군 묘지 앞에서)

김광균(외인촌, 추일 서정, 설야, 뎃상, 와사등)

김광섭(성북동 비둘기, 산)

김규동(나비와 광장)

김기림(바다와 나비)

김남조(설일, 정념의 기)

김동환(국경의 밤)

김상옥(사향, 백자부, 옥저)

김소월(진달래꽃, 접동새, 산유화, 초혼, 바라건대 우리에게 보습대일 땅이 있었
        으면, 먼 훗일, 가는 길)

김수영(눈, 풀)

김억(봄은 간다)

김영랑(북, 내 마음을 아실 이, 모란이 피기까지는, 끝없는 강물이 흐르네, 오월,
        돌담에 속삭이는 햇발 같이)

김종삼(민간인)

김지하(타는 목마름으로)

김철영(애국가)

김춘수(꽃, 꽃을 위한 서시, 샤갈의 마을에 내리는 눈, 시1)

김현승(눈물, 아버지의 마음, 가을)

노천명(사슴)

박남수(아침 이미지, 종소리, 새)

박두진(향현, 도봉, 어서 너는 오너라, 청산도, 해)

박목월(산도화, 청노루, 불국사, 하관, 가정)

박봉우(휴전선)

박용래(연시)

박인환(목마와 숙녀, 살아 있는 것이 있다면)

박재삼(울음이 타는 강, 흥부 부부상, 밤바다에서, 추억에서)

백석(여승, 고향, 여우난 곬족, 남신의주 유동 박시공방)

변영로(봄비)

서정주(자화상, 화사, 국화 옆에서, 추천사, 무등을 보며, 귀촉도, 상리과원, 동천,
      질마재 신화)

신경림(갈대, 목계 장터, 농무)

신동엽(껍데기는 가라, 그의 행복을 기도드리는)

신동집(오렌지)

신석정(그 먼 나라를 알으십니까, 슬픈 구도, 작은 짐승, 꽃덤불)

심훈(그 날이 오면)

오상순(방랑의 마음)

유치환(일월, 생명의 서, 깃발, 바위, 울릉도)

윤동주(별헤는 밤, 또 다른 고향, 십자가, 참회록, 쉽게 씌어진 시)

이동주(강강술래)

이병기(난초)

이상(거울, 오감도 시 제1호, 가정)

이상화(나의 침실로, 빼앗긴 들에도 봄은 오는가)

이성부(벼)

이영도(신록)

이용악(낡은 집)

이육사(절정, 청포도, 꽃, 광야)

이장희(봄은 고양이로다)

이중원(동심가)

이필균(애국하는 노래)

이형기(폭포)

이호우(달밤, 살구꽃 핀 마을)

이희승(벽공)

작자 미상(독립군가, 심어사)

정완영(조국1)

정인보(자모사)

정지용(향수, 말, 유리창1, 고향, 비)

정한모(나비의 여행)

조병화(해마다 봄이 오면)

조지훈(봉황수, 승무, 풀잎 단장)

주요한(그 봄을 바라, 불놀이)

천상병(귀천)

최남선(해에게서 소년에게)

최돈성(애국가)

한용운(님의 침묵, 알 수 없어요, 당신을 보았습니다)

황동규(기항지, 풍장1, 조그만 사랑 노래)

일반 수록 작품수에 따른 시인 분포표

수록 작품수	시인명
9	서정주
7	김소월
6	김영랑
5	김광균, 박두진, 박목월, 유치환, 윤동주, 정지용
4	김춘수, 박재삼, 백석, 신석정, 이육사
3	김상옥, 김현승, 박남수, 신경림, 이상, 조지훈, 한용운, 황동규
2	김광섭, 김남조, 김수영, 박인환, 신동엽, 이상화, 이호우, 주요한
1	구상, 김규동, 김기림, 김동환, 김억, 김종삼, 김지하, 김철영, 노천명, 박봉우, 박용래, 변영로, 신동집, 심훈, 오상순, 이동주, 이병기, 이성부, 이영도, 이용악, 이장희, 이중원, 이필균, 이형기, 이희승, 정완영, 정인보, 정한모, 조병화, 천상병, 최남선, 최돈성, 작자 미상 2

일반수록된 시인의 경향별 분포표[9]

시인의 경향	시인명	시인의 수
순수시	구상, 김광섭, 김남조, 김동환, 김상옥, 김소월, 김억, 김영랑, 김춘수, 김현승, 노천명, 박두진, 박목월, 박용래, 박재삼, 변영로, 서정주, 신석정, 오상순, 유치환, 이동주, 이병기, 이영도, 이장희, 이형기, 이호우, 이희승, 정완영, 정인보, 정한모, 조병화, 조지훈, 주요한, 천상병, 황동규	35
리얼리즘 시	김지하, 박봉우, 백석, 신경림, 신동엽, 이상화, 이성부, 이용악, 정지용	9
저항시	심훈, 윤동주, 이육사, 한용운	4
모더니즘 시	김광균, 김규동, 김기림, 김수영, 김종삼, 박남수, 박인환, 신동집, 이상	9
개화기의 시	김철영, 이중원, 이필균, 최남선, 최돈성, 작자 미상 2	7

중복 수록된 작품과 빈도수

수록 교과서수	중복 수록된 작품과 시인
2권	봄은 간다(김억), 진달래꽃(김소월), 접동새(김소월), 모란이 피기까지는(김영랑), 그 먼 나라를 알으십니까(신석정), 자화상(서정주), 낡은 집(이용악), 도봉(박두진), 바위(유치환), 십자가(윤동주), 사향(김상옥), 껍데기는 가라(신동엽), 동천(서정주), 아침 이미지(박남수), 타는 목마름으로(김지하), 추억에서(박재삼), 종소리(박남수)
3권	바다와 나비(김기림), 끝없는 강물이 흐르네(김영랑), 화사(서정주), 봉황수(조지훈), 생명의 서(유치환), 난초(이병기), 꽃덤불(신석정), 추천사(서정주), 꽃(김춘수), 눈(김수영), 울음이 타는 강(박재삼), 쉽게 씌어진 시(윤동주), 자모사(정인보), 목계장터(신경림), 조국1(정완영)
4권	산유화(김소월), 초혼(김소월), 향수(정지용), 내 마음을 아실 이(김영랑), 그 날이 오면(심훈), 어서 오너라(박두진), 눈물(김현승)
5권	동심가(이중원), 애국하는 노래(이필균), 추일서정(김광균), 꽃을 위한 서시(김춘수), 목마와 숙녀(박인환), 초토의 시8-적군 묘지 앞에서(구상)
6권	불놀이(주요한), 님의 침묵(한용운), 참회록(윤동주)

---

9) 시의 경향 분류 중에서 '저항시'와 '개화기의 시'는 다른 것과 위상이 맞지 않지만, 이런 시인과 작품의 특수성을 고려하여 별도로 분류하였다. 또 '순수시'의 개념은 포괄적인 범주로, 1920년대 낭만주의 시, 1930년대 순수 서정시나 '생명파'와 '청록파'의 시, 1950년대 이후 시의 순수성을 추구한 정신주의 시 등을 두루 포함한다. 따라서 이 글에서 시의 경향을 분류하는 개념 범주는 편의상일 뿐이며, 관점에 따라 다른 분류상의 개념이나 범주로 더 세분화하여 적용할 수도 있을 것이다.

수록 교과서수	중복 수록된 작품과 시인
7권	국경의 밤(김동환), 알 수 없어요(한용운), 유리창 1(정지용)
8권	성북동 비둘기(김광섭)
9권	거울(이상), 절정(이육사)
10권	빼앗긴 들에도 봄은 오는가(이상화)
12권	해에게서 소년에게(최남선), 풀(김수영)

　이상의 조사 자료를 개괄적으로 살펴보면, 먼저 그동안 우리 시문학사에서 높이 평가되었던 시인들인 서정주·김소월·김영랑·이상·청록파·유치환·한용운·이육사·윤동주 등과 그들의 작품이 여러 교과서에 두루 수록되고 있다.[10] 그리고 해금 시인이라고 할 수 있는 정지용·백석이 새롭게 추가되고 있으며, 1950년대 이후에 주로 활동한 박재삼·신경림·황동규·김수영·신동엽 등과 그들의 작품이 다수 수록되고 있다. 이런 현상에서 우리는 문학 교육에서 순수시와 저항시가 여전히 준정전의 역할을 하고 있으며, 부분적으로 현대의 시 작품과 리얼리즘이나 모더니즘 계열의 시 작품이 1990년대 이후에 추가되고 있음을 알 수 있다. 특히 순수시와 저항시(또는 민족주의 시) 경향(이상을 제외하고)이 준정전 역할을 하고 있던 점에 대한 비판과 납·월북 작가들의 작품에 대한 해금 조치의 영향을 받아, 현재 학습되고 있는 제6차 교과서는 작품 수록의 폭을 시기적으로나 경향적인 측면에서 넓히고 있다.

　다음으로 우리 문학 교육에서 준정전의 역할을 하고 있는 목록은 작품에서나 시인의 측면에서 폭을 넓히고 있지만, 여전히 중요 시인의 대표 작품이 중요한 자리를 차지하고 있다는 점이다. 즉 중복 수록된 고빈도

---

10) 중복 수록된 작품까지 고려하여 전체 빈도수를 조사하면, 김소월 15작품, 서정주 15작품, 한용운 14작품, 윤동주 13작품, 김영랑 12작품, 이육사 12작품, 이상 11작품, 청록파 19작품, 유치환 8작품이 교과서에 수록되어 있다.

작품을 살펴보면, 김수영의 「풀」, 최남선의 「해에게서 소년에게」, 이상화의 「빼앗긴 들에도 봄은 오는가」, 이상의 「거울」, 이육사의 「절정」, 김광섭의 「성북동 비둘기」, 한용운의 「알 수 없어요」와 「님의 침묵」, 정지용의 「유리창1」, 김동환의 「국경의 밤」, 윤동주의 「참회록」, 주요한의 「불놀이」 등이 여기에 속한다. 그리고 이들 시인의 대표적인 작품 중에서 김소월의 「진달래꽃」, 윤동주의 「서시」, 이육사의 「광야」 정도가 『문학』 교과서에서 고빈도 작품이 아니거나 전혀 수록되지 않고 있는데, 이는 다른 교과서의 수록 여부와 교육적인 위계가 고려된 것으로 보인다.[11]

끝으로 교과서에 수록된 시인이나 중요한 텍스트들이 주로 근대라고 할 수 있는 일제 강점기에 집중되고 있음을 들 수 있다. 앞에서 이들 텍스트들이 발표된 시기를 따로 정리하지는 않았지만, '수록된 시인의 작품명'이라는 분석 항목에서 이런 특성은 쉽게 확인된다. 이는 우리 문학 교육의 현장에서는 동시대성과는 거리가 있는 과거의 텍스트를 교수-학습의 대상으로 하고 있으며, 이런 텍스트들이 준정전의 위치를 확고하게 차지하고 있음을 확인할 수 있다.

---

11) 그 이유는 「서시」의 경우에는 중학교 『국어』 교과서 '단원의 길잡이'에서 논의되고 있는 작품이며, 「진달래꽃」과 「광야」는 국정 교과서에 수록된 시이기 때문이다. 참고로 고등학교 국정 교과서 『국어』에 수록된 시는 다음과 같다.

　『국어』(상) : 「진달래꽃」(김소월), 「광야」(이육사), 「성북동 비둘기」(김광섭)
　『국어』(하) : 「설일」(김남조), 「논개의 애인이 되어 그의 묘에」(한용운)
　중학교에 수록된 시 작품에 대해서는 윤여탁, 「현대시 제재의 교육적 위계(位階)에 대한 연구」(『국어교육』 95호, 한국국어교육연구회, 1997, 9면)를 참조할 것.

4. 바람직한 정전 구성의 방향

교육이 이루어지는 학습 현장에서 교수-학습의 내용을 결정하는 텍스트는 거의 모든 국면에 작용한다. 우선적으로 대상 텍스트가 학습의 내용과 실제를 결정한다고 할 수 있다. 따라서 학습 교재에 수록되는 텍스트를 지칭하는 정전이라는 개념은 문학 교육은 물론 국어 교육에서 중요한 위상을 차지하고 있다. 즉 정전으로 채택된 텍스트의 내용이 교육의 방향을 결정하는 중요한 역할을 한다. 그렇다고 해서 정전 구성이 교육의 모든 국면을 결정하는 것만은 아니다. 이런 정전 구성 문제 외에도, 학습의 구체적인 내용과 실제를 결정하는 데에는 교수-학습의 변인들, 즉 교육 과정이나 평가와 같은 교육 제도는 물론 교사의 학습 방법이나 내용인지도, 교사의 이데올로기 등도 중요하다.

그럼에도 불구하고 정전은 다른 어떤 변인보다 중요하다. 그래서 그동안 영문학 교육을 중심으로 하여 정전 비판 이론이 활발하게 논의되면서, 우리 문학 교육에서도 정전 구성을 둘러싸고 논의가 다양하게 전개되었다. 그러나 영문학에서의 정전 논의와 우리의 경우에는 많은 차이가 있다. 먼저 앞에서도 밝힌 바와 같이 우리의 경우 정전보다는 정전의 기능을 하는 준정전만이 있었다는 점을 들 수 있다. 아울러 영문학이 처한 상황과는 달리 우리의 경우에는 기존 정전에 대하여 비판적인 비판 그룹, 즉 민족이나 계급, 성의 차이가 심각하지 않다는 점이다.12) 적어도 영문학이 직면했던 정도는 아니며, 이런 점은 보통 교육이 모든 국민에게 고루 베풀어지고 있음이 작용한 결과이기도 하다.

따라서 우리의 정전 논의는 이런 기본적인 전제를 바탕으로, 우리의 상

---

12) 물론 이런 점을 획일적으로 말할 수만은 없다. 민족 문제는 없다고 하더라도, 전통적인 가부장제적 사회를 벗어나면서 성의 문제가 제기되고 있으며, 산업 사회로 바뀌면서 계급이나 계층의 문제도 생기고 있다.

황에 맞게 이루어져야 한다. 영문학에서의 논의를 충분히 수용하여 정전 목록을 구성하면서, 새로운 사회의 여건에 제대로 부응하는 방향을 정립하여야 한다. 즉 교육이 기존의 이데올로기를 재생산하는 역할을 할 뿐만 아니라, 기존의 지배 이데올로기에 대하여 비판적인 관점을 취하는 주체적 인간을 양성하는 역할도 동시에 담당하고 있음을 고려하여야 한다.[13] 그래서 정전 구성에 작용할 수 있는 편협된 시각을 극복할 수 있는 열린 시각을 견지하여야 한다. 다양한 가능성과 비판과 변화를 수용할 수 있는 유동성을 지닌 정전 개념을 기초로 하는 정전을 구성할 필요가 있다.

이를 위해서는 우선 존재하지도 않은 정전을 비판하는 비판 이론을 넘어서서, 대안을 제시할 수 있는 비판적 관점을 가질 필요가 있다. 또한 정전은 비판의 대상이 이전에 학습해야 할 대상이라는 점을 기억하여야 한다. 특히 기존의 문학 교육에서 대상으로 삼았던 정전 텍스트들이 가지고 있는 장점도 있으며, 이런 점들은 새로운 정전 구성에서도 바르게 계승할 수 있어야 한다. 변혁이나 혁명만이 대안일 수 없으며, 기존에 정전의 역할을 했던 것들의 정전성이 아직도 유효한가를 검토하여야 한다.

아울러 우리 민족 문학과 문화의 유산을 두루 포괄하면서, 우리의 전통을 창조적으로 계승할 수 있도록 정전을 구성하여야 한다. 이런 점은 주로 고전 교육이 이미 죽은 과거의 유산을 배우는 것이 아니라, 이 시대에도 의미를 줄 수 있는 것이라는 관점과도 관련이 있다. 따라서 민족 문화의 유산이 현대 사회에도 유의미한 원리를 제공할 수 있도록 하여야 하며, 동시대적인 효용성도 아울러 확보할 수 있도록 정전을 구성하여야 한다.[14] 또한 이런 정전을 교육함으로써 학습자들을 포함한 정전 수용자들이 자신은 물론 공동체가 추구하는 목표를 달성할 수 있어야 한다.

---

13) 김대행, 「영국의 문학교육」, 『국어교육연구』 4, 서울대 국어교육연구소, 1997, 48~49면.

14) 정전 구성도 중요하지만, 학습 방법 역시 중요하다. 즉 어떤 문학 교육의 관점과 방법론을 취하느냐에 따라, 정전은 과거적이 아니라 현재적인 즉 동시대적인 효용성을 지닌 텍스트로 작용할 수 있기 때문이다.

그리고 새롭게 정전을 구성할 때, 정전의 위계화 문제도 같이 검토해야 한다.[15] 즉 교육하여야 하는 대상을 결정하는 교과서에 수록할 때 참고할 수 있는 정전 목록이, 학습의 단계를 고려한 위계성을 지녀야 한다는 말이다. 이는 그동안 교과서에 수록된 텍스트 구성이 이런 위계화의 문제에 많은 문제점[16]을 노출하고 있다는 점에 근거를 두고 있다. 그러므로 앞으로는 교육 과정에 맞는 학습 내용을 효과적으로 조직할 수 있는 정전 목록을 구성하여야 한다. 정전 목록을 나열만 할 것이 아니라 조직적으로 구성하여야 한다. 그래야만 정전이 제 역할을 할 수 있다.

이제 우리의 문학 교육에서 적용될 수 있는 정전이 구성되어야 하며, 이를 위해서는 우리 모두의 중의(衆意)를 모아야 한다. 비판 이론 일반이 그런 것처럼 비판만이 능사가 아니라는 점을 명심하고, 대안을 제시하는 비판을 통하여 비판 이론의 한계를 넘어서야 한다. 그래서 우리가 처했던 과거와 처하고 있는 현재를 바탕으로 하여, 새로운 미래를 열 수 있는데 도움이 되는 정전을 구성하여야 한다. 그리고 이를 위해서는 문화와 전통을 계승하는 정전과 그 교육의 효과는 물론 학습 단계의 위계를 같이 고려한 정전이 구성되어야 한다.

더구나 문학 교육이 문학 작품의 이해와 감상이라는 제한적인 범주를 넘어서, 언어 문화의 원리를 이해하고 이런 원리에 입각하여 효과적으로 표현할 수 있는 주체를 양성하는 방향으로 나아가고 있다. 이런 차원에서 문학 교육의 내용이자 대상의 위치를 차지하고 있는 문학 정전의 개념과 범주도 새롭게 정립되어야 하며, 이에 따라 정전 목록이 구성되어 효과적인 문학 교육에 적용되어야 한다. 여기에서는 이런 정전을 둘러싼 여러 문제와 정전 구성의 바람직한 방향을 살펴보았다.

---

15) 김대행, 「영국의 문학교육」, 『국어교육연구』 4, 서울대 국어교육연구소, 1997, 44~45면.
16) 윤여탁, 「현대시 제재의 교육적 위계(位階)에 대한 연구」, 『국어교육』 95, 한국국어교육연구회, 1997 참조.

5. 현대시 정전 구성을 위한 제언

지금까지 이 글은 문학 교육 특히 시 교육에서 정전적 위치를 차지하는 텍스트의 실제를 『문학』 교과서에 수록된 작품을 중심으로 살펴보았다. 그리고 이를 통하여 문학 교육에서 준정전의 역할을 하고 있는 목록이 지니고 있는 문제점과 목록을 구성할 때 고려할 점들을 생각해 보았다. 이제 이런 논의를 바탕으로 구체적인 정전 목록에 수용될 수 있는 작품들에 대하여 알아보고, 이 글을 마무리하고자 한다.

우선 이런 정전 구성에는 우리 시 문학사에서 대표적인 시인으로 거론되는 사람들을 폭넓게 반영하여야 한다. 즉 문학사적 평가를 바탕으로 새로운 정전 구성의 원칙을 수립하여, 어느 한쪽만의 편협된 시각을 교정할수 있어야 한다. 이는 문학 정전의 구성이 우리 문학사의 일반적인 흐름이나 평가와는 달리 존재할 수 있는 것이 아니며, 교육적 측면뿐만 아니라 문학적 측면의 연구 성과를 바탕으로 하는 것이기 때문이다. 그리고이처럼 객관적이고 보편적인 시 문학사의 연구 결과가 제대로 반영될 때, 우리 문학 교육의 정전 목록 역시 객관적이고 보편적이 될 것이다.

예를 들면 기존의 목록에 포함되었던 순수시나 저항시 중심에서 중요하게 취급되었던, 김소월·한용운·김영랑·청록파·서정주·유치환·이육사·윤동주는 물론 정지용·김춘수·박재삼·박용래 등과 같은 시인들이 당연히 포함되어야 한다. 아울러 모더니즘 계열의 시를 썼던 이상·박남수·박인환·김경린·김수영, 1960년대 '현대시' 동인 등이나 리얼리즘 계열의 시를 썼던 임화·이용악·백석·해방기 신진 시인·신동엽, 1970년대 민중 시인인 고은·신경림·김지하 등이 포괄될 수 있어야 한다.

다음으로 역사적 평가를 받은 텍스트는 물론 우리 학습자들이 현재 접하고 있는 동시대적인 텍스트나 대중적인 사랑을 받고 있는 텍스트를 대항 정전 목록[17]이라는 개념을 설정하여 포함시킬 필요가 있다. 즉 주로 고전이라고 할 수 있는 텍스트의 제한성에서 벗어나 학습자들이 현실적인 욕구를 반영할 수 있는 텍스트 목록이 구성되어야 한다는 말이다. 다만 이런 목록은 정전적인 텍스트와의 대결하는 측면을 보여주거나, 정전적인 텍스트가 보이는 한계를 극복하는 방편으로 활용하여야 한다.

이런 측면에서 대항 정전에는 동시대에 인기를 끌고 있는 텍스트와 그 생산자를 적극 포함시킬 수 있다. 특히 1980년대 이후에 발표된 텍스트들에 대해서도 문호를 개방하여, 황지우·김정환·장정일·도종환·이성복과 같은 동시대의 인기 있는 시인이나 류시화·용혜원·원태연·이정하·이풀잎 등과 같은 소위 '키치' 시인18)의 시 텍스트가 대항 정전이라는 차원에서 교육의 제재로 선택될 수 있을 것이다. 이들의 시 텍스트는 학생들이 정전적인 시 텍스트만 배우는 교실 밖에서는 더욱 친숙하게 접하여 자기 생활화하고 있는 것들로, 이런 텍스트들을 바람직한 인간의 성장을 도모하는 교육이라는 더 넓은 틀 속에서는 무시할 수 없기 때문이기도 하다.

끝으로 정전 목록은 권위를 자랑하는 종교적인 경전 목록이 아니라는 점을 다시 확인하고자 한다. 항상 새롭게 수정될 수 있으며, 시대와 사회의 변화에 따라 당연히 변해야 한다. 더구나 이런 수정이 기존 정전을 대체하는 또 다른 정전으로 보거나 기존의 정전에 가중되는 짐처럼 새로 첨가되는 것이 정적(靜的)인 것은 아니다. 학습자와 이를 둘러싸고 있는 상황 속에서 같이 작용하는 역동적(力動的)인 텍스트의 목록이다. 또한 이런 정전은 우리의 문학 학습에 작용하는 자체이기도 하다.

---

17) 이 개념은 필자가 대중 문학과 동시대 문학을 문학 교육에서 수용하는 방안을 모색하면서 생각한 것이다. 대항 문화, 대항 이데올로기 등과 같은 비판 문화론에서 설명되고 있는 개념과 관련하여, '대항 정전'은 기존의 정전에 비판적인 관점을 보이는 텍스트로 그 범주를 규정할 수 있다. 이것은 기존 정전을 보완하거나 대치하는 기능을 가진 '대안 정전(alternative canon)'과는 개념상 차이가 있다. 그리고 대안 정전에 대해서는 다음 글을 참고할 수 있다. 임상훈, 「테크놀로지와 영문학 교육」, 『영문학 교육과 연구의 문제들』(김용권 외), 한신문화사, 1998, 236면.
18) 김남희, 「현대시 수용에 관한 문화 기술적 연구─고등학생 독자를 중심으로」, 서울대 대학원, 1997, 23~35면.

참고문헌

강내희 외,『문화과학』2, 1992년 겨울.

강현재,「시 교육의 수용론적 방법 연구」, 서울대 대학원, 1991.

고미숙,「19세기 시조의 전개 양상과 그 작품 세계 연구」, 고려대 대학원, 1994.

______,「대중 가요의 선구, 20세기 초반 잡가 연구」,『역사비평』, 1994년 봄호.

______,「애국 계몽기 시운동과 그 근대적 성격」,『민족문학과 근대성』, 문학과지성사, 1995.

교육부,『국어과 교육 과정』, 교육부, 1997.

구인환 외,『문학 교수·학습 방법론』, 삼지원, 1998.

______ 외,『문학교육론』, 삼지원, 1988.

구중서 외편,『신경림 문학의 세계』, 창작과비평사, 1995.

권영민,「카프의 조직과 해체」,『문예중앙』, 1988년 봄~겨울호

김광해 외,『초등용 사고력 신장 프로그램 개발 연구』, 서울대 국어교육연구소 보고서, 1998.

김남희,「현대시 수용에 관한 문화 기술적 연구─고등학생 독자를 중심으로」, 서울대 대학원, 1997.

김대행,『국어교과학의 지평』, 서울대 출판부, 1995.

______,「국어과 교육 과정 분석과 수준별 교육 과정 개발」,『교육 과정 연구』14, 한국교육학회 교육과정연구회, 1996.

______,「영국의 문학교육」,『국어교육연구』4, 서울대 국어교육연구소, 1997.

______ 외,「매체언어와 국어교육」,『다매체 시대의 국어교육』, 98년 한국국어교육연구회 봄 학술발표대회 자료집, 1998.

______,「사고력을 위한 문학교육의 설계」,『국어교육연구』5, 서울대 국어교육연구소, 1998.

______ 외,『문학 교육원론』, 서울대 출판부, 2000.

김동환,「한국 현실주의 비평에 나타난 문학 유산관 연구」,『국어국문학』104, 1990.

______,「1930년대 말기의 산문정신과 글쓰기의 유형」,『국어교육연구』창간호, 서울대 국어교육연구소, 1994.

______,「비평적 에세이 쓰기」,『문학과교육』7, 한국교육미디어, 1999년 봄.

김병철,『한국근대번역문학사연구』, 을유문화사, 1975.

김상욱, 『소설교육의 방법 연구』, 서울대 출판부, 1996.

김성윤, 「1920~30년대 경향시의 전개과정」, 연세대 대학원, 1988.

김성진, 「문화연구와 국어교육」, 『문학과교육』 4호, 한국교육미디어, 1998년 여름.

김영무, 「생태학적 상상력 : 참인간의 생물학적 유전적 운명」, 『녹색평론』, 1994년 3/4.

김영민, 『한국문학비평논쟁사』, 한길사, 1992.

김영채, 『사고와 문제해결심리학』, 박영사, 1995.

김영철, 「개화기의 자유시론」, 『한국현대시론사』(오세영 외), 모음사, 1992.

김용권 외, 『영문학 교육과 연구의 문제들』, 한신문화사, 1998.

김용직, 『한국근대시사』(제1부), 새문사, 1982.

______, 『한국근대시사』, 학연사, 1986.

______, 『한국 근대시사』(하), 학연사, 1987.

______, 『임화 문학연구』, 세계사, 1991.

김우창, 「한국시의 형이상―최남선에서 서정주까지」, 『세대』, 1968.7.

김욱동, 『대화적 상상력』, 문학과지성사, 1988.

김유중, 『한국 모더니즘 문학의 세계관과 역사의식』, 태학사, 1996.

김윤식, 『한국근대문예비평사연구』, 한얼문고, 1973.

______, 『한국 현대시론 비판』, 일지사, 1975.

______, 『한국근대문학사상비판』, 일지사, 1978.

______, 『한국근대문학사상사』, 한길사, 1984.

______ ・정호웅 편, 『한국리얼리즘소설연구』, 탑출판사, 1987.

______ ・정호웅 편, 『한국근대리얼리즘작가연구』, 문학과지성사, 1988.

______, 『임화연구』, 문학사상사, 1989.

______, 「모더니티와 소시민성」, 『근대시와 인식』, 시와시학사, 1992.

______, 『발견으로서의 한국현대문학사』, 서울대 출판부, 1997.

김윤태, 「한국 모더니즘 시론 연구」, 서울대 대학원, 1985.

김은전, 「국어교육과 문학 교육」, 『사대논총』 19, 서울대학교, 1979.

______, 『한국 상징주의시 연구』, 한샘, 1991.

______ 외, 『한국 현대시사의 쟁점』, 시와시학사, 1991.

______, 『한국 현대시 탐구』, 태학사, 1996.

김재용, 「카프 해소・비해소파의 대립과 해방 후의 문학 운동」, 『역사비평』, 1988년
       가을호.

______ 편, 『카프 비평의 이해』, 풀빛, 1989.
김재홍, 『한국전쟁과 현대시의 응전력』, 평민사, 1978.
______, 『한국현대시인연구』, 일지사, 1986.
김종길, 「시와 이성」, 『문학춘추』, 1964.8.
김준오, 『시론』, 삼지원, 1982.
______ 편, 『한국 현대시와 패러디』, 현대미학사, 1996.
김중신, 『소설감상방법론연구』, 서울대 출판부, 1995.
______, 「창의적 사고력과 문학 교육」, 『문학교육학』 4, 한국문학교육학회, 1999년
　　　겨울.
김창원, 『시 교육과 텍스트 해석』, 서울대 출판부, 1995.
______ 외, 『문학교육과 상상력』, 한국교원대학교 교과교육공동연구소 연구보고서,
　　　1999.
김학동, 『한국 근대시의 비교문학적 연구』, 일조각, 1981.
______, 『김기림 연구』, 새문사, 1988.
김　현 편, 『쟝르의 이론』, 문학과지성사, 1987.
______, 「산문시소고」, 『상상력과 인간』, 일지사, 1973.
김화영 외, 『미당 연구』, 민음사, 1994.
______, 『문학 상상력 연구—알베르 카뮈의 문학 세계』, 문학동네, 1998.
김흥규, 『조선 후기의 시경론과 시의식』, 고려대 민족문화연구소, 1982.
남기혁, 「임화 시의 담론구조와 장르적 성격 연구」, 서울대 대학원, 1992.
노명완 외, 『국어과 교육론』, 갑을출판사, 1988.
______, 『국어교육론』, 한샘, 1988.
______・손영애・이인제, 『국어과 사고력 신장프로그램개발을 위한 방안 탐색—국
　　　민학교 국어과를 중심으로』, 한국교육개발원, 1998.
류보선, 「1920~30년대 예술대중화론 연구」, 서울대 대학원, 1987.
류철균, 「1920년대 민요조 서정시 연구」, 서울대 대학원, 1993.
문덕수, 『한국 모더니즘 시 연구』, 시문학사, 1981.
문학과문학 교육연구소 편, 『문학 교육의 탐구』, 국학자료원, 1995.
문혜원, 『한국 현대시와 모더니즘』, 신구문화사, 1996.
민병수, 「우국의 시인」, 『한국한시사』, 태학사, 1996.
박대호, 「소설의 세계관 이해와 그 문학교육적 적용 연구」, 서울대 대학원, 1990.

박붕배 외, 『광복 40년의 교과서―시』, 나라말쏜미, 1987.

박영목·한철우·윤희원, 『국어과 교수 학습 방법 탐구』, 교학사, 1995.

박윤우, 「전후 현대시의 상황과 김수영 문학의 논리」, 『문학과 논리』 3호, 태학사, 1993.

박인기, 『문학교육과정의 구조와 이론』, 서울대 출판부, 1996.

백 철, 『조선신문학사조사』, 백양당, 1947.

백운복, 『한국현대시론사연구』, 계명문화사, 1993.

서울대학교 국어교육연구소, 『국어교육학사전』, 대교출판, 1999.

서울특별시 교육연구원 편, 『사고력 교육의 이론과 실제』, 서울특별시 교육연구원, 1993.

서준섭, 『한국 모더니즘 문학연구』, 일지사, 1988.

송 무, 「문학교육의 '정전' 논의」, 『문학교육학』 창간호, 한국문학 교육학회, 1997.

_____, 『영문학에 대한 반성』, 민음사, 1997.

송기한, 『한국 전후 시와 시간의식』, 태학사, 1996.

송희복, 『생명 문학과 존재의 심연』, 좋은날, 1998.

신경림, 『삶의 진실과 시적 진실』, 전예원, 1983.

_____, 『신경림 문학 앨범』, 웅진출판, 1992.

신덕룡 엮음, 『초록생명의 길―에코토피아를 위한 시론』, 시와사람사, 1998.

신두원, 「이식과 창조의 변증법」, 『창작과비평』, 1991년 가을호.

신문수, 「문화―그 개념 정립을 위한 소고」, 『전상범교수 정년기념논문집』, 서울대 사대 영어교육과, 1997.

신범순, 「프로문예운동의 방향전환에 있어서 레닌주의와 그에 대한 비판」, 『관악어문연구』 12집, 서울대 국어국문학과, 1987.

_____, 『한국현대시사의 매듭과 혼』, 민지사, 1992.

신승엽 편, 『임화전집』 I, 풀빛, 1989.

안수진, 「모더니즘시의 부정성 형성 연구」, 서울대 대학원, 1997.

역사문제연구소 문학사연구모임, 『카프문학 운동연구』, 역사비평사, 1989.

염무웅, 「서사시의 가능성과 문제점」, 『한국문학의 현단계』 I, 창작과비평사, 1982.

오성호, 「시에 있어서의 리얼리즘 문제에 관한 시론」, 『실천문학』, 1991년 봄호.

_____, 「이용악시의 리얼리즘에 대한 연구」, 『연세어문학』, 연세대, 1991.

_____, 『한국근대시문학연구』, 태학사, 1993.

_____ 외, 「언어자료와 예술자료로서의 문학과 교육」, 한국문학 교육학회, 『문학교육학』 4, 1999.

오세영, 『한국 낭만주의시 연구』, 일지사, 1980.

_____, 「근대시·현대시 개념과 기점」, 『한국 현대시사의 쟁점』, 시와시학사, 1991.

오천석, 『한국신교육사』, 현대교육총서출판사, 1964.

우한용 외, 『소설교육론』, 평민사, 1993.

_____ 외, 『문학 영역 교육과정 내용의 체계화 연구』, 서울대 국어교육연구소, 1996.

_____, 『문학교육과 문화론』, 서울대 출판부, 1997.

유문선, 「1930년대 창작 방법 논쟁 연구」, 서울대 대학원, 1988.

유영희, 「시텍스트의 담화적 해석 연구」, 서울대 대학원, 1994.

_____, 「이미지 형상화를 통한 시 창작교육 연구」, 서울대 대학원, 1999.

유종호, 『시란 무엇인가』, 민음사, 1995.

유 협, 최신호 역, 『문심조룡』, 현암사, 1975.

윤여탁, 「예술대중화운동의 전개 과정에 대한 검토」, 『선청어문』 14·15합집, 서울대 국어교육과, 1983.

_____ 편, 『한국현대시사자료집성』 3차분, 태학사, 1988.

_____·오성호 편, 『한국 현대리얼리즘 시인론』, 태학사, 1990.

_____, 「1920~30년대 리얼리즘 시의 현실 인식과 형상화 방법에 대한 연구」, 서울대 대학원, 1990.

_____ 편, 『나의 시, 나의 시학』, 공동체, 1992.

_____, 『리얼리즘 시의 이론과 실제』, 태학사, 1994.

_____, 『시의 논리와 서정시의 역사』, 태학사, 1995.

_____, 『시 교육론―시의 소통 구조와 감상』, 태학사, 1996.

_____, 『시 교육론 2―방법론 성찰과 전통의 문제』, 서울대 출판부, 1998.

_____, 「일제 강점기 대중 가요의 문학적 연구―유성기 음반 채록본을 중심으로」, 『국어국문학』 122, 국어국문학회, 1998.

윤영천, 『한국의 유민시』, 실천문학사, 1987.

_____ 편, 『이용악시전집』, 창작과비평사, 1988.

윤정륜 외, 『학습 / 사고전략의 실제』, 교육과학사, 1991.

윤태진, "Mass-media and the reproduction of the international order : presentation of American Culture by American TV programs aired in Korea", University of

Minnesota, 1997.

윤호병, 『비교문학』, 민음사, 1994.

윤희원, 「국어과 교육의 본질과 방향」, 『사고력을 기르는 국어과 교육』(충청남도 교육청 편), 대한교과서, 1994.

이대규, 「교과로서의 문학의 구조」, 서울대 대학원, 1988.

이도영, 「문화교육으로서의 국어교육」, 『선청어문』 24, 서울대학교 사범대학 국어교육과, 1996.

이명찬, 「1930년대 후반 현실주의시의 내면화 과정 연구」, 서울대 대학원, 1991.

______, 「1930년대 후반 한국시의 고향의식 연구」, 서울대 대학원, 1999.

이병한 편저, 『중국 고전 시학의 이해』, 문학과지성사, 1992.

이삼형 외, 『국어교육학』, 소명출판, 2000.

이상경, 「「서화」 재론」, 『민족문학사연구』 2, 민족문학사연구소, 1992.

이선영 편, 『문학비평의 방법과 실제』, 삼지원, 1983.

______ 외, 『한국근대문학비평사연구』, 도서출판 세계, 1989.

______ 편, 『1930년대 민족문학의 인식』, 한길사, 1990.

이성영, 『국어교육의 내용 연구』, 서울대 출판부, 1995.

이영미, 「1920년대 대중화 논쟁과 문화적 엘리뜨주의」, 『한국문학의 현단계』 4, 창작과비평사, 1985.

이용주 외, 「국어교육학의 연구와 교육의 구조」, 『사대논총』 46, 서울대, 1993.

이은봉, 『한국 현대시의 현실 인식』, 국학자료원, 1993.

이인제 외, 『제7차 국어과 교육과정 개발 연구』, 한국교육개발원 교육과정개정연구위원회, 1997.

이인제 외, 『창의력 신장을 돕는 국어과 학습 평가 방법 연구』, 한국교육개발원, 1997.

이지호, 「연암 박지원의 글쓰기 방법론 연구」, 서울대 대학원, 1997.

이혜순, 『비교문학』 1·2, 중앙출판인쇄주식회사, 1981.

임규찬·한기형 편, 『카프비평자료총서』 1~8, 태학사, 1989.

______, 「카프 해산 문제에 대하여」, 『한국 근대문학사의 쟁점』, 창작과비평사, 1990.

______, 「임화 '신문학사'의 올바른 이해를 위하여」, 『임화 신문학사』(임규찬·한진일 편), 한길사, 1993.

임형택, 「'동국시계혁명'과 그 역사적 의의」, 『한국 문학사의 시각』, 창작과비평사,

1984.

장경렬, 「상상력과 언어―코울리지의 경우」, 『현대비평과 이론』, 한신문화사, 1991년
　　　가을호.

＿＿＿ 외 편역, 『상상력이란 무엇인가』, 살림, 1997.

장석주, 「시의 생태학적 상상력을 향하여」, 『현대시학』, 1992.8.

장영우 외편, 『대표 시 대표 평론』, 실천문학사, 2000.

장윤익, 「'후반기' 동인의 시사적 성격」, 『문예중앙』, 1977.8.

전영태, 「대중문학론 연구」, 서울대 대학원, 1980.

전헌선 외, 『학습과 사고의 전략―훈련지침서』, 교육과학사, 1990.

정　민, 『한시 미학 산책』, 솔, 1996.

정구향 외, 『제7차 교육 과정 개정에 따른 국어과 수준별 교육 과정 적용 방안과 교
　　　수・학습 자료 개발 연구』, 한국교육과정평가원, 1998.

정수복, 『녹색의 대안을 찾는 생태학적 상상력』, 문학과지성사, 1996.

정우택, 「근대 자유시의 모색과 갈등」, 민족문학사연구소, 『민족문학과 근대성』, 문
　　　학과지성사, 1995.

정재찬, 「1920~30년대 한국 경향시의 서사 지향성 연구」, 서울대 대학원, 1987.

＿＿＿, 「신비평과 시 교육의 연관에 대한 비판적 검토」, 『선청어문』 20, 서울대 사
　　　대, 1992.

＿＿＿, 「현대시 교육의 지배적 담론에 대한 연구」, 서울대 대학원, 1996.

정정순, 「시 담론의 이데올로기성에 관한 연구―청록파 시의 담론 형식을 중심으로」,
　　　서울대 대학원, 1997.

＿＿＿ 외, 「문학과 문학 교육 그리고 상상력」, 『문학과교육』 16호, 한국교육미디어,
　　　2001년 여름.

정지용, 『정지용전집』 1・2, 민음사, 1988.

정한모, 『한국 현대시문학사』, 일지사, 1974.

정현선, 「모더니즘시의 문화교육적 연구」, 서울대 대학원, 1995.

정현선, 「문화교육이라는 문제 설정 2」, 『국어교육연구』 4집, 국어교육연구소, 1997.

조연현, 『한국현대문학사』, 성문각, 1972.

조영복, 「1950년대 모더니즘 시에 있어서 내적 체험의 기호화 연구」, 서울대 대학원,
　　　1992.

조정환, 「1930년대 현실주의 논쟁과 프로레타리아트 문학의 독자성 문제」, 『민주주

　　　　　　의 민족문학론과 자기비판』, 연구사, 1989.

조창환, 「주요한과 자유시의 실험」, 김용직 외, 『한국현대시사연구』, 일지사, 1983.

주승택, 「개화기 한시 연구」, 서울대, 1984.

채광석, 「민족시인 신동엽」, 『한국문학의 현단계』 III, 창작과비평사, 1984.

최건영, 「'바흐친'에서 '바흐찐'으로」, 『작가연구』 2, 1996.

최두석, 「백석의 시세계와 창작 방법」, 『우리시대의 문학』, 1987.

＿＿＿, 「개인적 진실과 문학적 진실」, 『현대시학』, 1988.9.

＿＿＿, 「리얼리즘 시론」, 『실천문학』, 1991년 겨울호.

＿＿＿, 『시와 리얼리즘』, 창작과비평사, 1996.

최미숙, 「시 텍스트 해석 원리에 관한 연구」, 서울대 대학원, 1993.

＿＿＿, 「한국 모더니즘시의 글쓰기 방식에 관한 연구－이상과 김수영을 중심으로」,
　　　　서울대 대학원, 1997.

최민지 외, 『일제하 민족언론사론』, 일월서각, 1978.

＿＿＿, 『생산적 대화를 위하여』, 창작과비평사, 1997.

최인자, 「한국 현대소설의 담론 생산 방법 연구」, 서울대 대학원, 1997.

최지현, 「한국 현대시 교육의 담론 분석－1940년대 '저항시'를 중심으로」, 서울대 대
　　　　학원, 1994.

＿＿＿, 「한국 근대시 정서체험의 텍스트 조건 연구」, 서울대 대학원, 1997.

최현무 편, 『한국문학과 기호학』, 문학과비평사, 1988.

충청남도교육청 편, 『사고력을 기르는 국어과 교육』, 대한교과서, 1994.

한계전, 『한국현대시론연구』, 일지사, 1983.

＿＿＿, 「전후 시의 모더니즘적 특성과 그 가능성」, 『문학과 논리』 3, 1993.

＿＿＿, 『한국 현대시 해설』, 관동출판사, 1994.

＿＿＿ 외, 『한국현대시론사연구』, 문학과지성사, 1998.

한국교육개발원 세미나, 『21세기 국어과 교육의 지향과 수준별 교육과정』, 1997.6.21.

한국교육개발원, 『사고력 신장을 위한 프로그램 개발 연구』 1~4, 한국교육개발원,
　　　　1987~1991.

한국문학 교육학회 제6차 학술대회 자료집, 「문학교육과 제도의 문제」, 한국문학교
　　　　육학회, 1997.8.

현기영 외, 「현대시인 집중연구, 신경림」, 『시와시학』, 1993년 봄호.

홍정선, 「신경향파 비평에 나타난 생활문학과 예술의 개념」, 서울대 대학원, 1981.

_____, 「카프와 사회주의 운동 단체와의 관계」, 『세계의문학』, 1986년 봄호.
황인교, 「이용악 시의 언술 분석」, 이화여대 대학원, 1991.

Adorno, T. W., *Prisms*, MIT Press, 1981.

Agger, Ben, 김해식 역, 『비판이론으로서의 문화연구』, 옥토, 1996.

Althusser, L., 김동수 역, 『아미엥에서의 주장』, 솔, 1991.

Applebee, A. N., *Tradition and Reform in the Teaching English*, NCTE, 1974.

Bakhtin, M. M., *The Dialogic Imagination*, Univ. of Texas Press, 1982.

___________, 김근식 역, 『도스또예프스끼 시학』, 정음사, 1988.

___________, 송기한 역, 『마르크스주의와 언어철학』, 훈겨레, 1988.

___________, 이득재 역, 『바흐찐의 소설미학』, 열린책들, 1988.

___________, 전승희 외역, 『장편소설과 민중언어』, 창작과비평사, 1988.

___________, 이득재 역, 『문예학의 형식적 방법』, 문예출판사, 1992.

___________, 여홍상 편역, 『바흐친과 문화 이론』, 문학과지성사, 1996.

Benett, T., Martin, G., Mercer, C. and Woollacott, J.(eds), *Culture, Ideology and Social Process*, London, Batsford, 1981.

Berman, M., 윤호병 · 이만식 역, 『현대성의 경험』, 현대미학사, 1994.

Bernstein, B., *The Structuring of Pedagogic Discourse —Class, code and control*, Routledge, 1990.

Bourdieu, P. and Passeron, J. C., *Reproduction : in Education, Society and Culture*, Beverley Hills, Sage, 1977.

Brett, R. L., 심명호 역, 『공상과 상상력』, 서울대 출판부, 1979.

Buckingham, D. & Sefton-Green, J., *Cultural Studies goes to School : Reading and Teaching Popular Media*, Taylor & Francis, 1994.

Burton, G. & Dimbleby, R., *Teaching Communication*, Routledge, 1990.

Campbell, K. M., *Poetry as Epitaph : A Study of Representation and Poetic Language*, State Univ. of N. Y. at Buffalo, 1982.

Coulthard, M., *An Introduction to Discourse Analysis*, Longman, 1977.

Croutier, J., *The Computer in Literacy and Linguistic Research*, ed. R. A. Wisbey, Cambridge University Press, 1971.

Culler, Jonathan, *The Pursuit of Signs : Semiotics, Literature, Deconstructin*, Ithaca : Cornell Univ. Press, 1981.

Cǎlinescu, M., 이영욱 외역, 『모더니티의 다섯 얼굴』, 시각과언어, 1993.

D. E. E., The National Curriculum English(http://www.dfee.gov.uk/nc/), 1995.

Doll Jr., W. E., *A Post-modern Perspective on Curriculum*, New York : Teacher's College, Columbia University, 1993.

Durand, G., 진형준 역, 『상상력의 과학과 철학』, 살림, 1997.

Eagleton, Terry, 김명환·정남영·장남수 역, 『문학연구 입문』, 창작과비평사, 1986.

Eco, Umberto, 『기호학 입문』, 문학과지성사, 1985.

Eliot, T. S., 최창호 역, 『엘리어트 문학론』, 서문당, 1972.

Fiske, John, "Culrural Studies and the Culture of Everyday Life", *Understanding Popular Culture*, Boston Unwin Hyman, 1989.

Fowler, R., *Literature as Social Discourse*, London : Batsford Academic and Education LTD, 1981.

Frye, N., 김상일 역, 『신화문학론』, 을유문화사, 1981.

Garton, A. & Pratt, C., *Learning to be Literate : the Development of Spoken and Written Language*, New York : Basil Blackwell.

Gerbner, G., *Mass Communications and Popular Conceptions of Educations : A Cross-cultural study*, University of Illinois, 1989.

Goodwyn, A., *English Teaching and Media Education*, Open University Press, 1992.

Gragham, T., 김연종 역, 『문화 연구 입문』, 한나래, 1995.

Greenblatt, Stephen, 이소영 역, 「문화」, 『문학연구를 위한 비평용어』, 한신문화사, 1994.

Gribble, J., 나병철 역, 『문학교육론』, 문예출판사, 1987.

Guillory, J., 박찬부 역, 「정전」, 『문학연구를 위한 비평용어』(프랭크 랜트리키아 외 공편), 한신문화사, 1994.

Gumperz, J. J., *Discourse strategies*, Cambridge University Press, 1982.

Halloran, J. D., "Mass media effects : a sociological approach", *Mass Communication and Society*, Milton Keynes, Open University, 1977.

Hamburger, M., 이승욱 역, 『현대시의 변증법』, 지식산업사, 1993.

Hégel, G. W. F., 최동호 역, 『헤겔 시학』, 열음사, 1987.

Hills, P. J., 장상호 역, 『교수, 학습 그리고 의사소통』, 교육과학사, 1987.

Hirschkop Ken(ed.), *Bakhtin and Cultural Theory*, Manchester Univ. Press, 1989.

I. R. A. & N. C. T. E., *Standards for the English Language Arts*, 1996.

Indurkhya, Bipin, *Metaphor & Cognition*, London : Kluwer Academic Pub., 1992.

Ingarden, Roman, 이동승 역, 『문학예술작품론』, 민음사, 1985.

Iser, Wolfgang, *The Implied Reader*, Baltimore : The John Hopkins Univ. Press, 1974.

Jauß, Hans R., 장영태 역, 『도전으로서의 문학사』, 문학과지성사, 1983.

Johnson, W. R., *The Idea of Lyric*, Univ. of California Press, 1982.

Kant, I., 전원배 역, 『순수이성비판』, 삼성출판사, 1977.

Kayser, W., 김윤섭 역, 『언어 예술 작품론』, 대방출판사, 1982.

Lamping, D., 장영태 역, 『서정시－이론과 역사』, 문학과지성사, 1994.

Linda, Thompson(ed.), *The Teaching of Poetry-European Perspectives*, London : Cassell, 1996.

Lukács, G., 반성완 역, 『소설의 이론』, 심설당, 1985.

Macdonell, D., 임상훈 역, 『담론이란 무엇인가』, 한울, 1992.

McCarthy & Carter, *Language as Discourse : Perspectives for Language Teaching*, Longman, 1994.

McLuhan, M., *Understanding Media*, London, Routlege & Kegan Paul, 1964.

Moffett, J., *Teaching the Universe of Discourse*, Boston : Houghton Mifflin Co, 1968.

Riffaterre, Michael, 유재천 역, 『시의 기호학』, 민음사, 1989.

Schiffrin, D., *Approaches to Discourse*, Blackwell, 1994.

Schiffrin, D., *Discourse Markers*, Cambridge University Press, 1987.

Scholes, R., *Textual Power : Literary Theory and the Teaching of English*, New Gaven : Yale Univ. Press, 1985.

Staiger, E., 이유영·오현일 역, 『시학의 근본 개념』, 삼중당, 1978.

Stenhouse, M., *An Introduction to Curriculum Research and Development*, London : Heinemann, 1975.

Stubbs, M., *Discourse Analysis*, Blackwell, 1983.

Todorov, Tzvetan, 최현무 역, 『바흐찐－문학사회학과 대화이론』, 까치, 1987.

Touraine, A., 정수복·이기현 역, 『현대성 비판』, 문예출판사, 1995.

Walker, D. F. & Soltis, J. F., *Curriculum and Aims*, Teachers College Press, 1986.

Walter, J. B., *Interpersonal effect in computer-mediated interaction : A relational perspective*, Communi-cation Research, 1992.

Weisstein, V., 이유영 역, 『비교문학론』, 홍성사, 1981.

White, R. V., *The ELT Curriculum*, Basil Blackwell, 1988.

인명

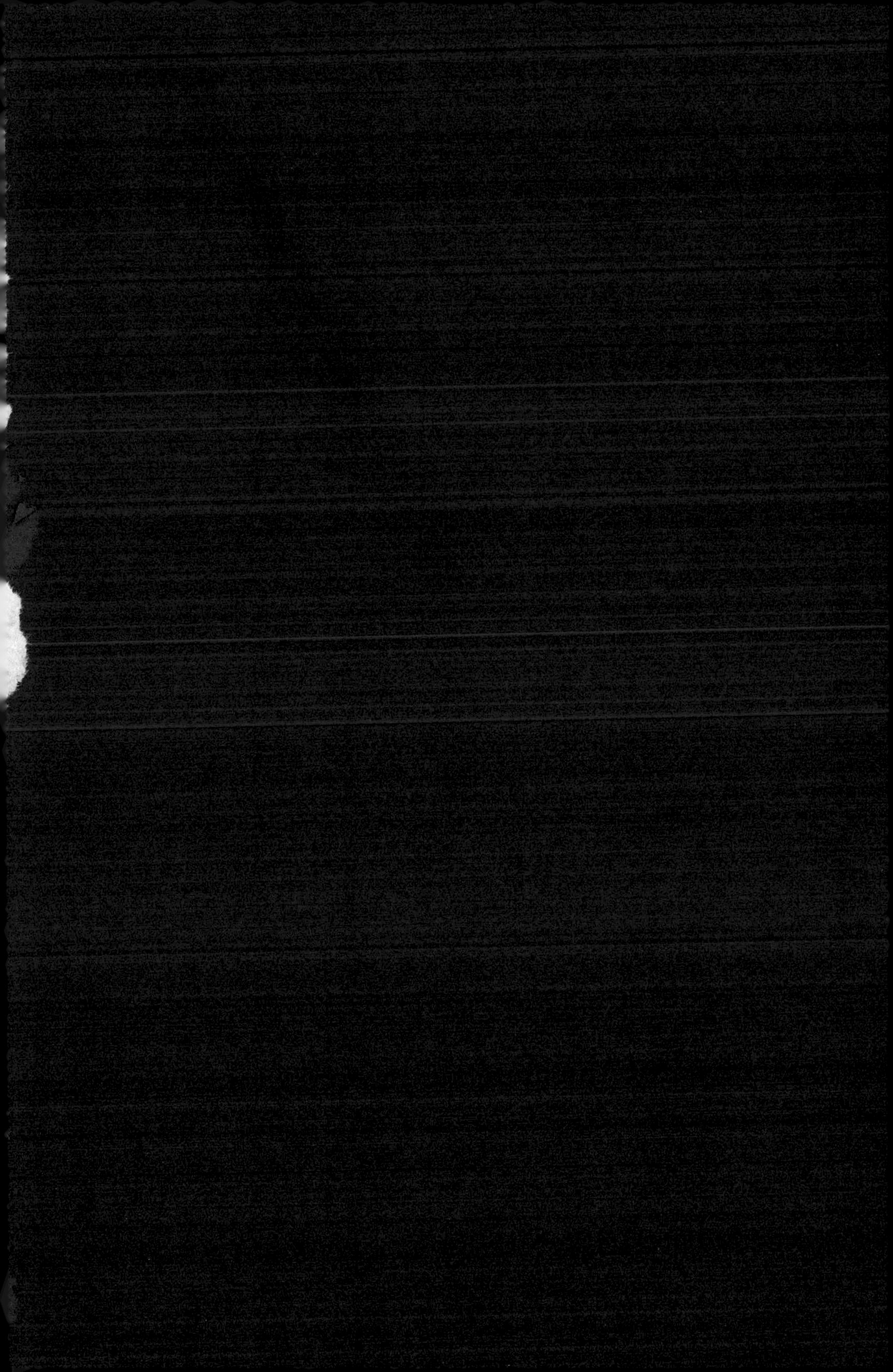